文春文庫

シャイニング

上

スティーヴン・キング
深町眞理子 訳

文藝春秋

深いかがやきを持つジョー・ヒル・キングに。

世界でもっとも美しいリゾート・ホテルのいくつかは、コロラド州にある。しかし、この物語に登場するホテルは、それらのいずれをモデルにしたものでもない。《景観荘《オーバールック》》ホテルおよびその関係者は、

もっぱら作者の
想像のうちにのみ
存在するものである。

……黒檀製の大きな柱時計がかかっているのも、やはりこの部屋であった。その振り子は、鈍く、重苦しく、単調な音をたてて左右に揺れた。そして……ちょうど時を告げる時刻になると、時計の真鍮でできた肺臓からは、澄んだ、大きな、底深い、そしてきわめて音楽的ではあるが、一種独特な、強調するような音が流れてきて、そのために、オーケストラの楽師たちも、やむなく演奏を中断して、その音に聞きいるのだった。ワルツを踊っているものたちは、旋回をやめたし、全体に、その陽気な一座のうえには、そのつどつかのまの動揺が流れた。この時計が時を報じているあいだは、もっともにぎやかに騒ぎまわっていたものでさえ、なんとはなしに顔青ざめ、もっと年輩の、落ち着いたものたちも、心みだれて、追憶か瞑想にでもふけるように、ひたいに手を走らせるのがつねだった。けれども、時を告げる音がやみ、その余韻もすっかり消えると、すぐまた一座のうちには軽い笑い声がひろがり……〔彼らは〕神経過敏になったことを自嘲するように、たがいにほほえみかわすのだった。そして、このつぎに時計が鳴るときには、もうけっしてこんな感情にかられたりはすまいと、おたがい同士、声をひそめて誓いあうのだが、そのあとまた六十分たって――またしても時を告げる音が鳴りひびくと、やはりまた前とおなじように、動揺と、おののきと、物思いとが一同を支配するのだった。

しかし、こうしたことはあったものの、やはりそれは、陽気で、華麗な饗宴ではあった……

エドガー・アラン・ポー

「赤死病の仮面」

理性の眠りは怪物をはぐくむ。

ゴヤ

いずれ天気がよくなったら、日のかがやくときもあるだろう。

俚諺

上巻目次

下巻目次

シャイニング

上巻

第一部　その日まで

1

雇用面接

鼻持ちならん気どり屋のげす野郎め、というのがジャック・トランスのまず感じたことだった。

アルマンは身長五フィート五インチ、その動作物腰には、小柄で小肥りの男に特有のものらしい、あのもったいぶった、気むずかしげなところがあった。髪の分け目はきちんと通っているし、ダークスーツは地味で落ち着いたものだ。ご不自由がございましたら、なんでもうけたまわります、とそのスーツは客に語りかけている。従業員にたいしては、もっとずっと無愛想に、おいきみ、これこれこうしなさい、と命令している。衿の折返しに赤いカーネーションの花一輪。おそらく、行きずりに出あう人びとから、彼スチュアート・アルマンが土地の葬儀屋などととりちがえられないように、との配慮からだろう。

アルマンのしゃべるのを聞いているうちに、ジャックは気がついた。いまの場合、このデスクの向こうにすわる男なら、たとえこのアルマンでなくても、おれが好きになることはなかったろう。

そんなことを考えていたので、アルマンがなにか質問したのを聞きのがしてしまった。これはうまくない——アルマンという男は、のちのちの判断の材料として、こういったしくじりを、頭のなかの資料ファイルにきちんととじこんでおきそうなタイプだ。

「失礼ですが、なんとおっしゃいました？」

「こう言ったのですよ——奥さんは、あなたがここの職につくことを完全に諒解しておられるのか、とね。それからむろんお子さんのこともある」アルマンはちらりとデスクの上の書類に目を落とした。「ダニエル君でしたか。その——奥さんは、ここに住みこむことに、いささか不安を感じておられるのではないですかな？」

「ウェンディは、あれでなかなかしっかりした女性ですよ」

「で、ご子息もやはりしっかりしておられる？」

ジャックはほほえんだ——営業用のとびきり愛想のいい微笑だ。「と思いたいですね。五歳にしては、けっこう自立心に富んでいますし」

アルマンはほほえみかえさなかった。かわりにジャックの履歴書をファイルにもどした。ファイルは引出しにしまいこまれた。デスクの上に残ったのは、吸取紙と、電話と、テンサー・ランプと、書類かごだけ。書類かごは、既決、未決、いずれの仕切りもからだった。

アルマンは立ちあがると、一隅のファイル・キャビネットのところへ行った。「こちらへどうぞ、トランスさん。ホテルの見取り図をお目にかけますから」

まもなく五枚の大きな図面を持ってもどってくると、それをひろびろした、光沢のあるウォールナットのデスクの上に置いた。そばに立つと、コロンの香りが強くにおってきた。おれの作品ちゅうの人物ならば、イングリッシュ・レザーをつけるか、でなくばなんにもつけないかのどっちかだな、そんな考えが、理由もなくふいに心に浮かび、ジャックは歯を食いしばって、笑いを嚙み殺さねばならなかった。壁の向こうから、昼食時間を過ぎて、そろそろ低速ギアに切り換えようとしている《景観荘《オーバールック》》ホテルの調理場の、かすかなざわめきが伝わってくる。

「最上階」と、アルマンがきびきびした口調で言った。「屋根裏です。いまはがらくたのほかなにも置いてない。《オーバールック》は、第二次大戦後に数回持ち主が変わっていますが、歴代の支配人が、そのつど不要のものをこの屋根裏にほうりこんできたようでね。ひまを見て、ねずみとりを仕掛け、毒餌をまいてもらいたいと思っています。三階の客室係のメイドたちが、天井裏でかさこそ音がするのを聞いたそうなんで。わたしはかたときたりとそんなことを信じちゃいませんがね。それにしても、この《オーバールック》にねずみが巣食うなんてことが、万にひとつもあってはならんですから」

どんなりっぱなホテルにだって、ねずみの一匹や二匹いるのはあたりまえだ、そう思いながら、ジャックは黙って相手のつぎの言葉を待った。

「いうまでもないことですが、お子さんには、どんな事情があっても、ぜったいにこの屋根裏にはあがらせないでいただきたい」

「承知しました」ジャックは言って、またしてもとっておきの愛想笑いを見せた。屈辱的な状況だった。ほんとうにこの鼻持ちならないちびの気どり屋めは、がらくたやら、ねずみとりの罠やら、その他なにやらかにやらでいっぱいの屋根裏に、おれが息子を遊びにゆかせると思っているのだろうか？

アルマンはさっさと屋根裏の見取り図をめくると、それを図面のいちばん下に重ねた。

それから、学者然とした口ぶりでつづけた。「《オーバールック》には、ぜんぶで百十の客室があります。そのうち三十は——すべて続き部屋《スイート》ですが——この三階にあります。西の翼棟に、《プレジデンシャル・スイート》も含めて十室、中央に十室、東の翼棟に残りの十室。いずれもすばらしい景観の望める特等室ですよ」

せめて売込みの口上みたいな口のききかただけはやめてくれないかな。

だがジャックは黙っていた。この職がぜひとも必要だったからだ。

アルマンは三階の図面を下に重ね、二階の図面を上に出した。

「四十室あります。ダブルの部屋が三十に、シングルが十。それから一階には、ダブルとシングルがそれぞれ二十。それにリネン室が各階に三室と、二階の東のはずれ、および一階の西のはずれに、物置き部屋が各一。なにか質問は？」

ジャックは首を振った。アルマンは二階と一階の図面を下に重ねた。

「さて、ではロビー階。ここの中央に受付。その奥に事務室。ロビーは受付をはさんで左右に各八十フィート。こちらの西の翼には、大食堂と《コロラド・ラウンジ》。東の翼には、宴会場および舞踏室など。質問は？」

「地階についてだけです」と、ジャックは言った。「冬季の管理人としては、そこがいちばん重要な階ですからね。いわば、連動装置《アクション》がどこにあるかとか、そういったことですよ」

「それについてはワトスンから聞いてください。地階の見取り図は、ボイラー室の壁に貼ってあるはずです」アルマンは重々しく眉をひそめてみせた。ホテルの支配人として、ボイラーだの配管設備だのといった下賤な問題は、自らのあずかり知らぬところだとでもいうのだろう。

「そうだ、地下室にもねずみとりを仕掛けるというのは、悪い考えじゃないかもしれん。ちょっと失礼……」

上着の内ポケットからとりだしたメモ帳（それには、一枚ごとに肉太の活字で、〝スチュアート・アルマンのデスクより〟という文字が印刷されていた）に、なにごとか書きなぐると、それをはぎとって、書類かごの〝既決〟の仕切りに入れた。それは書類かごのなかで、なんとなく心細げに見えた。メモ帳のほうは、手品が終わったあとのように、ふたたびアルマンの上着のポケットにおさまった。どうだい、ジャッキー＝ボーイ、いま見えたかと思ったら、もう見えない。じっさいこの男はたいしたやつだぜ。

ふたりはそれぞれもとの位置にもどった。アルマンはデスクの向こうに、ジャックはこちら側に――面接するものと面接されるもの。嘆願者と、気のすまない保護者。アルマンは、こぎれいなちまちました手をデスクの吸取紙の台に重ねると、まっすぐジャックを見つめた。渋い、銀行家然としたスーツに、めだたない灰色のタイを締めた、小柄な、ひたいのはげあがった男。衿にさした一輪の花が、もういっぽうの折返しに光っている小さなバッジと、よき釣合いを保っている。バッジには、小さな金文字で、簡潔に〝職員〟とのみしるしてある。

「率直に言いましょう、トランスさん。この《オーバールック》は、開業以来、今期はじめて多少の利益をあげたんですが、アルバート・ショックリー氏は、これに多額の投資をしている有力者なんです。氏はまた重役会のメンバーでもありますが、ホテルマンではないし、そのことは当人がまっさきに認めるでしょう。しかし、この管理人の件では、ごく明確に自分の希望を打ちだしました。彼はあなたを雇うことを希望している。ですからわたしはそうするつもりです。ですが、この件がわたしの裁量にまかされていたら、たぶんあなたを雇いいれることはなかったでしょう」

ジャックの両手が膝の上でかたく握りしめられた。こぶしに力がこもり、手のひらが汗ばんだ。鼻持ちならん気どり屋のちびめ、鼻もちならん気どり屋のちびめ、鼻持ちならん――

「おそらくわたしをいやなやつだと思っておられるでしょうな、トランスさん。かまいません。あなたの感情がどうあろうと、この仕事にあなたは向いていない、というわたしの考えは変わりませんから。五月十五日から九月三十日までのシーズンちゅうには、《オーバールック》の従業員は、フルタイムのものだけでも百十人にのぼります。客室一室あたりひとりというわけです。そのうちかなりのものがわたしを嫌っているし、何人かは、こんちくしょうと思っているかもしれない。そう思われてもしかたありません。このホテルを、それにふさわしい格式をもって運営してゆくためには、支配人たるもの、少々煙たがられることも覚悟せにゃならんのですよ」

なにか言い分があるかというように、アルマンはジャックを見、ジャックもまた、不謹慎なほどに歯をむきだして、にやりと笑ってみせた。

アルマンはつづけた。「《オーバールック》は一九〇七年から〇九年にかけて建てられました。最寄りの町はサイドワインダー、ここから東に四十マイル行ったところですが、この道路は、十月末か十一月ごろから、四月なかばごろまで、雪で不通になります。ここを建てたのは、ロバート・タウンリー・ワトスンといって、現在このホテルの営繕係をしている男の祖父ですがね。ヴァンダービルト夫妻もここに滞在したことがありますし、ロックフェラー夫妻、アスター夫妻、デュポン夫妻なども滞在しました。《プレジデンシャル・スイート》には、四人の大統領が泊まりましたよ。ウィルスン、ハーディング、ローズヴェルト、ニクソンです」

「ハーディングとニクソンについちゃ、あまり自慢にはなりますまいがね」ジャックはつぶやいた。

アルマンは眉をひそめたが、かまわずにつづけた。「とにかく、ワトスン氏にはたいへんな物入りでしたな。結局、一九一五年には、ここを手ばなしました。その後、一九二二年、二九年、三六年にも持ち主が変わり、戦争ちゅうはずっと空家になっていたんですが、戦後、例のホレス・ダーウェントが買いいれて、内外ともに徹底的に手を入れたんです――ほらあの、発明家で、飛行機乗りで、映画のプロデューサーで、興行主でもある、百万長者のダーウェントですよ」

「その名は知っています」ジャックは言った。

「けっこう。で、彼の手が触れたものは、みんな黄金に変わった……《オーバールック》を除いてはね。戦後、はじめての客がこのホテルに足を踏みいれるまでに、百万ドルを越える金がこれにつぎこまれているはずです。老朽化した戦前の遺物、それがひとつの名所に仕立てあげられたわけですよ。さいぜんここにこられたときに感心してながめておられたようだが、あのロークのコートをつくったのも、ダーウェントなんです」

「ローク？」

「わがクローケーのイギリスにおける先祖ですよ。クローケーはロークの庶子なんです。なんでも伝説によると、ダーウェントは社交係秘書からこのゲームを教わって、すっかり病みつきになってしまったとか。おそらくここのコートは、アメリカでも最上のものでしょう」

「なるほどね」ジャックは重々しく言った。ロークのコートに、前庭の、動物の形に刈りこんだ装飾庭園《トーピアリー》。おつぎはなんだ？　資材小屋の向こうに、実物大の《アンクル・ウィグリー》のゲームがセットしてあるとでも？　彼はしだいにこのスチュアート・アルマン氏にうんざりしはじめていたが、アルマンのほうは、どうして、意気軒昂たるものだった。とにかく、言うべきことをぜんぶ言いおえるまではやめないつもりらしい。

「それやこれやで三百万ドルからの損をしてから、ダーウェントはホテルをカリフォルニアのある投資家グループに売却しました。このグループの経験も、やはり惨憺たるものでしてな。要するに、ホテルマンではなかったのですよ。

一九七〇年になって、ショックリー氏とそのお仲間のグループがこのホテルを買収し、わたしが経営を委託されました。その後数年間は、やはり赤字つづきでしたが、さいわい、現在のオーナーたちのわたしにたいする信頼は揺らぐこともなく、昨年、やっと収支とんとんというところまでこぎつけました。そして今年は、おかげで、七十年近い歴史のなかで、はじめて黒字を計上することができたというわけです」

このきざな小男が自慢たらたらなのも、もっともかもしれん、そうジャックは思い、それから、あらためて、最初に感じた嫌悪が波のように襲ってくるのを感じた。

彼は言った。「《オーバールック》に多彩な歴史があるのはわかりましたが、それと、ぼくがこの職に向いていないというあなたのお考えとのあいだに、どういう関連があるのかはわかりかねますね、アルマンさん」

「《オーバールック》が長年かなりの欠損を出しつづけてきたひとつの理由は、毎年、冬のあいだの設備の損壊がはなはだしいということです。それが、とうてい信じられないくらいに利益を食いつぶしているのですよ。ここの冬のきびしさときたら、ちょっと想像がつかんくらいでしてね。そんなわけで、その点を解決するために、わたしは専任の冬季管理人を常駐させることにしました。常時ボイラーを運転して、ローテーション・システムにより、毎日すこしずつ建物のべつの部分を暖める。破損があれば、自然の暴力により被害がひろがらないうちに修理する。たえず施設の内外に気を配り、起こりうるあらゆる不測の事態にそなえる、そのための管理人ですよ。最初の冬に選んだのは、独身の男ではなく、家族持ちでした。ところが事故がありましてな。恐ろしい悲劇です」

アルマンはジャックを冷ややかに、値踏みするようにながめた。

「わたしの選択は誤りでした。率直にそれを認めますよ。その男は飲んだくれだったのです」

ゆっくりとした辛辣な笑い――いままでの歯をむきだした愛想笑いとは正反対のもの――それが口もとをこわばらせるのがわかった。「ほう、そんなことだったんですか。アルがお話ししていなかったとは意外だな。ぼくは酒とは縁を切りました」

「いかにも。ショックリー氏は、あなたはもう酒をやめておられると話してくださいました。それと、あなたの最後のお仕事――最後についておられた信用ある地位、と言いますかな？――についても。あなたはヴァーモントのあるプレップ・スクールで英語を教えておられた。その学校であなたは、些細なことから癇癪を起こし、職を失われるはめになった。ここではこれ以上そのことに立ちいる必要はありますまい。ですが、たまたまグレイディの事件も多少の関連を持っていると思うので、それで……その、あなたの前歴を持ちだしたしだいです。一九七〇年から七一年にかけて、ホテルの改装はすみましたが、まだ開業はしていなかったその年の冬に、わたしはその……その不運な管理人、デルバート・グレイディを雇いました。そして彼は、この冬あなたと奥さんと息子さんが住まわれる予定の、管理人室にひきうつってきたわけです。細君と娘がふたりいまして、わたしにもいちおう二の足を踏む理由はありました。その第一は、冬季の自然条件のきびしさと、管理人一家がほぼ五カ月から六カ月、外界と没交渉になるという事実です」

「しかし、実際はそうじゃないんでしょう？　むろんここには電話もあるし、トランシーバーまたはCBラジオもあるはずだ。それにロッキー山脈国立公園は、ここからヘリで飛べる距離にあるし、あれだけ大きな施設だから、当然ヘリの一台や二台は持っているでしょう」

「その点はよく存じません」アルマンは言った。「CBラジオなら、たしかにここにもあります。あとでワトスンが、必要な場合の周波数のリストといっしょにお目にかけるでしょう。ただ、電話は、ここからサイドワインダーまでのあいだは、いまだに地上線でしてね、冬ごとにどこかが切れて、三週間から一カ月半も不通になることがあるのです。それから、外の資材小屋には、スノウモービルも一台あります」

「だったら完全に外界から孤立してしまうわけじゃない」

アルマン氏は当惑顔をした。「万一お子さんか奥さんが階段から落ちて、頭の骨を折る、なんてことがあったらどうします？　それでもあなたは、外界から孤立していないとお考えになりますか？」

ジャックは相手の言わんとする意味を理解した。スノウモービルはトップ・スピードを出せば、サイドワインダーまで一時間半くらいでくだれるだろう……たぶん。国立公園救助隊のヘリコプターは、三時間でここまでくる……最高の条件下でならだ。だが吹雪のときは、ヘリコプターはそもそも飛びたつことすらできないし、スノウモービルをトップ・スピードで走らせるわけにもいかない――かりに重傷を負った人間を、零下二十五度の極寒のなかへ連れだすことが許されたとしてもだ。いや、風による体感温度の低下を考慮に入れれば、零下四十五度くらいにはなるかもしれない。

アルマンが言葉をつづけた。「グレイディの場合にわたしのくだした判断は、あなたの場合にショックリー氏が考慮されたらしいことと、ほぼおなじでした。孤独はそれ自体で破滅的な影響をもたらすことがありうる。家族があるなら、いっしょに住まわせるほうがいい。もし問題があったとしても、頭の骨を折るとか、動力器具で怪我をするとか、なんらかの発作を起こすとかいった一刻を争う事故は、まずよほどのことがないかぎり起こらないだろう。せいぜい流感の重いやつ、肺炎、腕の骨折、虫垂炎といったところ。こういうケースなら、時間的にかなりゆとりがあるはずだ、とね。

思うに、グレイディの事故の原因となったのは、まず大量の安ウィスキー――これを、わたしの知らぬうちに、どっさりためこんでいたのです。それともうひとつは、古い連中がキャビン熱と呼んでいる異常な神経症。この名称をご存じですかな？」ここでアルマンは、恩着せがましい笑いをちらと見せた。こちらが知らないと答えれば、すぐにでも説明してやろうと意気ごんでいるようすがありありとうかがわれたので、ジャックはすぐさまその機先を制して、てきぱきと答えた。

「つまり、閉所恐怖症の俗語的表現でしょう？――長期にわたって、密室にとじこめられていた場合に起こる神経症の一種。閉所恐怖症の症状というのは、たまたまいっしょにとじこめられている人間への、反発というかたちであらわれます。極端な場合には、それが幻覚や暴力行為にまで発展することがある。夕食の肉が焦げすぎていたとか、だれが皿洗いをする番だったかというような、ごく些細な議論をめぐって、殺人さえ起こった例があります」

　アルマンがどこか当惑げな顔をしているのを見て、ジャックはおおいなる快感を覚えた。そこで、その点をさらにつついてやることにしたが、それでも内心でウェンディに、だいじょうぶ、けっして平静は失わないから、と約束することは忘れなかった。

「たしかにあなたはその点で誤りを犯されたようですな。で、彼は、家族に危害を加えたのですか？」

「殺したのですよ、トランスさん。そのうえで自殺した。幼い娘たちを手斧で惨殺し、細君を散弾銃で射殺したあげく、自分もその銃で命を絶ったのです。脚を骨折していましてね。おおかた泥酔して、階段をころげおちでもしたんでしょう」

　アルマンは両手をひろげると、言い分はあるかとでもいうような目でジャックを見た。

「グレイディは学校を出ていましたか？」

「じつをいうと、高校も出ていませんでした」アルマンは多少かたい調子で答えた。「なんというか、あまり知的でない人間のほうが、自然のきびしさとか孤独感などに鈍感なんじゃないかと――」

「そこがあなたの考えちがいをなすっておられるところですよ」ジャックは言った。「むしろ愚鈍な人間のほうが、キャビン熱にかかりやすいものなんです――カードのゲームをめぐるいさかいで人を射殺したり、出来心で強盗にはいったりするのと同様にね。そういう人間が退屈すると、どうなると思います？　雪に降りこめられて、することといえば、テレビを見るか、〝独りトランプ〟をやって、エースが四枚そろわないといんちきをするか、それぐらいしかない。でなきゃ細君を殴るか、子供をいじめるか、飲んだくれるかするしかないとなったら？　なにも聞こえないと、かえって寝つきも悪くなる。眠るために酒を飲み、二日酔いで目をさます。だんだん気が立ってくる。しかも電話は不通、運が悪けりゃ、テレビのアンテナも吹き倒されてしまう。することといったら、つまらん妄念にとりつかれ、〝独りトランプ〟でいんちきをやり、そしてだんだん気が立って、すさんだ気分におちいってゆくことだけ。あげくは……ずどん、ずどん、ずどんです」

「だったら、教育のある人間はどうだというんです？――たとえばあなたのように？」

「うちでは、女房もぼくもよく本を読みます。たぶんアル・ショックリーがお話ししたと思いますが、ぼくには書きあげたいと思っている戯曲もあります。ダニーには、パズルや、塗り絵や、鉱石ラジオがあります。冬のあいだに、あの子に字を教えようと考えていますし、かんじきをはいて歩くことも教えてやりたい。ウェンディもそれを覚えたがるでしょう。だいじょうぶ、ぼくらは各自の興味の対象に熱中して、たとえテレビが故障しても、おたがい同士いがみあうことはありませんよ」彼は一息入れた。「それから、ぼくが酒をやめたとアルが言ったのも、けっして嘘じゃありません。たしかに以前は深酒をしましたし、それが手に負えなくなりかかったこともある。ですが、ここ十四カ月は、ビール一杯飲んじゃいません。ここへアルコールを持ちこむつもりもありませんし、雪が降りだしたら、もう買いたくても買う機会すらないでしょう」

「その点はたしかにおっしゃるとおりです」アルマンは言った。「しかし、ご一家三人がここで冬越しをなさるとなると、人数がふえただけ、問題の起きる可能性も増すわけでしてね。それをわたしはショックリー氏に申しあげ、ショックリー氏は、自分が責任を持つと言ってくださいました。いまあなたにもそれをお話ししたわけだ。そして、あなたもその口ぶりでは責任をとるおつもりのようだから――」

「とります」

「けっこう。そのお言葉をしかとうけたまわっておきましょう。なにしろわたしには、ほとんど選択の余地はないのですからな。とはいえ、もしも思いどおりにできるものなら、やはりわたしは、係累のない休学ちゅうの学生かなにかを採用したいですよ。ま、あなたでもなんとかやっていただけるでしょう。それでは、ワトスン氏におひきあわせしますかな。地階と屋外のご案内は、彼がやってくれることになっていますから。なにか質問はありませんか？」

「ありません。まったくありません」

アルマンは立ちあがった。「どうかお気を悪くなさらんでください、トランスさん。わたしはなにも、個人攻撃をするつもりで言ったのではないのですから。ただ、《オーバールック》にとって、最善と思われることをしているまでです。これはすばらしいホテルです。そして、いつまでもそうあってほしいとわたしは願っているのです」

「わかります。気を悪くなんかしませんとも」ジャックはまた例の愛想笑いを見せたが、アルマンが手をさしだそうとしなかったことに、内心ほっとしてもいた。たしかに双方のあいだには悪感情が存在した。ありとあらゆる種類の悪感情が。

2

ボールダー

彼女は台所の窓から外を見、歩道のふちにすわっている息子を認めた。ただそこにすわっているだけで、トラックやワゴンで遊んでいるわけでもなければ、先週ジャックに買ってもらってから、ずっと手ばなしたことのないお気に入りのバルサ材のグライダー、それで遊んでいるわけですらない。ただじっとそこに腰かけて、乗りふるしたワーゲンが帰ってくるのを見張っているだけ。腿に肘をつき、手であごをささえて、父の帰宅を待っている五歳の男の子。

なぜかウェンディは急にみじめさに襲われた。泣きたいほどのみじめさに。

流しのそばの布巾かけに布巾をかけると、彼女はハウスドレスの上ふたつのボタンをはめながら、階下におりていった。じっさい、ジャックの途方もない自尊心ときたら！　いや、いい、いい、いい、アル、前渡し金なんていらんよ。しばらくはやっていけるから。このとおり、廊下の壁は傷だらけだし、クレヨンやら、パステルやら、スプレイ塗料やらの落書だらけだ。階段は急で、ささくれだっているし、建物全体に、酸っぱい不潔なにおいがしみついている。いったい、ストーヴィントンのあの小さいながらもこぎれいな煉瓦建ての家から移ってきて、この家がダニーの目にどううつっているだろう？　一家の真上、三階に住んでいる男女は、正式に結婚していない。そのことはべつにどうこう言う筋合いではないにしても、彼らのたえまない、そうぞうしい夫婦喧嘩には、ほとほと手を焼かされるし、はらはらさせられもする。三階の男はトムといって、バーがしまり、夫婦そろって帰宅すると、とたんに激しい口論が始まるのだ――それにくらべれば、それまでのウィークデイの夜のは、ほんの予備試験のようなもの。《金曜夜の戦い》とジャックはそれを呼んでいるが、じつのところ、笑い事ではない。女性のほう――名はイレーン――が最後にはきまって泣きだし、くりかえし、「お願い、トム、やめて。お願い、ねえ、やめて」とかきくどきはじめる。そしてトムのほうは彼女をどなりつける。一度はその声でダニーが目をさましてしまったことさえある。ふだんは死んだように眠る子なのに。翌朝、トムが外出しようとするところを、ジャックがつかまえて、路傍でやんわり注意した。トムは居丈高になってどなりかえそうとしたが、ジャックが重ねて穏やかに、ウェンディには聞こえなかったほどの声音でなにか言うと、仏頂面で首を振り、そのまま歩み去った。それが一週間前のことで、それから数日はいくらかましになったが、週末以来、すべては常態にもどってしまっている――いや、異常な状態にというべきか。いずれにせよ、五歳の男児にとっていい影響はない。

みじめさがまた体内を走り抜けたが、このときにはもう歩道に出ていたから、ウェンディはそれを押し殺した。ドレスの裾をたくしあげて、息子のそばの歩道のふちにすわり、声をかけた。「どったの、先生《ドック》？」

ダニーは母親に笑顔を向けたが、おざなりな笑いだった。「うん。べつに」

グライダーは、スニーカーをはいた足のあいだにころがっていたが、いま見ると、翼のひとつが折れかかっているのがわかった。

「それ、ママがなんとかしてあげましょうか？」

ダニーはすでに道路を見まもる姿勢にもどっていた。

「いいよ。パパが直してくれるから」

「ねえドック、パパはお夕食まではもどらないかもしれないわよ。あの山の上までは遠いから」

「かぶとむしが故障すると思うの？」

「いいえ、そんなことは思っちゃいないわ」だがその言葉によって、またべつの懸念が呼びさまされていた。ありがとよ、ダニー。それを思いださせてくれて。

「パパはするかもしれないって言ったよ」ダニーは実際的な、ほとんど退屈しているような口ぶりで言った。「燃料ポンプのくそったれが、完全にいかれちゃってるんだって」

「そんな言葉を使っちゃだめよ、ダニー」

「燃料ポンプ？」しんから驚いたという顔で、ダニーは母親を見た。

彼女は溜息をついた。「いいえ、〝くそったれ〟よ。そんな言葉を使っちゃいけないわ」

「どうして？」

「下品だからよ」

「下品って、なんのこと？」

「それはね、お食事のときに鼻くそをほじったり、トイレの戸をあけっぱなしたままで、おしっこをしたりすることよ。〃くそったれ〃というような言葉を使うことも、それとおんなじ。〃くそ〃っていうのは下品な言葉なの。ちゃんとしたひとは、そういうことを言わないのよ」

「パパは言うよ。かぶとむしのエンジンを見ながら、『ちくしょう、この燃料ポンプのくそったれめは、完全にいかれてやがる』そう言ったんだ。パパは下品なの？」

どうしてあんたはしょっちゅうこういうことに巻きこまれるの、ウィニフレッド？　ちっとも懲りないのね。

「そうじゃないわ。だけどパパはもうおとなでしょ？　それに、そういうことをわかってくれないひとの前では、ぜったい言わないように用心してるわ」

「つまり、アルおじさんのようなひと？」

「そうよ、そのとおりよ」

「おとなになったら、ぼくも使ってもいいの？」

「ママが悪いと言ったって、どうせ使うでしょうね」

「どのくらいおとなになったら？」

「そうね、はたちぐらいじゃどう、ドック？」

「ずいぶん先の話だね」

「たしかにね。でも、約束してくれる？」

「オーケイ」

彼は道路の向こうを見張ることにもどった。一度はちょっと腰を浮かせて、いまにも立ちあがりそうにしたが、近づいてきたのを見ると、そのかぶとむしははるかに新しく、はるかに鮮やかな赤だった。彼はまた腰を落とした。それを見ながらウェンディは、こうしてコロラドに移住してきたことが、どれだけダニーに暗い影響を及ぼしていることかと考えた。それについて、本人はいっさい口をとざしているが、彼がほとんど一日じゅうひとりぼっちで遊んでいるのを見ると、胸を痛めざるを得ない。ヴァーモントにいたころは、ジャックの同僚のうち三人が、ダニーとおなじ年ごろの子供を持っていたし、幼稚園というものもあった。だがここには、ダニーの遊び相手になりそうな子供はひとりもいない。この界隈のアパートの住人は、大半がコロラド大学の学生だし、ここアラパホ通りに住むごく少数の夫婦者のうちにも、子供を持っているものは数えるほどしかいない。これまでに見かけたかぎりでは、高校または中学の年ごろの子が十人ほど、よちよち歩きの幼児が三人、それでぜんぶだ。

「ママ、どうしてパパはお仕事をやめたの？」

ふいに物思いからひきもどされて、彼女はうろたえて答えを捜した。ダニーからこういう質問をされたらなんと答えるか、それについて、何度かジャックと話しあったことがあるが、その答えは、場当りの言いのがれでごまかすことから、いっさいの粉飾を加えず、ありのままの真実を告げることまで、千差万別であった。けれどもダニーは一度もたずねなかった。よりにもよっていま、こちらが沈んだ気分でいて、ぜんぜんそうした質問を予期していなかったときに、ふいにたずねだすまでは。しかも、じっとこちらを見まもっていて、こちらの顔に混乱した表情を読みとり、そこから自分なりの結論をひきだしつつあるように思われる。子供にとっては、おとなの行動なり行動の動機なりといったものは、ちょうど小暗い森陰にひそむ危険な動物のように大きく、無気味に見えるにちがいない。子供たちは、あやつり人形のようにぎくしゃくとひきずりまわされるだけだ――なぜなのか、漠然とすらつかめないままに。そう思うと、あやうくまた涙ぐみそうになり、必死にそれを押し隠しながら身をのりだすと、飛ばなくなったグライダーをとりあげて、それを手のなかでひっくりかえした。

「パパはね、弁論部の指導をしていたのよ。覚えてる？」

「うん。チームに分かれて議論をするんでしょ？」

「そうよ」彼女はグライダーの商標（スピードグライド）や、翼に焼きつけられた青い星のマークなどを見ながら、しきりにそれをひねくりまわし、そして、いつしか息子に真実を語りはじめていることに気がついた。

「そのチームに、ジョージ・ハットフィールドという学生がいたんだけど、パパはその学生をやめさせなきゃならなかったの。つまりね、ジョージはほかの学生ほど上手じゃなかったのよ。ところがジョージは、自分がやめさせられたのは、上手じゃなかったからじゃなく、パパが自分を嫌っているためだと言いふらしたの。それから、とてもひどいことをしたのよ。そのことは知ってるでしょ？」

「うちのかぶとむしのタイヤに穴をあけたの、そのジョージなの？」

「そうよ。放課後だったわ。ちょうどそれをしているところをパパが見つけたの」ここでまた彼女はためらった。だが、ここまで話したからには、そのあとを言いつくろうことは問題外だ。真実を余すところなく話すか、でなくば嘘をつくかのどっちかしかない。

「パパはね……ときどき、あとで後悔するようなことをしてしまうのよ。してしまってから、しまった、こうするんじゃなかったと気がつくの。そうしょっちゅうはないけど、それでもときたまそういうことがあるのよ」

「じゃあパパは、ぼくがパパの書類をまきちらしたときみたいなことを、ジョージ・ハットフィールドにしたの？」

ときどき――

（腕をギプスで固定されたダニー）

――あとで後悔するようなことをする。

ウェンディは激しくまばたきして、あふれかけた涙を押し隠した。

「まあそんなようなことよ。ジョージがタイヤに穴をあけようとしてるのを、パパはやめさせようとしたの。それで彼をぶったのよ。彼もパパの頭をぶったわ。それで学校の偉いひとたちが、ジョージはもう学校にきちゃいけないし、パパにも辞めてもらうって言ったの」そこで言葉に詰まって、彼女は口をつぐみ、すぐにも質問の洪水を浴びせられるものと覚悟して、体をかたくした。

だがダニーは、「ふうん」と言ったきり、また道路を見まもることにもどった。明らかにその問題はこれでけりがついたのだ。こちらの問題も、そんなに簡単に決着がついてくれたら……

彼女は立ちあがった。「ママは部屋にもどって、お茶でも飲むわ、ドック。あんたもクッキーとミルク、ほしい？」

「ううん。ここでパパを待ってるほうがいいや」

「パパは五時前には帰らないと思うけど」

「もしかしたらもっと早く帰るかもしれない」

「もしかしたらね」彼女は相槌を打った。「そう、もしかしたら早く帰るかもしれないわ」

歩道を半分ほどひきかえしかけたとき、ダニーが呼びかけてきた。「ねえママ？」

「なあに？」

「ママは冬のあいだそのホテルに行って、住むってこと、どう思う？」

さて、五千通りもある答えのうちから、ここはどう答えるべきだろう？　きのう感じたとおりにか、それともゆうべ、あるいはけさ感じたとおりにか。それらはいずれも異なっている。ばら色の答えから真っ黒なそれまで、スペクトルの全帯域に散らばっている。

彼女は言った。「おとうさんの決心しだいよ。ママはそれにしたがうわ」彼女はちょっと言葉を切った。「あんたはどう？」

「ぼくもだよ」ダニーはきっぱり言いきった。「どっちみちここには、あんまり友達もいないし」

「以前のお友達がなつかしい？」

「ときどきスコットやアンディに会いたくなるよ。でもそれだけさ」

彼女は息子のそばまでひきかえすと、そっとキスして、このところめっきり産毛のやわらかさを失いはじめた亜麻色の髪をなでてやった。ダニーは生まれつききまじめな子供で、ときおり、こんな性格のうえに、自分とジャックを両親に持って、どうしてこの子は生き抜いてゆけるのだろう、とあやぶまれることすらある。高邁《こうまい》な理想をもって始まった自分たちの結婚も、いまではこの見知らぬ町の、きたないアパートの一室にまで下落してしまった。またしてもギプスをはめたダニーの姿が目に浮かんだ。思うに、《天》の人材配置機関にいるだれやらがへまをしでかしたらしい――ときおり、けっして正されることはないのではないか、そんなふうに思いたくなる失敗。もっとも無邪気な傍観者だけが、そのために苦しむことになるのだ。

「道路に出ちゃだめよ、ドック」そう言って彼女は、かたくダニーを抱きしめた。

「うん、わかってるよ」

二階にあがったウェンディは、台所にはいった。ティーポットを火にかけたあと、クリーム・サンド・ビスケットを出して、二つ三つ皿にのせた。自分が休んでいるあいだに、ダニーがやっぱりあがってきて、おやつを食べようという気になったときのためだ。大きな陶器のカップを前に置いて、テーブルにすわると、窓ごしに彼をながめた。ブルージーンズをはき、大きすぎる濃緑色のストーヴィントン校のジャージーを着て、依然として歩道のふちに腰かけている。グライダーはいまではその脇にある。それを見ているうちに、一日じゅう出かかっていた涙がついにあふれてきて、彼女はカップから立ちのぼる香ばしい湯気のなかに顔を伏せ、すすり泣いた。失った過去への悲しみと喪失感、そして未来への恐れのために。

3　ワトスン

あなたは些細なことで癇癪を起こした、そうアルマンは言った。

「さて、これが暖房炉だ」ワトスンが言って、暗い、かびくさい部屋の明りをつけた。ポップコーンのようにふわふわした髪をした頑丈な男で、白いシャツに、濃い緑色の木綿の作業ズボンをはいている。暖房炉の横腹にある小さな四角い格子窓をあけると、ジャックをうながして、いっしょにそこをのぞきこんだ。「ここに点火用の補助バーナーがある」のぞいてみると、むらのない青白色のジェット噴流が、かすかな音をたてながら、上へむかって破壊的な力をむらなく送りつづけている。しかしこの場合大事なのは、〝破壊的〟ということであって、〝むらなく送る〟ことではないぞ、そうジャックは考えた。もしもこのなかに手をつっこめば、たったの三秒でバーベキューが始まるだろう。
痼癪を起こした、か。

（ダニー、だいじょうぶか？）

暖房炉はその部屋全体を占めていた。これまでに見たどんな炉よりも大きく、もっとも古めかしいしろもの。

「この点火用バーナーは、安全装置つきになっている」と、ワトスンが言った。「なかにある小さなセンサーが温度をはかっていて、一定の温度よりさがると、おたくの部屋にあるブザーが鳴る仕掛けになっている。ボイラーは壁の向こう側だ。いま案内する」ワトスンはがちゃんと格子窓をとじると、ジャックの先に立って暖房炉の鉄製の巨体の後ろにまわり、べつのドアに向かった。鉄の炉の表面は、ふたりにむかって無感覚な熱を放射してき、なぜか、居眠りしている大きな猫を連想させられた。ワトスンは鍵束をちゃらちゃらいわせながら、口笛を吹いていた。

い、い、い、あんたは痼癪を——

（書斎にもどってみて、股に当て布のついた幼児用のパンツだけを身につけたダニーが、にたにた笑いながらそこに立っているのを見つけたとき、真っ赤な怒りの雲がむくむくと湧きあがって、理性をおい隠した。主観的には——ジャックの頭のなかでは——ひどく緩慢な作用に思えたが、実際には、ぜんぶでものの一分とかからなかったにちがいない。緩慢に感じられたのは、ある種の夢が緩慢に感じられるのとおなじ原理にすぎない。それも、とびきりの悪夢だ。

彼が部屋を留守にしていたわずかなあいだに、書斎じゅうの戸という戸、引出しという引出しがこじあけられ、ひっかきまわされたように見えた。戸棚、押入れ、スライド式の書架。引出しはひとつ残らず、止め木のところまで抜きだされている。原稿が床いっぱいに散乱している。七年前の学生時代に書いた中編小説をもとにして、徐々に三幕の戯曲に仕立てようと骨折っているところで、さいぜんウェンディが電話だと知らせてきたとき、ビールを飲みながら、その第二幕に手を入れていたのだ。その原稿の上に、ダニーがビールをまきちらしている。たぶん、泡だつのがおもしろいからだろう。泡だつのがおもしろい、泡だつのがおもしろい――その言葉は、調子の狂ったピアノから出る、たったひとつの胸くその悪い和音のように、くりかえしくりかえし頭のなかで鳴り響き、怒りの回路をつくりあげている。満足げなにたにた笑いを浮かべて、父を見あげている三歳の息子のほうへ、彼はつかつかと歩みよった。その笑いは、ちょっとの隙を見て父親の仕事部屋にはいりこみ、これほどみごとな作品を完成してのけたことへの、満足感を示している。ダニーがなにか言いかけたとき、ジャックは息子の手をつかんで、それをねじあげ、息子がその手に握っているタイプライター用の消しゴムと、シャープペンシルをとりあげようとした。ダニーはかすかな叫び声をあげた……いや……ちがう……正直に言おう……悲鳴をあげた。すべては怒りのもやのなかにあって、ひどく思いだしにくい。あのったひとつの胸くその悪いスパイク・ジョーンズふうのコードだけが、わーんと鳴り響いている。そのどこかにウェンディがいて、どうかしたのと叫んでいる。その声は、内なるもやに妨げられて、かすかにしか聞こえない。ほっといてくれ、これはおれたちふたりだけの問題なんだ。彼はダニーの尻をたたこうとして、向こう向きにさせた。太いおとなの指が、かぼそい三歳児の前腕の肉に食いこんだ。あまりの細さに、指先が重なって、完全な握りこぶしになるほど。そして、骨の折れる音。大きな音ではない。大きな音ではないが、ひどくけたたましい、ぎょっとするような音。けっして大きな音ではない――目の前をおおった真紅のもやを、光の矢のように切り裂くに足りる音。だがその裂け目からは、光がさしこむかわりに、恥と、悔恨と、恐怖と、魂のひきさかれるような苦悶とが、どす黒い雲となってはいりこんでくる。その明確な音のいっぽうには過去が、いっぽうには未来のすべてがあって、それがちょうど鉛筆の芯の折れたときか、細いたきぎを膝にあててへし折ったときのように、そのふたつをまっぷたつに分断している。それにつづく完全な静寂は、彼のこれからの人生、これから始まる未来を象徴するものだったかもしれない。ダニーの頰がみるみる血の気を失って、チーズのような色になり、ふだんから大きな目が一段と大きくなって光をなくしてゆくのを見たとき、ジャックにも息子が気を失って、足もとのビールと原稿の海のなかに、倒れこんでゆこうとしているのがわかった。自分自身の声――酒気に濁った、弱々しい、不明瞭な声が、いっさいをもとにもどそうとして、むなしくあがいている。その骨の砕ける、あまり大きくない音を避けて、過去に通じる道――はたしてこの家には、現状《ステータス・クオー》というものがあるのだろうか？――を見つけようとしながら、ダニー、だいじょうぶか？　と問いかけている。そして、それに答えるダニーの悲鳴。ジャックのそばをすりぬけて部屋にはいり、息子の前腕が異様な角度で肘からぶらさがっているのを見たときの、ウェンディの驚愕のあえぎ。子供の腕がこんなふうにぶらさがるなどということが、正常な家族関係のなかで、あっていいわけがない。ひっさらうように息子を腕に抱きしめながら、彼女もまた悲鳴をあげ、脈絡のない言葉を口走った――おおかわいそうにおおダニーおおどうしようおまえのかわいそうな腕。そしてジャックは茫然自失してその場に立ちつくし、どうしてこんなことが起こりうるのか理解しようと努めた。そうしてそこに立っているとき、ふと視線が妻の視線とぶつかり、ウェンディが自分を憎んでいるのがわかった。その憎しみが、実際的な面ではどういうかたちであらわれるか、まだそのときには思い浮かばなかった。それに気がついたのは、ずっとのちのこと――ひょっとすると、その夜のうちにウェンディは、家を出て、モーテルに泊まり、朝になるとすぐ弁護士を立てて、離婚訴訟を起こしていたかもしれない、でなければ、警察に通報していたかもしれないと気づいたのは。そのときはただ、妻が自分を憎んでいることを知り、そのことで、そのことだけで、ぶんなぐられるほどのショックを受けたものだ。ジャックは恐れおののいた。その感じは、迫りくる死を待つのに似ていた。それから、ふいに彼女が身をひるがえして電話のところへ駆けてゆき、泣き叫んでいる息子をしっかり抱きかかえたまま、病院をダイヤルしはじめた。だがジャックはあとを追わなかった――惨憺たる仕事部屋のまんなかに立ちつくしているきりだった。強いビールのにおいにつつまれ、あらぬ想念にとらえられて――）

あんたは癇癪を起こした。

ジャックは強く手のひらでくちびるを拭うと、ワトスンのあとについてボイラー室にはいった。そこには湿気がこもっていたが、彼のひたいや腹や脚のあいだに、不快な、ねっとりした汗をにじみださせているのは、たんなる湿気ではなかった。それは追憶のしからしむるものだった。二年前のあの夜を、たった二時間前の出来事のように思いださせたなにか、それが汗をかかせている。そこには時間の推移はなかった。そのときの恥ずかしさと自己嫌悪、おれなんか生きている価値はないんだという思い、それらがありありと胸によみがえった。その感情は、いつも、酒を飲みたいという気持ちに彼をかりたてるが、飲みたいと感じることがまた、いっそうやりきれない絶望をもたらす。はたして自分には、酒への渇望を感じてもうろたえることなく、平静でいられるときというものが、一時間——一週間や一日ですらない、めざめているうちのほんの一時間ですら、与えられることがあるだろうか？

「ボイラーだ」ワトスンが言った。言うと同時に、赤と青の派手な大判のハンカチを腰のポケットからとりだし、ふんと力をこめて洟をかむと、なにかおもしろいものでも出たかというように、ちらりとのぞきこんでから、またポケットにしまった。

ボイラーは四つのセメントの台の上にのっていて、その長い、円筒状の金属タンクは、銅ジャケットにおおわれ、再三当て金をあてて修理した跡があった。タンクの上には、いりくんだ給水管や蒸気管がジグザグに走り、高い、蜘蛛の巣のたれさがった天井の闇に消えている。右手の壁からは、隣室の暖房炉から燃焼ガスを送ってくる二本の太い煙管が、壁をつらぬいてのびている。

「圧力計がここにある」ワトスンが軽くそれをたたいて言った。「一平方インチあたりの蒸気の圧力を、ポンドで——つまりｐｓｉで示してある。このことは知っているな？　いまは百になっているが、これだと夜はちょっと冷える。文句を言ってくる客もあるが、なに、知ったことじゃないさ。どっちにしろ、九月になってここへこようなんてやつは、頭がどうかしてるんだから。おまけにこいつは老いぼれもいいとこだ。やたらつぎがあたってて、福祉事業にくれてやる古着といい勝負さね」

またハンカチがあらわれた。ぐふん。のぞく。消える。

「いやあ、ひどい風邪をひいちまってね」ワトスンはくだけた調子でつづけた。「いつも九月にひきこむんだ。ここでこの老いぼれめをいじくりまわしたあと、外に出て芝生を刈ったり、あのロークのコートを手入れしたりするだろ。汗をかいて、それをほっとくと風邪をひく──うちのおふくろはいつもそう言ってたっけ。死んでからもう六年になるかな。癌だよ。まあ癌にとりつかれたら、おたがい遺書を書いたほうが早道ってものさ。

ところでこの圧力だが、冬のあいだは五十か、せいぜい六十で止めておくのがいいだろう。あのアルマン氏に言わせると、きょう西の棟を暖めたら、あすは中央の、そのつぎは東の棟を暖めろってことだがね。ちょっと気ちがいじみてるだろ？　あのちびめ、おれは大嫌いだ。きゃんきゃん、きゃんきゃん、一日じゅうわめきたてやがって、まるでひとの足首に嚙みついたあと、今度は部屋じゅう駆けまわって、絨毯に小便をしちらかす子犬みたいさ。あれじゃ頭んなかに黒色火薬が詰まってたって、自分の鼻ひとつ吹っ飛ばすことはできまいぜ。

さて、ここを見てくれ。ここに並んだ蒸気管をあけしめするには、この輪をひっぱればいい。あんたがまちがえないように、それぞれタッグをつけといてやったよ。ブルーのタッグのついたのは、東の棟の客室に通じている。赤いタッグのは中央の棟。黄色のは西の棟だ。西の棟を暖めるときに、覚えといてもらわにゃならんのは、風やなにかの影響をまともに受けるのは、建物のうちでもとくにこの西側だってことだ。ちょっとでも強い風が吹いてみろ、こっちの棟の客室はどれも、肝腎なお道具に氷のかけらを入れてる、冷感症の女みたいに冷たくなっちまう。だから、西の棟を暖める日は、圧力を八十ぐらいまであげるのがいいだろう。すくなくともおれならそうするね」

「客室にある温度調節装置は——」ジャックは言いかけた。

ワトスンは勢いよく首を振った。ふわふわした髪が頭頂で踊った。「ありゃあだめだ、こっちとつながっていないんだから。お飾りだよ。カリフォルニアあたりからくる客のなかには、部屋んなかに椰子の木が生えるくらい、暑くないと気に食わん、てえ連中がいるんでね。実際の操作はみんなこっちでやってるのさ。とはいっても、圧力には気をつけなきゃいかん。そら、すこしずつあがってるだろう？」

ワトスンは中心の目盛りをさしてみせた。たしかに、いま長広舌をふるっているひまに、その針は一平方インチあたり百から、百二ポンドにあがっていた。ふいにジャックは、背筋を戦慄が走り抜けるのを感じ、ちくしょう、いまだれかがおれの墓の上を歩きやがった(わけもなくぞくっとしたときに言う)、と思った。それから、ワトスンが圧力調節弁のハンドルをまわして、余剰の蒸気を放出した。ぷしゅーっとものすごい音がして、圧力計の針は九十一までさがった。ワトスンが調節弁をぐいとねじって締めると、音はいかにも不本意そうに消えていった。

「じりじりあがるんだ」と、ワトスンは言った。「ところがそのことをあのアルマンのでぶっちょめに言うだろう？　するとやっこさん、帳簿をもちだして、一九八二年までは新しいのを買う余裕なんかないってことを、三時間もかけて証明してくれるのさ。言っとくが、そのうちきっとこのホテルは、空高く吹っ飛ぶようなことになるぜ。そのときあのちびのでぶっちょめが、そのロケットに乗ってればいい、とおれは衷心から望むね。おれの口の悪いのは勘弁してくれよ。おふくろみたいな博愛主義者じゃないからね。どんなやつにもなにかいいところを見つけたものさ、おふくろは。だがまあ、持って生まれた性質は仕方がない。

ところで、あんたに覚えといてもらわにゃならんのは、日中に二回、夜は寝床にはいる前に一回、ここへ降りてきて、圧力を調べるということだ。そいつを忘れると、いまみたいにじりじりと圧力があがって、気がついたときには、あんたたち一家は月面に吹っ飛ばされてる、なんてことになりかねない。気をつけて、すこしずつ蒸気を放出してやってるかぎりは、なんの問題もないんだ」

「最大圧力はどれくらいだね？」

「そう、二百五十ってことになっているが、いまの調子じゃ、それよりはるか前に爆発するだろうな。まあおれなんか、あの目盛りが百八十ぐらいまであがったら、もうここへきて、あいつのそばに近づくのはごめんだね」

「自動調節弁はないのか？」

「ないんだよ。なんせこいつができたのは、そういうものが要求されるようになるのよりも、前の時代だからね。この節は、連邦政府がなんにでも首をつっこんでくる。FBIは私信を開封するし、CIAは電話を盗聴する……ニクソンがどうなったかを見ろよってんだ。じっさいあれはなさけないありさまだったぜ。

だがな、毎日きまった時間にここへきて、圧力をチェックしてさえいりゃ、なにも問題はない。それと、やっこさんの言うように、順ぐりにこれらの蒸気管を開閉することだ。とくに暖冬でもないかぎり、客室の温度は、華氏四十五度よりたいして上にはならんはずだよ。いっぽうあんたの住む部屋のほうは、いくらでも好きなだけ暖かくすりゃあいい」

「配管設備のほうはどうなっている？」

「オーケイ、いまそれを話そうと思ってたんだ。このアーチをくぐって、こっちへくるがいい」

はいっていったところは、一見何マイルもつづいているように見える、細長い、長方形の部屋だった。ワトスンが手もとの紐をひっぱると、七十五ワットの裸電球がひとつぽつんとともり、ふたりの立っている箇所に、無気味な、ゆらゆらする光を投げかけた。真正面にエレベーター・シャフトの底の部分があり、太い、油光りのするケーブルが、直径二十フィートもある滑車と、巨大な、機械油のこびりついたモーターとにむかってたれさがっている。あたりには、いたるところに、束ねたり、紐をかけたり、ボール箱に入れたりした古新聞の山があり、その他の箱には、「記録」とか、「送り状」とか、「領収書——保存のこと！」とかいった文字がしるされている。黄色っぽい、かびくさいにおいがただよっている。箱のいくつかはこわれかかっていて、おそらく二十年はたっているだろう黄色い薄葉紙の束が、床にはみだしている。すっかり魅了されて、ジャックはあたりを見まわした。《オーバールック》の長い歴史のすべてが、ここに、この腐れかかったボール箱の山のなかに、埋もれているかもしれないのだ。

「あのエレベーターをまちがいなく動くようにしとくのは、ちと厄介だ」と、ワトスンが親指でそのほうをさしながら言った。「おれはちゃんと知ってるんだが、アルマンのやつ、州のエレベーター検査官にちょくちょく食事をおごって、あのおんぼろめの検査に手心を加えてもらってるんだよ。

さて、これが給排水設備の中心部分だ」前方に、五本の太いパイプがあった。それぞれ絶縁材につつまれ、鋼鉄の輪をかけられて、上方の影のなかへ消えている。

ユーティリティ・シャフトのそばの蜘蛛の巣だらけの棚を、ワトスンはゆびさしてみせた。「あの棚には、油じみたぼろ切れの山と、一冊のルーズリーフのバインダーがのっている。

そのなかにホテル全体の配管図がある。まず漏水の心配はないと思うがね——これまではなかったから。ただし、ときどきこのパイプが凍結することはある。凍結を防ぐ唯一の方法は、夜じゅうぜんぶの蛇口を細めにあけとくことなんだが、なんせこのばかでかい建物には、ぜんぶで四百からの蛇口があるからね。水道料の請求書を見たら、あのでぶのおかま野郎めが、デンヴァーまで聞こえるくらいの金切り声でわめきたてるだろう。そう思わないかい？」

「それはまた、きわめて鋭い分析だと思うね」

ワトスンは感嘆の目でジャックをながめた。「なるほど、あんたはたしかに大学出だよな。

まるで辞書みたいな口をききやがら。尊敬するぜ——ああいったおかま野郎でないかぎりは。そういうやつは多いんだ。数年前にあちこちであった大学紛争、あれをあおりたてたのはだれだと思う？　ホンマセックシュルの連中さ。出口のない状況とやらにいらいらして、はけ口をもとめた。〝戸棚からとびだす〟（俗語で、「ホモであることを公表する」の意）、とかやつらは言ってたがね。じっさい、世のなかがどうなってくのか、おれなんざ見当もつかんよ。

ところで、このパイプだが、もし凍結するとしたら、それはたいがいこのシャフトのなかで起きる。ごらんのとおり、暖房がないからね。で、もしそれが起きたら、これを使うんだ」そう言ってワトスンは、こわれたオレンジの空箱に手を入れると、小型のガストーチをとりだした。「凍結した箇所を見つけたら、そこの絶縁材をはがして、こいつで管をあぶるんだ。わかったな？」

「わかった。しかしもし凍結箇所が、このユーティリティ・コア以外のところだったらどうする？」

「そいつはあんたが自分の仕事をしっかりやって、暖房を切らさないかぎり起こらんよ。どっちみち、これ以外の箇所では、パイプに近づくことはできんしな。まあくよくよすることはないさ。なにも困ったことは起こりゃせんから。それにしても、ここはいやな場所だぜ。蜘蛛の巣だらけでさ。ここにくるたびにぞっとするんだ」

「アルマンから聞いたんだが、初代の冬季管理人は、家族を殺して自殺したそうだな」

「ああ、あのグレイディのやつだろ。ろくでなしだよ。一目見てわかったね。鶏小屋の卵を盗んだ犬みたいに、たえずにたにたしてやがってよ。あれはいまの経営陣がここを始めたばかりのときでね。アルマンのでぶ野郎、給料が安くてすめば、相手がたとえ《ボストンの絞殺魔》だって雇ってたろうぜ。発見したのは、国立公園のレーンジャーだった。電話は不通でね。一家四人とも、西の棟の三階で、こちこちに凍りついてた。女の子たちはかわいそうだったな。八つと六つだったっけ。そろってかわいい子だったよ。それにしても、ひどい騒ぎさ。アルマンのやっこさん、シーズンオフはフロリダのどこかで、安ぴかのリゾート・ホテルの経営をまかされてるんだがね。デンヴァーまで飛行機できて、そのあとサイドワインダーからここへくるのに、なんと橇を雇ったものだ。道路が閉鎖されてるといっても——橇とはね、おい、信じられるかよ？　新聞に事件のことを出させまいとして、懸命になってた。その点ではなかなかよくやってたことは認めなきゃならん。《デンヴァー・ポスト》に小さな記事が出て、そのあともちろん、エスティズ・パークで出ているちっぽけな赤新聞に、死亡記事がのったがね、それでほぼぜんぶさ。このホテルにまつわりついてる評判を考えりゃ、それでもよくやったほうだぜ。おれなんざ、きっとどこかの記者《ブンヤ》が、そいつを洗いざらいほじくりだして、ほじくりだす言いわけに、グレイディの事件をそのスキャンダルと結びつけようとするだろうって、そう予想してたもんな」

「スキャンダルというと、どんな？」

ワトスンは肩をすくめた。「大きなホテルには、きまってスキャンダルがついてまわるのさ。どこの大きなホテルにも、きまって幽霊が出るのとおなじだよ。なぜかって？　だって客の出入りが多いからさ。そのなかには、部屋で頓死するものも出てこようじゃないか——そう、心臓麻痺とか、発作とか、そういったものでね。ホテルってのは、迷信ぶかいところなんだ。十三階とか一三号室がないのもそのひとつだし、通り口のドアの裏に鏡をつけないのもそれさ。うちでもついこの七月に、女の客が死んでね。アルマンがその始末にかけずりまわらにゃならなかったが、やっこさん、なかなかうまくやったぜ。だからこそ、一シーズンに二万二千ドルもとってるんだし、いくらおれが鼻持ちならん野郎だと思っても、それだけのことはやってるってわけだ。いってみれば、客がここへげろを吐きにくるのを、アルマンみたいなやつを雇って、掃除させてるってとこかな。とにかく、いまの女の話だが、ありゃどう見ても六十にはなってたね——おれと同年輩だぜ！　それが、停止信号さながらに、真っ赤に髪を染めてるのはいいとして、おっぱいときたら、ブラジーエアーとやらをしないんで、へそのあたりまでたれさがってるし、脚にはまるで道路地図みたいに静脈こぶが走ってる、喉や腕の肉は、鶏の肉だれみたいにぶらさがってる、耳もたれさがってるってありさまさ。それでいて、連れってえのが、どう見ても十七歳以上とは見えないような若造でね。そいつがまた、ろくにけつっぺたに毛も生えていないくせに、前のほうは、まるで漫画本でも押しこんだみたいにふくれあがってるってえたまだ。あれであのふたり、一週間——そう、十日も滞在してたかな。そのあいだ、毎晩おなじ手順のくりかえしでね。五時から七時まで、《コロラド・ラウンジ》にすわりこんで、女のほうは、まるであすにでもそれが禁制になるってみたいに、シンガポール・スリングをひっかける。若造のほうは、たった一壜のオリンピアをちびちびなめて、それで最後までもたせる。そしてそのあいだ女のほうは、気がきいてるつもりで、さかんにジョークをとばす。男のほうはそのたびに、ゴリラみたいににやりと笑う。まるで女がやっこさんの口のはたに紐をつけて、ひっぱってるようなあんばいさ。だが何日かたつうちに、やっこさんにとって、笑うのがだんだん苦痛になりだしたってことは、はためにもよくわかった。あれでまあベッドにはいって、どうポンプに呼び水をくれてたのか、見当もつかんがね。ともかく、やっとバーからおみこしをあげると、食堂にくりこむんだが、男のほうはさっさと歩く、ばばあのほうはすっかり食らい酔っちまって、足もともおぼつかない。だもんでやっこさん、ばばあの見てないすきにウェイトレスの尻をつねったり、にやついてみせたりしてるのさ。じっさい、こっちじゃみんなして賭けをしてたぐらいだぜ――やっこさん、いつまでもつかってね」

ワトスンは肩をすくめた。

「そのうち、ある晩のこと、十時ごろやっこさんが降りてきて、〝ワイフ〟がちょっと〝気分が悪く〟なったと言う――てえことは、ここにきてから毎晩そうだったように、女がまた酔いつぶれちまったってことさ。なのにやっこさん、胃の薬を買いにいくとか言って、ふたりでここへきたときの小型のポルシェに乗って出ていく。それっきりさ、われわれがやつを見たのは。あくる朝になると、女が降りてきて、けなげにも、なんとも思っちゃいない、ってな大芝居を打ちはじめる。だが時間がたつうちに、だんだん顔が青ざめて、目がすわってくるのがわかるんで、そこでアルマン氏がいくらか遠まわしにもちかける――万一若いのが事故かなにかにあってるといけないから、わたくしどもから州警察に連絡しましょうか、ってね。女は躍起になってそれをとめたね。いえいえいえ、あの子は運転が上手ですし、ちっとも心配はしてません。なにも問題なんかありませんわ。きっとお夕食までにはもどってくるでしょう。てなわけで、その午後は三時ごろに《コロラド》にはいって、ついに夕食には出なかった。部屋にひきあげたのは十時ごろかな。それが生きてるのを見た最後だったよ」

「なにがあったんだ？」

「郡検死官が言うには、さんざん酒をがぶ飲みしたうえに、睡眠薬を三十錠ばかり飲んだんだとさ。翌日、亭主があらわれたが、これがニューヨークの大物弁護士とやらでね。かわいそうなアルマンのやつを、手を変え品を変えておどしつけた。この点が不行届きだからおまえを訴える、あの件がけしからんから訴えてやる、そして訴訟が終わったときには、おまえにはきれいなパンツ一枚残されちゃおらんぞ、とかなんとか、そういったことさ。だがアルマンのおべっか使いもさるものだ。うまいこと舌先三寸でそいつを丸めこんじまった。たぶんその大立者氏にこう言ったんだろうな――ニューヨークじゅうの新聞に、あなたの奥さんのことが出るのを見たいかってね。『ニューヨークの著名弁護士夫人、大量の睡眠薬を飲んで死体で発見』――しかもそれが、孫といってもいいほどの若造と、さんざっぱらソーセージ隠しをして遊んだあとなんだからな。

その後、問題のポルシェは、ライアンズの近くの、終夜営業のハンバーガー・スタンドの裏に乗り捨ててあるのを発見された。アルマンは州警察に手をまわして、それが亭主に返還されるようにしてやったよ。それから、アルマンとその弁護士とは手を組んで、アーチャー・ホートンに圧力をかけた——つまり郡の検死官さ——そして強引に評決を事故死に変えさせたんだ。いまじゃホートンのやっこさん、クライスラーの新車を乗りまわしてるがね。べつにうらやんでるわけじゃないぜ。宝の山を見つけたら、それをつかむのが男ってもんだ——とくに、年をとってから宝の山を掘りあてたときにはね」

ハンカチがあらわれる。ぐふん。のぞく。消える。

「ところがだ、どうなったと思う？　事件から一週間ほどたって、ちょっとおつむの軽い客室係メイドのデロレス・ヴィカリーってえ娘が、そのふたりの泊まってた部屋をかたづけてるさいちゅうに、とてつもない悲鳴をあげたかと思うと、そのまま気絶しちまった。やっと息を吹きかえして、言うことには、その死んだ女を風呂場で見た、裸で浴槽につかっているのをたしかに見た、とこうなんだ。『顔は真っ青で、ふくれあがってて、その顔であたしにむかってにやりと笑ったんです』そう言いはるのさ。それでアルマンは、彼女に二週間分の給料をやって、すぐに出ていけと言いわたした。まあおれの勘定じゃ、一九一〇年にうちのじいさんがこのホテルを開業して以来、ぜんぶで四十人から五十人がここで死んでるんじゃないかな」

彼は抜け目のない目でジャックをうかがった。

「大半はなんで死んだかわかるか？　心臓麻痺か発作さ——連れの女を相手に一発かましてるさいちゅうに、ぽっくりってわけだ。つまり、ここのようなリゾート・ホテルの客は、青春の夢よもう一度、っていう年寄り連中が多いってことだよ。もう一度はたちの若者にでもなった気で、はるばるこの山の上へやってくる。たまたま運が悪いと、なにかが故障を起こす。だが、これまでこのホテルを経営してきた連中が、みんなアルマンのように、事件を新聞に出させないことに凄腕を発揮したわけじゃない。そこで《オーバールック》にはある種の評判がたってわけだ。まあ聞く人に聞けば、あのニューヨークの《ビルトモア》にだって、やっぱりある種の評判はあると思うがね」

「だが幽霊は出ない？」

「なあトランスさんよ、おれは一生このホテルで働いてきたんだぜ。さっきあんたが見せてくれたあの紙入れのなかの坊やの写真な、あれくらいの年ごろのときから、ここを遊び場にしてたんだ。だが幽霊なんて一度も見たことはないぜ。さてと、それじゃ外へ行こうか――資材小屋に案内するから」

「よかろう」

ワトスンが明りを消そうとして腕をのばしたとき、ジャックは言った。

「ここには大勢の人間が出入りするんだろうな」

「ここにか？　冗談言っちゃいかんよ。このとおり、千年もたってると言ったっていいくらいだ。古新聞やら、古い送り状やら、船荷証券やら、その他もろもろ。おれの親父の代までは、旧式の薪でたく暖房炉を使ってたから、こういったくずもけっこうかたづいてたんだがね。いまじゃ完全にお手あげさ。そのうちいつか若いものでも雇って、サイドワインダーまで運ばせて、燃やすよりほかないだろうな。アルマンがそれだけの出費をオーケイすれば、だが。ちっとばかり大きな声でねずみのことをわめきさえすれば、きっと出すだろうと睨んでるんだ」

「じゃあやっぱりねずみはいるんだな？」

「いるともさ、いくらかはな。アルマンがあんたに、屋根裏とここに仕掛けるように言ってるねずみとり、それに毒薬、それは買ってきてある。ただ、くれぐれも言っとくが、坊やには気をつけなよ。坊やに万一のことがあっちゃたいへんだからな」

「ああ、せいぜい気をつけよう」おなじ忠告でも、ワトスンの口から言われると、すこしも苦にならなかった。

ふたりは階段の下まで行き、そこでワトスンがまた洟をかむあいだ、ちょっと立ち止まった。

「必要な道具類は、ぜんぶ外の小屋にあるはずだが、ひょっとしたら、ないのもあるかもしれん。屋根のこけら板も、その小屋に用意してある。そのことはアルマンが言ったろう？」

「ああ、西の棟の屋根の一部をふきなおしてくれってことだった」

「とにかくあのでぶっちょめは、ただですむことなら、どこまでもひとをこき使おうとするんだ。それでもって春になると、仕事ぶりが気に食わんと言って、ぶつくさ文句を並べたてる。いつか面とむかって言ってやったことがあるんだ――おれは……」

ワトスンの声は、階段をのぼってゆくうちに、いつしか快い背景音となって消えていった。途中で一度、ジャックは肩ごしにふりかえると、そのはかりしれない、かびくさい闇をながめて、もしも幽霊の出る場所というものがあるとしたら、これこそそれにちがいないと考えた。グレイディのことが頭に浮かんだ――音もなく降る執念深い雪にとじこめられて、ひそかに狂気にかりたてられ、ついには凶行に及んだグレイディ。彼らは悲鳴をあげただろうか？　かわいそうにグレイディは、毎日すこしずつそれが迫ってくるのを感じていただろう。そして最後に、自分にはついに春はめぐりこないことをさとる。グレイディはここへくるべきではなかったのだ。癇癪を起こすべきではなかったのだ。

ワトスンについて戸口を出るジャックの頭に、ふたたびその言葉が、鋭い音——鉛筆の芯の折れるような鋭い音を伴奏として、弔鐘さながらに響きわたった。えいくそ、ここで一杯やれたら。いや、一杯といわず、千杯でも。

4　影の国

ダニーがようやくあきらめて、二階へおやつを食べにあがっていったのは、四時十五分過ぎだった。窓の外を横目で見ながら大急ぎで食べてしまうと、寝室で横になっている母にキスしにいった。母は、テレビで『セサミ・ストリート』を見てはどうかとすすめた——それで気がまぎれれば、時間もはやくたつだろうというのだ——が、ダニーはきっぱりと首を振って、また歩道のふちにもどった。

時刻はそろそろ五時になろうとしていた。時計は持っていないし、どっちみち時間もまだよく読めないのだが、それでも、影の長さや、午後の日ざしを染めている金色の色合いなどから、時の経過を感知することはできる。

グライダーを手のひらでまわしながら、ダニーは小声で歌った。「スキップしといで、ルー、かまわないからさ……スキップしといで、ルー、かまわないからさ……とうさんは留守だよ……ルー、ルー、スキップしといで、ルー……」

それは、ストーヴィントンでかよっていたジャック・アンド・ジル幼稚園で、よくみんなといっしょに歌った歌だった。ここへきてからは、パパにそれだけの余裕がなくなったので、もう幼稚園には行っていない。そのことを父と母が苦にしているのはわかっている。そのために、彼の寂しさが増すのを心配しているのだ（それともうひとつ、口には出さないが、そのことをダニーが恨んでいるのではないかという懸念）。だがダニーはじつのところ、もうあのジャック・アンド・ジルなんかに行きたいとは思わない。あれは赤ん坊の行くところだ。彼はまだ大きな子供ではないが、さりとて赤ん坊でもない。大きな子供は大きな学校に行って、温かい給食を食べるのだ。一年生。来年。今年はその、赤ん坊と、ちゃんとした子供との中間の、宙ぶらりんなところだ。だがかまわない。スコットやアンディに会いたくなることもあるが――たいがいはスコットだけれど――それもやはり平気だ。この先なにが起こるにせよ、それを待つには、ひとりだけがいちばんいいような気がする。

ダニーには、両親のことがいろいろよくわかっていた。自分にそれがわかっているのを、両親が喜ばないことも、ある場合には、それを信じたがらないことも見ぬいていた。だが、いつかは信じなくてはならなくなるだろう。それまで待つのはいっこうにかまわない。

とはいえ、両親が多くを信じてくれないのは、ダニーには悲しいことでもあった。とりわけいまのようなときはだ。いまママはアパートの寝室で横になって、パパのことを心配するあまり、泣きだしそうになっている。ママの心配していることのいくつかは、おとなの問題だから ダニーにはよくわからない――なにか〝安定〟とか、パパの〝自我像〟とかに関係した漠然たる悩み。自分たち一家の現状にたいする罪悪感や、怒りや恐れなどの感情。だが、いまママの心の中心を占めているものは、はっきりしている――パパの車が、山のなかで故障したんじゃないかという心配(だけどもしそうなら、どうして連絡してこないんだろう?)。でなければ、パパがどこかへ〝いけないこと〟をしにいったんじゃないかという懸念だ。

ダニーには、〝いけないこと〟というのがどんなことか、よくわかっていた。六カ月年長のスコッティ・アーロンソンが、くわしく話してくれたからだ。スコッティがそれを知っているのは、彼のパパもやはり〝いけないこと〟をしているからだった。スコッティから聞いたところによると、彼のパパはいつだったかママの目を殴って、気絶させたことがあるそうな。そしてとうとう、その〝いけないこと〟が原因で、スコッティのパパとママはリコンし、ダニーが知りあったときには、スコッティはママといっしょに暮らして、パパには週末に会いにゆくだけだった。リコン――この言葉ほどダニーにとって恐ろしいものはない。それはいつも、しゅうしゅうなっている毒蛇でおおわれた、真っ赤な文字の標識として、彼の心象風景のなかにあらわれる。リコンすると、両親はもはやいっしょには住まなくなる。そして法廷《コート》で子供をとりっこする（コートって、テニスコートだろうか？　バドミントンのコートだろうか？　ダニーにはどちらだかわからないし、ひょっとしたら、それ以外のなにかかという気もするが、ママもパパも、ストーヴィントンではよくテニスやバドミントンをやっていたから、たぶんこのどちらかだろうと見当をつけていた）。そしてその結果によって、子供は両親のどっちかいっぽうと暮らさなくてはならず、もういっぽうとは、ほとんど会えなくなってしまうのだ。しかも場合によっては、いっしょに暮らしている親のほうが、なにかの気まぐれで、子供のぜんぜん知らない相手と結婚することもある。リコンに関してなによりも恐ろしいのは、その言葉――あるいは概念、あるいはなんであれダニーにも理解しうるかたちのもの――が、両親の頭のなかに、ちらほらと浮かんだり消えたりすることだ。ときには散漫な、比較的遠いものとして、ときには雷雲のように厚く、重苦しく、不吉なものとして。あの事件のときがそうだった――彼がパパの書斎にはいりこんで、書類をめちゃめちゃにしたために、怒ったパパにお仕置きを受け、お医者さまで腕にギプスをはめてもらわなくちゃならなかった、あのとき。その記憶はすでに薄れているが、リコンという言葉の記憶はいまだ鮮明で、彼をおびえさせる。あのときは、それを考えていたのはおもにママのほうで、いつかママがその言葉を頭からひっぱりだして、口に出し、現実のことにしてしまうんじゃないか、といつもびくびくしていたものだ。リコン。それは、両親の心のなかに、たえず底流としてひそんでいて、単純な音楽のビートのように、いつでも彼がつかまえられる数すくないもののひとつだ。だが、この中心的な考えは、これまたビートのように、より複雑な他の想念の背骨となっているだけで、それらの複雑な想念のほうは、いまのところまだ理解の端緒すらつかめない。それらはたんなる色彩や気分として感じられるだけ。ママのリコンの考えは、パパがダニーの腕を痛くしたことや、ストーヴィントンでパパが仕事をやめたときのいきさつなどを中心としている。そう、あの学生だ。あのジョージ・ハットフィールドがパパに腹を立てて、パパのかぶとむしのタイヤに穴をあけたとき。いっぽう、パパのリコンの考えは、もうすこし複雑で、色は濃いすみれ色、そのなかに、ぎょっとするような真っ黒の筋目が走っている。パパは、自分がいなくなれば、ダニーとママはもっとしあわせになれるんじゃないか、そう考えているようだ。そのほうが苦痛がすくなくなるはずだと。パパはいつも苦しんでいる。たいがいは〝いけないこと〟が原因だ。このこともたいていの場合、ダニーは感じとることができる。パパのたえざる願望——どこか暗いところへ行って、カラーテレビを見、ピーナッツをつまみながら、〝いけないこと〟をしてみたい、そして頭を休め、気分が落ち着くのを待ちたいという願望。

だが、きょうの午後に関するかぎりは、なにも母が心配するようなことはなかったから、ダニーは母のところに行って、そう言ってやれたらいいのにと思った。かぶとむしは故障してなんかいない。パパは〝いけないこと〟をしに寄り道してなんかいない。もうじき帰ってくるところで、いまはライアンズとボールダーのあいだのハイウェイを、ぱたぱたと走っている。目下のところパパは、〝いけないこと〟なんか考えもしていない。パパが考えているのは……いるのは……

ダニーは肩ごしにこっそり台所の窓をうかがった。ときおり、ひとつのことを考えつめると、おかしなことが起きる。それが目の前のこと——現実のこと——を追っぱらってしまい、そこにないものを見せてくれるのだ。あるとき——あれは、腕にギプスをはめられてまもないころだったが——それが夕食のテーブルで起こったことがある。そのとき両親はほとんど口をきいていなかった。が、頭のなかでは、いろいろなことを考えていた。そうなのだ。リコンの考えが、雨をいっぱいにはらんで、いまにもはじけそうな黒雲のように、食卓の上にたれこめていた。あまりの重苦しさに、ろくに食事も喉を通らなかった。その真っ黒なリコンの考えに、四方からおさえつけられていると思うと、それだけで胸がむかついた。問題は非常に重要に思えたから、ほかのことはいっさい忘れて、それに精神を集中してみた。そのときなにかが起こったのだ。気がついてみると、豆やらマッシュポテトやらを膝にぶちまけたまま床に倒れていて、ママが彼を抱きかかえて泣いていた。そしてパパは電話にかじりついていた。びっくりしたダニーは、べつにたいしたことじゃないということを、両親に説明しようとした。ちょくちょくあることで、普通は、しぜんにわかることだけでなく、それ以上のなにかを理解しようとして考えを凝らすと、それが起こる。トニーのことも説明しようとした——両親が彼の〝見えない遊び友達〟と呼んでいるトニーのことを。

父が言っていた。「ゲンカクを見たようです。どうやらだいじょうぶらしいですが、やはりいちおう先生に診ていただきたいと思いまして」

医者が帰ったあと、ママは、二度とこんなことはしない、二度とこんな騒ぎを起こして、ママたちをびっくりさせないと約束してちょうだいと言い、ダニーはそうすると約束した。じつのところ、自分でもすこしおびえていた。というのも、意識を集中すると、それはパパにむかって飛んでゆき、そして、トニーがあらわれる前の一瞬(あらわれると言っても、いつものようにずっと遠くにいて、そこから呼びかけてきただけだが)、奇妙なものがこの台所や、青い皿の上の、切りわけられたローストなどをおおい隠し、ちょっとのあいだ、彼の意識は、パパの心のなかの暗黒をくぐりぬけて、ひとつの不可解な、リコンよりももっと恐ろしい言葉にたどりついたのだ。そしてその言葉は——ジサツ。それ以来、二度とパパの心のなかでその言葉に出くわしたことはないし、もちろん捜そうとしたこともない。それに、その言葉がなにを意味するか、はっきりわからなくてもいい、知りたくもないという気もする。

けれども、意識を集中することは好きだった——なぜならときどきトニーがあらわれるからだ。きまってあらわれるわけではない。ときには、ほんの一分ほどのあいだ、あたりがかすんで、ゆらゆらするだけで、またすぐもとにもどってしまうこともある——いや、たいがいはそうなのだ。だがときたま、トニーが視界の隅っこにあらわれて、かすかに呼びかけてき、手招きすることがある——

このボールダーに引っ越してきてからも、それは二度ほど起こっていた。トニーがはるばるヴァーモントから追っかけてきてくれたとわかって、どんなにびっくりさせられもし、うれしくもあったことだろう。してみると、友達がぜんぶ彼を見捨ててしまったわけではないのだ。

最初は、裏庭で遊んでいたときで、そのときはあまりたいしたことは起こらなかった。ただトニーが手招きしている姿が見えただけで、そのうち、目の前が暗くなり、数分して現実にもどったときには、混沌とした夢のような、ぼんやりした記憶の断片が残っているだけだった。二度目はいまから二週間前で、このときはもうすこしおもしろかった。四ヤード離れたところから、トニーが手招きしながら、「ダニー……きてごらん……」と呼びかけてきたのだ。その感じはちょうど、むっくり起きあがって、それから、不思議の国へ行くアリスのように、深い穴のなかに落ちこんでゆくのに似ていた。つぎに気がついたときには、アパートの地下室にいて、トニーがそばに立って、暗い影のなかにあるトランクをゆびさしていた。パパがいつも大事な書類、とくに〝ギキョク〟を入れるのに使っているトランクだ。

「見たろ？」トニーがいつものかすかな、音楽的な声音で言った。「あれは階段の下にある。ちゃんと階段の下にあるんだ。運送屋はまちがいなくあそこに置いてったんだよ……あの階段の……下に……」

ダニーはこの奇跡をもっとよくたしかめようとして足を踏みだし、また落ちてゆくのを感じた――今度は、最初からずっとすわっていた裏庭のブランコからだ。落ちただけでなく、一瞬、完全に息が止まっていたのにも気がついた。

三、四日後、パパが荒々しく歩きまわりながら、ママに言いだした――あのくそいまいましい地下室を隅から隅まで調べたが、トランクはどこにもない。きっと運送屋の野郎が、ヴァーモントからコロラドまでのどこかで積み残してきたにちがいないから、訴えてやる。こんなことがちょくちょくあるようじゃ、いったいいつ〝ギキョク〟を完成できると思う？

に置いてったんだ」そこでダニーは言った。「いいや、パパ。トランクは階段の下にあるよ。運送屋は階段の下

パパは奇妙な目で彼を一瞥すると、それをたしかめに出ていった。トランクはたしかにそこ、トニーが教えてくれたとおりの場所にあった。パパはダニーをちょっと離れたところへ連れてゆくと、膝にすわらせて、だれがおまえを地下室へ入れたんだとたずねた。三階のトムおじさんかい？　地下室は危険なんだよ。だから大家さんはたえず鍵をかけてるんだ。もしだれかが鍵をかけずにほうっておいたんなら、パパはそれがだれだか知りたい。もちろん書類や〝ギキョク〟がもどったのはうれしいけれど、ダニーの体にはかえられないんだ。もしもダニーが階段から落ちて……その……脚でも折っていたら……

ダニーは、地下室へは行かなかったということを、なんとかして父に納得させようとした。だって扉にはいつも鍵がかかってるもの。そしてママもそれを支持した。あそこは暗くて、じめじめして、蜘蛛の巣だらけだから、ダニーはけっして遊びにはゆかない。それにこの子は嘘をつくような子ではない。

「じゃあどうしてそれがわかったんだい、ドック？」パパはたずねた。

「トニーが教えてくれたんだよ」

父と母が頭ごしに目を見あわせるのがわかった。これはいままでにも何度となく起こったことだ。それについて考えるのが空恐ろしいので、いつもあわててそれを念頭から払いのけてしまうのだ。だが両親――とくにママが、トニーのことを心配していることはわかっている。だ

から、トニーがあらわれるように意識を集中するときでも、周囲の状況にはじゅうぶん注意しているつもりだ。けれどもいまは、ママが横になっていて、まだ台所で夕食の支度にかかっていないのはわかっているから、パパが考えていることを読みとれるかどうか、一心に思念を集中してみた。

眉間にかすかな皺が寄り、多少よごれた手は、かたく握りしめられて、ジーンズの膝にのっている。目はとじてはいない――それは必要なかった――が、ダニーは糸のように目を細めて、パパの声、ジャックの声、ジョン・ダニエル・トランスの声を頭に思い浮かべようとした――低く、落ち着いてはいるが、おもしろいことがあると、かんだかくはねあがり、怒ったときは一段と低くなる。そうでないときは、いつもおなじ落ち着いた調子。いまもそうだが、それというのも、考えているからだ。考えている。考えめぐらしている。考えている……

（考えている）

ダニーはそっと吐息をもらし、同時に全身から力が抜けて、筋肉がまったくなくなったように、ぐったりした。といっても、意識ははっきりしている――通りの向こうを見ると、一組の若い男女が、歩道を歩いてくるところだ。ふたりは手をつないでいるが、それはふたりが

（？愛しあっているから？）

この好天と、ふたりしてその日ざしを浴びながら散策できることを、しあわせに思っているからにちがいない。溝のなかを、黄色い落ち葉が風に吹かれて、いびつな車輪のようにころがってゆく。ダニーはその男女が通り過ぎようとしている家をながめ、その屋根が

（こけら板だ。雨押えさえしっかりしてれば、なにもむずかしいことはないはずだ。そうさ、問題なんかないさ。あのワトスンってやつ。じっさいおもしろいやつだ。あいつをおれの〝ギキョク〟のどこかに使ってやろうか。いや、気をつけないと、全人類を使うなんてことにもなりかねん。こけら板か。釘はあったかな？　しまった、そいつをあの男に訊くのを忘れてた。まあいいや、簡単に手にはいるはずだ。サイドワインダーの金物屋で。すずめばち。やつらはいまごろの季節に巣をかけるんだ。例の殺虫ボンベとやらがいるかもしれんな。万一古いこけら板をはがしてるときに、そこに巣食ってるといかんから。新しいこけら板。古い）

こけら板でふいてあるのに気がついた。こけら板。ではこれがパパの考えていることか。パパはホテルの仕事にありつき、いまはこけら板のことを考えている。ワトスンというのがだれだかはわからないが、ほかのことはきわめてはっきりしているようだ。きっとすずめばちの巣だって見せてもらえるだろう。ぜったいたしかだ――ぼくの名が

「ダニー……ダニィィィ……」

であるのとおなじに。はっとして顔をあげると、そこにトニーがいた。道路のだいぶ先、信号のそばに立って、手を振っている。いつものように、おさななじみの姿を見ると、温かい喜びが胸に湧きあがるのが感じられたが、と同時に、きょうはなぜか、トニーが不吉な翳でも背負ってきたかのように、一抹の恐怖が胸を刺しつらぬいたような気もする。いってみれば、すずめばちをいっぱいに詰めた壜のようなもの――いったん蓋をあけたら、したたかに刺されてしまう。

だが、呼ばれているのに行かないわけにはいかない。

ダニーの体はいよいよ深く歩道のふちに沈みこみ、両手は腿からずりおちて、だらんと股のあいだにたれた。あごが胸についた。それから、鈍い、痛みのない衝撃があって、目に見えぬ彼の一部がむっくり起きあがると、トニーを追って、うずまく暗黒のなかへ駆けだした。

「ダニィィィィ――」

いまやその闇をつらぬいて、真っ白なつむじ風が走った。咳きこむようなひゅうひゅういう音と、苦しげに折れ曲がった影――それがだんだんはっきりしてくると、それは、夜空を背景に、吹きすさむ強風を受けて、いまにも吹き倒されそうになっている樅の木だとわかった。雪が風に舞い、渦を巻いている。どこを見ても一面の雪。

「とても深い」トニーの声が闇のなかからした。その声には悲しみがあって、それがダニーをおびえさせた。「あまり深くて、出てゆけない」

べつの影――のしかかるようにそびえている。巨大な長方形の影。傾斜した屋根。あらしの夜の闇のなかで、ぼやけて見える白い影。たくさんの窓。こけら板でふいた屋根のある、長い建物。こけら板の一部は、一段と緑色が鮮やかで、新しい。パパがふいたのだ。サイドワインダーの金物屋から買ってきた釘で。いまやそのこけら板を雪がおおいはじめている。雪はすべてをおおいつくそうとしている。

緑色のセント・エルモの火が、その建物の手前にあらわれたかと思うと、ちらちら揺れながら大きくなって、巨大な、にたにた笑っているどくろと、二本の交差した骨になった。

「毒だよ。毒薬さ」と、トニーが浮遊する闇の奥から言った。

その他の標識が、明滅しながら目の前を通り過ぎた。あるものは緑色の文字で書かれ、あるものは雪の吹溜りに、傾いて立っている立て札に書かれている。遊泳禁止。危険！　送電線アリ。私有地ニツキ立入リオ断ワリ。高圧電線。第三軌条。死亡事故多シ。立入リ禁止。ハイルナ。通リ抜ケ厳禁。侵入者ハ発見次第射殺サルコトアリ。ダニーには、これらの標識が完全には理解できなかった——まだ字が読めないのだ！——が、その意味は感じとることができたし、それとともに、ひとつの夢に似た恐怖が、日にあたるとその場で死んでしまう薄茶色の胞子のように、体内の暗いうつろのなかに湧きあがってきた。

それから、ふっと消えた。いまいるところは、見慣れない家具の置かれた部屋のなかだった。部屋は暗い。外から砂を投げつけるように、雪がさらさらと音をたてて窓をたたいている。口が干あがり、目は熱いおはじきのようにほてり、心臓は早鐘のように鳴っている。どこか外のほうから、不吉なドアが大きく押しあけられようとしているような、うつろなどおんという音。そして足音。部屋の向こう端に鏡がある。そしてその銀色の泡の底深く、ひとつの言葉が青い火となって燃えている。その言葉は——REDRUM《レドラム》……

部屋が消えた。べつの部屋。彼は知っている——

(いずれ知ることになるはずだった)

この部屋を。椅子がひっくりかえっている。割れた窓から、雪がうずまきながら舞いこんでくる。雪はすでに絨毯の端を白くおおっている。カーテンはひきちぎられ、折れたカーテン・

レールから斜めにたれさがっている。低いキャビネットがうつぶせに倒れている。またしてもうつろなどおんという音——一定していて、リズミカルで、無気味な。ガラスが割れる。破滅が近づいてくる。しわがれた声、狂人の声——聞きおぼえがあるために、なおいっそう恐ろしいその声……

出てこい！　出てきやがれ、このくそったれめ！　思い知らせてやる！

どすん。めりめり。めりめり。木の裂ける音。憤怒と満足の咆哮。**レドラム**。やってくる。部屋を横切ってただよってゆく。壁からむしりとられた絵。レコード・プレイヤーが

（？ママのレコード・プレイヤーだろうか？）

床にひっくりかえっている。ママのレコードがそこらじゅうに散乱している——グリーク、ヘンデル、ビートルズ、アート・ガーファンクル、バッハ、リスト。一枚残らずたたきこわされて、ぎざぎざの黒いくさび型のかけらになっている。一筋の光線が、隣の部屋——浴室からもれてくる。真っ白な強い光。そして薬品戸棚の鏡のなかに、赤い目玉のように明滅しているひとつの言葉——**レドラム**、**レドラム**、**レドラム**……

「いや、いやだよ」ダニーはかすれた声でつぶやいた。「トニー、いやだ、お願い——」

そして白い磁器の浴槽のふちから、力なくたれている一本の手。ぐんにゃりした手。一筋の細い血のしたたり（**レドラム**）が、一本の指——薬指——を伝わって、入念に手入れした爪の先から、タイルにたれている——

いや　もういや　いや　いや——

（ねえやめてよ、トニー。こわいよ）

レドラム　レドラム　レドラム
（やめて、トニー、やめて）

溶暗。

その闇のなかで、あのどおんという音がしだいに大きくなり、いたるところ、周囲のあらゆるところで反響しはじめた。

そしていまダニーは、暗い廊下にうずくまっていた。ねじれた黒い形が、ごちゃごちゃと織りだされている青い絨毯——その上にうずくまって、どおんという音が近づいてくるのに聞き耳をたてている。そして、ああ、ついにひとつの《影》が角を曲がって、こちらへやってくる——よろめきながら、血と破滅のにおいをぷんぷんさせて。《影》は片手に木槌を持っていて、それを無気味な弧を描いて（**レドラム**）左右にふりまわし、壁にたたきつけては、絹の壁紙を破り、もうもうと漆喰の粉を舞いあがらせる——

出てこい、思い知らせてやる！　逃げ隠れせずに罰を受けるんだ！

《影》は近づいてきた——あの甘酸っぱいにおいを発散させながら、巨大なもののけとなって。木槌の頭が無気味にひゅっ、ひゅっとうなって空を切り、それから、あのうつろなどおんという音とともに壁にめりこんで、乾いた、鼻のむずがゆくなるような塵を舞いあがらせる。小さな赤い目玉が、らんらんと闇のなかで光っている。怪物がとびかかってくる。とうとう見つけたのだ——のっぺらぼうの壁を背に、これ以上はさがれないところまで追いつめられたダニーを。そして天井の揚げ戸には鍵がかかっている。

闇。ただよって。

「トニー、お願い、連れて帰ってよ、お願い、もう帰らせて――」

そしてふと気がつくと、もとのところにもどっている――アラパホ通りの歩道のふちに腰かけ、シャツをぐっしょり濡らし、全身汗みずくになって。耳にはいまだにあの恐ろしい、どおんというポリフォニックな音がこびりつき、極度の恐怖に思わずもらしてしまったのか、ぷんと鼻をつくおしっこのにおい。そして目の前には、いまなおありありと、指の先――薬指――から血をしたたらせて、浴槽のふちにたれていたあの手。そしてそれらのなににもまして恐ろしいあの言葉――**レドラム**。

そしていま、日光。現実のもの。トニーを除いては。いまや六ブロックも向こうの角に、ほんのけし粒ほどになって立っているトニー――その声は高く、かすかで、甘い。「気をつけろよ、ドック……」

さらにつぎの瞬間、トニーの姿は消え、かわりにパパの古ぼけた赤いかぶとむしが角を曲がってあらわれて、背後に青い煙を吐きだしながら、がたがたと近づいてきた。ダニーはぱっと歩道のふちを離れると、手をふりまわし、片足ずつでぴょんぴょんとびはねながら叫びはじめた。「わあい、パパだ！　パパ、おかえり！　おかえり！」

パパはワーゲンを歩道のふちに寄せて止めると、エンジンを切り、扉をあけた。ダニーは父に駆けよろうとし、とたんにはっとして立ち止まった。目が丸くなり、心臓が喉もとまでとびあがって、そこで凍りついた。パパのそば、助手席の上に、血と髪の毛のこびりついた、柄の短い木槌がのっている。

それからそれは、ただの食料品の袋だとわかった。

「ダニー……おい、だいじょうぶか、ドック？」

「うん、なんでもないよ」ダニーはパパにとびつき、シープスキンの裏をつけたパパのデニムの上着に顔を埋めて、かたく、かたく、かたく抱きしめた。ジャックもややとまどいながら、抱きしめかえした。

「おい、あんなふうに日向にすわりこんでるなんて、どうかしてるぞ。ほら、すっかり汗まみれじゃないか」

「ちょっと眠っちゃったみたいなんだ。愛してるよ、パパ。ずっと待ってたんだ」

「パパもおまえを愛してるよ、ダン。そら、おみやげを買ってきたぞ。おまえはもう大きいんだから、これを二階まで運べるよな？」

「もちろんさ！」

「ドック・トランス、世界最強の男か」ジャックは言って、ダニーの髪をなでた。「趣味は街角で居眠りすること、そうだな？」

それからふたりは連れだって戸口まで行き、そこへママが迎えに降りてきて、ダニーは上がり口の階段の二段目に立って、パパとママがキスするのを見まもった。ふたりとも、再会を喜んでいる。愛情が、さっき手をつないで通りを歩いていった若い男女から発散していたように、ふたりから発散している。ダニーはうれしかった。

食料品の袋——ただの食料品の袋が、腕のなかでかさこそと音をたてた。なにもかも申し分なしだ。パパは帰宅したし、ママはパパを愛している。よくないことなんかなにひとつない。そしてトニーが見せてくれることは、必ずしもぜんぶそのとおりになるとはかぎらないのだ。

にもかかわらず、恐怖は、ダニーの心のまわりに、深く、不吉に定着してしまっていた——心のまわりと、そしてあの、魂の鏡のなかで見た不可解な言葉のまわりに。

5　電話ボックス

ジャックはテーブル・メーサ・ショッピング・センターのドラッグストアの前でワーゲンを止め、エンジンを切った。このまますこし先の修理屋まで行って、燃料ポンプをとりかえたほうがいいのではないか、という考えがまたしても頭をかすめたが、やはりそんな余裕はないと思いかえした。どっちみち十一月までなんとか走ってくれれば、この小さな車にも勲章をやって、円満退職させてやれるのだ。十一月には、山岳地方の雪はこの車の屋根よりも深くなるだろう……ひょっとすると、かぶとむしを三台重ねても、まだ追いつかないほど深くなるかも。

「車のなかで待ってなさい、ドック。キャンデー・バーを買ってきてあげるから」

「いっしょに行っちゃいけない？」

「電話をかけなきゃならないんだ。プライベートな話なんだよ」

「だからうちからかけなかったの？」

「ご名答」

経済的に苦しいのにもかかわらず、ウェンディはアパートに電話をひくことを主張した。幼い子供——とくに、ときどきひきつけに似た発作を起こすダニーのような子供がいる家庭では、電話は必需品だ。そんなわけで、ジャックは乏しい財布をはたいて取付け費の三十ドルを支払い、さらに保証金として九十ドルを捻出せねばならなかったが、これは痛かった。それでいて、これまでのところ、間違い電話が二度かかってきたほかは、電話はずっと沈黙したままだ。

「じゃあベビー・ルース、買ってきてくれる？」

「いいとも。おとなしく待ってるんだぞ——ギアをいたずらしちゃいけない。いいな？」

「うん。地図を見てるよ」

ジャックが降りると、ダニーはかぶとむしのグローブ・コンパートメントをあけて、ガソリン・スタンドでくれる地図のくたくたになったのを、五枚とりだした。コロラド、ネブラスカ、ユタ、ワイオミング、ニュー・メキシコ。ダニーは道路地図をながめるのが大好きだ。縦横に走る道路を指でたどってみるのが大好きだ。彼にとって、西部に引っ越していちばんよかったのは、新しい地図を見られるようになったことである。

ジャックはドラッグストアのカウンターに行くと、ダニーのキャンデー・バーと新聞、それに《ライターズ・ダイジェスト》の十月号を買った。女店員に五ドル札を渡して、釣銭を二十五セント貨でもらうと、渡された硬貨を握って、合鍵をつくる機械のそばにある電話ボックスへ行き、なかにはいった。ボックスのなかからは、三枚のガラスを通して、かぶとむしに乗っているダニーの姿が見える。前かがみになっているのは、熱心に地図をながめているからだろう。ふいに息子にたいして、胸の痛くなるほどの愛情が湧いてきた。だがその感情は、顔にあらわれたときには、石のようなきびしさに変わっていた。

考えてみれば、義理でかけるこのアルへの礼の電話は、家からかけたってよかったはずだった。ウェンディが反対しそうなことは、なにひとつ言うつもりはない。それをそうしなかったのは、自尊心のなせるわざだ。このところ、なにかといえば、まず自尊心に耳を傾けるのが習慣になっている。なにしろ、妻子と、銀行の口座にある六百ドル、それに、がたのきた六八年型のフォルクスワーゲンを除けば、彼に残されているのは自尊心だけしかない。彼自身のものである唯一のもの。銀行の口座でさえ妻との共有だ。いまから一年前には、ニュー・イングランドのプレップ・スクールで英語を教えていた。そこには友達もいた——といっても、酒を断つ前と、まったくおなじ友人というわけではないが。ほかに多少の気晴らしもあったし、生徒の扱いがうまいことや、私生活で書くことに打ちこんでいることを、ほめてくれる同僚もあった。六カ月前には、すべてが順風満帆だったのだ。なぜだか急に金が残るようになり、二週間ごとに支払われる給料の残りを、ささやかながら積立てにまわせるようにさえなった。飲んでいたころは、大半はアル・ショックリーが勘定をもっていたにもかかわらず、鐚《びた》一文残らなかったというのに。この調子なら、一年かそこらのうちに家を見つけて、頭金を支払えるかもしれない、などと、慎重にながらウェンディと夢を語りあうまでになった。田舎の古い農家がいいだろう。内部をすっかり改装するのに六年から八年ぐらいかかるかもしれないが、なに、かまうものか、ふたりは若いのだし、時間はたっぷりあるのだ。

ところがそこで、ジャックは癇癪を起こした。

ジョージ・ハットフィールドめ。

希望の甘い香りは、クロマートの部屋の古い革のにおいに変わった。その情景全体が、自作の戯曲の一場面のようだ――ストーヴィントン校の歴代の校長の古い肖像写真。一八七九年に創設されたときの校舎を描いた鋼板印画。おなじく一八九五年に、ヴァンダービルトの寄付金で体育館を建て増したときのもの。この建物は、いまでもサッカー・フィールドの西のはずれに、ずんぐりと、だだっぴろく、全体を蔦におおわれて建っている。クロマートの部屋の縦長の窓の外では、四月の蔦がさやさやと揺れ、ラジエーターからは、眠気を誘う蒸気の音が流れてくる。これは舞台のセットではないんだ――そのときそう思ったのを覚えている。これは本物だ。現実の生活そのものなんだ。ちくしょう、どうしてこんなひどいことになっちまったんだ？

「重大な事態になったよ、ジャック。おそろしく重大な。理事会はその決定をわたしから伝えてもらいたいと言っている」

理事会が望んでいるのは、ジャックが辞職することだった。だから、ジャックは辞表を提出した。もしもこんなことにならなかったら、この六月には永久在職権をもらえることになっていたのに。

クロマートの部屋に出頭したその日の夜は、彼の生涯でももっとも暗い、もっともおぞましい一夜となった。このときほど、酒を飲みたい、酔いしれたいという欲求を強く感じたことはない。手がふるえ、いろいろなものをひっくりかえした。たえず、ウェンディやダニーにあたりちらしたいという衝動に襲われた。その衝動は、すりきれた革紐につながれた獰猛なけもののようだった。このままでいたら、そのうち妻や子を殴るようになるかもしれない。それを恐れて、彼は家を出た。行きついたところは、とあるバーの前だったが、結局、そこにはいることを思いとどまった唯一の理由は、もしそうしたら、ウェンディはダニーを連れて、永久に自分のもとから去ってゆくだろうという恐れだった。そして妻子が家を出れば、自分はその日から死んだも同然になってしまうだろう。

そのバーにはいって、忘却の甘い水を味わっている黒々とした人影の仲間入りをするかわりに、ジャックはアル・ショックリーの家を訪れた。理事会の裁決は六対一だったが、その一票を投じたのがアルだったのだ。

いま彼はボックスにはいって、局の番号をダイヤルした。交換手は、一ドル八十五セント払えば、二千マイルかなたのアルと三分間通話できると告げた。時間は相対的なものってわけか、お嬢さん、そう胸のうちでつぶやきながら、ジャックは八枚の二十五セント貨を入れた。かすかに電子の雑音がして、呼出し信号が東へむかって飛んでゆくのが聞こえた。

アルの父親は、製鉄王アーサー・ロングリー・ショックリーだった。ショックリーは唯一の男子であるアルに、巨万の富と、多方面にわたる投資、それに各種の理事会や重役会における地位を遺した。そのうちのひとつが、ショックリーのお気に入りの慈善事業である、ストーヴィントン校理事の地位だった。アーサーもその息子のアルもここの卒業生で、アルはすぐ近くのバリーに住んで、学校の行事には必ず顔を出していた。かつては数年にわたって、ストーヴィントン校のテニスのコーチをつとめたこともある。

ジャックとアルが友達になったのは、まったく自然な、だが偶然ではないきっかけからだった。双方が出席したさまざまな学校の催しや、理事と教職員の集まりなどで、とびぬけて酒好きなのがふたりだったのだ。ショックリーは妻と別居していたし、ジャックの結婚生活も徐々に下り坂をころがりおちはじめていた——まだウェンディへの愛情は残っていたし、彼女のため、赤ん坊のダニーのため、これからは心を入れかえると真心から誓うことが、たびたびあったにもかかわらずだ。

ふたりはよく学校のパーティが終わってから、バーをはしごしてまわり、バーが閉店してからは、遅くまで営業しているパパ＝ママ・ストアでビールを一箱買って、どこかの裏通りのはずれに車を停め、それを飲んだものだった。よっぴて飲んで、空が白みはじめるころ、千鳥足で狭い借家に帰ってみると、ウェンディと赤ん坊は長椅子で寝ている。ダニーはいつも内側で、小さなこぶしをウェンディのあごの下にあてがうようにして眠っている。その寝姿を見ているうちに、いつも苦い自己嫌悪がジャックの喉もとにこみあげてくる。その苦さは、ビールや煙草やマティーニ——アルの呼びかたによれば、火星人《マーシャン》——の味よりも、もっと強烈だった。ジャックがやや正気をとりもどし、思弁的に拳銃や、ロープや、剃刀の刃などといったものに心が向かうのは、そういうときなのだ。

かりにそれが週日の夜だとすると、朝帰りのあと三時間ほど眠り、起きて、着替えをし、エキセドリンを四錠嚙みくだいて飲んだうえで、まだ酒っ気が抜けきれないまま、九時からのアメリカ詩人の講義に出てゆく。おはよう、諸君、けさはこの赤い目の大先生が、いかにしてロングフェロウが大火で妻を失ったかを話して進ぜよう。

おれは一度だって自分がアルコール依存症だなんて思ったことはなかった——そう考えながら、いまジャックは、アルの家の電話が鳴りはじめるのを聞いていた。あのころは、二日酔いで講義をすっぽかしたり、前夜の火星人のにおいをぷんぷんさせながら、ひげ面で講義に出たり、そんなことがいったい何度あっただろう。それでも、アルコール依存症だなどとは思わなかった。よしてくれ。おれはいつだって酒なんかやめられるんだ。ウェンディとべつべつのベッドで過ごした夜々。いいか、おれはなんともないんだ。めちゃめちゃにつぶれたフェンダー。だいじょうぶ、運転なんてちょろいもんさ。彼女がいつも浴室にとじこもって流す涙。アルコールの——たとえワイン程度のものでも酒の出るパーティで、同僚たちの向けてくる警戒するような視線。どうやら自分がうわさの種になっているらしいという、遅まきながらの認識。いくらアンダーウッドをたたいても、ほとんど白紙のままくずかご行きになる、紙くずを生産しているだけだと気づいたときのむなしさ。それまでは、ストーヴィントンでもちょっとした出世頭であり、ゆっくりとだが、着実に開花しつつある、ひとりの作家であった。たしかに、かの偉大なる神秘——創作を教えるのには、うってつけの男だったのだ。すでに、二十編を越える短編小説が活字になっていた。いまは戯曲を書くことにとりかかっていて、そのうち長編小説に手を染めてみてもいいという考えが、心のどこかにひそんでいないでもない。ところが、いま現在は、彼のタイプライターからはなにも生みだされず、教える仕事のほうも、すこぶるでたらめなものになっているのだ。

それについに終止符が打たれたのは、ジャックが息子の腕を折ってから、一カ月とたたないある夜だった。この骨折事件自体、これでわれわれの結婚もおしまいだとジャックには思われた。あとはただ、ウェンディが意志の力をふるいおこすことだけ……もしも彼女の母があのような特A級の鬼ばばあでなければ、ウェンディはダニーの体が旅行に堪えられるようになりしだい、実家のあるニュー・ハンプシャー行きのバスに乗っていただろう。いっさいは終わったのだ。

それは真夜中すこし過ぎだった。ジャックとアルは、US31号線を通って、バリーに帰る途中だった。ハンドルを握っていたのはアル、ときおり二重イエロウ・ラインを無視しながら、鼻歌まじりに車をあやつっている。ふたりともしたたかに聞こし召していた。この夜は火星人が大挙して襲来したのだ。橋にかかるすぐ手前のカーブを七十マイルで曲がったとき、ふいに目の前の道路に、子供の自転車が見えた。つぎの瞬間、けたたましい悲鳴とともに、ジャガーのタイヤが裂けた。いまでも覚えているが、さながらまんまるな白い月のように、ハンドルの上にぬっとつきでていたアルの顔。それから、金属のぶつかるすさまじい大音響がとどろいて、車は四十マイルのスピードで自転車に衝突し、自転車はねじまがった、つばさの折れた鳥のように吹っ飛んで、ハンドルが車のフロントガラスにぶつかり、それから再度はねあがって、ジャックの目の前——とびだしそうに見ひらいた目の前の強化ガラスに、放射状のひび割れを残した。一瞬後、それが後方の路面に落ちる最後の恐ろしい衝撃音が響き、タイヤがなにかを轢いたらしいごとんというショックがあった。ジャガーは横すべりして半回転した。アルはなんとか姿勢を立てなおそうと、懸命にハンドルをあやつり、ジャックはどこか遠くのほうで、自分の声が言っているのを聞いた。「おい、たいへんだぜ、アル。轢いちまったぞ。たしかに感じた」

耳もとでは、電話が鳴りつづけていた。出てくれ、アル。後生だから家にいてくれ。はやいとこ、これをかたづけてしまいたいんだ。

アルがタイヤをきしらせてやっと車を止めたのは、橋の支柱から三フィート足らず手前だった。ジャガーのタイヤのうちふたつがパンクしていた。背後には、ジグザグ状に百三十フィートにわたってつづく焦げたゴムの跡。ふたりは一瞬おびえた目を見あわせ、それから、冷たい夜気のなかへ走りでた。

自転車はまったく形をとどめていなかった。車輪のひとつはもぎとれ、肩ごしに後ろをふりかえってみると、それが半ダースものスポークをピアノ線のようにつきだして、道路のまんなかにころがっているのが見えた。ためらいがちにアルが言った。「なあ、ジャッキー＝ボーイ、轢いちまったのはあれじゃないかな？」

「だったら子供はどこにいるんだ」

「子供を見たか？」

ジャックは眉をひそめた。いっさいはあっというまの出来事だった。角を曲がってきたこと。自転車がジャガーのヘッドライトのなかに浮かびあがったこと。アルがなにか叫んだこと。それから、衝突と、長いスリップ。

ふたりは自転車の残骸を路肩にかたづけた。アルが車にもどって、非常点滅灯をつけた。それからの二時間、ふたりは強力な懐中電灯の助けを借りて、道路の両側をしらみつぶしに調べた。なにもなかった。深夜だというのに、数台の車がエンコしたジャガーのそばを通り過ぎ、その周囲で懐中電灯をふりまわしているふたりの男を目にとめた。だが、一台も止まる車はなかった。のちにジャックは思ったものだ——あのときはなにか奇妙な神意が働いて、自分たちふたりに最後のチャンスを与えようとしてくれていたのにちがいない。それがうるさいおまわりを遠ざけ、通りすがりの車が警察に通報するのを妨げたのだ。

二時十五分過ぎ、ふたりはジャガーにもどった。酔いはすっかりさめていたが、奇妙なむかつきが胸に残った。

「もしもだれも乗っていなかったんなら、どうして道のまんなかにあったんだ？」アルが嚙みつくように言った。「あれは道のはたに停めてあったんじゃない。道路のどまんなかに置いてあったんだぞ！」

ジャックはただ首を横に振るばかりだった。

「先方さんはお出になりません」と、交換手が言った。「つづけてお呼びしますか？」

「あと二、三回鳴らしてみてください。お手数でなければね」

「よろしいですとも」声はうやうやしく答えた。

いいかい、出ろったら、アル！

アルは徒歩で橋の向こうの公衆電話まで行くと、独身の友人を呼びだして、五十ドルの手間賃でジャガーのスノウタイヤをガレージから出し、バリー郊外の31号線の橋まで届けてくれるかと頼んだ。二十分後に、その友人は、パジャマの上着にジーンズという姿であらわれた。そして、あたりのようすを仔細にながめてからたずねた。

「だれか轢いちまったのか？」

アルはすでに車の後部をジャッキでもちあげ、ジャックはラグナットをゆるめていた。

「さいわいにね、人は轢いちゃいない」アルは答えた。

「どっちみちおれはすぐひきあげるつもりだがね。手間賃は朝くれればいい」

「ありがとう」アルは顔もあげずに言った。

ふたりは支障なく二個のタイヤをとりつけ、アルの家まで車を走らせた。アルはジャガーをガレージに入れると、エンジンを切った。

それから、その暗い静けさのなかで、言った。「おれは酒をやめるぜ、ジャッキー＝ボーイ。ばか騒ぎはもう終わりだ。おれは最後の火星人をやっつけちまったんだ」

そしていま、この電話ボックスのなかでひとり汗をかきながら、ふとジャックは、アルがその誓いを守りきるということを、一度として疑ったことがなかったのを思いだした。アルと別れたあとは、自分のワーゲンのラジオをつけっぱなしにしたまま家に帰った。どこかのディスコのグループが、夜明けの店のなかで、魔よけの呪文のようにくりかえしくりかえし歌っていた――どっちにしてもやれよ……やりたいことならば……やりたいことならどっちにしてもやれよ……どんなに彼らが絶叫しても、ジャックの耳には、あのタイヤの軋み、衝撃音がこびりついて離れなかった。目をとじれば、まぶたに浮かぶのは、折れたスポークを空中につきだしてころがっていた、あのたった一個の、無残につぶれた車輪。

家にはいってみると、ウェンディはまた長椅子で寝ていた。ダニーの部屋をのぞくと、ダニーはベビーベッドのなかで、いまだにギプスのとれない腕をかかえるようにして、ぐっすり眠っていた。外の街灯から鎧戸ごしにもれてくるやわらかな光で、その白い石膏の上に、小児科の医師と看護婦全員がしてくれたサインの文字が、黒く浮かびあがっているのが見てとれた。

ちょっとした事故だったんです。階段から落ちまして。

（この卑劣な大嘘つきめ）

ちょっとした事故だったんです。わたしが癇癪を起こしまして。

（この見さげはてた飲んだくれのげす野郎め神様が洟をかんで捨てたその紙くずにも劣るやつ

だきさまは）

ねえ、ちょっと、聞いてください、頼みますよ、ちょっとした事故――

だがこの最後の嘆願の言葉は、あの橋のそばで揺れていた懐中電灯のイメージの前に消えていった。ふたりが乾ききった十一月末の枯草の茂みを、当然そこにあるはずの死体をもとめて、警察が駆けつけてくるのをなかば予期しながら捜しまわっていた、あのときの懐中電灯のイメージ。運転していたのがアルだったということは問題ではない。たまたま、その夜がそうだったというだけで、ジャックが運転することもたびたびあったのだから。

彼はダニーのはねのけた上掛けをかけなおしてやり、夫婦の寝室へ行くと、押入れの最上段の棚から、スパニッシュ・ラーマ・三八口径をとりおろした。それは靴の箱にはいっていた。ジャックはそれを握ってベッドにすわり、その不吉な輝きに魅せられながら、一時間近くもじっとそれに見いっていた。

ようやくそれを箱にもどし、箱を押入れにもどしたのは、夜がすっかり明けはなたれたころだった。

朝になると、英語科の主任であるブルックナーに電話をかけて、きょうの講義をかわってくれるように頼んだ。じつは流感にやられまして。ブルックナーは、ふだんよりいくぶん無愛想な調子で、承知したと答えた。ブルックナーとしては、ここ一年ほど、ジャック・トランスはやたらに流感にばかりかかっていると言いたいのだろう。

ウェンディがスクランブルド・エッグとコーヒーを用意した。ふたりは黙って食べた。聞こえる物音といえば、ダニーが裏庭の砂場で、自由なほうの手で楽しげにおもちゃのトラックを押しまわっている、その気配だけだった。

食事のあと、彼女は皿洗いに立ち、彼に背を向けたままで言った。「ねえジャック、わたし、ずっと考えてたのよ」

「ほう？」煙草に火をつける手がふるえた。けさは不思議なことに二日酔いはなかった。ただ手がふるえるだけだ。ジャックはまばたきした。その一瞬の闇のなかで、自転車がはねあがって車のフロントガラスにぶつかり、ガラスに放射状のひびを残した。タイヤが悲鳴をあげた。懐中電灯が上下に揺れた。

「あなたに話したかったの、いったい……いったい、どうするのがわたしやダニーにとって最善かってこと。あるいはあなたにとってもね。よくわからないけど。ただ、もっと前にこのことは話しあうべきだったと思うわ」

「ひとつ頼みがあるんだが聞いてくれるかな。これ一回こっきりの頼みなんだが？」ジャックは揺れ動く煙草の先端を見つめて言った。

「なんなの？」その声は抑揚がなく、つかみどころがなかった。彼はウェンディを見かえした。

「そのことは一週間後に話しあおう。もしまだそのときに、きみに話しあいたい気があればだ」

彼女は手を泡だらけにしたままくるりと向きなおった。きれいな顔が青ざめ、しらけきった表情を浮かべている。「ジャック、あなたには約束なんかなんの意味もないわ。いつだって、あいもかわらず——」

だがそこで、彼女は口をつぐんだ。彼の目を見て、そこにあるものを見いだし、ふいに確信をなくしたのだ。

「一週間後だ」彼は言った。その声は完全に力を失って、ささやき声に近かった。「頼む。ぼくはなにも約束してるわけじゃない。もしそのときまだ話しあいを望むなら、それに応じよう。どんなことでも、望みどおりの問題についてね」

ふたりは日ざしのさしこむ台所で、長いあいだじっと見つめあった。そしてウェンディがそれきりなにも言わずに皿洗いにもどったとき、ジャックはふるえだした。えいくそ、こんなときこそ酒が飲めたらいいのに。ほんのちょっと景気をつければ、物事を本来の正しい角度からながめられるようになるのに——

だしぬけに彼女が言った。「ダニーが言ってたわ——あなたが車の事故にあった夢を見たって。ときどきへんな夢を見るのよ。けさ、起きて、着替えをさせてるときに、そう言いだしたの。そうなの、ジャック？　ほんとに事故があったの？」

「いや」

昼ごろには、飲みたいという欲求は、たちの悪い熱病にまで高まっていた。ジャックはアルの家を訪ねた。

「しらふか？」アルは彼を招じいれる前に、まずそうたずねた。そう言うアル自身、ひどい顔をしていた。

「まったくのしらふさ。あんた、『オペラの怪人』のロン・チャニーみたいな顔だぜ」

「まあはいれよ」

その午後ずっと、彼らは〝ふたりホイスト〟をして過ごした。酒は一滴も飲まなかった。一週間たった。ウェンディとは、どちらもあまり口をきかなかった。だが、ウェンディがその変化を信じられずに、じっと監視していることはわかっていた。ジャックはブラックでコーヒーを飲み、つぎからつぎへ罐入りコーラをあけた。ある夜など、六本入りのパックをぜんぶ飲んでしまい、それから浴室へ駆けこんで、胃がからっぽになるまで吐いたこともある。リキュール・キャビネットのなかの壜は、まったく減らなかった。講義が終わると、その足でアル・ショックリーの家へ行く――ウェンディは、これまでに会っただれよりも、アル・ショックリーを憎んでいた――そして帰宅すると、彼女は夫の息のなかに、スコッチかジンのにおいを嗅ぎつけたと確信するのだが、案に相違して、ジャックは夕食ができるまで、はっきりした調子で話をし、コーヒーを飲み、食後はダニーと一本のコークを分けあいながら、遊び相手になってやり、寝かしつけるときには本を読んで聞かせ、それからデスクにむかって、何杯となくブラック・コーヒーをおかわりしながら、生徒の作文を添削する。そして彼女も、酒の気を嗅いだと思ったのは、邪推だったと認めざるを得なくなるのだった。

何週間かが過ぎ、口もとまで出かかっていたあの語られざる言葉は、さらに奥へひっこんだ。ジャックはそれを感知していたが、かといって、それが完全に撤回されたわけではないこともわかっていた。こうして事態がいくらか改善されかかってきたその矢先、ジョージ・ハットフィールドの事件が起こったのだ。ジャックはまた癇癪を起こした——しかも今度はまったくのしらふで。

「すみません、先方さんはやはりお出に——」

「もしもし？」アルの声。息を切らして。

「どうぞお話しください」交換手は陰気な声で言った。

「アル？　ジャック・トランスだ」

「ジャッキー＝ボーイ！」本心からの歓迎。「どうしてる？」

「元気だ。ちょっと礼を言おうと思ってね。例の仕事、もらえたよ。おれにはおあつらえむきの仕事だ。これでこの冬じゅう雪にとじこめられてるひまに、あのいまいましい戯曲を完成できなければ、もともとおれにはその才能がなかったってことさ」

「だいじょうぶ、書きあげられるよ」

「ところでそっちはどうしてる？」ジャックはためらいがちにたずねた。

「しらふだよ」アルは打てば響くように答えた。「あんたは？」

「完全にね」

「恋しいか？」

「それは毎日のことさ」

アルは笑った。「その気持ちはわかる。しかし、例のハットフィールドの件のあと、よくあんたが我慢したと思うよ。禁酒するだけでも、なみたいていじゃないのにな」

「なに、実際は自分でなにもかもだいなしにしてしまったのさ」ジャックは抑揚なく言った。「ばかを言え。おれは春までに理事会をひらかせるつもりだ。エフィンガーだって、すでにそう言ってるよ――理事会の処置は、ちっと性急すぎたかもしれんって。そしてもしその戯曲が成功すれば――」

「そうだな。なあアル、子供を外の車のなかに待たせてあるんだ。そろそろ飽きてきたようだから――」

「いいとも。わかってるよ。なあジャック、きっとあんた、いい冬が送れるよ。ともあれ役に立ててよかった」

「ありがとう。じゃあな、アル」すばやく受話器を置くと、むっとする電話ボックスのなかで目をつむり、そしてまたしてもあのこわれた自転車と、上下に揺れていた懐中電灯を見た。あの翌日、新聞には短い記事が載っていたが、じつのところたんなる埋め草にすぎず、自転車の持ち主の名も出ていなかった。なぜそれが真夜中にそんなところにあったのか、それは依然として謎だったし、あるいはそのままにしておくほうがいいのかもしれなかった。

ジャックは車にもどり、ダニーにいくぶん溶けかかったベビー・ルースを渡した。

「ねえパパ?」

「なんだい、ドック?」

父親のやや放心したような顔をながめて、ダニーはためらった。

「あのね、パパがあのホテルからもどってくるのを待ってたとき、ぼく、へんな夢を見たんだ。

覚えてる？　ぼくが道ばたで眠っちゃったときさ」

「ん、うん」

だがこれは期待したとおりの答えではなかった。パパの心はどこかよそに、ここはべつのところにある。また〝いけないこと〟のことを考えているのだ。

（パパがぼくをいじめる夢を見たんだよ、パパ）

「どんな夢だい、ドック？」

「ううん、なんでもないんだ」ダニーは、車が駐車場を出てから、そう言った。そして地図をグローブ・コンパートメントにしまった。

「ほんとにそうなのか？」

「うん」

ちらりと息子に、ぼんやりした、気づかわしげなまなざしを向けたのもつかのま、ジャックはすぐにそれを忘れて、また戯曲のことを考えはじめた。

6　夜の断想

行為が終わって、夫はかたわらで眠っていた。

わたしの夫。

彼女は闇のなかでかすかに笑った。彼の精液がいまだにわずかにひらいた腿のあいだを、ゆっくりと、温かくしたたりおちていて、彼女の微笑は、満足げであると同時に、どこか悲しげでもあった。というのは、わたしの夫という表現が、百もの異なった感情を呼びさましたからだ。それらの感情は、別個に見れば、ひとつの当惑でしかない。だがまとめて見ると、この、眠りにむかってただよってゆく闇のなかでは、ほとんど客の姿のないナイトクラブで、哀調をこめて、だが耳に快く響いてくる、遠いブルースの調べのように感じられる。

あんたを愛するなんて、たやすいことよ、

でも、たとえあんたの女になれなくても、

あんたの犬にはならないわ。

ビリー・ホリデイだったろうか？　それともだれかもっと散文的な、たとえばペギー・リー？　まあどっちだっていい。それは低く、感傷的で、頭のなかの静寂をやわらかく満たしてくれる。ちょうど閉店三十分前に、旧式な——そう、ワーリッツァーなどといったジュークボックスから流れてくる歌声のように。

いま、しだいに意識から遠ざかってゆきながら、彼女はこれまでにいったい何度、このかたわらに眠っている男とベッドをともにしただろうと考えた。ふたりは大学時代に知りあい、はじめて体の関係を持ったのは、彼のアパートでだった……あれは、母に家から追いだされたあげく、もう二度と帰ってくるな、行きどころがなければ、おまえが離婚の原因なんだから、父親のところへ行くがいい、とののしられたあのときから、三カ月とたたないころだ。一九七〇年。そんなにむかしのことだろうか？　その一学期後、ふたりはいっしょに住むようになり、夏休みには仕事も見つけて、最終学年が始まったころには、人並みのアパート暮らしをいとなむまでになっていた。そのアパートのベッドを、なによりもいちばんよく覚えている。大きなダブルベッドで、まんなかがへこんでいたっけ。その上で愛をかわすと、錆びついたボックス・スプリングが、調子を合わせてぎいぎい鳴った。彼女がついに母から名実ともに独立することができたのは、その秋のことである。ジャックがそれを助けてくれたのだ。おふくろさんはたえずきみを苦しめていたいんだ、そうジャックは言った。きみが電話をかければかけるだけ、許しをもとめておふくろさんの前に這いつくばれば這いつくばるだけ、おふくろさんは親父さんのことできみを苦しめることができる。それがおふくろさんには楽しみなんだ。なぜって、それがあるかぎり、すべてはきみのせいだったというふりをしていられるからね。だがきみにとっては、それはよくない。その年、何度ベッドのなかでこのことを語りあったことだろう。

（ベッドにすわって、腰のまわりにシーツを巻きつけ、指のあいだで煙草をくすぶらせながら、彼女の目をのぞきこんでいるジャック――彼には、人の顔をのぞきこむとき、なかばおどけた、なかば睨みつけるような目つきをする癖があった――そして言う。もう二度ともどってくるなと言ったんだろう？　二度とこの家の敷居をまたぐなと言ったんだろう？　だったら、なぜ電話をかけてきたのがきみだとわかったとき、すぐに切らないんだ？　なぜぼくがきみといっしょにいるかぎり、家へは入れないと言い張るいっぽうなんだ？　なぜなら、ぼくがいると自分の本領を発揮できなくなると考えているからさ。いつまでもきみに、親指を締めあげる責め具をつけさせておきたいんだよ。それなのに、きみがいつまでもおふくろさんの言いなりになってるとしたら、それはばかだ。おふくろさんは二度と帰ってくるなときみに言った。だったらそれを言葉どおり受け取ったらどうなんだい？　受け取って、忘れてしまうのさ。そしてついにウェンディにも、それを彼の観点から見ることができるようになったのだった）

しばらく別居してみるというのは、ジャックの考えだった――ふたりの関係の将来について省察してみるためにだ。ひょっとして、ほかの女に関心が移ったのではないかという気もしたが、のちにそれが杞憂だったことがわかった。春にはまたいっしょに住むようになり、ジャックは彼女に、別居ちゅう、父親に会いにいっていたのではないかとたずねた。まるで乗馬鞭で打たれでもしたように、ウェンディはとびあがった。

どうしてそれを知ってるの？

《影なき男》はなんでも知ってるのさ。

わたしをスパイしてたっていうの？

そして彼の短い笑い——それにはいつもどぎまぎさせられたものだ。さながらこちらが八歳の子供で、こちらのすることぐらい、当人よりもよくお見通しだというように。

きみは時間を必要としてたのさ、ウェンディ。

なんのために？

つまり……われわれのどっちと結婚したがってるか、それを見きわめるためにさ。

ジャック、いったいなんの話？

結婚を申しこんでるつもりなんだがね。

結婚式。父は出席したが、母はついに顔を見せなかった。それでも、ジャックさえいてくれれば、なんとかそれと折りあってゆけるのがわかった。それから、ダニーが生まれた——彼女のすばらしい息子が。

思えばあれは最良の年、最良のベッドだった。ダニーが生まれたあと、ジャックは彼女のためにタイプの仕事を見つけてきた——五、六人の英文学部の教授にかわって、テストや試験の問題とか、講義要目とか、研究ノートとか、読書リストとかをタイプする仕事だ。最後には、そのひとりが書いている小説の原稿までタイプ清書するようになったが、幸か不幸かその小説は、ついに出版されなかった……ジャックは失敬にも、心中ひそかに快哉《かいさい》を叫んだものだ。はじめその仕事は週に四十ドルにはなったが、またたくうちにそれが高騰して、その、日の目を見なかった小説をタイプして過ごした二カ月間には、週六十ドルにもなった。その金でふたりは一台目の車を買った。五年前の年式のビュイックで、まんなかにベビー用シートがついている。希望にあふれた、上昇志向を持った若い新婚夫婦。ダニーの誕生により、ウェンディは心ならずも母と和解することにさえなった。緊張した、けっして楽しいとはいえぬ和解だったが、和解は和解であった。ダニーを実家に連れてゆくときは、いつもジャックには留守番を頼んだ。そして帰宅してからも、母がたえずダニーのおしめをあてなおしたり、ミルクの調合法に眉をひそめたり、赤ん坊の臀部や陰部に発疹の徴候があるのをめざとく見つけたりすることは、ぜったいにジャックには話さなかった。母はどんな場合もけっしてあからさまには口に出さないが、それでいて、思っていることはしぜんにこちらにも伝わってくる。母との和解によって、払わねばならなくなった代償（そしてこれからもずっと払いつづけるだろう代償）——それは、自分がいたらぬ母親だということを思い知らされることだった。それが、拷問道具をたえず手もとに置いておく、母一流のやりくちなのだ。

その一時期、ウェンディは家にひきこもって主婦になりきり、二階の四間を占めるアパートの、日当たりのいい台所で、ダニーに哺乳壜のミルクを飲ませたり、高校時代から持っている古いポータブルのステレオで、レコードを聞いたりして過ごした。ジャックは三時には帰宅し（ときおり、最後の講義をサボってもいいと考えたときには、二時に）、そしてダニーが眠っているあいだに、彼女を寝室へいざなう。そして、真っ昼間からという彼女の羞恥は、情熱の前にいつしか拭い去られてしまうのだった。

夜は、彼女がタイプの仕事をしているあいだに、ジャックは小説を書いたり、学校の課題をかたづけたりする。そのころ、タイプライターの置いてある寝室から出てきてみると、父と子がそろってソファベッドで眠りこけていることがちょくちょくあった。ジャックは下着のパンツ一枚で、ダニーはいかにも心地よさそうに、親指をくわえ、父親の裸の胸に重なって。そんなときには、まずダニーをベビーベッドに入れ、そのあと、ジャックがその晩書いたところに目を通してから、彼を揺り起こして寝室へ行かせる。

最良のベッド、最良の年。

いつかわが家の裏庭に、
日の照ることもあるだろう……

その時期、ジャックの飲酒癖は、まだ手に負えないほどにはなっていなかった。土曜の夜など、彼の学友がどやどやと押しかけてき、一箱のビールをかこんで、侃々諤々《かんかんがくがく》の議論をくりひろげることもある。ウェンディは、めったにそれには加わらなかったが、それは彼女の専攻が社会学で、彼のほうは英文学だったからだ。たとえば、ピープスの日記は文学か歴史書かといった議論。チャールズ・オールスンの詩をめぐっての論争。ときには、目下手がけている作品が読みあげられることもある。その他、議論の種は百にも、いや、千にものぼった。彼女はとくにそれに加わりたいとは思わなかった。ジャックのそばの揺り椅子にすわっているだけで、じゅうぶん楽しかった。ジャックはその足もとの床にあぐらをかいて、片手にビールを持ち、片手で彼女のふくらはぎをやさしくなでさすったり、くるぶしを指でつかんだりしながら、論争をつづける。

ニュー・ハンプシャー大学での競争はかなり激烈で、ジャックはそのうえに創作という余分の重荷も背負っていた。毎晩すくなくとも一時間はそれにかけていて、それが日課になっていた。土曜日の友人の集まりは、その意味で、必要不可欠な治療でもある。それは彼のなかのなにかを解放してくれる――それがなければ、しだいしだいにふくれあがって、ついには破裂してしまうだろうなにかを。

大学院を終えると同時に、ジャックはストーヴィントンでの職にありついた――主として、これまでの作品の力によるものだ。いままでに四編が活字になっていて、そのうちひとつは、《エスカイア》に載ったものだった。その日のことは、ウェンディもいまだにまざまざと覚えている――忘れきるまでには、三年以上かかるだろう。てっきり予約購読の勧誘かと思いこんで、あやうくその封筒を捨ててしまうところだったのだ。念のためにあけてみると、《エスカイア》編集部からの手紙で、ジャックの『ブラック・ホールについて』という短編を、来年早早に掲載したいという申し入れだった。稿料として九百ドル、掲載時にではなく、この申し入れ受諾とともに支払うという。この金額は、ウェンディがタイプで稼ぐ金のほぼ半年分に匹敵する。彼女はダニーをほうりだして、電話のところへとんでいった。ダニーは高い椅子にすわって、顔じゅう豆とビーフのピューレだらけにしたまま、きょとんと目を見はって母親を見送っていた。

四十五分後に、ジャックは大学から帰ってきた。ビュイックには、七人の友人とビール一樽が詰めこまれていた。一同そろって乾杯したあと（ふだんはビールを好まないウェンディも、このときばかりはグラスを手にした）、ジャックは申し入れ受諾の手紙にサインして、返信用封筒に入れ、ポストに投函しにいった。もどってくると、戸口に立って、「きたり《ウェニ》、見たり《ウィーディ》、勝てり《ウィーキ》」と言った。拍手喝采が巻きおこった。その夜十一時に樽はからになったが、そのあとさらにバーにくりだすだけの余力が残っていたのは、ジャックとほかにふたりだけだった。

階下の廊下で、ウェンディは彼を呼びとめた。ほかのふたりはすでに車に乗りこみ、ニュー・ハンプシャー校の応援歌を濁声で歌っていた。ジャックは片膝をついてすわりこみ、とろんとした目でモカシンの紐をまさぐっていた。

「ねえジャック」彼女は言った。「もうやめてちょうだい。靴の紐も結べないのに、運転なんてむりだわ」

ジャックは立ちあがると、おもむろに彼女の肩に両手をかけた。「だいじょうぶ。今夜はその気になれば月にだって飛んでいけるくらいさ」

「だめよ。世界じゅうの《エスカイア》の小説のためでも、それはむりだわ」

「じきに帰ってくるったら」

だが、帰宅したのは明けがたの四時。しきりにつまずいたりぶつぶつ言ったりしながら階段をあがってき、とうとうダニーが目をさまして泣きだすと、ダニーを抱いてあやそうとしたあげく、手をすべらせて床に落としてしまった。ウェンディはあわてて駆けよった――なにを考えるより先に、母がこの打ち身を見たらばなんと思うだろう、という考えが頭をかすめた――そしてダニーを抱きあげると、揺り椅子にすわって、なんとかなだめすかそうとした。じつは、ジャックが出ていったあとの五時間、ずっと母のことを考えていたのだ――ジャックはけっして成功しないよ、という母の予言を。ああ、ごたいそうな理念は持ってるかもしれない。たしかにね。福祉事業の行列には、そういうごたいそうな理念を持った頭でっかちのインテリが、いっぱい大勢並んで、無料の食事の配給を待ってるのさ、そう母は言ったものだ。《エスカイア》に小説が売れたことは、母の予言がまちがっていたことを証明するものなのか、それとも正しかったことを証明するものなのか。ウィニフレッド、おまえの赤ちゃんの抱きかたはまちがってますよ。そら、こっちへおよこし。ならば、夫にたいする操縦法もまちがっているのかもしれない。そうでなくてどうして、わざわざ外へ行ってお祝いしようなんて気になるだろう？　一種の絶望的な恐怖が湧きあがってきた。ジャックが飲みに出かけたのは、自分とはなんの関係もない理由からかもしれない、とは、まるきり思い浮かばなかった。

「おめでとう。ひょっとしたら、この子に脳震盪を起こさせちゃったかもしれないわよ」ウェンディはダニーを揺すってあやしながら言った。ダニーはもうほとんど眠りかけていた。

「なに、ただの打ち身さ」すなおにあやまろうとしていながら、ジャックの口調はふてくされて聞こえた。まるで子供だ。そう思ったとたんに、ふいに彼にたいする憎しみすら感じた。

「かもしれないし、そうじゃないかもしれない」ウェンディはかたくるしく言った。その自分の声音とまったくおなじ声音で、母が別れた父に話しかけているのを何度も聞いたことがあった。それが彼女をむかつかせると同時に、ぞっとさせもした。

「この母にしてこの娘ありか」と、ジャックがつぶやいた。

「もうおやすみなさいよ！」ウェンディは叫んだ。恐怖はいったん口から出ると、怒りのように聞こえた。「いいかげんにおやすみなさいったら、この酔っぱらい！」

「おれに指図なんかするな」

「ジャック……お願い、もうやめましょう……こんな……」言葉が見つからなかった。

「指図なんかするなと言ってるんだ」彼はむっつりとそうくりかえすと、寝室にはいっていった。彼女はふたたびすやすやと眠りはじめたダニーとともに、揺り椅子にとりのこされた。五分後、はやくもジャックのいびきが居間にまで流れてきた。その夜はじめて、ウェンディは長椅子でやすんだ。


いま、なかばまどろみかけながらも、彼女は落ち着かなげに寝返りを打った。忍びよってくる眠りのために、直線的な思考から解放された彼女の心は、ストーヴィントンでのその最初の出来事から離れて、しだいに事態の悪化しはじめた一時期を過ぎ、夫がダニーの腕を折ったあの最悪の時点を過ぎて、あの朝の朝食のテーブルにたどりついた。

ダニーはいまだに腕にギプスをはめたまま、砂場でトラックを押して遊んでいた。ジャックはやつれた土気色の顔でテーブルにすわり、指のあいだで煙草をもてあそんでいた。彼女はすでに離婚を申しでようと肚《はら》をきめていた。すでにそれを百もの異なった角度から検討してみていた。いや、じつのところ、骨折事件の起こる六カ月も前から考えていたのだ。ダニーさえいなければ、とうに決断をくだしていたはずだ、そう自分に言い聞かせてみたが、それすらもじつをいうと、全面的に真実ではなかった。ジャックの帰らぬ長い夜、夜ごとに夢を見たものだが、その夢はきまって母の顔であり、ジャックとの結婚式であった。

(この男にめあわすために、この女を渡すのはだれか？　父は一張羅の背広を着ていたが、それはかなりくたびれていた――ある会社の罐詰め食品を売る巡回セールスマンで、その商売すら、当時はすでに左前になりかけていたのだ――そしてその父の疲れた顔の、なんとふけこんで、なんと青ざめて見えたことだろう――われこれを行なう)

事故のあとですら――それを事故と呼べるものなら、だが――ウェンディは、すべてを洗いざらいひっぱりだし、自分の結婚が完全な失敗だったことを認めるのがこわかった。だから、ただひたすら待った――なにか奇跡が起こって、ジャックが自分の身だけでなく、妻の身がどうなろうとしているか、それに気づいてくれることをぼんやりと願いつつ。だが、事態はいっこうによくなるきざしがなかった。教室へ出かける前にまず一杯。ストーヴィントン・ハウスでの昼食のさいにビール二、三杯。夕食の前にマティーニ三、四杯。作文の採点をしながら、さらに五、六杯。週末はもっと悪かった。アル・ショックリーと外出する夜は、さらにいっそう悪かった。肉体的にはどこも悪くないのに、人生にこれほどの苦痛があろうとは、それまでは想像すらしたことがない。たえざる苦痛が彼女を苦しめた。そのどこまでが自分自身のせいだったろう？　この疑問がつねについてまわった。彼女は母のように考えた。父のように考えた。ときには、自分本来の考えかたにもどって、こういったことがダニーにどう影響するかを思い、彼が成長して、両親を非難するようになる日を恐れた。それに、離婚してどこへ行くかという問題もある。母が受けいれてくれるにちがいないとは思うものの、半年もいっしょに暮らして、そのあいだしょっちゅうおしめのあてかたを直されたり、ダニーの食事をつくりなおすとか、配合を変えるとかされたり、帰宅して、着せた服が変わっていたり、髪が刈ってあったり、母の不適当と見なす本が、屋根裏のどこかにしまいこまれていたりしたら……そう、そんなことが半年もつづけば、きっと完全な神経衰弱に陥ってしまうだろう。そして母は彼女の手を軽くたたきながら、慰めるように言う。おまえのせいじゃないけれど、結局はおまえの責任さ。なんにも用意ができていなかったんだからね。とうさんとあたしのあいだを邪魔したときに、おまえの本性があらわれてたわけだよ。

わたしの父。ダニーの父。わたしの。彼の。

（この男にめあわすために、この女を渡すのはだれか？　われこれを行なう。心臓麻痺で急逝――それからわずか六カ月後に）

あの朝ウェンディは、ほとんど夫が帰ってくる直前まで目をさましていた――思案を重ね、ついに決断に達しながら。

離婚はやむを得ない、そう彼女は自分に言い聞かせた。この決断に、父母はいっさいかかわっていないし、両親の結婚にたいする彼女の罪悪感も、自分自身の結婚にたいする敗北感も、それとは無関係だった。愛する息子のため、そして自分自身のために、そうすることが必要なのだ——たとえいくらかでも、おとなとしての経験からなにかを生かそうとするならば。凶兆の壁文字はむごいほどはっきりしている。彼女の夫は飲んだくれである。おまけにひどい癇癪もちで、このところ一段と酒量があがり、著作も思うように進まぬところから、自分でもその癇癪をおさえきれないまでになっている。その場のはずみであろうがなかろうが、彼がダニーの腕を折ったことは厳然たる事実なのだ。このままでは、現在の地位すらあぶない。今年はなんとか持ちこたえても、来年にはおそらく。すでに、教員仲間の細君たちから、同情のまなざしを向けられているのはわかっている。自分はもうじゅうぶんに、この結婚という厄介な仕事にしがみついてきた。いまこそそれから離れ去るときだ。ジャックには、いつでも自由に子供に会いにくる権利が与えられるだろうし、こちらは扶養料などいらない。もらうにしても、なにか仕事を見つけて、自立できるようになるまでのことだ。そしてそれはかなり急がねばなるまい——ジャックがいつまで扶養料を払いつづけられるか、まったく見当がつかないのだから。できるだけ負担がかからないようにしてやろうとは思う。だがとにかく、どこかでこのような生活に区切りをつけねばならないことはたしかなのだ。

そう心がきまると、彼女はとろとろと浅い眠りに落ちていった——父と母の顔につきまとわれながら。おまえは家庭破壊者以外のなにものでもないよ、と母は言った。この男にめあわすために、この女を渡すのはだれか？と牧師は言った。われこれを行なう、と父は言った。だが、朝の明るい日ざしのなかに立ってみても、決心は変わらなかった。夫に背を向け、温かい皿洗いの水のなかに手首までつけて、ウェンディはその不愉快な仕事にとりかかった。

「あなたと話しあいたいのよ――ダニーやわたしにとって、どうするのが最善かってこと。あるいはあなたにとってもね。もっと前にこのことは話しあうべきだったと思うわ」

　ところがそこで、ジャックがおかしなことを言った。彼女が予想していたのは、彼が激怒することだった。とげとげしい泥仕合がひきおこされることだった。彼が猛り狂ってリキュール・キャビネットに突進してゆくことだった。なのに、案に相違して、このような静かな、ほとんど抑揚のない、およそ彼らしくない返事が返ってこようとは。それはあたかも、これまで六年間いっしょに暮らしてきたジャックが、ゆうべついに帰ってこなかったかのようだった――あたかも彼にかわって、彼女のまったく知らない、まったく正体のつかめない分身《ドッペルゲンガー》が、そこにすわっているかのようだった。

「ひとつぼくの頼みを聞いてくれるかな？　これ一回こっきりなんだが？」

「なんなの？」彼女は声がふるえないよう、きびしくおのれをおさえねばならなかった。

「そのことは一週間後に話しあおう。もしまだそのときに、きみに話しあいたい気があればだ」

　そして彼女は同意した。ふたりのあいだで、問題は語られぬままに残された。その週いっぱい、ジャックはいままでにも増して足繁くアル・ショックリーを訪れていたが、帰宅は早かったし、息にも酒の気はなかった。においを嗅いだような気がすることもあったが、それは思い過ごしだった。さらに一週間。そしてまた一週間。

離婚の案件は、採決に付されぬまま、委員会にさしもどされた。

なにがあったのだろう？　いまだにウェンディは首をかしげていたが、いまだにこれっぽっちの答えも得られなかった。その話題は、ふたりのあいだでは禁句になっていた。ジャックのようすはさながら、角からそっと向こうをのぞいてみて、そこに、思いもかけない怪物が、これまでに食った獲物の骨を散乱させて、じっと待ち受けているのを見てしまった男のようだった。酒は依然としてキャビネットのなかにあったが、それには手も触れなかった。何度となく彼女は、思いきってそれを処分してしまおうかと考えたが、そのつど考えなおした——あたかもそうすることによって、なんらかの知られざる呪縛が破れることを恐れるように。

それに、考えなければならないことのなかには、ダニーという問題もあった。

もしも夫が彼女にとって理解できない相手であるとすれば、息子は畏怖すべき対象であった。厳密な言葉どおりの意味での畏怖——ある種の定義しがたい、迷信的な恐れ。いま浅くまどろんでいる彼女の脳裏に、ダニーの生まれた瞬間のイメージがよみがえった。いま一度彼女は、分娩台に横たわっていた——しとどに汗に濡れ、髪をふたつに分けて編み、あられもなくひろげた足をあぶみにかけて

（そして、たえず嗅がされる麻酔ガスのために、ちょっぴりハイになっていて、ふと、ギャン

グに強姦してくれと宣伝してるみたいだと感想をもらしたが、付き添っていた看護婦は、これまでに学校がひとつできるくらいの子供をとりあげてきた古手なのに、それをひどくおかしがった）

その脚のあいだに医師が立ち、いっぽうの側に看護婦がいて、軽く鼻歌を歌いながら器具をそろえている。鋭い、ガラスのような苦痛が、しだいに間隔をせばめて襲ってきつつあり、何度かウェンディは、みっともないと思いながらも、つい悲鳴をあげた。

それから、医師がかなりけわしい口調で、**いきみなさい**、いきまなくちゃいけないと言い、彼女はそれにしたがって、やがてなにかが自分のなかからひっぱりだされるのを感じた。それは明瞭な、きわだった感覚で、一生忘れられないだろうという気がした――そのものがひっぱりだされる感じは。それから、医師が彼女の息子の脚を持ってさかさにし――赤ん坊の小さな性器を見ていたので、男の子であることはすぐにわかった――そして片手でエアマスクを手さぐりしているあいだに、べつのあるもの、ある恐ろしいものが目にはいり、彼女はとうていそんな力が残っているとは思えなかったほどの勢いで、けたたましく悲鳴をあげていた。

赤ん坊には顔がなかった！

だがもちろんそれは錯覚で、顔はあった――ダニーの愛らしい顔が。そして、そのときその顔にかぶさっていた羊膜の一部、大網膜は、いま小さな壜におさめられて、保存されている。内心気恥ずかしさを覚えながらも、とっておいたのだ。それが幸運の帽子であるとか、それをかぶって生まれた子供は、しあわせの星のもとに生まれついているとかいった迷信、古い言いつたえの類を信ずる気はないが、それでもダニーがはじめから特殊な子供であったことはまちがいない。予知能力とか霊感とかいったものが、実際にあるとは思わないが、それにしても

――パパ、事故にあったの？　ぼく、パパが事故にあった夢を見たよ。

たしかになにかが変化していた。それがたんに、こちらが離婚を切りだす肚をかためたせいだ、それだけが原因だとはとても思えなかった。なにかがその朝よりも前に起こったのだ。彼女が眠れないで悶々としているあいだに、なにかがあったのだ。アル・ショックリーに訊くと、いや、なにもない、ぜったいになにも起こっていないと答えたが、そう答えながら、目はこちらの目を避けようとしていた。しかも、教員仲間のゴシップを信ずるとすれば、あの日以来、アルもぴたりと酒をやめているという。

パパ、事故を起こしたの？

ひょっとしたら、運命とのゆきずりの接触、それ以上に具体的なものではなかったかもしれない。その日の新聞、さらに翌日の新聞に、いつもより丹念に目を通してみたが、ジャックに結びつけられそうなものは見あたらなかった。無意識のうちに、轢き逃げ事故とか、酒場で乱闘があって、重傷者が出たとかいう記事を捜していたのだが……まあいい。知りたくもない。だが結局、警察はこなかった。ちょっと話を聞きたいといって訪ねてくる警官も、令状を持ってきて、ワーゲンのバンパーから塗料の粉をかきおとしてゆく刑事も。なにひとつ。あるのはただ、夫の百八十度の転換と、息子がその朝起きるなり、眠そうな声でした質問だけ……

パパ、事故にあったの？　ぼく、夢を見たんだ……

　これまでジャックと別れずにきたのは、ひとえにダニーのためだった――このことは、昼間はなかなか認めにくいことだ。だがいま、浅い眠りのなかにいると、すなおにそれを認めることができる。考えてみれば、そも最初から、ダニーはジャックの秘蔵っ子だった。ちょうど彼女自身が最初からおとうさんっ子だったのとおなじに。ダニーがジャックにミルクを飲ませてもらうときに、哺乳壜を押しのけて、ジャックのシャツを濡らしたなどという例は、一度も思いだせない。彼女がなんとかして食べさせようとしたあげくに、うんざりしてほうりだしてしまった離乳食を、ジャックは上手に食べさせることができる――ちょうど歯の生える時期にあたっていて、嚙むことが明らかにダニーにとって苦痛であったころにもだ。ダニーが腹痛を起こすと、彼女はむずかる彼をあやすために、一時間も抱いて揺すっていなければならないが、ジャックだと、ひょいと抱きあげて、二度ばかり部屋を歩きまわるだけで、もうダニーは父の肩にもたれて、心地よげに親指をしゃぶりながら眠りはじめる。

　ジャックはおしめを変えることもいやがらなかった――〝特別配達〟と呼んでいるうんちのときもだ。何時間もいっしょにすわって、ダニーを膝の上ではねさせたり、指をおもちゃにさせたり、百面相をして見せて、ダニーが鼻をつついては、その手をひっこめてくすくす笑うのを我慢したりしている。ダニーのためにミルクを調合し、飲みおわってげっぷを出させるところまで、定式どおりに遺漏なくやってのける。息子がまだ赤ん坊のころから、新聞やミルクを買いに出かけるときとか、金物屋へ釘を買いにゆく用事があると、必ず車に乗せて連れてゆく。

一度は、ダニーがほんの六カ月の乳児のころに、ストーヴィントンとキーンの対抗サッカー試合に連れていったこともあるが、ダニーは試合ちゅう父親の膝で毛布にくるまり、ちいちゃな握りこぶしにストーヴィントン校の小旗を握って、身動きひとつせずすわっていたものだ。

ダニーは母親を愛してはいるが、しかしあくまでも父親っ子なのである。

それに、何度となくいままでに、離婚問題にたいするダニーの無言の反対を感じたことがなかったろうか？　たびたびそのことを、台所でじゃがいもの皮をむきながら、そのじゃがいものように心のなかでひねくりまわしてみたものだが、そこでふと手を止めてふりかえってみると、息子が椅子のひとつにあぐらをかいてすわりこみ、おびえているようにも、非難しているようにも見える目で、じっとこちらを見つめている。また、彼を連れて公園を散歩していると、ふいに彼が両手で彼女の手をつかんで、言う——というより、詰問する。「ぼくを愛してる？ねえママ、パパを愛してる？」そして、とまどいながらも、彼女はうなずいて、言わざるを得ない。「もちろんよ、もちろん愛してるわ」そしてそれを聞くと、ダニーはいきなりあひるの池にむかって駆けだして、あひるの群れを驚かせる。この小さな、獰猛な動物の突進に、おびえたあひるたちはつばさをばたつかせ、があがあ鳴きたてながら池の向こうへ逃げ去り、そしてウェンディは、あきれて息子の後ろ姿を見送るのだ。

ときには、せめてジャックとその問題を話しあうだけでも話しあってみようという決意が、消えてしまいそうになることすらある。決意が鈍ったためではない——息子の意思の強い影響を受けてだ。

そんなこと、信じられないわ。

だが眠りのなかでは、それが信じられたし、その眠りのなかで、いまだに腿のあいだで乾きつつある夫の精液をかすかに意識しながら、ウェンディは思った――結局、自分たち三人は、永久に分かちがたく結びつけられてきたのだ。かりにこの三位一体が打ちこわされることがあるとしたら、それは三人のうちのだれかによってではなく、外部からの力によってにちがいない、と。

彼女の信念は、おおかたジャックへの愛情を主柱にしていた。いまだかつて、彼への愛情を失ったことはない――おそらくはあの、ダニーの〝事故〟につづく暗い一時期を除いては。それに、息子への愛情もそれに劣らない。なによりも彼女が愛しているのは、父と子がいっしょにいる姿――いっしょに歩いたり、車に乗ったり、あるいはただすわったりしている姿だ。ジャックの大きな頭と、ダニーの小さな頭とが、ひたいをつきあわせるようにしてばば抜きに興じていたり、一本のコーラを分けあいながら漫画を見ていたりするようす。彼女はふたりといつまでもいっしょにいたかった。そしてこの、アル・ショックリーがジャックに見つけてくれたホテルの管理人の仕事が、ふたたび幸福のめぐりくるきっかけとなりますようにと、心から神に祈るのだった。

そしてそのとき風が吹き起こり、

わたしの悩みを吹き飛ばしてくれるだろう……

やわらかく、甘く、豊かな歌声。それがいまふたたびよみがえり、たゆたって、彼女を追って深い眠りの底にひろがっていった。そこでは、あらゆる思考は停止し、夢のなかにあらわれたいくつかの顔も、かえりみられぬままに打ち捨てられていった。

7

べつの寝室で

ダニーはめざめていた。耳にはいまだにあのどおん、どおんという音が響き、酔った、怒りっぽい、狂暴なしわがれ声が叫んでいた——出てこい！　おとなしく罰を受けるんだ！　ようし、きっと見つけてやる！　見つけてやるぞ！

だがいまは、そのどんどんいう音は、自分自身のどきどきする心臓の鼓動、夜のしじまに響きわたる唯一の声は、遠くで鳴っている警察車のサイレンにすぎなかった。

ダニーは身じろぎもせずにベッドに仰臥して、風に揺れる木の葉の影が、寝室の天井にうつっているのをながめていた。影はたがいにからみあい、ジャングルの蔦や蔓草——厚い絨毯に織りだされた模様のような形をつくっている。彼はドクター・デントンのパジャマを着ているが、パジャマと素膚とのあいだに、もう一枚、汗というぴったりしたシャツを着ているようだ。

「トニー？　いるかい？」彼はささやいた。

答えなし。

ダニーはそっとベッドを抜けだすと、ぴたぴたと窓ぎわに歩みよって、いまは静まりかえって人影もないアラパホ通りを見わたした。午前二時。目にはいるのは、落ち葉の散った森閑とした歩道と、駐車した車、それに、角のクリフ・ブライス・ガソリン・ステーションの正面に立っている、首の長い街灯だけ。笠におおわれたその頭部と、微動だにせぬ立ち姿のせいか、街灯は、宇宙もののテレビ映画に出てくる怪物のように見える。

通りの左右を見わたして、手招きしているトニーのほっそりした姿は見えないかと目を凝らしたが、なにも見えなかった。

風が溜息のような音をたてて並み木を吹き過ぎ、落ち葉がかさこそと人気のない歩道をころがって、駐車している車のホイールキャップにまつわりついた。かすかな、悲しげな音で、ふと、いまこのボールダーで、目をさましてこの音を聞いているのは、自分だけではないかという気がした。すくなくとも、ただひとりの人間。ほかにいったいなにがその夜の街を徘徊して、飢えたけもののように影から影へ伝いあるき、風向きを見まもり、そのにおいを嗅いでいるかわからないのだから。

見つけてやる！　見つけてやるぞ！

「トニー？」彼はまたささやいたが、あまり期待はしていなかった。

やはり答えたのは風ばかり。今度はさいぜんより強く吹いて、目の下の傾斜した屋根に落ち葉を吹き散らした。落ち葉のうちの何枚かは雨樋にはまりこみ、疲れた踊り子のようにそこで動かなくなった。

ダニー……ダニィィィ……

聞きおぼえのあるその声に、はっとして彼は手を窓框《まどかまち》にかけ、首をのばした。トニーの声とともに、夜はとつぜん音もなく、ひそやかによみがえり、生気をもってささやきはじめたようだった。ささやきは、風が静まり、木の葉が静止し、影が動かなくなったあともなおつづき、一ブロック先のバス停留所のそばに、黒い人影が立っているのが見えたような気がした。だがそれはあまりにかすかで、本物なのか、それとも目の錯覚か、定かではなかった。

行っちゃいけない、ダニー……

それから、ふたたび風が吹いてきて、目を細めさせ、そしてつぎの瞬間、バス停留所のそばの人影は消えていた……そもそもそこにあったとすればだ。そのあとしばらく

（一分間？　一時間？）

なお窓ぎわに立ちつくしていたが、もうなにも見えなかった。ようやくあきらめて、そっとベッドにもどると、ダニーは毛布をあごの下までひきあげて、天井にうつる影を見つめた。異星人の街灯が投げかける光のために、その影は、食肉植物のうごめくもつれあったジャングルに変わっていた。それらの植物が狙っているのは、ただひとつ、彼に巻きついて、彼から生命

を絞りとり、暗黒の底へひきずりこむことだった——その底でただひとつの不吉な言葉が赤く輝いている闇の底へ。

レドラム。

第二部　ホテルへ

8
《景観荘》のながめ

ママは気をもんでいる。

ママが心配しているのは、かぶとむしがこののぼりおりの多い山道に堪えきれず、どこかの道ばたで立ち往生しているところへ、ほかの車が猛スピードで通りかかって、三人ともはねとばされるんじゃないかということだ。ダニー自身はもっと楽観的だった。パパがだいじょうぶだと思っているんなら、たぶん向こうへ着くまでは、かぶとむしはなんとか持ちこたえるだろう。

「もうじきだよ」ジャックが言った。

ウェンディはこめかみにかかる髪をかきあげた。「ああ助かった」

彼女は右側のバケットシートに、ヴィクトリア・ホルトのペーパーバックを膝に置いてすわっていた。本はひらいてあるが、ページは伏せてある。ダニーがいちばんきれいだと思っているブルーのドレスを着ていて、そのセーラーカラーのせいか、とても若く、まるで高校を卒業したての女の子のように見える。ジャックはしょっちゅう片手をその腿に這わせていて、そのたびに彼女は笑って、その手を払いのけ、いやね、およしなさいよと言う。

ダニーは山に心を奪われていた。いつぞやパパがボールダーの近くの、フラティロンと呼ばれている山に連れていってくれたことがある。だが、いままわりに見える山は、それよりもはるかに大きく、なかでも高いのはうっすらと雪をかぶっていて、パパが言うには、一年じゅうその雪は消えないのだそうな。

そして三人はまさしく山のなかにいた――けっして誇張でもなんでもない。周囲いたるところに、垂直の絶壁がそびえていて、それがあまりに高いので、車の窓から首をのばしても、頂上がよく見えないくらいだ。ボールダーを出たときには、気温は八十度近くあったが、いまは正午をすこしまわったばかりなのに、空気はヴァーモントの十一月のようにひんやりと膚を刺し、パパは車のヒーターを入れた……といっても、それほどよく効くわけではないけれど。これまでに通ってきたところに、数カ所、《落石多シ》という標識（ママがいちいちそれを読みあげてくれた）が出ているところがあり、ダニーはいまにも大きな石が降ってくるのではないかとひやひやしたが、さいわいそれはなかった。すくなくともいままでのところは。

半時間前、車はべつの標識のあるところを通り、パパはそれを非常に重要な標識だと言った。それには、《ココヨリさいどわいんだー峠》とあり、パパが言うには、冬、除雪車がくるのは、ここまでだとか。ここから上は、道路が急なので、除雪車はこられない。冬には、その標識を見るすこし前に通ってきた小さな町、サイドワインダーから、遠くユタ州のバックランドまで、道路は全面的に閉鎖されてしまうのだ。

いままた車は、べつの標識の出ているところにさしかかった。

「あれはなんと書いてあるの、ママ？」

「低速車ハ右側車線ヲ走行スベシって書いてあるのよ。つまりわたしたちってこと」

「このかぶとむしはだいじょうぶだよ」ダニーは言った。

「だめよ、聞こえるわ」そう言ってママは、指を交差させて災難よりのまじないをした。オープン・トウのサンダルをはいた彼女の足を見おろすと、足の指もおなじように重ねられているのが見えた。ダニーはくすくす笑った。ママもほほえみかえしたが、内心では依然として気をもんでいるのがわかっていた。

道路は七曲りに曲がって、連続的なゆるいS字カーブを描き、ジャックはかぶとむしのシフト・レバーを、フォース・ギアからサードへ、さらにセカンドへと落とした。車はぜいぜいと苦しそうにあえぎ、ウェンディの目は速度計の針に釘づけになった。針は四十から三十へ、二十へと落ち、そこで不本意そうにふらふら揺れた。

「燃料ポンプが……」彼女はおずおずと言いかけた。

「燃料ポンプはあと三マイルはもつさ」ジャックがそっけなく答えた。

右手の絶壁が後退して、深く切れこんだ谷がひらけた。谷ははてしなく落ちこんでいるように見え、ロッキー・マウンテン・パインや針樅などの深緑が、その斜面をおおっている。樹林がとぎれたところから、灰色の岩壁がつづき、それは何百フィートも落ちこんでから、ようやく平坦になっている。その断崖のひとつに、滝がかかっているのが見えた。早い午後の日ざしが、さながら青い網にとらえられた金色の魚のように、滝のなかできらめいている。たしかに美しい山だが、同時に峻厳でもある。こういう山が、人間の多くのあやまちを見のがしてくれるとは思えない。不吉な予感が喉もとにつきあげてきた。ここからさらに西方に位置するシエラ・ネヴァダ山中で、一八四六年、カリフォルニアに移住しようとしたドナー隊は、雪に降りこめられ、生きるために仲間の肉を食べるところまで追いつめられた。山というのは、人間のあやまちを、そうたくさんは見のがしてくれないものなのだ。

クラッチをどんとたたき、ついで力まかせにひいて、ジャックはギアをファーストに落とした。車は勇敢にエンジン音を響かせて、のろのろと山道をのぼっていった。

「ねえ」ウェンディが言った。「サイドワインダーを過ぎてからこっち、まだ五台足らずの車にしか出あっていないわよ。そのうち一台は、ホテルの送迎用リムジンだったわ」

ジャックはうなずいた。「デンヴァーのステープルトン空港に直行するんだ。ホテルから先は、すでに氷結している箇所がいくつかあるとワトスンは言ってるし、天気予報によると、あす、上のほうじゃもっと雪が降るそうだ。いまこの山中を通ろうってものは、みんな万一を考えて、幹線道路を走りたがるよ。あのアルマンのやつが、まだホテルにいてくれればいいが。いるとは思うがね」

「食料の貯蔵がじゅうぶんだってことは、たしかなのね？」まだドナー隊のことが頭から離れないウェンディはたずねた。

「と、やっこさんは言ってたがね。ハローランにすっかり案内させるそうだ。ハローランってのはコックだ」

「そう」彼女は速度計を見ながら弱々しく言った。速度計の針は、時速十五から十マイルにまでさがっていた。

「あそこが頂上だ」ジャックが言って、三百ヤード先をさした。「途中に見晴らしのいい待避所があって、そこから《オーバールック》がよく見える。そこで一休みして、こいつに一息入れさせてやろう」彼は首をまわして、肩ごしに、毛布の山の上にすわっているダニーを見やった。「どうだい、ドック？　ひょっとしたら鹿が見えるかもしれないぞ。でなきゃカリブーでも」

「そうだね、パパ」

ワーゲンはのろのろとのぼりつづけた。速度計は、時速五マイルの目盛りのほんのわずか上にまでさがり、さらにジャックが道路からそれて

（「あの標識はなに、ママ？」——「《展望台》よ」彼女はきちょうめんに読みあげた）

ブレーキをかけ、ニュートラルでしばらく走らせたときには、頼りなげにふるえはじめていた。

「おいで」そう言って、ジャックは車を降りた。

三人はいっしょにガードレールのそばまで歩いていった。

「あれだ」ジャックが言って、十一時の方角をさした。

ウェンディは、きまり文句にも真実があるということを発見した——息をのむとはこういうことか。その一瞬、完全に息が止まった。その景観のあまりの美しさに、呼吸をすることを忘れてしまったのだ。三人の立っているのは、ひとつの峰の頂上近くだった。真正面に――さて、そこまではどれぐらい離れているだろう――さらに高いひとつの山がそびえていて、その巍峨《ぎが》たる頂《いただき》は、しだいに傾きはじめた日ざしを浴びて、光輪を背負ったシルエットにしか見えない。足もとには谷底がひろがり、これまでかぶとむしであえぎながらのぼってきた斜面は、はるかに後退して、目もくらむほどの急傾斜をなしている。長くのぞきこんでいると、眩暈がしてきて、吐き気をもよおすほどだ。いや、理性の埒外にあるこの澄みきった空気のなかにいると、その想像がふいに現実になるように思われ、なすすべもなく目を凝らせば、谷底へむかって落ちてゆく自分の姿が見える。下へ、下へ、下へ――空と斜面とがゆっくりととんぼがえりを打ち、口からもれる悲鳴は、ものうげな風船のようにひろがり、髪もドレスの裾も大きくふくらんで……

はっとしてウェンディは、ほとんど意志の力によって斜面から視線をもぎはなし、ジャックのさすほうを目で追った。この荘厳な大寺院の尖塔、その側面に、たえず折りかえしながら、だがつねに北西をさしてのびている道路が見える。それは依然として上り坂だが、しかしいままでよりは角度がゆるやかになっていて、そのさらに先に、あたりの樹木を四角く切りとって、斜面そのものにじかにはめこんだかのように、緑の芝生がひろがっているのが見てとれる。そしてその芝生のまんなか、これらすべてを見おろす位置に、ホテル。《オーバールック》。それを見たとき、ようやく息がつけるようになって、思わず嘆声がもれた。

「まあジャック、すばらしいわ！」

「だろう？」彼は答えた。「アルマンに言わせると、これほど美しい景観は、アメリカ広しといえども、ほかにはないそうだ。あいつはどうも虫の好かんやつだが、その言葉だけは嘘じゃないと……おいダニー、どうした！　ダニー、だいじょうぶか？」

はっとして息子のほうをふりむくと、とたんに襲ってきた懸念が、他のすべてを――すばらしいものもそうでないものも――ことごとくおおい隠してしまった。ウェンディは息子のそばに駆けよった。ダニーはガードレールにしがみついて、ホテルを凝視している。顔は土気色、目はうつろで、いまにも失神しそうだ。

そばにひざまずいた彼女は、落ち着かせるように両手を肩にかけた。「ダニー、いったい――」

ジャックがそばにきた。「だいじょうぶか、ドック？」そう言いながら軽くダニーを揺さぶると、ダニーの目からかすみが晴れた。

「うん、だいじょうぶだよ、パパ。なんでもないんだ」

「いったいどうしたの、ダニー？」ウェンディは問いかけた。「眩暈でもしたの？」

「いや、ただ……考えこんでたんだ。ごめんよ。驚かすつもりじゃなかったんだけど」ダニーはひざまずいている両親をながめた。「たぶんお日さまのせいだよ。光が目にはいったんだ」

「じゃあホテルに着いたら、水をもらってやろう」パパが言った。

「うん」

そして車にもどり、車がいままでよりゆるやかになった坂を、いくらか元気をとりもどしてのぼりはじめると、ダニーは両親の体のあいだからじっと前方の道路を見まもり、ときどきそこにあらわれる《オーバールック》ホテルのどっしりした偉容、きらきらと太陽をはねかえしてくる西向きの窓の列に目を凝らした。それは、いつか吹雪の光景のなかで見た建物だった。なにか恐ろしい、ぞっとするほど見覚えのある影が、彼をつかまえようと、ジャングル模様の絨毯を敷いた廊下を、どこまでも追っかけてきたあの暗い、無気味な音のする建物。行っちゃいけないとトニーが警告してくれた建物。それがここなのだ。ここがその場所だったのだ。レドラムがなんであるにせよ、それはここにあるのだ。

9　チェックアウト

アルマンは、広い、旧式な正面玄関のすぐ内側で三人を待っていた。ジャックと握手をかわしたあと、彼はそっけなくウェンディにうなずいてみせた。おそらく、簡素な紺のドレスの肩に、金髪をたらした彼女がロビーにはいってきたとき、人びとの頭がいっせいにそちらに向けられたのに気づいているのだろう。そのドレスの丈は、膝上二インチというごくおとなしいものだが、その下の脚がすんなりのびているのを見てとるのには、たいした眼力は必要とすまい。

アルマンがほんとうに温かく迎えたように見えたのは、ダニーにたいしてだけだった。だが、おなじようなことは、前にも何度か経験している。子供にたいして、W・C・フィールズ流の感傷をいだいている人種にとっては、ダニーはまさしく理想的な子供に見えるらしい。アルマンはわずかに小腰をかがめると、ダニーに手をさしだした。ダニーはにこりともせずにその手をとり、しかつめらしく握手をかわした。

「伜のダニーです」ジャックが言った。「それからこれは家内のウィニフレッド」

「お目にかかれてうれしいですよ」アルマンは言った。「ダニー君、年はいくつ？」

「五歳です」

「ですか。お行儀がいいね」アルマンはほほえんで、ちらとジャックを見やった。

「ええ、おかげさまで」ジャックは言った。

「それからこちらがトランス夫人ですな」アルマンはおなじように小腰をかがめ、一瞬ウェンディは、手にキスでもされるのではないかと考えて、どぎまぎした。おずおずと手をのばすと、彼はその手をとったが、しかしそれもほんの一瞬、ただ両手で彼女の手を握りしめるにとどまった。手は小さく、乾いていて、なめらかだった。たぶんせっせとパウダーをつけているのだろう、と彼女は推測した。

ロビーはにぎわっていた。旧式の、背の高い椅子は、ほとんどぜんぶふさがっている。ベルボーイたちがスーツケースをさげてせわしげに出入りし、カウンターには行列ができている。巨大な真鍮製の金銭登録器がカウンターを占拠し、その上に書かれた《バンクアメリカード》と《マスター・チャージ》の文字が、いちじるしく時代錯誤に見える。

右手のほう、一対の高い両開きのドアがぴたりととざされ、ロープでかこわれている一角に、旧式の暖炉があって、樺の木の丸太が燃えていた。その炉ばたすれすれにソファをひきよせて、三人の修道女がすわっている。両側に鞄を積みあげ、チェックアウトの行列がすこしすくのを待ちながら談笑している。ウェンディが見まもっていると、三人はいっせいに少女っぽい、鈴をふるような声をあげて笑いくずれ、彼女もつられて口もとをほころばせた。三人とも、どう見ても六十歳以下には見えない。

あたりには、たえずざわざわした背景音が流れていた。人の話し声。ふたりのクラークが交替でそれを鳴らすたびに、金銭登録器のそばの銀の振鈴がたてる、くぐもったちりん！という音。「フロント、お願いします！」といういささかいらだった叫び。それが呼びさましたのは、強烈な、温かい記憶だった。新婚旅行でジャックと行ったニューヨークのホテル、《ビークマン・タワー》の思い出。このときはじめてウェンディは、これこそ自分たち一家の必要としているものなのかもしれない、と本心から信ずる気になった。ここで、世間から隔絶されて、三人だけで過ごす一シーズン——一種の家族連れハネムーン。彼女は、あらゆるものにきょろきょろ物珍しげな目を向けているダニーを、愛情ぶかい笑顔で見おろした。さいぜん途中で見かけたのとはべつのリムジン——銀行家のチョッキのような灰色の——がやってきて、ホテルの前に止まった。

「シーズン最後の日でしてな」と、アルマンが言っていた。「終業日というわけで、いつも火事場のような騒ぎになります。じつは、もうちょっと遅く、三時ごろお見えになるかと思ってたんですよ、トランスさん」

「ワーゲンが神経衰弱を起こすといけないので、余裕を見ておきたいと思ったものですからね。さいわいそれは起こりませんでしたが」ジャックは言った。

「幸運でしたな」アルマンは言った。「のちほどお三人をご案内して、建物のなかをごらんにいれるつもりですし、むろんディック・ハローランも、奥さんに調理場をお目にかけたいと思っているでしょう。ですが、いまはあいにく——」

クラークのひとりが近づいてきて、アルマンの袖をひっぱった。

「失礼します、アルマンさん——」

「なんだね？　なにかあったのか？」

「ブラント夫人なんですが」クラークはもじもじしながら言った。「どうしてもアメリカン・エキスプレスのカードでないと払えないとおっしゃるんです。昨シーズン来、アメリカン・エキスプレスはお受けしないことになったと申しあげたんですが、お聞きいれがなくて……」視線がトランス一家に移り、それからアルマンにもどった。クラークは、あとは言わずに肩をすくめてみせた。

「よし、わたしがなんとかしよう」

「助かりました。お願いします、アルマンさん」クラークはカウンターにもどっていった。見ると、長い毛皮のコートを着、黒い駝鳥の襟巻とおぼしきものに身をかためた、超弩級戦艦といった感じの婦人が、声高に苦情を並べたてているところだ。

「よござんすか、あたしは一九五五年以来、ずっとこの《オーバールック》にきてるんですよ」彼女は、苦笑しながら肩をすくめているクラークにむかってまくしたてた。「あたしはね、二番目の主人があのいやらしいロークのコートで死んだあとでさえ、ここにくるのをやめたことはないんです。ええ、そうですよ、卒中でね——あの日はあんまり日ざしが強すぎるから、やめなさいと言ったんだけど——でもとにかく、あたしは一度だって……よござんすか、一度だって、ここのお勘定を払うのに、アメリカン・エキスプレスのカード以外のものは使ったことがないんです。どうしてもと言うんなら、警察をお呼びなさい！　つきだしてくだすってもかまいません！　でも、なんと言われようと、アメリカン・エキスプレスのカード以外のもので支払うのはお断わりします。よござんすか……」

「失礼」アルマン氏が言った。

彼がロビーを横切ってゆき、うやうやしくブラント夫人の肘に触れるのを三人は見まもった。彼が両手をひろげてなにか言うと、夫人はやにわに向きなおり、今度はアルマンにむかって長広舌をふるいはじめた。彼は同情的にうなずきながら耳を傾け、それからまたなにか言った。ブラント夫人は勝ち誇ったようにほほえむと、気の毒なクラークをかえりみて、声高に言った。

「助かったわ——これでこのホテルにも、根っからの俗物じゃないひとが、ひとりはいたってわけだわね！」

　そして彼女はアルマンに腕をとられて——彼女と並ぶと、アルマンはやっと、かさばった毛皮のコートの肩あたりまでしかなかった——おそらくは支配人室へであろう、カウンターの奥に姿を消した。

「うふふ！」ウェンディが笑って言った。「つまりあのめかし屋も、あれなりの働きをしてるってことよ」

「でもあのひと、あの女のひとが好きじゃないんだ」ダニーが即座に言った。「ただ好きなようなふりをしてただけなんだよ」

　ジャックがにやりと笑って息子を見おろした。「おまえの言うとおりだよ、ドック。だが、お追従ってやつはね、世間の歯車に油をさして、なかなか役に立ってるのさ」

「おついしょうって、なに？」

「お追従というのはね」ウェンディがダニーに言った。「たとえばパパがほんとうは気に入ってないのに、ママの黄色いスラックスを気に入ったと言ったり、ママはあと五ポンド痩せる必要なんかないと言ったりすることよ」

「ふうん。じゃあ、ふざけて嘘をつくこと？」

「まあね、だいたいそれに近いわ」

　ダニーはしばらく母親をためつすがめつしたあげくに、「ママ、ママはきれいだよ」と言った。そして、両親がこれを聞いて目くばせをかわし、それから、そろってぷっと吹きだすのを見て、当惑して眉をひそめた。

「アルマンは、ぼくにはあまりお追従なんか言わなかったな」ジャックが言った。「おい、ふたりとも、この窓のそばへおいで。なんだかこんなデニムの上着で、そこのまんなかにつったってると、ばかにめだつような気がするよ。まさか終業日にこんなにたくさん客がいるとは思わなかったんだが、どうやら思いちがいをしてたようだ」

「あなた、あなたはとてもハンサムよ」ウェンディが言い、それからふたりは――ウェンディは手で口をおさえて――またぷっと吹きだした。ダニーにはいまだによくのみこめなかったが、それでもかまわなかった――パパとママが愛しあっているかぎりは。このホテルは、ママにど

こかべつの場所
（くちばし男《ピークマン》、とかいうところ）

を思いださせるらしい。ママはそこで幸福だったのだ。ダニーもママとおなじように、このホテルを好きになりたいと思ったが、それでいて内心では、トニーの見せてくれたことが、ぜんぶほんとうになるわけじゃないんだ、とくりかえしくりかえし自分に言い聞かせねばならなかった。もちろん、じゅうぶん警戒していなくてはいけない。なんであれレドラムというものに注意しなくてはいけない。だが、ぜったいに必要となるまでは、なにも言わないでおこう。なぜならパパとママはいま幸福だから。幸福に笑っているし、不幸なことはなにも考えていないから。

ジャックが言った。「ごらん、ここからのながめを」

「まあ、すごいわ！　ダニー、ごらんなさい！」

だがダニーには、とくにその光景がすばらしいとは思えなかった。彼は高いところが嫌いだ。眩暈がするから。見わたすと、建物の長さいっぱいに走っている広いフロント・ポーチの向こうに、美しく手入れされた芝生（右のほうにはパッティング・グリーン）があって、長い、長方形のプールにむかって、傾斜しつつひろがっている。《閉鎖》という立て札が、小さな三脚に立てて、プールの一端に置いてある。〝閉鎖〟というのは、〝停止〟、〝出口〟、〝ピッツァ〟、などとともに、ダニーの読める数すくない掲示のひとつだ。

プールの向こうには、小松や針樅や白楊のあいだを縫って、一本の砂利道がのびていた。そこにも小さな立て札があるが、その文字は彼には読めなかった。ROQUE《ローク》——その下に矢印。

「パパ、R、O、Q、U、E、ってなに？」

「ゲームだよ」パパは言った。「ちょっとクローケーに似ていてね。ただこれは芝生でやらないで、大きな玉突き台みたいな、四方を低い壁で囲まれた、かたい土のコートでやるんだ。とても古いゲームなんだよ。ときどきここでそのトーナメントがあるのさ」

「クローケーの槌みたいなものでやるの？」

「そうだ」ジャックはうなずいた。「ただあれよりもうちょっと柄が短くてね、頭の部分は両面とも使えるようになっている、片面は硬質ゴム、片面は木さ」

（出てこい、このちびのいくじなしめ！）

「あれはロークって発音するんだよ」パパが言っていた。「もしやりたかったら、いつか教えてやるよ」

「うん。でも、たぶん、やりたくならないと思うな」ダニーは言った。その声が奇妙に抑揚を欠いた、つぶやくような声音だったので、両親は彼の頭上でとまどった視線をかわした。

「そうかい、なら、むりにやらなくたっていいんだ、ドック。わかったな？」

「うん」

「ダニー、あんた、動物は好き？」ウェンディが言った。「ごらんなさい、あれは装飾庭園《トーピアリー》っていうのよ」〝ローク〟に通じる砂利道の向こうに、さまざまな動物の形に刈りこんだ植込みがあった。ダニーは目がよかったから、じきにいくつもの動物の形を見わけた——うさぎと、犬と、馬と、バッファローと、それに、たわむれているライオンらしい、すこし大きなのが三つ。

「アルおじさんがパパにこの仕事を世話しようと思いついたのは、あの植込みのせいだったのさ」と、ジャックが彼に言った。「パパが学生時代に造園会社で働いてたことを、アルおじさんは知ってたんだ。造園会社っていうのはね、よそのうちの芝生や植込みの手入れをしたり、生け垣を刈ったりするのが仕事なのさ。パパはよく、ある奥さんのところの装飾庭園を刈ったものだよ」

ウェンディが手で口をおさえてくすくす笑った。ジャックはそれを見ながら、もう一度くりかえした。

「そうさ、すくなくとも週に一度は、彼女の家の装飾庭園を刈ったものだ」

「およしなさいよ、ばかね」ウェンディが言って、またくすくす笑った。

「そのひと、りっぱな生け垣を持ってたの、パパ？」ダニーが訊いた。これを聞いて、ふたりはついにこらえきれなくなってぷっと吹きだした。ウェンディは涙が出るほど笑いころげ、ハンドバッグからクリネックスをとりだして、目を拭わねばならなかった。

「それは動物じゃなかったのさ、ダニー。トランプの形だったんだ」ようやく笑いがおさまると、ジャックは言った。「スペードやらハートやらダイヤやらクラブやら。だけど、生け垣ってのはのびるだろ――」

（やつらはじりじりあがりだす、そうワトスンは言った……いや、いや、あれは生け垣のことじゃない。ボイラーだ。たえず気を配ってないと、気がついてみたらあんたら一家は、月面まで吹っ飛ばされてたなんてことになりかねん）

ふたりはとまどい顔でジャックを見つめた。微笑がその頰から拭ったように消えていた。

「パパ？」ダニーが呼びかけた。

彼は夢からさめでもしたように、ぱちぱちとまばたきした。「そうさ、生け垣ってのはのびるだろ。それで形がくずれちまうんだ。だからパパは、これから寒くなって木の生長が止まるまで、週に一度か二度、あれを刈りこんでやらなきゃならないのさ」

「それに児童遊園もあるわ」ウェンディが言った。「あんたはしあわせだこと、ダニー」

児童遊園というのは、〝トーピアリー〟の向こう側にあった。すべり台がふたつ、それぞれ高さのちがう六つのブランコがさがった大きなブランコ台、ジャングルジム、コンクリート管のトンネル、砂場、それに《オーバールック》ホテルをそっくり小型にした子供の家。

「どう、気に入った、ダニー？」ウェンディがたずねた。

「うん、とっても。きれいなところだね」ダニーは答え、それが実際の気持ちよりも、もうちょっと熱心そうに聞こえればいいと思った。

児童遊園の向こうには、めだたない金網張りの危険防止の柵があった。そしてその向こうは、ホテルに通じる広い簡易舗装の道路、さらにその向こうは、輝く午後の青いもやのなかへ落ちこんでいる谷。ダニーは〝孤絶〟という言葉を知らなかったが、だれかがそれを説明してくれたなら、その感じを把握することはできただろう。はるか下の日だまりに、しばらくまどろむことにした、長い、黒い蛇のように、ここからサイドワインダー峠へ、そして最後にはボールダーへとつづく道路が走っている。その道路は、冬じゅうずっと閉鎖されてしまうのだ。そう思うと、わずかに息が詰まるような感じがし、パパがぽんと肩に手を置いたときには、思わずとびあがりそうになった。

「さっき約束した飲みもの、もうすこししたらもらってやるからな、ドック。いまここのひとはみんな忙しいんだ」

「うん、わかってるよ、パパ」

言い分が通ってせいせいしたといわんばかりの顔で、ブラント夫人が奥の支配人室から出てきた。いくらもたたぬうちに、八つのスーツケースをかかえたりさげたりしたふたりのベルボーイが、意気揚々とドアを出てゆく夫人のあとを追って、遅れまいとしながらよろよろとついていった。ダニーが窓ごしに見ていると、グレイの制服を着て、陸軍の大尉みたいな帽子をかぶった男が、長い銀色の車をドアの前にまわしてきて、運転席から降りた。男はちょっと帽子をあげて夫人に挨拶すると、走っていって車のトランクをあけた。

そしてそのとき、ときおり訪れるあの閃光に似たひらめきのなかで、ダニーはブラント夫人の思念をまざまざととらえた。それは、いつも人込みで感じるあの混沌とした色彩やら、感情やらの低いざわめきのなかで、ひときわはっきりと浮きあがっていた。

（この男のズボンのなかにはいってみたいものだわ）

ベルボーイが彼女の荷物を車のトランクに積んでいるのを見ながら、ダニーは眉を寄せた。荷物の積込みを監督しているグレイの制服の男に、夫人はどちらかというとけわしい視線を向けている。どうしてあの男のズボンのなかになんかはいりたいのだろう？　寒いのだろうか──あんな長い毛皮のコートを着ているのに？　それにもしそんなに寒いのなら、どうして自分もズボンをはかないのだろう？　うちのママなんか、冬じゅうたいがいズボンをはいてるのに。

灰色の制服の男は、車のトランクをしめると、ドアの脇にもどって、彼女が乗りこむのに手を貸した。彼女が男のズボンのことでなにか言うかと目を凝らしたが、彼女はただほほえんで、男に一ドル札──チップ──を渡しただけだった。それからすぐ、彼女は大きな銀色の車を運転して、車回しを出ていった。

ダニーは、なぜブラント夫人が駐車場係のズボンなんかほしがったのか、ママに訊いてみようかと思ったが、結局やめることにした。ときどき、なにげなくした質問が、人をとんでもない面倒に巻きこむことがある。前にもそういう経験があった。

だから、そのかわりに、両親のあいだで身をちぢめるようにして小さなソファにすわり、チェックアウトしてゆく客の行列をながめた。パパとママがしあわせで、おたがいに愛しあっていること、それが彼にはうれしかった。だがそれにもかかわらず、ちょっぴり心配せずにもいられなかった。どうしても心配しないわけにはいかなかったのだ。

10　ハローラン

コックのハローランは、こういう高級リゾート・ホテルの調理場の名士として、ウェンディが心に描いていたイメージには、まるでそぐわなかった。まず第一に、そういう人物は通常〝シェフ〟と呼ばれていて、世俗的な〝コック〟などという呼び名は使われない——〝コック〟のつくる料理といえば、せいぜい、ウェンディがアパートの台所で、残りものを脂でよごれたパイレックスのキャセロールにほうりこみ、ついでにヌードルを加えてつくる料理に毛の生えた程度のものだ。第二に、ニューヨークの《サンデー・タイムズ》のリゾート欄にまで広告を出している、《オーバールック》ホテルの料理の名人とくれば、どうしたって、小柄で、まんまるで、生っ白い顔(いってみれば、ピルズベリーのゆでだんごみたいな)をしていなくては、ぴったりこない。そのうえに、四〇年代のミュージカル・コメディのスターみたいな細い口髭をたくわえ、目は黒く、フランス訛りがあり、きざったらしい人物であれば、なお完璧である。

このハローランは、目こそ黒かったが、しかしそれだけだった。長身の黒人で、髪は控え目なアフロ・スタイル、それに白いものがちらほらまじりかけている。やわらかな南部訛りがあり、たびたび白い歯をむきだして陽気そうに笑うが、その歯はあまりに白く、あまりにそろいすぎていて、どう見ても、一九五〇年代のシアーズ・アンド・ローバックの義歯としか思えない。ウェンディの父も、生前この義歯を使っていて、ローバッカーと名づけているこれを、ときおり夕食のテーブルでコミカルに押しだしてみせることがあった……いま思いだしてみると、父がそんなふざけた真似をするのは、母が台所になにかをとりにいっているときとか、電話に出ているときに限られていたようだが。

ダニーはさいぜんからしげしげとこの紺サージの服を着た黒い巨人を見あげていたが、いまハローランがひょいと彼を抱きあげて腕にのせると、にっこり笑った。

「なあ坊や、おまえさんは冬じゅうここにはいないだろうぜ」と、ハローランは言った。

「ううん、いるよ」ダニーははにかんだ笑顔を見せて答えた。

「うんにゃ、おまえさんはわしといっしょにセント・ピートにきて、コックの修業をし、夜にはいつも浜に出て、蟹を見つけるんだ。いいな？」

　ダニーはうれしそうにくすくす笑って、首を横に振った。ハローランは彼をおろした。

「もし決心を変えるなら、いまのうちだぞ」ハローランはかがみこんで、重々しく言った。「いまから三十分後には、わしは車に乗ってる。それから二時間半後には、ステープルトン国際空港のコンコースB、ゲート32にすわってる……ステープルトンってのは、コロラド州の州都、高度一マイルのデンヴァー市にある空港だ。それからさらに三時間後には、わしはマイアミ空港でレンタカーを借り、日ざしいっぱいのセント・ピートへの道を走らせてる――はやく水泳パンツに着替えて、こんな山んなかで雪にとじこめられてる連中を、思うぞんぶん笑ってやろうとわくわくしながらな。どうだ、わかるか、坊や？」

「わかるよ、おじさん」ダニーはほほえみながら言った。

　ハローランはジャックとウェンディをかえりみた。「すてきな坊ちゃんですな」

「おかげさまで」ジャックは言って、手をさしだし、ハローランは、その手を握った。「ぼくはジャック・トランス。女房のウィニフレッド。ダニーとはもう知合いになりましたね」

「おおいに意気投合しましたよ。奥さん、奥さんの愛称はウィニーですか、フレディですか？」

「ウェンディですわ」彼女はほほえみながら答えた。

「なるほど。ほかのふたつよりもそのほうがいいみたいだ。さて、ずうっとこちらへ。アルマン氏が案内してあげてほしいというんでね、案内してさしあげようってわけで」それからハローランは首を横に振ると、声をひそめて言った。「きょうであのアルマン氏ともお別れだと思うと、さばさばしますぜ」

ハローランがまず案内したのは、ウェンディがまだ見たこともないほどひろびろした調理場だった。どこを見ても、目もさめるほど清潔で、調度という調度はぴかぴかに磨きあげてある。たんに大きいというだけではない、なにか威圧されるような気分だ。ウェンディはハローランと並んで歩き、ここではまったく領分ちがいのジャックは、ダニーとともにすこし遅れてついていった。四槽式の流しのそばに、長いハンガーボードがかかっていて、それには、皮むきナイフから両手で使う大型肉切り庖丁にいたるまで、ありとあらゆる種類の刃物がかけてある。パンこね台は、ボールダーのアパートの調理台よりも大きい。いっぽうの壁には、天井から床まで、多種多様なステンレス・スチールの鍋や、柄つきの深鍋がぎっしりかけならべてある。

「こう広くちゃ、はいるたびにパンくずを落としてこなくちゃ迷子になっちゃうわ」ウェンディは言った。

「いや、気おくれすることはありませんぜ、奥さん」ハローランが言った。「たしかに大きいことは大きいが、それでもただの台所でさ。こういった道具の大半は、奥さんが手を触れる必要もないでしょう。ただ清潔にしといてください――それだけがわしのお願いでさ。ここにレンジがありますが、わしが奥さんだったら、これを使うでしょうな。ぜんぶで三つあるうちで、いちばん小さいですから」

これでいちばん小さいとは、と彼女はそれを見ながら陰気に考えた。そこにはバーナーが十二、普通のオーブンふたつ、ダッチ・オーブン――上部のあらかじめ熱せられたくぼみで、ソースを煮つめたり、豆を煮こんだりできるもの――一基、それに、直焼き天火と、保温器。加うるに、無数のダイヤルと、温度計。

「ぜんぶガスです」と、ハローランが言った。「電気でなく、ガスで料理したことはありますかね、ウェンディ？」

「ええ、まあ……」

「わしはガスが好きです」そう言ってハローランは、バーナーのひとつをつけた。青い炎がぽっとあがると、微妙な手つきでそれを調節して、ごく弱い火にした。「料理しながら、炎の調子をたしかめられるってのがいいんでさ。どこにバーナーのスイッチがあるかわかりますね？」

「ええ」

「それにオーブンのダイヤルはみんな表示がついていると。わし自身はまんなかのやつが気に入ってます――いちばん平均に熱が行きわたるような気がするんでね。だがそれは奥さんのお好みしだい、どれを使ってもいいし、場合によっちゃ、三つともぜんぶ使ったってかまいません」

「TVディナーをひとつずつ入れて温めますか」ウェンディは言って、弱々しく笑った。

ハローランはからからと笑った。「なんならおやりになったっていいですぜ。さてと、食料品はぜんぶリストにして、流しのそばに置いといたんだが。見ましたか？」

「ここにあるよ、ママ！」ダニーが両面にびっしりと文字を書きこんだ二枚の紙を持ってきた。

「ようし、お利口だな」ハローランはそう言ってそれをダニーから受け取ると、彼の髪をなでた。「ほんとにわしといっしょにフロリダへ行きたくはないかい？　この世界で、いちばんうまいシュリンプ・クレオールのつくりかたを教えてやるぞ」

ダニーは両手で口をおおってくすくす笑うと、父親の後ろに隠れた。

「まあ三人家族なら、一年は食えると思いますがね」と、ハローランは言った。「冷蔵食品室、ウォーク＝イン式の冷凍室、ありとあらゆる種類の野菜入れ、それに冷蔵庫がふたつ。おいでなさい、見せてあげますから」

そのあとの十分間、ハローランはさまざまな扉や箱をあけたりしめたりして、ウェンディがまだ見たこともないほどの厖大な貯蔵食料を見せた。その量は彼女を圧倒したが、それでいて、予期したほどの安心感は与えてくれなかった。ドナー隊のことがしきりに頭に去来した。人肉を食べることへの恐れからではなく（これだけの厖大な食料があれば、一家がおたがい同士という貧弱な割当てに頼らざるを得なくなるのは、ずっと先の話だろう）、これはけっして遊び事ではなく、きわめて真剣な問題なのだという考えが、いまさらのようにひしひしと胸に迫ってきたからだ。いったん雪が降りだしたら、ここから脱出するということは、サイドワインダーまでの一時間のドライブという問題ではなく、たいへんな大事業になってしまうのだ。三人は、このがらんとしたグランド・ホテルに身を寄せあってすわり、おとぎ話のなかのだれかのように、残された食料をすこしずつ食べながら、雪の積もった軒先に吹き荒れる風の音を聞くことになるだろう。ヴァーモントでは、ダニーが腕を折ったとき
(ジャックがダニーの腕を折ったとき)

彼女は電話機についている小さなカードの番号を見て、救急車を呼んだ。救急車が駆けつけてきたのは、わずか十分とたたないうちだ。その小さなカードには、ほかの番号も書かれていた。パトカーは五分で到着したし、消防車ならもっとはやくきた。消防署は、わずか三ブロック先を曲がって、さらに一ブロック行っただけのところにあったからだ。そのほか、停電したとき、シャワーが止まったとき、テレビが故障したときに電話する相手。ところがこの土地では、もしダニーがいつものひきつけを起こして、舌をのみこんでしまったら、いったいどうなるだろう？

(おいやだ、いったいなんてことを考えるの？)

もしもこのホテルが火事になったら？　もしもジャックがエレベーター・シャフトにでも落ちて、頭の骨を折ったりしたら？　もしも――？

(もしもそんなことがなんにもなくて、わたしたちがここで楽しい冬を過ごしたとしたらどうなのよ？　もうおよし、ウィニフレッド！)

ハローランがまずまっさきに見せたのは、ウォーク＝イン式の冷凍室だった。そのなかでは、まるで漫画の吹出しのように、息が白く見えた。冷凍室にはすでに冬がきているのだ。

大きなビニールの袋にはいったハンバーガー――ひとつの袋に十ポンドずつ、それが十二袋。

板張りの壁には、丸のままのチキンが四十羽、ずらりと鉤にかかって並んでいる。罐詰めのハムがポーカー・チップのように重ねられ、その山が一ダースもある。チキンの下には、ローストー用ビーフのかたまりが十個、おなじくポークが十個、それに巨大なラムの肢が一本。

「ラムは好きかね、ドック？」ハローランがにやにやしながら訊いた。

「好きだよ」ダニーは即座に答えたが、じつは一度も食べたことがないのだった。

「きっと好きだろうと思った。寒い夜には、ミント・ゼリーを添えたラムの薄切りを二枚ばかり――これにまさるものはないね。ミント・ゼリーもここにある。ラムは腹ぐあいをよくするんだ。腹にもたれない肉なのさ」

後ろから、ジャックが不思議そうに言った。「どうしてわかったのかね――われわれがこの子をドックと呼んでいることが？」

ハローランはふりむいた。「なんと言ったかね？」

「ダニーだよ。うちではときどきドックと呼んでいる。バッグズ・バニーの漫画をまねてね」

「見ただけで、いかにもそれらしく見えるからね」ハローランはダニーにむかって鼻に皺を寄せると、口をひんまげて、つくり声で言った。「えへへへっ、どったの、先生《ドック》？」

ダニーがくすくす笑ったとき、ふいにハローランがなにかを
（ほんとにおまえさん、フロリダへは行きたくないか、ドック？）

きわめて明瞭に言った。ダニーはその一語一語を聞きとった。驚いて、それにいくらかおびえもして、ハローランを凝視すると、ハローランはまじめくさってウィンクしてみせ、それか

らまた食料品のほうに向きなおった。

ウェンディは、その幅の広い、サージの服につつまれた背と、自分の息子とを見くらべた。なぜだかわからないが、いまふたりのあいだになにかが流れた、自分にはつきとめられないなんらかの交流があった、そんな気がしてならなかった。

「ほかにソーセージが十二パック、ベーコンが十二パック」と、ハローランは言った。「豚肉はまあそんなところかな。あと、この引出しに、バター二十ポンド」

「本物のバターかね？」ジャックがたずねた。

「本物も本物、特A級さ」

「本物のバターなんて、ニュー・ハンプシャー州バーリンにいた子供のころ以来、お目にかかったことがないような気がするな」

「そうかね、ここにいたらいやってほど食べられるさ――オレオ・マーガリンがごちそうみたいに思えてくるほどにね」ハローランは言って、からからと笑った。「あそこにあるあの箱のなかには、パンがはいってる――白パンが三十本、黒パンが二十本。この《オーバールック》じゃ、できるだけ人種的バランスをとるのをモットーにしてるんでね。ぜんぶで五十本じゃ三人には足らんと思うけど、なに、材料は腐るほどあるし、週に一度ぐらいは冷凍じゃなく、焼きたてのを食べるってのもいいもんだぜ。

さて、こっちのほうには魚がある。頭のよくなる食べものだ。そうだな、ドック？」

「そうなの、ママ？」

「ハローランさんがそうおっしゃるんなら、そうなんでしょ、きっと」ウェンディはほほえんだ。

ダニーは鼻に皺を寄せた。「ぼく、魚は嫌いだ」

「そうか、そりゃ大まちがいだぞ」ハローランは言った。「きっとおまえさんは食わず嫌いなんだ。ここの魚なら好きになる。虹鱒が五ポンドに、かれいが十ポンド、ツナ十五罐――」

「ああ、ツナなら好きだよ」

「それに頬っぺたの落ちるほどうまいしたびらめが五ポンド。なあ坊や、来年の春になったら、おまえさん、きっとこの……」ふとなにかを思いだしたといったように、ハローランは指をぱちんと鳴らした。「ところでわしの名はなんてったっけな？　つい度忘れしちまったようだ」

「ミスター・ハローランだろ」ダニーはにやにやして言った。「友達には、ディックさ」

「そうだ！　そしておまえさんは友達だからな。これからはディックと呼びな」

さらに奥へ案内されてゆきながら、ジャックとウェンディは当惑げな目を見あわせた。ハローランがいままでにファースト・ネームを名乗ったかどうか、どう考えても思いだせなかったからだ。

「さて、ここにわしは特別のごちそうを用意しておいた。みなさんが気に入ってくれるといいんだが」と、ハローランが言った。

「まあハローランさん、こんなご心配までしていただいちゃ……」ウェンディは感動して言った。それは二十ポンドもあろうかという七面鳥で、幅の広い真紅のリボンをかけ、それを花結びにしてある。

「感謝祭にはなんてったって七面鳥を食べなきゃね、ウェンディ」ハローランはしかつめらしく言った。「クリスマス用には、どこか奥のほうに肥らせた去勢おんどりがあるはずでさ。捜せばきっと見つかります。さあ、みんなそろって、は、は、はぁいえんにならないうちにここを出るとしよう。いいね、ドック？」

「いいよ！」

冷蔵食品室には、さらに多くの驚異が待っていた。乾燥ミルク百箱（まあ車が通れるうちは、サイドワインダーまで、坊やのためにフレッシュ・ミルクを買いにいったほうがいいですな、とハローランは重々しくウェンディに忠告した）のほか、十二ポンド入りの砂糖五袋、一ガロン入りの糖蜜のかめ一個、朝食用シリアル、ガラス容器入りの米、マカロニ、スパゲッティ。分類されて並べられた果物やフルーツ・サラダの罐詰め。部屋じゅうに秋の香りをふりまいている新鮮なりんご一ブッシェル。乾燥プラムや、あんずや、干しぶどう（「快食、快便は健康のもとというからね」そう言ってハローランは、たった一個の旧式な裸電球が鉄鎖でぶらさがっている天井にむかって、吠えるような笑いを響かせた）。ほかに、じゃがいもの詰まった深い貯蔵容器。トマトや、玉ねぎや、かぶや、かぼちゃや、キャベツのはいった、いくらか小ぶりの箱。

「まったく……」その部屋を出ながら、ウェンディは言った。けれども、いままで週に三十ドルの食費予算でやりくりしてきたあと、これだけ厖大な生鮮食品の貯蔵を見せられて、頭がぼうっとしてしまい、それきり言葉がつづかなかった。

「あ、すこし遅くなっちまった」ハローランが時計を見ながら言った。「このあと、戸棚や冷蔵庫のなかは、落ち着いたら奥さんが自分で見てください。チーズ、罐入りミルク、コンデンス・ミルク、イースト、ベーキング・パウダー、例のテーブル・トーク・パイってやつが一袋、まだ青いままのバナナが何房か――」

「ああもうやめてくださいな」ウェンディは手をあげて笑いながら言った。「いっぺんにうかがったって覚えきれませんから。たいしたものですわ。それにきっとお約束します――台所はきれいに使いますから」

「それだけですよ、わしのお願いはね」ハローランはジャックに向きなおった。「ときにアルマン氏は、頭んなかにあるねずみについての考え、あんたに話したかね？」

ジャックはにやりとした。「屋根裏にいくらかいる可能性があると言ってた。それからワトスン氏も、地下室にはいるかもしれんと言ってた。あそこには、およそ二トンもの紙の山があるが、見たところ、ねずみが巣にしようとして食いちぎった形跡はなかった」

「ああ、ワトスンか」ハローランはわざと肩をすぼめて、なさけなさそうに首を振りながら言った。「やっこさんは、あんたがいままでに出くわしたなかで、いちばんきたない口をきく男じゃないかい？」

「まあちょっとした人物だね」ジャックは相槌を打った。彼がいままでに出くわしたなかで、いちばんきたない口をきく男は、死んだ父だった。

「考えてみりゃ気の毒なんだがね」そう言いながらハローランは、先に立って、《オーバールック》の大食堂に通じる開き戸のほうへ向かった。「むかしはあの一家も金持ちだったんだ。ここを建てたのは、ワトスンのじいさんだか、ひいじいさん――どっちだか忘れちまったが――なんだよ」

「だそうだね」ジャックは言った。

「どういういきさつがあったの？」ウェンディがたずねた。

「要するに、持ちこたえられなかったってことでさ」ハローランは言った。「いきさつをしゃべらせてやれば、やっこさん、日に二回はくりかえして聞かせますよ。まあそのじいさんってのが、このホテルについて、誇大な妄想にとりつかれてたってわけで。結局それが命取りになったんでしょうな。じいさんには息子がふたりあって、そのひとりは、まだこのホテルが建設ちゅうだったころ、落馬事故で死んじまった。一九〇八年か九年のことでさ。それから、じいさんの細君が流行病で死んで、あとにはじいさんと下の息子だけが残った。そして結局は、じいさんの建てたホテルの管理人に落ち着いたってわけ」

「なんだか気の毒みたいな話ね」ウェンディが言った。

「で、その男はどうなったんだね？　そのじいさんというのは？」ジャックがたずねた。

「うっかり電灯のソケットに指をつっこんでね、それで一巻の終わりさ」ハローランは言った。「たしか三〇年代のはじめ、大恐慌の影響で、このホテルが十年ほど店じまいする前じゃなかったかかな。

とにかくだ、ジャック、ねずみの話にもどると、あんたにも奥さんにも、やつらが調理場にまで出てこないかどうか、よく見張っていてほしいんだ。そしてもし見かけたら……ねずみとりを頼む、毒餌じゃなくな」

ジャックは目をぱちぱちさせた。「当然じゃないか。台所に猫いらずを仕掛けようなんて、どこのばかが考える？」

ハローランは嘲笑的に笑った。「アルマン氏さ、やっこさんが考えるんだよ。あれは去年の秋だったな——その妙案をやっこさんが思いついたのは。だから言ってやったよ——『ねえアルマンさん。これで来年の五月にまた客がやってきて、わたしが恒例のオープニング・ナイト・ディナーを用意する』——たまたまそれは、手のこんだソースのかかった鮭料理なんだがね——『そしてそれを食べたみんなが病気になって、医者があんたにこう言ったとしたら？——〝アルマン、いったいここじゃなにが起こっているんだね？　あんたは八十組のアメリカ一の金持ち客たちを、こともあろうに猫いらずで中毒させちまったんだぞ！〟って。そしたらどうします！』ってね」

ジャックは頭をのけぞらせて高笑いした。「で、アルマンはなんと言った？」

ハローランは奥歯にはさまった食べもののかすでもさぐっているように、舌の先を頬の裏に押しあてた。「言ったよ——『ねずみとりの罠を買ってきたまえ、ハローラン』って」

今度はみんながいっせいに笑った。ダニーでさえ、冗談の意味はよくわからないながらも、それがアルマン氏に関係したことで、あのアルマン氏も結局すべてを知っているわけではないらしいとさとって、いっしょになって笑った。

四人は食堂を通り抜けて歩いていった。西側の窓から、売りものの雪をかぶった峰々を一望のもとに見わたせるその食堂は、いまやがらんと静まりかえり、白いリネンのテーブルクロスのかかったテーブルは、ひとつずつ厚い透明なビニール・シートにおおわれていた。冬にそなえて巻きあげられた絨毯が、部屋の一隅に、警備についている哨兵のように並んでいる。その広い部屋の向こう端に、両開きの自在戸があり、その上に金文字で、《コロラド・ラウンジ》と書いた古風な看板がかかっていた。

ジャックの視線を追ったハローランが言った。「もしあんたが酒を飲むんなら、自分の分を持ってきてるといいんだが。バーにはなにも残っていない。ゆうべ従業員のお別れパーティがあってね。きょうは、メイドもボーイもみんな二日酔いで、痛む頭をかかえてるよ——わしも含めてね」

「ぼくは酒はやらん」ジャックはぶっきらぼうに言った。四人はロビーにもどった。

調理場にいた三十分ほどのあいだに、ロビーは見ちがえるほどがらんとしてしまっていた。すでにしてその広いメイン・ロビーいっぱいに、ジャックら一家がやがて慣れるだろうひっそりした、見捨てられたような翳がただよいはじめていた。背もたれの高い椅子は、どれも無人になっていた。火のそばにすわっていた修道女たちもいなくなっていて、暖炉の火それ自体すら、赤い熾《おき》だけを残して燃えつきてしまっている。駐車場へ目をやったウェンディは、ほんの十台ほどを余して、車がすっかり消えているのに気づいた。

ふと、自分たちももう一度フォルクスワーゲンに乗りこんで、ボールダーへなり、どこへなり、帰れたらいいのに、という気がした。

ジャックはアルマンを目で捜していたが、アルマンの姿はロビーには見あたらなかった。アッシュ・ブロンドの髪を、うなじにピンで留めあげた若いメイドが近づいてきて、声をかけた。「あんたの荷物、ポーチに出しておいたわ、ディック」

「ありがとうよ、サリー」ハローランは彼女のひたいにキスした。「あんたも達者でな。結婚するって聞いたが、しあわせにやれよ」

そのメイドが腰を小粋に振って歩み去るのを見送って、ハローランはトランス一家に向きなおった。

「さて、わしも急がなきゃ、飛行機に乗りおくれちまう。どうかみなさん、お元気で。なに、きっとうまくいきますよ」

「ありがとう。ご親切にどうも」ジャックは言った。

「お台所はじゅうぶん気をつけて使いますから、ご心配なく」ウェンディはあらためて約束した。「フロリダ滞在をお楽しみください」

「ありがとう」ハローランは言うと、両手を膝について、ダニーのほうにかがみこんだ。「これが最後のチャンスだぞ、坊や。フロリダへくる気はないか？」

「ううん、やめとく」ダニーはほほえみながら答えた。

「そうか。じゃあせめて、荷物を車まで運ぶのを手つだってくれるか？」

「ママがいいと言えばね」

「いいわよ。でもそれならば、ジャケットのボタンをきちんとかけなきゃね」ウェンディはそう言って、手を出そうとしたが、ハローランが彼女の機先を制して、大きな褐色の手で器用にボタンをかけた。

「すぐにお返ししますよ」ハローランは言った。

「よろしく」そう言ってウェンディは、ふたりといっしょに入り口まで出ていった。ジャックはいまだにアルマンを捜して周囲を見まわしていた。最後の《オーバールック》の泊まり客たちが、カウンターでチェックアウトの手続きをしていた。

11

かがやき

扉のすぐ外に、四つのバッグが積んであった。三個は、黒い模造鰐皮張りの、巨大な、角々のいたんだ、古いスーツケース。残る一個は特大型のジッパーつきバッグで、色褪せた格子縞の革製だった。

「そのバッグなら、坊やでも持てるだろう？」ハローランは言って、大きなスーツケースのうちのふたつを片手にさげ、残るひとつをもういっぽうの腋の下にかかえた。

「うん」ダニーは答えた。そして両手でバッグを持ちあげると、あまりの重さについうんうんうなりたくなるのを、歯を食いしばってこらえながら、大男のコックを追って、ポーチの階段を降りていった。

さいぜん一家がここに着いてから、激しい、身を切るような風が吹きすさみはじめていた。それはうなりをあげて駐車場を吹き過ぎ、ダニーは辟易して目を細めながら、前にさげたジッパー・バッグを、一歩ごとに膝に打ちあて打ちあて歩いていった。どこからきたのか二、三枚の白楊の葉が、いまはほとんど人気のなくなった駐車場のアスファルトの上を、かさこそと音をたてながら舞ってゆき、一瞬、先週のあの夜のことを思いださせた。夜半、悪夢からめざめて、トニーが行っちゃいけないと呼びかけるのを聞いた――あるいはすくなくとも、聞いたと思ったあの夜。

ハローランはかかえてきたスーツケースを、ベージュ色のプリマス・フューリーのトランクのそばに置いた。「こんなのは車なんてしろものじゃない――ただのレンタルだからな」と、彼はダニーにむかって打ち明け話をする調子で言った。「わしのベッシーは、これとはわけがちがうぜ。あれなら一人前の車さ。五〇年型のキャディラックでな。まあ快調に走るのなんのって、たいしたものだ。ちょっと年をとりすぎてて、ここまで山道をのぼってくるのはこたえるから、フロリダに置いてきたんだがね。どうした、手助けがいるかね？」

「ううん、だいじょうぶ」ダニーは最後の十歩かそこらを、どうにか弱音を吐かずに運びおえ、ほっと溜息をつきながらバッグをおろした。

「よしよし、えらいぞ」ハローランは言って、紺サージの上着のポケットから大きなキー・ホールダーをとりだし、トランクの鍵をあけた。荷物をそこに積みこみながら、彼はつけくわえた。「なあ坊や、おまえさん、かがやいてるな。いままでにわしの出あっただれよりも強い。そしてわしは、この一月で六十になったんだ」

「え、なんのこと？」

「ちょっとした才能があるってことだよ」ハローランはダニーのほうに向きなおりながら言った。「わしはそれを〝かがやき〟って呼んでる。わしのおばあさんがやはりそう呼んでたんだ。おばあさんもそれを持ってたのさ。わしがまだおまえさんよりも小さな子供だったころ、よくふたりで台所にすわって、長いあいだ、ぜんぜん口をきかずに話をしたものだよ」

「ほんとう？」

ダニーの口をぽかんとあけた、ほとんど食いつくような表情を見おろして、ハローランはほほえんだ。「おいで、しばらく車のなかで話そう。言っておきたいことがあるんだ」彼はばたんとトランクをしめた。

《オーバールック》のロビーで、ウェンディ・トランスは、息子がハローランの車の助手席に乗りこみ、いっぽう、その大男の黒人のコックが、運転席にすべりこむのを認めた。ふいに鋭い恐怖が胸を刺し、思わず口をあけて、ジャックに、ハローランが息子をフロリダに連れてゆくと言ったのは、冗談ではなかった――いま息子を誘拐しようとしている、そう訴えようとした。だが、よく見ると、ふたりはただ座席にすわっているだけだった。息子の頭が小さなシルエットとなって、熱心にハローランの大きな頭のほうへ傾けられているのが、この位置からかろうじて見てとれる。この距離からでも、その小さな頭のかしげかたが、いつも見覚えのあるものなのがわかる。なにか特別におもしろい番組をテレビで見ているときとか、父親を相手に、トランプでばば抜きやクリベッジをやっているとき、ダニーのよく見せる癖だ。ジャックはいまだにアルマンの姿を捜して周囲を見まわしていて、それには気づかぬようだった。ウェンディはなにも言わぬことにして、ただ、ダニーにあんなふうに頭をかしげさせるような、なにをふたりは話しているのだろうといぶかりながら、不安な思いでハローランの車を見まもった。

車のなかで、ハローランは言っていた。「ちょっぴり寂しかったんじゃないのかい？――自分ひとりだという気がして？」

ときどき、寂しいだけではなく、恐怖すら感じていたダニーは、うなずいた。「おじさんは？　出あったのはぼくだけ？」

ハローランは笑って、首を振った。「いいや、坊や、おまえさんだけじゃない。だけど、おまえさんの〝かがやき〟がいちばん強いよ」

「じゃあ、たくさんいるの？」

「たくさんはいないさ。だけどときどき出くわすのはたしかだ。多少の〝かがやき〟を持ってる人間ってのは、大勢いるのさ。当人は気がついていないことさえあるがね。それでいて、細君が月のさわりで機嫌の悪いときには、花を買って帰ったり、勉強なんかしなくても、試験でいい成績をとったり、部屋にはいっていったとたんに、そこにいる連中がなにを考えてるかぴんときたり、そういったことはちょくちょくあるんだ。そういう人間に出くわしたことが五、六十回もあるかな。だがそのなかで、自分が〝かがやき〟を持ってることを知ってる人間は、うちのおばあさんも含めて、ほんの十人かそこらだったよ」

「ふうん」ダニーは言って、考えこんだ。それから――「ねえ、ミセス・ブラントって、知ってる？」

「あのばあさんかい？」ハローランはあざわらうように鼻を鳴らした。「彼女は〝かがやき〟なんか持っちゃいないよ。ただ、三度に二度は、わしの料理にけちをつけて、夕飯をつきかえしてくるだけさ」

「ぼくだって知ってるよ、あのひとがそうじゃないってことは」ダニーはせきこんで言った。「でもさ、あの、駐車場から車をまわしてくるグレイの制服のひと、知ってる？」

「マイクか？　もちろんマイクなら知ってるがね。やっこさんがどうしたんだい？」

「ねえハローランさん。どうしてミセス・ブラントがマイクってひとのズボンをほしがるの？」

「いったいなんの話だい、ドック？」

「あのね、さっきミセス・ブラントがマイクを見ながら考えてたんだ――この男のズボンのなかにはいりたいって。それでぼく、どうして――」

だが、それ以上はつづけられなかった。いきなりハローランが頭をのけぞらせたかと思うと、その胸から豊かな黒い笑いがほとばしったのだ。それは砲火のように車のなかを駆けめぐり、その勢いで座席ががたがた揺れた。わけがわからぬままに、ダニーもつられてほほえんだが、そのうちやっと嵐がいくらかおさまって、しゃっくりやひきつけに似た音に変わった。ハローランは、降伏の白旗のように胸ポケットから大判の絹のハンカチを出すと、それで目を拭った。

「やれやれ」と、彼はいまだにかすれた声で言った。「おまえさんは十《とお》にもならないうちに、人間の実態ってやつを裏まで知っちまうことになるぜ。それがうらやむべきことかどうかは知らんがね」

「でも、ミセス・ブラントは――」

「彼女のことはもう忘れろ」ハローランは言った。「それから、いまのことをおふくろさんに訊こうなんて気を起こすなよ。びっくりさせるだけだからな。わかるかい、わしの言う意味が？」

「うん、わかるよ」ダニーは答えた。わかりすぎるほどよくわかっている。これまでにも、何度かそうやって母を狼狽させたことがあるからだ。

「あのミセス・ブラントはな、ちょっとしたむずむずを持ったうすぎたないばあさんなのさ――それさえおまえさんは知ってりゃいいんだ」そう言ってハローランは、値踏みするようにダニーをながめた。「なあドック、おまえさん、どのくらい強くぶつけられるかな？」

「え？」

「わしにむかって力を送ってごらん。なにかをわしにむかって考えるんだ。おまえさんがわしの思ってるだけ強い力を持ってるかどうか、ためしてみたいんだよ」

「なにを考えればいいの？」

「なんでもいい。ただ強くそれを考えるんだ」

「オーケイ」ダニーは言って、一瞬考えこみ、それから思念を集中して、それをハローランにむけて送りだした。だが、いままで意識してそういうことをしたことは一度もなかったから、最後の瞬間になんらかの本能が働いて、その思念の生の力を、いくぶんか弱めさせた――ハローランに痛い思いをさせたくなかったからだ。それでもなお、その思念の矢は、当人が思ってもみなかったほどの力で飛んでいった。それはさながらノーラン・ライアン投手の快速球に、さらに力を加えたほどの勢いだった。

（わあ、ハローランさんを痛くさせなければいいんだけど）

それからその思念――

（!!やあ、ディック!!）

ハローランはたじろぎ、シートの上でぎくっと身をひいた。かちりと鋭い音をたてて、上下の歯がぶつかり、下唇が切れて、血が細い糸をひいてしたたった。膝に置いた両手が、ばね仕掛けのように胸のへんまであがり、またさがった。ちょっとのあいだ、まぶたが痙攣的にぴくぴくし、おさえようとしてもままならなかった。ダニーがおびえた顔でそれを見ていた。

「ハローランさん？　ねえディック？　だいじょうぶ？」

「う、うん、どうかな」ハローランは言って、弱々しく笑った。「だ、だいじょうぶかどうか、ほ、ほんとにわからんよ。驚いたぜ、坊や、おまえさんはまるでピストルだ」

「ごめんよ」いっそう気がかりそうなようすになって、ダニーは言った。「ねえ、ぼくのパパを呼んでこようか？　すぐ行って、呼んでくるよ」

「いやいや、もうだいじょうぶ。平気だよ、ダニー。いいからここにすわってなさい。ただほんのちょっと、頭がくらくらしただけなんだから」

「ぼく、そんなに強くはやらなかったよ。最後の瞬間になって、おじけづいちゃったんだ」ダニーは白状した。

「そのおかげで助かったのかもしれんな……そうでなかったら、耳から脳味噌がとびだしちまうところだったぜ」ダニーの気づかわしげな表情を見て、ハローランはほほえみかえした。

「だいじょうぶ、なんともないよ。おまえさんのほうはどんなふうに感じた？」

「まるでノーラン・ライアンになって、速球を投げたみたいだった」即座にダニーは答えた。

「ほう、野球が好きか」ハローランはおそるおそるこめかみをさすっていた。

「うん、パパもぼくもエンジェルズがひいきなんだ。アメリカン・リーグの東部地区じゃレッドソックス、西部地区じゃエンジェルズさ。ワールド・シリーズでレッドソックスがシンシナチと対戦するの、見たよ。もっとずっと小さかったときだけど。そしてパパは……」ダニーの面《おもて》に暗い表情がさした。

「どうしたんだい、ダン？」

「忘れちゃった」ダニーは言った。ふと、親指を口にくわえたくなったが、指をしゃぶるのなんて赤ん坊のすることだと気がついて、手をまた膝におろした。

「ダニー、おまえさん、ママやパパの考えてることがわかるかい？」ハローランはじっと彼を見まもりながら言った。

「たいがいはね。そうしようと思えば。でも、いつもはそうしないようにしてるんだ」

「どうして？」

「だって……」言葉に窮して、一瞬彼は黙りこんだ。それから、「なんとなくそれ、寝室をのぞいて、パパとママが赤ん坊のできることしてるの、見てるみたいだもの。そのこと、知ってる？」

「まあね、知ってると思うよ」ハローランはしかつめらしく言った。

「そんなときにのぞかれるの、きっといやだと思うんだ。だから、なにを考えてるかをぼくにのぞかれるのもいやだと思うのさ。卑怯だよ、そんなの」

「なるほど」

「でもね、パパやママの感じてることはわかるんだ。わかろうとしなくても、わかっちゃうんだからしかたがないよ。おじさんがいまどう感じてるかもわかるよ。ぼく、痛くしたね。ごめんよ」

「なあに、ちょっと頭がずきずきするだけさ。もともと二日酔いで、そっちのほうがひどいんだ。で、おまえさん、ほかのひとの心も読めるかい、ダニー？」

「まだ字は読めないんだ――ほんのふたつか三つ、言葉がわかるだけだよ。でもこの冬のあいだに、パパが教えてくれるって。前にパパ、大きな学校で読んだり書いたりすること、教えてたんだ。たいがいは書くほうだけどね――でも、読むほうだって知ってるんだよ」

「いや、わしの言うのはね、ほかのひとが考えてることがわかるかってことさ」

ダニーは考えこんだ。

それから、おもむろに言った。「もしそれが大きければね。あのミセス・ブラントとズボンのことみたいに。でなきゃ、こういうこともあったよ――いつだったかママとふたりで、大きなお店にぼくの靴、買いにいったんだ。そしたら、そばに大きな男の子がいてね、陳列してあるラジオを見ながら、お金を払わずにそれを持ってっちゃうこと、考えてるんだ。それからその子、いや待てよ、もしつかまったらどうしよう、って考えなおした。それからまた、でもやっぱりほしい、って考えて、それからもう一度、でもつかまったらどうしようって考えた。つかまったらたいへんだって、胸をどきどきさせてるのさ。それでぼくもつられてどきどきしちゃった。ママは靴の売り場のひとと話してたから、ぼく、その子のところへ行って、言ってやったんだ。『ねえ、そのラジオをとったりしちゃだめだよ。やめてお帰りよ』って。その子、ぎょっとしたみたいだった。青くなって、急いで逃げてったよ」

ハローランは歯をむきだして笑った。「そりゃそうだろうな。で、ほかにはなにができる、おまえさん？　ただ、考えや感じがわかるだけかい？　それとも、ほかになにかあるかい？」

用心ぶかく――「おじさんは？　それ以外になにかあるの？」

「ときどきな」ハローランは言った。「そうちょくちょくじゃない。ときどき……その……夢を見るのさ。おまえさんは夢を見るかい、ダニー？」

「たまにね」ダニーは答えた。「目がさめてるのに夢を見るんだ。トニーがきたあとだけどね」またしても親指が口もとへ行きかけた。いままでトニーのことは、ママとパパにしか話したことがないのだ。ダニーは意志の力で口へ行きかけた手を膝におろした。

「トニーって、だれだい？」

そしてそのとき、ふいにダニーは、あの一瞬のひらめきのうちに、あることを理解し、それがなによりも彼を脅かした。それはさながら、なんらかの不可解な機械を瞥見するのに似ていた――ちらりと見ただけでは、安全なのか、それともおそろしく危険なのか、見当もつかない機械。それがどちらであるかを知るには、彼は幼すぎた。理解するには、あまりに小さすぎた。

「ねえ。どうしてなの？」彼は叫んだ。「そういったいろんなことを訊くのは、おじさんが心配しているからでしょ？　なぜぼくのことを心配してくれるの？　なぜぼくらのことを心配してくれるの？」

ハローランは大きな黒いふたつの手を、ダニーの肩にかけた。「およし、たぶんなんでもないことなんだ。だが、もしなにかあったら……いいかね、ダニー、おまえさんの頭のなかには、大きななにかが詰まってる。それがわかるようになるまでは、うんと大きくならなきゃならん。それについて勇気を持たなきゃならん」

「でも、ぼく、なんにもわからないんだよ！」ダニーはたまりかねたように言った。「わかるけど、わからないんだ！　みんなが……いろんなことを考えると、ぼくはそれを感じる。だけど、感じていることがどういうことなのか、それがわからないんだ！」彼は打ちひしがれた面持ちで膝の上の手を見おろした。「ぼく、字が読めたらいいと思うよ。ときどきトニーが標識のようなものを見せてくれるけど、ほとんど読めないんだもの」

「だれなんだい、トニーって？」ハローランは重ねて問うた。

「パパやママは、ぼくの〝見えない友達〟って呼んでるよ」ダニーはその言葉を注意ぶかく発音した。「でも、ほんとうはちゃんとそこにいるんだ。すくなくとも、ぼくはいると思ってる。ときどき、なにかをわかろうとしてじっと考えこむと、彼があらわれるんだ。そして、『ダニー、いいものを見せてやろう』って言う。するとなんだか気が遠くなったみたいになって、なんにもわからなくなっちゃうんだ。ただ……そう、夢だよ。おじさんの言ったみたいに夢を見るんだ」彼はハローランを見て、唾をのみこんだ。「前はそれ、いい夢だったの。でもこのごろは……なんて言うのかなあ、とってもこわくって、泣きだしたくなるような夢なんだ」

「悪夢、かい？」ハローランは言った。

「そう。それだよ。悪夢を見るんだ」

「ここについて、かい？　この《オーバールック》について？」

ダニーはふたたび指しゃぶりの癖がついた手を見おろした。「うん」消えいりそうな声で言ってから、ふいに顔をあげて、食いいるようにハローランを見つめながら、かんだかい調子で叫びたてた。「でも、そんなことパパには言わないよ。だからおじさんも言わないでね！　パパはどうしてもここのお仕事をもらわなけりゃならないんだ。だってアルおじさんがやっと見つけてくれた仕事だし、どうしてもギキョクを書きあげなきゃ、また〝いけないこと〟を始めるかもしれないんだもん。そしてそれがどういうことか、ぼく、知ってるんだ。酔っぱらうことなんだよ。そうなんだ、以前パパはいつも酔っぱらってた。そしてそれは〝いけないこと〟なんだ！」いまにもわっと泣きだしそうになって、ダニーはくちびるを嚙みしめ、黙りこんだ。

「よしよし」ハローランは言って、ダニーの顔を粗いサージの上着の胸にひきよせた。それはかすかにナフタリンのにおいがした。「だいじょうぶだ、泣くんじゃない。それからもしその指がしゃぶりたかったら、しゃぶったっていいんだぜ」

だが、そう言う顔は暗かった。

一呼吸して、ハローランはつづけた。「いいか、坊や。おまえさんの持ってるそのもの、それをわしは〝かがやき〟と呼んでる。聖書じゃまぼろしを見ると言ってるし、予知能力と呼ぶ学者もいる。わしはこれでもずいぶん本を読んでるんだよ。それについて研究してるんだ。いま言ったことは、みんなおなじこと――未来を見るってことをさしてる。この意味、わかるかい？」

ダニーはハローランの上着に顔をうずめたままうなずいた。

「わしがいままでに見たいちばん強い〝かがやき〟のことは、〝いまでも覚えている……とうてい忘れられるもんか。あれは一九五五年だった。当時わしはまだ軍隊にいて、西ドイツに駐留していた。夕食の一時間ほど前で、わしは流しのそばに立って、炊事当番があんまりじゃがいもの皮を厚くむくんで、一発かみなりを落としてやったところだった。『ほら、貸してみろ、こうやってむくんだ』わしがそう言って手を出すと、当番兵がじゃがいもと皮むきナイフをさしだした。そのとたんに、炊事場が消えてなくなっちまったんだ。ぱあっと、まるで煙みたいにね。おまえさん、そのトニーって友達があらわれるのは、夢を……夢を見る前だと言ったな？」

ダニーはうなずいた。

ハローランはその肩に腕をまわした。「わしの場合にはな、それがオレンジのにおいなのさ。その日の午後、わしはずうっとオレンジのにおいを嗅いでたが、べつに気にもとめなかった。だって、その晩のメニューにオレンジがのってて、ヴァレンシア種が三十箱もそこに積んであったんだからな。その晩は、その炊事場にいただれもが、オレンジのにおいを嗅いでたのさ。

その一瞬、わしはただ気が遠くなっただけかと思った。ところがそのあと、爆発音が聞こえて、炎があがるのが見えたんだ。大勢の人が悲鳴をあげてた。サイレンも聞こえた。それから、どうしたって蒸気のもれる音としか思えない、しゅうっという音がした。そのあと、なんとなく体がそのほうへ近づいた感じがして、それが列車の脱線事故の現場で、横倒しになった車輛の腹に、ジョージア・アンド・サウス・カロライナ鉄道って書いてあるのがわかった。とたんにわしはぴんときたんだ――兄のカールがその列車に乗ってて、それが脱線して、カールが死んだんだってことが。まあそんなわけさ。それからそれは消えて、目の前には、まぬけな炊事当番がちょっぴりおびえた顔をして、いまだにじゃがいもと皮むきナイフをさしだしたままったってた。『だいじょうぶですか、軍曹殿？』ってそいつが言いやがるから、わしは言ってやったよ。『うんにゃ。たったいまおれの兄貴がジョージアで死んだんだ』って。そのあとようやくおふくろを国際電話に呼びだして訊いてみると、おふくろは事故の一部始終を話してくれた。

だけどな、そうなんだ。わしはとっくにその一部始終を知ってたのさ」

さながらその追憶をふりはらおうとするように、ハローランはのろのろと首を振ると、目を丸くしてこちらを見ている少年を見おろした。

「だがな、いいかい、坊や、おまえさんが覚えておかなきゃならんのはこのことだ――そういうことは、必ずしもそのとおりになるとはかぎらないってことさ。つい四年前のことだが、わしはメイン州のロング・レイクにある青少年キャンプに、コックとして雇われた。そんなわけで、ボストンのローガン空港の搭乗ゲートで、乗る予定の飛行機を待ってたんだが、そのときオレンジのにおいがしはじめたのさ。わしは思ったね――『こりゃいかん、またぞろおかしな深夜映画が始まろうとしてるぞ』って。それでさっそく、ひとりになるために手洗いへ行って、便器に腰かけた。このときは気が遠くなりはしなかったが、それでもだんだん、だんだんだんその予感が強くなってくるんだ――わしの乗る飛行機が墜落するって予感がさ。だから、その妙な感じがなくなって、オレンジのにおいが消えると、すぐさまデルタ航空のデスクへ行って、三時間後の便に予約をふりかえってもらった。それでどうなったと思う？」

「どうなったの？」ダニーはささやくような声で言った。

「どうもなかったのさ！」ハローランは言って、大声で笑った。そして少年がつりこまれてにこっとするのを見て、ほっとした。「まったくなにひとつ起こりゃしなかったんだ。その飛行機は予定どおりの時間に、これっぽっちのかすり傷も負わずにぶじ着陸した。だからな、わかるだろ……ときにはそういう予感なんて、ぜんぜんあてにならんことがあるのさ」

「ふうん」ダニーは言った。

「でなきゃ、競馬の例だっていい。わしはよく競馬をやるが、たいがいはまあいい線を行ってる。馬がゲートに向かうときに、手すりのそばに立ってると、ときおり、どの馬かのところで、ちかちかっとなにかがひらめくんだ。そういう勘ってのはたいていあたってて、おかげでだいぶ儲けさせてもらってる。よく自分に言ってるんだ——そのうちきっと、いっぺんに三度も大穴が出て、それが一着から三着までぜんぶ的中、なんて奇跡が起こるにちがいない。そしたらわしは大金持ちになって、はやばやと引退できるんだ、なんてね。あいにくまだそれは起こっちゃいないけどな。しかしだ、その反対のときだって、いやってほどある。ふくらんだ財布をふところに、タクシーでご帰館あそばすかわりに、競馬場から家まで、とぼとぼテクって帰らなきゃならないときがさ。要するに、だれだってしょっちゅうかがやいてるわけじゃないってことだよ——天の神様あたりをべつにすればな」

「うん、そうだね」一年ほど前のある出来事を思いだしながら、ダニーは相槌を打った。それはまだストーヴィントンの家にいるころだったが、あるときトニーがそこのベビーベッドに寝ている赤ちゃんを見せてくれたのだ。ダニーはおおいに喜んで、その日を指折りかぞえて待った。それまで長くかかることを知っていたからだが、結局、赤ちゃんはそれきり生まれてはこなかったのだ。

「そこでだ、よくお聞き」ハローランはダニーの両の手をとって、それを自分の手でつつむようにしながらつづけた。「わしはな、このホテルで何度かいやな夢を見た。何度かいやな予感も感じた。今年で二年、ここで働いたが、そのあいだにたぶん十ぺんぐらいは……その、悪夢を見てるだろう。なにかおかしなものを見たと思ったことも、五、六ぺんある。いや、なにを見たかは言わんよ。おまえさんのような小さな子に聞かせる話じゃない。とにかくいやなものさ。一度は、あの動物の形に刈りこんだ生け垣、あれに関係したことだった。もう一度は――メイドのひとりにデロレス・ヴィカリーという娘がいてね。これがちょっとした〝かがやき〟を持ってた――もっとも当人はそれに気づいちゃいないんだが。で、ミスター・アルマンが彼女をくびにした……くびって、知ってるかい、ドック？」

「うん、知ってるよ」ダニーは率直に言ってのけた。「パパも学校のお仕事、くびになったんだ。ぼくたちがコロラドにくることになったのも、そのせいだと思うよ」

「なるほどな。とにかくアルマンがそのデロレスをくびにしたのは、彼女がある部屋であるものを見たと言ったからなんだ。その部屋は……そう、前にいやなことがあった部屋なのさ。二一七号室だ。だからな、ダニー、約束してほしいんだよ――その部屋にははいらないって。冬じゅうずっとだ。ぜったいにその部屋は避けて通ること。いいね？」

「うん、わかった」ダニーは言った。「それでその女のひと――メイドさん――おじさんにそこへ行ってみてくれって言ったの？」

「ああ、言ったよ。たしかにそこにはいやなものがあった。だけどな……ダニー、それはたしかにいやなものだけど、だれかに害を加えることができるとは思えないんだ。それをわしは言いたかったんだよ。〝かがやき〟を持ってる人間は、これから起ころうとする出来事を見ることができる。すでに起こってしまったことを見ることもときにはある。しかしだ、それはいってみれば、本のなかの絵みたいなものなんだよ。おまえさん、本の絵を見て、こわい思いをしたことはないかい、ダニー？」

「あるよ」ダニーは、〝青ひげ〟の物語と、〝青ひげ〟の新しい奥方が扉をあけて、ずらっと並んだ生首を見つけたときの絵を思いだして、そう答えた。

「だけど、そういう絵は、なにもおまえさんに害を加えたりしないってことはわかってたろ？」

「う、うん……まあね」ダニーはいくらかあやふやに答えた。

「それだよ、このホテルの場合もやはりそうなんだ。なぜだかわからんがね――とにかく、いままでここで起こったあらゆるいやなこと、そういったことの残りかすが、いまだにそこらに散らばってるようなのさ。爪を切った切りくずとか、だれか行儀の悪いやつが、椅子の裏側になすりつけた鼻くそみたいにな。なんでここだけがそうなのか、わしにはわからん。ホテルってのは、たいがいどこでだって、いっぱいいやなことが起こってるものさ。いままでいろんなホテルで働いてきたが、よそでは一度だっておかしなことに出くわしたためしはないんだ。ここだけだよ。しかしだ、ダニー、わしはそういったものがおまえさんに害を加えるとは思わん」その言葉を強調するために、彼は一言ごとに軽くダニーの肩を揺すった。「だからな、もし万一、廊下とか、どこかの部屋とか、外のあの生け垣のそばとかで、なにかおかしなものを見たら……目をそらすんだ。そうすれば、つぎに見たときには、それは消えてる。わかるかい？」

「うん」ダニーは言い、なぜかすっかり気が軽くなったように感じて、ほっとした。向きなおって、座席に膝をつくと、彼はハローランの頬にキスし、思いきり強く抱きしめた。ハローランも抱きしめかえした。

やがてその手をゆるめると、ハローランは少年に言った。「ご両親は――パパとママは、〝かがやき〟を持っちゃいないんだろう？」

「うん。と思うよ」

「わしはためしてみたんだ、おまえさんにしたようにな」ハローランは言った。「ママはほんのわずか感じたようだった。母親ってのは、みんないくらか感じるらしいんだ――すくなくとも、子供が大きくなって、自分の力でやっていけるようになるまではな。パパのほうは……」

ハローランは言いよどんだ。さいぜんこの少年の父親をさぐってみたのだが、はっきりしたことはつかめなかった。〝かがやき〟を持った人物に遭遇したようでもあるし、ぜんぜんそんなもののない人物のようでもある。ダニーの父親の心をさぐってみた結果は……不可解。あたかもジャック・トランスがなにかを――なにかは知らぬが――隠しているように。でなくばなにか、存在そのもののなかに深く埋もれたものを持っていて、その深さのために、それに近づくことは不可能であるかのように。

「そう、パパはぜんぜんかがやいていないみたいだな」と、ハローランは言いきった。「だから、ご両親のことは心配しなくていい。おまえさん自身のことだけ気をつけてればいいんだ。なんであれ、おまえさんを傷つけるものがあるとは思わんよ。だから落ち着いていなさい。いいね？」

「うん」

「ダニー！　ねえ、ドック！」

ダニーは車の外を見た。「ママだ。ママが呼んでる。もう行かなくちゃ」

「そうだな」ハローランは言った。「じゃあ、元気でおやり、ダニー。ともあれ、せいいっぱい楽しくな」

「うん。ありがとう、ハローランさん。おかげでずいぶん気が楽になったよ」

微笑とともに、思念がダニーの心にはいりこんできた――

（ディックだ、友達同士のあいだでは）

（うん、ディック、じゃあね）

ふたりの目が合った。ディック・ハローランは片目をつぶってみせた。

ダニーは車のシートから這いおりると、助手席側のドアをあけた。降りようとしたとき、ハローランが言った。「ダニー？」

「なあに？」

「もし万一困ったことが起きたら……わしをお呼び。さっきやったみたいに、思いっきり大きく呼びかけるんだ。たとえフロリダにいても、わしにはそれが聞こえる。そして聞こえたら、すぐに駆けつけてくるからな」

「わかった。ありがとう」ダニーは言って、ほほえんだ。

「気をつけなよ、坊や」

「うん」

ダニーは車のドアを勢いよくしめると、駐車場を横切ってポーチのほうへ駆けていった。そこでは、ウェンディが冷たい風から身を護るように、両手で肘をかかえて立っていた。見送るハローランの顔から、ゆったりした笑みが消えていった。

わしはおまえさんを傷つけるようなものがあるとは思わない。

わしは……思わない。

だがもし自分がまちがっていたら？　二一七号室で、あの浴槽のなかのものを見て以来、ハローランは、《オーバールック》で働くのも、今シーズンが最後だと心にきめていた。あそこで見たものは、どんな本のなかの挿絵よりもおぞましい。そしてここから見ると、母親にむかって駆けてゆくあの少年は、なんとちっぽけに見えることだろう……

わしは、思わない――

視線がしぜんに装飾庭園の動物のほうへ動いた。

それからハローランは、唐突に車をスタートさせ、ギアを入れて、走り去った。後ろをふりかえるまいとしたものの、もちろんふりかえってしまい、そしてもちろんポーチにはだれもいなかった。母子はすでにロビーにはいってしまっていた。それはさながら《オーバールック》が、ふたりをのみこんでしまったかのようだった。

12　大巡遊旅行

「いったいなにを話してたの？」ウェンディはホテルのロビーにはいりながら訊いた。

「べつに、たいしたことじゃないよ」

「たいしたことじゃないにしては、ずいぶん長く話してたじゃない？」

ダニーは答えずに軽く肩をすくめ、ウェンディはそのしぐさのなかに、父親そっくりのものを見いだした。ジャック自身がいまのしぐさをしても、それほど上手にはやれなかったろう。そしてダニーがそのようなしぐさをしたからには、これ以上はなにも訊きだせまい。そう思うと、強い憤りとともに、それとないまぜになったさらに強い愛情が、ウェンディをとらえた。

愛情は、これは理屈ではない。いっぽう憤りのほうは、自分が故意に疎外されているという感情からきたものだ。ふたりを見ていると、ときおりよけいものになったような感じがする。いってみれば、劇の中心主題をなす場面が演じられているときに、まちがってふらふらと舞台にもどってしまった俳優みたいに。まあいい、この冬ばかりは彼らも――このふたりの腹だたしい男たちも、自分を除外するわけにはいくまい――だれかひとりをのけものにするには、三人の住まいはちと狭すぎるのだから。そこまで考えたとき、ふと、その感情が夫と息子の親密さにたいする嫉妬であるのがわかって、顔が赤らむのを覚えた。こういう感情は、母がこんな場合に感じそうなものに非常に近い……いつのまにか、自分までが母に似た考えかたをするようになっていたとは。

ロビーに残っているのは、いまやアルマンとフロント主任のふたりだけになっていた（金銭登録器で出納の集計をしているところだ）。ほかには、暖かそうなスラックスとセーターに着替えたメイドがふたりばかり、正面入り口のすぐ脇で、まわりに荷物を積みあげ、外をながめながら立っているのと、営繕係のワトスンがいるだけだ。ウェンディが自分のほうを見ているのに気がつくと、ワトスンはウィンクを返した。露骨で、卑猥なその流し目にたじろいで、彼女は急いで視線をそらした。ジャックは、レストランのすぐ外の窓ぎわに立って、景色をながめている。恍惚とした、夢見るような表情がその顔にはあらわれている。

どうやら集計がすんだらしく、まもなくアルマンが権威のこもったがちゃりという音とともに、金銭登録器をとじた。それから、テープに頭文字をサインし、それを小さなジッパーつきのバッグに入れた。ウェンディは、明らかにほっとした顔をしているフロント主任にむかって、内心で喝采を送った。アルマンという男は、たとえ一セントでも金額に不足があったら、主任の生皮をはいででも、それをとりあげずにはおかないといったタイプだ……それも、一滴たりと血を流さずに。ウェンディには、アルマンという男も、彼のきざな、おせっかいがましい、こせついた態度も、どうも好きになれなかった。いままでに出あったいわゆるボスという人種は、みんなこのタイプで、アルマンもその例外ではない。客にたいしては、サッカリンのように甘く、いったん楽屋裏にひっこむと、けちな暴君のように威張りくさる。だがいまようやく学期が終わって、解放されたフロント主任の顔には、その喜びが大文字で書かれている。とにかく、彼女とジャックとダニーを除いたみんなにとっては、学期はこれでおしまいになったのだ。

「トランスさん」と、アルマンが尊大に呼びかけてきた。「ちょっとここへきてくれませんか？」

ジャックはうなずいて、ウェンディとダニーにいっしょにくるようにうながしながら、デスクのほうへ歩いていった。

いったん奥にひっこんだ主任が、コートに腕を通しながら出てきた。「それじゃアルマンさん、よい冬をお過ごしください」

「ありがとう」アルマンはよそよそしく言った。「では五月十二日にな、ブラドック。それより一日早くてもいかん。一日遅くてもいかん」

「かしこまりました」

ブラドックはカウンターをまわって外に出た。その顔は、地位にふさわしく、きまじめで、重々しかったが、背中が完全にアルマンのほうを向くと、そこにわんぱく小僧のような笑いが浮かんだ。ドアのそばで、車に便乗させてもらうのを待っていたふたりのメイドに、二言三言話しかけたあと、押し殺したメイドたちの笑い声をしたがえて、外に出ていった。

彼らが出ていってしまうと、急にあたりの静寂が気になりだした。その静寂は、厚い毛布のようにホテルをおおって、戸外を吹くかすかな午後の風の音のほか、すべての音をくぐもらせてしまっている。ウェンディの立っているところから、カウンターの奥の事務室が見えた。さながら病院の無菌室のようにきちんと整頓され、なにものっていないふたつのデスクと、ふたつの灰色のファイル・キャビネットだけが、ぽつんととりのこされている。その向こうに、しみひとつなく磨きあげられたハローランの調理場。大きな丸い窓のある境の両開き戸は、あけはなたれて、ゴムのくさびで留めてある。

「ちょっと時間をさいて、ホテルをご案内しようと思いましてな」アルマンが言い、ウェンディは、彼が〝ホテル〟と言うときのHは、いつも大文字で、ぜったい聞きのがしようがないと思った。人はそれを聞くように義務づけられているのだ。「ご主人には、いずれホテルの内外に精通していただかねばなりますまいが、しかしトランス夫人、あなたと息子さんの場合、むろん、ロビー階と、管理人室のある一階以外は、あまり行く機会がないでしょうから」

「むろんね」ウェンディはとりすました調子でつぶやき、ジャックがすばやく彼女に視線を走らせた。

「美しいホテルです」アルマンは鷹揚に言った。「ご案内するのが楽しみですよ」

そうでしょうとも、とウェンディは内心で相槌を打った。

「まず三階にあがって、順々に降りてくることにしましょう」アルマンは聞くからに熱っぽい口調で言った。

「もしよけいなお手間をとらすようなら――」ジャックが言いかけた。

「いいや、ぜんぜん」アルマンは答えた。「ホテルはもう閉鎖されました。おしまい《トゥ・フィニ》です。すくなくとも今シーズンに関するかぎりは。それに、今晩はボールダーに泊まる予定にしていますから――むろん、《ボールデラド》ですよ。デンヴァーからこっちじゃ、唯一の格式あるホテルです……もとより、わが《オーバールック》を除けば、ですがね。さあどうぞ、こちらへ」

四人はいっしょにエレベーターに乗りこんだ。エレベーターの箱には、銅や真鍮で手の込んだ渦形装飾がほどこしてあったが、アルマンが扉をしめようとしたとたん、箱全体がはっきりそれと感じられるくらいに沈んだ。ダニーが不安げにもじもじすると、アルマンは彼を見おろしてほほえんだ。ダニーもほほえみかえそうとしたが、あまり成功したとは言えない。

アルマンが言った。「心配しなくてもいいんだよ、坊や。まったく安全なんだからね」

「《タイタニック》号もそういうふれこみでしたね」ジャックがエレベーターの天井のまんなかにさがっている、カットグラスの電灯の笠を見あげながら言った。ウェンディは笑いをこらえるために、頬の内側を奥歯で嚙みしめなければならなかった。

アルマンは笑わなかった。かわりに内側の扉を音高くひき、がちゃんとしめた。「《タイタニック》号は、たった一度、航海しただけだった。このエレベーターは、一九二六年にここにとりつけられて以来、何千回となくあがりおりしているんです」

「そう聞いて安心しました」ジャックは言って、ダニーの頭に手を置いた。「聞いたかい、ドック。この飛行機は墜落しっこないってさ」

アルマンがレバーを操作した。ちょっとのあいだ、足の下でかすかな震動があって、モーターの苦しげなうめきが聞こえる以外、なにも起こらなかった。一瞬ウェンディは、自分たち四人が壜のなかの蠅のように、階と階の中間にとじこめられ、春になって発見されるところを想像した……死体のあちこちをすこしずつかじりとられて……ドナー隊のように……

（おやめ、いい、ウェンディ！）

エレベーターがゆっくり上昇しはじめた。はじめはかなり揺れて、下のほうからけたたましい金属音や衝撃音が聞こえてきたが、やがて上昇はなめらかになった。三階までくると、アルマンはやや唐突にそれを止め、内側の金網の戸をひきあけてから、外の扉をひらいた。エレベーターの箱は、床平面より六インチも下に止まっていた。ダニーはその三階の廊下と、エレベーターの床の高さの差を凝視した。まるで、たったいまこの世のなかが、かねて教えられてきたほど健全なものではない、とさとったかのようだった。アルマンは間が悪そうに咳ばらいすると、さらにわずか箱を上昇させて、がくんと止め（それでもまだ床よりも二インチほど低かった)、一同は降りたった。四人の重みがなくなると、箱ははねかえるように床とほぼ同一平面にもどったが、なぜかそれは、ウェンディにはすこしも慰めにはならなかった。まったく安全かどうかは知らないが、ここにいるかぎり、上の階への往復には階段を利用することにしよう。それにまた、いかなる事情があろうとも、一家三人がいっしょにこの危険なしろものに乗りこむことも、ぜったいに避けねばならない。

「なにを見てるんだい、ドック？　しみでも見つけたのかい？」ふいにジャックがおどけた調子で問いかけた。

「とんでもない」アルマンが腹だたしげに口をはさんだ。「この敷物は、ぜんぶ二日前にクリーニングしたばかりなんですぞ」

ウェンディも足もとの廊下に敷かれた絨毯を見おろした。きれいだが、自分の家――いつか自分の家を持つことがあると仮定して、その家のために選ぶような品でないことはたしかだ。濃紺のパイル織りで、そのなかに、シューールレアリスティックなジャングルらしきものが織りこまれ、ロープやら、蔓草やら、エキゾティックな鳥がとまった樹木やらが浮きだしている。その鳥がなんの鳥かは見当もつかない。なぜなら、それらの編みこみ模様は、どれも陰影のない黒一色で織られていて、ただシルエットが浮きあがっているきりだからだ。

「この絨毯、好き？」と、ウェンディはダニーにたずねた。

「うん、ママ」ダニーは無表情に答えた。

一同は廊下を歩きだした。廊下は四人がゆったり並んで歩けるほど広かった。壁は絹張りで、絨毯に調和した、やや淡いブルー。その壁のほぼ七フィートほどの高さに、それぞれ十フィートあまりの間隔をおいて、飾り燭台ふうの電灯がしつらえられている。ロンドンのガス灯に似せてつくられていて、クリーム色がかった曇りガラスの笠でおおわれ、細い帯金を網目のように組みあわせた台が、それをささえている。

「まあ、これ、とてもきれい」ウェンディは言った。

アルマンは満足げにうなずいた。「ダーウェント氏が大戦後の改装のさいにとりつけさせたのですよ——第二次大戦、ですがね。じつをいうと、三階の装飾は、ぜんぶではないにしても、ほとんどダーウェント氏のアイディアなんです。ここが三〇〇号室、《プレジデンシャル・スイート》ですよ」

アルマンはマホガニーの両開き戸の鍵穴に、持参のキーをさしこんでまわすと、大きく扉を押しひらいた。居間のひろびろとした西窓からのながめは、はじめて見る三人には、思わず息をのむほどのものだった。またそれがアルマンの意図でもあったのだろう。ほほえんで、言った。「どうです、ちょっとしたながめでしょう？」

「すごいですね」ジャックが答えた。

窓はほぼ部屋の長さいっぱいにわたっていて、その向こう、鋸歯状の峰々のあいだに太陽がかかっていた。金色の光が、岩の面から、うっすらと砂糖をはいたような山々の頂にかけてのび、この絵葉書然とした景観の周囲、背後にひろがる雲も、おなじ金色に染まっている。太陽の光線は森林限界線の下まで達し、そこに黒ずんだ影のかたまりをつくっている樅の林を、いぶし銀のように輝かせている。ジャックもウェンディもすっかりその景観に目を奪われていたので、ダニーのようすには気づかなかった。ダニーは窓のほうは見ず、左に目をやり、寝室に通じるひらいた扉のそばの、赤と白の縞の壁紙を凝視していた。彼のもらしたあえぎは、両親の嘆声にまぎれてしまったが、しかし彼が息をのんだのは、景色の美しさとはなんの関係もなかった。

おびただしい血潮が、乾いた灰白色の組織の断片とまじりあって、壁紙にこびりついていた。一目見て、ダニーは胸がむかついた。それは、血で描かれた気ちがいじみた絵のよう、恐怖と苦痛にひきつった男の顔の、超現実的なエッチングのようだった。男の口はなにかを叫ぶように大きくひらかれ、頭の半分は粉砕されて――

（だからな、もしなにかおかしなものを見たら……目をそらすんだ。そうすれば、つぎに見たときには、それは消えてる。わかるかい？）

内心の動揺を表情にあらわすまいと注意しながら、ダニーは意識して窓の外に目を向けた。そして、ママの手がそっとさしのべられると、むやみにかたく握りしめたり、なにかの合図ととられたりしないよう用心しながら、その手をとった。

支配人は、パパにその大きな窓の鎧戸のことを話していた。風が強いので、鎧戸を忘れずにしめておくようにというのだ。ジャックはうなずいた。ダニーは用心ぶかく壁のほうをふりかえった。あのおびただしい乾いた血痕は消えていた。そこら一面に飛び散っていたちっぽけな灰白色のかけら、それも消えていた。

やがてアルマンは先に立って部屋を出た。ママが、山がきれいだとは思わないかと問いかけてきた。ダニーはどのみち山にはあまり関心がなかったが、それでも、うんと答えた。みんなが出たあと、アルマンがドアをしめようとしたとき、ダニーはもう一度肩ごしにふりかえってみた。血痕はまたもあらわれていた。しかも今度は真新しく、血がぽたぽたとしたたっている。アルマンはまっすぐそこを見ながら、立板に水といった調子で、この部屋に泊まった有名人の名を数えあげている。ふと気がつくと、あまりにかたくくちびるを嚙みしめていたせいか、口に血がにじんでいる。なのに、いままでは痛いとすら感じなかったのだ。四人が廊下を歩きだすと、ダニーはおとなたちより一、二歩後ろにさがって、手の甲で口の血を拭い、そして考えた――

（血）

（ハローランさんが見たものは血だったのだろうか。それとも、もっと恐ろしいもの？）

（わしはそういうものが、おまえさんに害を加えるとは思わない）

口のなかに、鉄のような味のする悲鳴があふれてきたが、それを吐きだすつもりはなかった。ママもパパも、ああいうものを見ることはない。けっして見たことはない。だから、黙っていなくては。いまママとパパは愛しあっている。そしてそれは現実にあるものなのだ。それ以外のものは、本の挿絵みたいなものにすぎない。絵にもこわいものがいくつかあるけれど、それは人に害を加えることはできない。それは……人を……傷つけることはできない。

アルマン氏は、迷路のように曲がりくねった廊下を通って、みんなを三階の他の部屋に案内した。この三階にあるのは、ぜんぶ〝甘いもの《スイート》〟らしい――アルマン氏がそう言っている。もっともダニーの見たかぎりでは、どこにもキャンデーなんかなかったけれども。それからまた、アルマン氏の見せてくれた部屋のなかに、むかしマリリン・モンローという女のひとが、アーサー・ミラーという男のひとと結婚していたときに、泊まったという部屋もあった（ダニーが漠然と理解したところによれば、マリリンとアーサーは、この《オーバールック》ホテルに泊まったあとまもなく、リコンしてしまったらしい）。

「ママ？」

「なあに？」

「そのひとたち、結婚してたんだったら、どうして名字がちがうの？　ママとパパはおんなじ名字じゃない？」

「それはね、ダニー、ぼくらが有名人じゃないからだよ」ジャックが言った。「有名な女性は、結婚したあとも、前とおなじ名字を使うのさ。なぜってその名字は、彼女たちの飯の種《ブレッド・アンド・バター》だからね」

「バターつきのパン《ブレッド・アンド・バター》？」完全にきつねにつままれて、ダニーはそうつぶやいた。

「つまりパパの言うのはね」ウェンディが助け舟を出した。「みんなはマリリン・モンローの出てる映画なら見にいきたがったけど、マリリン・ミラーなんていう名前じゃ、だれも見にいきたがらなかったってことなの」

「でも、どうして？　だっておんなじひとでしょ？　みんなはそれを知らなかったの？」

「知ってたわ。でも――」困《こう》じはてて、彼女は救いをもとめるようにジャックを見た。

「トルーマン・カポーティも、やはりこの部屋に泊まりました」と、アルマンがせっかちに口をはさんだ。そしてそのドアをあけた。「これはわたしの代になってからですがね。いや、じつに感じのいい人物でしたよ。ヨーロッパ式の作法が身についていてね」

そのあと見た部屋には、とくに気になるようなものはひとつもなかった（再三アルマン氏が〝スイート〟を強調するにもかかわらず、甘いものなんかどこにもなかったことをべつにすればだ）。じっさい、それ以外に三階で気になったものはひとつだけ、しかもなぜそれがこわいのか、ダニー自身にも理由がわからなかった。それは、角を曲がって、エレベーターにもどるすぐ手前の壁にある消火器だった。それがなぜかそこに立ちはだかって、金歯だらけの口をくわっとあけ、待ちかまえているような気がしたのだ。

それは旧式のホースがついた消火器で、平たくたたまれてぐるぐると巻かれたホースは、一端が大きな赤いバルブにとりつけられ、一端は真鍮のノズルで終わっている。巻かれたホースを固定しているのは、蝶番のついた赤い鋼鉄の板金だ。いざ火災発生というときには、その板金を押しあげると、それがはずれて、ホースがひきだせる。そこまでの仕組みはダニーにもわかった――だいたい彼は、ものの働きを見てとることにはさといのだ。わずか二歳半のときから、父がストーヴィントンの家の階段のてっぺんにとりつけた、危険防止の柵の錠をはずすことができた。錠前の仕組みがどうなっているか、ちゃんと見てとっていたのだ。パパはそれをカンだと言った。人間には、カンのいいひともいれば、悪いひともいる。

その消火器は、以前に見たもの――たとえば幼稚園で見たものよりもちょっと古かったが、それはべつに異常ではない。ところが、それが眠っている蛇のように、淡青色の壁を背景にとぐろを巻いているのを見たとたんに、かすかな不安が胸をいっぱいにし、角を曲がってそれが見えなくなったときには、思わずほっとした。

「いうまでもなく、どの窓にも鎧戸をおろしておくことが必要です」と、アルマン氏がエレベーターに乗りこみながら言った。またしても、みんなが乗りこむと、エレベーターの床は無気味に沈んだ。「しかし、とりわけ気がかりなのは、《プレジデンシャル・スイート》の窓でしてな。なにしろあなた、はじめに入れたときでさえ、四百二十ドルもかかってるんですから――それも三十年以上も前ですよ。いま入れかえたら、その八倍はかかるでしょう」

「忘れずに鎧戸をおろしますよ」ジャックは請けあった。

一同は二階に降りたが、ここにはさらに多くの部屋があって、廊下はさらに複雑に曲がりくねっていた。太陽が山のかげに沈んでしまったので、窓からさしこむ光は、目につくほどに薄れはじめていた。アルマン氏は、ここでは一、二の部屋を案内しただけだった。ディック・ハローランの警告していた二一七号室の前を通るときも、ダニーはそっとながめた。ドアの上の無表情な番号札を、こわいもの見たさの思いで、足をゆるめさえしなかった。

やがて一同は一階に降りた。ここではアルマン氏はどの部屋にも案内しようとせず、ロビーに降りる厚い絨毯を敷いた階段のそばまで行ってから、はじめて口をひらいた。「ここがあなたがたの住まい、管理人室です。気に入っていただけるはずですよ」

みんなは部屋にはいった。なにがひそんでいるかとダニーは思わず身がまえたが、なにも怪しいものはなかった。

ウェンディ・トランスは、一目見て強い安堵を覚えた。あの冷ややかな典雅さをたたえた《プレジデンシャル・スイート》からは、気おくれと居心地の悪さしか感じなかった。たんなる歴史上の名所として、たとえばエイブラハム・リンカーンや、フランクリン・D・ローズヴェルトが眠った寝室というのを訪れるのはかまわない。しかし、自分や夫がその何エーカーもありそうな白いシーツの上で眠り、世界でもっとも偉大な男たち（いや、すくなくとも、もっとも権力のある男たち）がかつて眠ったそのベッドで、愛をかわすことを想像するのは、それとはまったくべつものである。さいわい、この管理人室は、あれらの部屋よりはるかに簡素で、家庭的で、魅力的だ。この部屋ならば、一冬のあいだ、さしたる不都合もなしに住みこなせるだろう。

「とても感じのいい部屋ですのね」と、彼女はアルマンに言い、自分の声に謝意を聞きとった。

アルマンはうなずいた。「簡素ですが、住み心地はじゅうぶんです。シーズンちゅうは、コックとその細君、またはコックとその助手が寝起きしています」

「ミスター・ハローランがここに住んでたの？」ダニーが口をはさんだ。

アルマンはいんぎんにダニーのほうへ小腰をかがめた。「そのとおりだよ。ミスター・ハローランとミスター・ネヴァーズだ」それから、ジャックとウェンディのほうに向きなおった。

「ここが居間です」

部屋には、すわり心地のよさそうな、だがけっして高価ではない椅子数脚をはじめ、かつてはいい値段だったろうが、いまは側面に長い傷のついているコーヒー・テーブルひとつ、書棚ふたつ（ウェンディがある感興をもってながめたところでは、それには《リーダーズ・ダイジェスト》の世界ベストブックス・シリーズと、四〇年代の名残の探偵小説クラブの三作合本選集が、ぎっしり詰まっていた）、それに、客室にある光沢のいい木目のコンソール型とくらべると、かなり見劣りのする、ブランド名のないホテル用テレビ受像機があった。

「台所はありませんが、むろんね」と、アルマンが言った。「しかしそのかわりに、料理運搬用の小型エレベーターがあります。ここは調理場の真上ですから」彼が壁のパネルの一部をあけると、大きな四角いトレイがあらわれた。アルマンはそれを押した。するとそれは、背後にロープをひっぱって下降していった。

一瞬ダニーは、その壁の奥の仕掛けに魅せられて、あらゆる恐怖を忘れた。そして母親にむかって興奮した調子で叫んだ。「秘密の抜け穴だ。『凸凹怪物騒動の巻』に出てきたのみたいだね！」

アルマン氏はかすかに眉をしかめたが、ウェンディは寛大にほほえんだ。ダニーはリフトのところに駆けてゆくと、その暗いシャフトをのぞきこんだ。

「こちらへどうぞ」

アルマン氏は居間の奥にあるドアをあけた。それは、ひろびろとして風通しのよい寝室に通じていた。ツイン・ベッドが置いてあるのを見て、ウェンディは夫をかえりみ、ほほえんで、肩をすくめてみせた。

「なんでもないさ。ふたつをくっつければいい」ジャックは言った。「なんと言われましたかな？」

とまどった顔をして、アルマン氏は肩ごしにふりむいた。「くっつければいいと言ったんです」

ジャックは快活に答えた。「ベッドですよ。くっつければいい」アルマンはあいまいに言った。それから、

「はあ、なるほど」一瞬、ぴんとこなかったのか、アルマンはあいまいに言った。それから、
当惑の色が消えて、かわりに、シャツの衿から上が徐々に赤く染まりはじめた。「なるほどね。

まあご随意に」

いったん居間にもどると、アルマンは、第二の寝室に通じるドアをあけた。かいこ棚式のベッドがしつらえられ、一隅にはラジエーター、床の敷物には、毒々しいよもぎとサボテンの刺繡がしてある。ウェンディの見たところ、ダニーは一目見てこれが気に入ってしまったらしい。

この部屋の壁は、全面本物の松材で張ってあった。

「ここで我慢できるだろうな、ドック？」と、ジャックがたずねた。

「もちろんだよ。ぼく、ベッドの上段で寝るんだ。いいでしょ？」

「いいとも、おまえがそうしたいんなら」

「ぼく、この絨毯も気に入っちゃった。ねえアルマンさん、どうしてこういうのをホテル全体に敷かないの？」

アルマン氏は、とびきり酸っぱいレモンをかじったような顔になった。それから、やっと笑顔をつくると、ダニーの頭に手を置いて言った。「ここがあなたがたの住まいです。手洗いは、

あっちの大きな寝室につづいています。ごらんのとおり広くはないですが、ここ以外にも、ホテル全体を自由に使えるわけですからな。ロビーの暖炉も使用に堪えますし――すくなくともワトスンはそう言ってますし、その気になれば、食堂で食事をするのも自由です」その口調は、多大の恩恵をほどこしてやっていると言わんばかりだった。

「わかりました」ジャックが言った。

「では降りましょうか」

「ええ」ウェンディが言った。

　ふたたびエレベーターで階下に降りたとき、ロビーはワトスンひとりを残して、完全に無人になっていた。ワトスンはローハイドのジャケットを着、口に楊枝をくわえて、正面の扉によりかかっていた。

「もうとっくに出かけたと思っていたよ」と、アルマンがわずかに冷たいもののまじる口調で言った。

「ただちょっと、ボイラーのことでトランスさんに念を押しとこうと思ってね」ワトスンは体を起こしながら言った。「いいかね、くれぐれも彼女に注意を怠らんようにな。そうすりゃ、問題は起こらん。日に二回、圧力をさげてやるのを忘れないこと。じりじりあがる《シー・クリープス》からな」

　彼女はそっと忍びよる《シー・クリープス》。そうダニーは思い、そしてその言葉は、心のなかの長い静まりかえった廊下を――鏡張りだが、だれもめったにはその鏡を見ないひっそりした廊下を、反響しながら伝わっていった。

「わかった、忘れんよ」父が言った。

「だいじょうぶ、なにも心配はないよ」ワトスンが言って、手をさしだした。ジャックはその手を握った。ワトスンはそれからウェンディに向きなおり、会釈して、「じゃあ奥さん」と言った。

「ありがとう」ウェンディはそう答え、きっととんちんかんな返事に聞こえたろうと思った。だがそうではなかった。彼女は生まれ育ったニュー・イングランドからこの地にきたが、その彼女にも、この、頭頂を丸くとりまいたふわふわした髪の男、ワトスンが、わずか二つ三つの短いセンテンスで、西部なるものの概念を、あますところなく要約したように思われたのだった。そうとすれば、さっきのあの卑猥なウィンクのことは気にしないことだ。

「トランス坊ちゃん」ワトスンがつづいて重々しくそう言い、手をさしだした。ダニーはもう一年も前から握手の意味を知っていたから、おずおずと手を出し、その手が相手の手につつみこまれるのを感じた。「ご両親の面倒をよく見てあげるんだぞ、ダン」

「うん、わかった」

ダニーの手をはなしたワトスンは、まっすぐ体を起こした。そしてアルマンをかえりみて、「じゃあ来年まで」と言い、手をさしのべた。

アルマンはよそよそしくそれに触れた。その手にはまっているピンクがかった石の指輪が、ロビーの電光を受けて、まがまがしいウィンクのようにきらめいた。

「では五月十二日に、ワトスン。それより一日早くもなく、遅くもなくだ」

「かしこまりました」ワトスンは言い、ジャックには彼が、心のなかでこうつけくわえるのが聞こえたような気がした――けっ、このちびのおかまめが。

「いい冬をお過ごしください、アルマンさん」

「ありがとう」アルマンはそっけなく答えた。

ワトスンは入り口の両開きドアのうちのひとつをあけた。風が一段と物悲しい声をはりあげ、革上着の衿をはためかせた。「じゃあみなさん、お達者で」と、彼は言った。

答えたのはダニーだった。「ありがとう、おじさんもね」

ワトスン――いまからそう遠くないむかし、このホテルを所有していた先祖を持つワトスンは、肩をすぼめて戸口をすべりでた。ドアがその背後でしまり、風の音をかき消した。はきふるした黒いカウボーイ・ブーツで、ポーチの広い階段をとぼとぼと降りてゆくワトスンを、残った四人はひとかたまりになって見まもった。駐車場を横切って、インターナショナル・ハーヴェスターの小型無蓋トラックに乗りこむ彼のブーツの踵に、黄色い白楊の病葉《わくらば》がまつわりついた。エンジンをかけると、錆びた排気管から青い煙が吐きだされた。車がバックして、駐車場を出てゆくあいだ、沈黙の呪縛が一同を支配した。ワトスンのトラックは山のはなをめぐっていったん見えなくなり、それから、やや小さくなってまた本道にあらわれると、そのまま西へむかって去った。

ちょっとのあいだダニーは、いまだかつて感じたことのない心細さに襲われた。

13

ポーチにて

トランス一家は、《オーバールック》ホテルの長い正面ポーチに、家族の記念写真でも撮影するように、並んで立った。ダニーは中央に、去年の秋のはや小さくなりかけた、肘の抜けかけたジャケットのジッパーをしっかりとしめ、ウェンディはその背後に立って、片手を彼の肩に置き、ジャックは彼の左側で、やはり片手を軽く息子の頭にのせて。

アルマン氏は、高価そうな茶色のモヘアのオーバーコートを着こんで、彼らの一段下にいた。いまや太陽は完全に山の向こうに沈み、峰々の輪郭を金色の火でふちどると同時に、あらゆるものの影を長く、紫色にいろどっていた。駐車場に残った車はたった三台、ホテルのトラックと、アルマンのリンカーン・コンチネンタル、それにトランス一家のワーゲンだけだった。

「では、鍵は持ちましたな？」アルマンがジャックに言った。「それから、暖房炉やボイラーについても、すっかりのみこんでいる？」

ジャックはうなずきながら、なにがしかの同情をアルマンに感じずにはいられなかった。冬ごもりの準備はすべてととのい、糸の玉は端がほつれないように、五月十二日まで——それより一日早くもなく、一日遅くもなく——きっちりつつまれ、しまいこまれた。にもかかわらず、そのすべてに責任を負っているアルマン——ホテルのことを話すときには、まぎれもなく、惚れた女のことを話すような口調になるアルマンは、どうしてもそこにほつれた糸の端を捜さずにはいられないのだ。

「いっさいのみこんでいるつもりですがね」と、ジャックは言った。

「けっこう。ときどき連絡はしますがね」しかしそう言いながらも、アルマンはまだぐずぐずしていた。ことによると、風が加勢して、車まで追いたてていってくれるのを期待しているのかもしれない。ややあって、溜息まじりに言った。「じゃあ出かけますか。いい冬をお過ごしなさい、トランスさん、奥さん。きみもな、ダニー」

「ありがとう。アルマンさんも」ダニーは答えた。

「ありがとう」アルマンはくりかえした。その声音はどこか悲しげだった。「じつはここだけの話だが、これから行くフロリダのホテル、ありゃごみためですよ。忙しいばかりでなんの値打ちもない。《オーバールック》こそわたしの真の職場です。わたしにかわってよく管理してください、トランスさん」

「来春もどってこられるときにも、これはちゃんとここにありますよ」ジャックは言い、一瞬、ある思念がダニーの頭をかすめて

（だけどほんとうにそうだろうか？）

そして消えた。

「もちろんです。もちろんですとも」

アルマンは児童遊園に目をやり、動物の生け垣が風にざわめいているのをながめた。それから、ふたたびビジネスライクな物腰にもどって、うなずいた。

「では、さよなら」

足早に、せかせかと車のところへ歩いてゆくと――その車は、彼のような小柄な男には、滑稽なほど大きかった――ドアをあけて乗りこんだ。リンカーンのエンジンがうなりだし、テールライトがきらめいて、車は駐車区画からすべりでた。車が走り去るとき、その区画の頭のところにある、小さな表示が読みとれた――支配人専用。

「なるほど」ジャックはそっと言った。

車が東の斜面をくだって見えなくなるまで、三人は見送った。それがついに視界から消えてしまうと、しばらく無言で立ちつくしたまま、おびえたような目を見あわせた。もう三人きりだ。白楊の落ち葉が何枚かかたまって、くるくるまわりながらあてもなく芝生の上をころがっていった。いまはまだ、客の目に見苦しくないよう、芝生はきれいに刈りこまれ、手入れされているが、その上をかさこそとひそやかにかすめてゆく秋の落ち葉は、三人以外に見るものはないのだ。そう思うと、ジャックは奇妙な、萎縮するような感覚を覚えた。さながら自分の生命力が、わずかな火花ほどに衰え、反対にホテルとその庭園とが、にわかに倍の大きさにもなって、まがまがしく変貌し、陰気な、無機的な力で、人間たちを矮小化しはじめたかのように。

それから、ウェンディが言った。「あらまあ、ドック、洟が出てる。まるで消防のホースだわ。早くなかにはいりましょう」

そうして三人は奥にはいった――たえまなく泣き叫ぶ風の音にたいし、背後でしっかりとドアをとざして。

第三部　すずめばちの巣

14

屋根の上で

「えいくそ、こんちくしょう！」

ジャック・トランスは、驚きと痛みに思わずそう叫んで、右手をブルーのシャンブレーの仕事着のシャツにたたきつけ、その手にしがみついている大きな、動作の鈍いすずめばちをふりはらった。それから、せいいっぱいのスピードで屋根をよじのぼりながら、いましがた自分の手で白日のもとにさらした巣から、いまのすずめばちの同類が応援のために飛びたってきはせぬか、と肩ごしに後ろをうかがった。もし仲間が襲ってくるようだと、これはとんでもないことになる。なにしろ、巣はこの屋根と梯子との中間にあるし、屋根裏部屋へ降りる落とし戸は、内側から鍵がかかっている。そして、屋根から、この建物と芝生のあいだにあるコンクリートの内庭までは、七十フィートあるのだ。

さいわい、巣の上方にひろがる澄みきった空は、あくまでもひっそりとして、穏やかに見える。

ジャックは歯のあいだからひゅうと嫌悪の吐息をもらすと、屋根のてっぺんにまたがって、右手の人差し指を調べた。指はすでに腫れあがりかけている。もしも、下へ降りて、この指を氷で冷やそうとすれば、あの巣のそばを通って、梯子にたどりつかねばならないのだ。

きょうは十月二十日。ウェンディとダニーは、ホテルのトラックでサイドワインダーに出かけた（トラックはかなりくたびれた、がたがたのダッジだが、それでも、いまやぜいぜいとご臨終のあえぎをもらすワーゲンにくらべれば、まだしも信頼できる）――ミルク三ガロンと、ちょっとしたクリスマスの買物をするためだ。まだクリスマスにはちょっと早いが、いつ雪が降りだして、行動が制約されるかわからない。すでに二、三度みぞれまじりの風が吹いているし、サイドワインダーまでの道路の何カ所かは、水溜りが凍って、すべりやすくなっている。

これまでのところ、毎日異常なほどの好天がつづいていた。ここにきてからの三週間というもの、くる日もくる日もすばらしい秋晴れつづきだ。爽涼の、気温三十度の朝から、しだいに暖かくなって、午後には六十度をちょっと越すくらいになる。傾斜のゆるやかな《オーバールック》の西側の屋根にのぼって、屋根板をふきなおすには絶好の日和だ。ジャックは率直にウェンディにたいして認めていたが、この仕事は、その気になれば四日も前に終わらせることができたはずである。だが彼は、とくに急ぐ必要を感じなかった。この屋根からのながめはすばらしく、《プレジデンシャル・スイート》の眺望をすら顔色なからしめるほどだし、なによりも、その仕事自体が慰めになる。この屋根の上にいると、過去三年の不快な傷がいやされるような気がする。ここにいると、心は平安に満たされ、この三年間の出来事が、ひとつの騒がしい悪夢だったように思えてくる。

屋根板はひどく腐っていて、一部は、去年の冬の嵐で、完全に吹き飛ばされてしまっていた。これまで何日かかかって、ジャックはそれをすっかりひきはがし、「そうれ、爆弾投下だ！」と叫びながら──そしてダニーがうっかり外に出ていて、それにぶつからねばいいがと思いながら──はがした板を屋根から投げ捨ててきた。さいぜんすずめばちにやられたときには、傷んだ雨押えをとりはずしているところだったのだ。

皮肉なのは、これまで屋根にのぼるつど、巣に気をつけろよと自分に警告してきたことだった。用心のために、手もとに殺虫ボンベさえ用意していた。ところが、けさにかぎって、あまりのうららかさと天候の穏やかさについ心を許し、用心を忘れてしまったのだ。それだけならまだしも、このところ徐々にまとまりつつある戯曲の世界に没入して、頭のなかで、今夜書こうとする場面のおおざっぱな骨組をつくることに熱中していた。戯曲はここへきて順調な進展を見せている。そしてウェンディも、なにも言わないが、それを喜んでいることは明白だ。ストーヴィントンでの最後のみじめな六カ月間、戯曲は、サディスティックな校長、デンカーと、若き主人公、ゲイリー・ベンスンとの決定的対立の場面までできて、暗礁にのりあげてしまっていた。その六カ月間、飲みたいという欲求があまりにも強くて、教室での講義にすらほとんど集中できないほどだったのだ。ましてや、課外の文学的野心を満たすことにおいてをや。

ところが、ここ十日間ほど、階下の事務室から借用してきた、オフィス型アンダーウッドの前にすわってみると、その暗礁は、くちびるの上で溶ける綿菓子のように、指の下でどんどん消えてゆく。いままでどうしても定まらなかったデンカーのキャラクターが、透徹した洞察力をもって苦もなく頭に浮かび、それにもとづいて第二幕をそっくり書きなおして、新しい場面を中心に持ってくることができた。また、第三幕の展開も――すずめばちがその黙想にとどめをさしたとき、それを頭のなかでひねくりまわしていたのだが――日ごとに明確なものになってきている。この調子なら、二週間でだいたいの構想をまとめ、新年までには、全幕を清書するまでに持ってゆけるだろう。

ジャックはニューヨークにエージェントを持っていた。フィリス・サンドラーという赤毛の男まさりの女性で、ハーバート・タレイトンを吸い、紙コップでジム・ビームを飲み、そして文学の太陽はショーン・オケーシーから昇り、彼の上に沈むと考えている。これまでに、例の《エスカイア》に載ったのも含めて、ジャックの短編を三作、雑誌に売りこんだのも彼女だ。ジャックは以前、彼女に手紙を書いて、『小さな学校』と題した自作の戯曲のことを告げ、基本的なテーマは、校長のデンカー――かつては優秀な学生だったが、校長としては、世紀の変わり目ごろのニュー・イングランドのプレップ・スクールのそれのように、野蛮にも、残忍にもなりきれなかった男――と、彼が若いころの自分そっくりだと見ている学生、ゲイリー・ベンスンとの確執を描くことにあると説明しておいた。フィリスからは折りかえして返事があり、なかなかおもしろいが、実際に書きはじめるときには、ぜひその前にオケーシーを読むといいと言ってきた。その後、今年のはじめごろ、彼女からまた手紙がきて、いつぞやの戯曲はどうなっているかと問いあわせてきたので、ジャックはひねった返事を書き、『小さな学校』は自分の手と原稿用紙のあいだで、〝あの作家障害とかいう興味ぶかい神経症的ゴビの砂漠〟にぶつかって難渋していて、その完成は無期限に――そしておそらくは永久に――延期されるであろうと言ってやった。だが、いまの状況からゆくと、どうやら彼女はほんとうにその戯曲を手に入れられそうだ。それがいいものかどうか、はたして実際に舞台にかけられ、日の目を見ることがあるかどうかはまた別問題だし、ジャック自身、そうしたことはほとんど度外視している。ある意味で、その戯曲自体を、それを書くこと自体を、この閉塞状況をもたらした根本原因のように感じているのだ。それこそがまさに、ストーヴィントン高校でのみじめな歳月や、彼がポンコツ車のハンドルを握った暴走族さながら、破滅的なやりかたで帳尻を合わせつつあった結婚生活を象徴するものであり、息子にあたりちらしたあの鬼畜にも等しい所業の、駐車場でのジョージ・ハットフィールドとのあの確執の――いまではもはや、たんなる突発的な、破滅的な怒りの発作とは思えなくなっているあの出来事の――巨大な象徴でもあるのだ。いまにして思うのだが、あの手に負えない飲酒癖は、ある程度まで、ストーヴィントンから、そして自分の持っているかもしれない創作意欲を圧殺しつつあるように思われる安定から、自由になりたいという無意識の願望に根ざしていたのではなかったろうか。その後、酒はやめたけれども、自由への欲求はますます強くなっていた。そこで……ジョージ・ハットフィールド、というわけだ。現在、それらの日々の名残りは、寝室のデスクの上の戯曲のなかにしかない。そして、それを完成して、ニューヨークのフィリスの狭苦しいオフィスに送りつけてしまえば、あとはほかのことにとりかかれる。といっても、長編小説はごめんだ。またここで、新たに三年の苦行の泥沼に踏みこむだけの用意はできていない。だが短編ならばなんとかなる。ひょっとしたら、短編集を一冊書くことも。

用心ぶかく、ジャックは四つん這いのままあとずさりに屋根の斜面を這いおり、鮮緑のこけら板が、いましがたはがしおえたばかりの部分とつながっている、その境界線をのりこえた。それから、すずめばちの巣のある穴の左側のふちにまわると、ヤバいと見たらすぐさま後退して、梯子をすべりおりられるよう身がまえながら、こわごわと巣のほうへ近づいていった。

とりはずした雨押えのそばまできたところで、そっとのりだして、なかをのぞいてみた。巣はまさしくそこにあった――古い雨押えと、スリー・バイ・ファイブの材木でできた、屋根の下張りとのあいだに。見るからに巨大な巣だ。中心部分のさしわたしが、二フィート近くもありそうに見える。灰色がかった紙のかたまり。雨押えと下張りの板との隙間が狭いので、形は完全な球型ではない。とはいえこのちびどもは、敵ながらあっぱれな仕事をやってのけている。巣の表面は、いまも、動作の鈍い、無器用に動く虫たちによって、もぞもぞと動いている。大きな、性悪なやつだ。もっと小さくておとなしい、黄色の縞のあるやつではなく、家の壁に巣食う獰猛な種類。もはや晩秋に近く、気温もさがっているので、弱って、動きが緩慢になっているが、子供のときからすずめばちを見慣れてきたジャックには、一度しか刺されなかったのは、幸運だったとしか思えない。もしも夏の盛りに、アルマンが人を雇って屋根のふきかえをさせていたら、運悪く雨押えのこの部分をはがした作業員は、とんでもない不意打ちを食らったことだろう。まったくだ。およそ、一ダースものすずめばちがいちどきに襲ってきて、顔といわず腕といわず手といわず、いや、脚までもズボンの上から刺しはじめたら、自分が七十フィートの屋根の上にいることなど、忘れてしまってもむりはない。あげくに、連中の攻撃をのがれようとして、足を踏みはずすか、自分から屋根の外に身を投げだすのがおちだ。それもこれも、この虫けらどものため、最大のやつでも、ちびた鉛筆の半分ぐらいしかないこの虫けらどものためだ。

前にどこかで読んだことがあるが——たぶん新聞の日曜付録か、ニュース雑誌の解説記事だろう——なんでも、自動車事故による死亡件数のうち、七パーセントまでが原因不明なのだそうな。機械の故障でもない、スピードの出しすぎでもない、酔っぱらい運転でもない、悪天候によるものでもない。ただ、どこかの人気のない道路で、車が事故を起こし、乗っていたひとり——ドライバーが死亡する。死人に口なしで、なにがその身に起こったのか、だれにもわからない。その記事に出ていたある州警察の警官によると、それらのいわゆる〝謎の事故〟の多くが、車内にとびこんだ虫が原因で発生しているのではないかという。すずめばち、蜜蜂、ときには蜘蛛や蛾の場合さえ。ドライバーは虫が気になって、運転しながらそれをたたきつぶそうとしたり、窓をあけて追いはらおうとしたりする。ときにはその虫が刺すこともあろう。あるいはたんに、ドライバーがコントロールを失うだけかもしれない。いずれにしろ、行きつくところは、どかーん!……一巻の終わりだ。そして事故の張本人である虫のほうは、たいがいまったく無傷のまま、より緑濃い田園をめざして、いとも涼しげな顔で、煙をあげている事故車の残骸から飛びたってゆく。たしか、その警官は、そのような死者の検死をするさいには、病理学者に虫の毒の痕跡をも捜させることを提唱していたはずだ。

いま、穴のなかの巣をのぞきこんでいるうちに、ふと、これは二通りの意味にとれるかもしれん、という考えが頭にきざした。いっぽうでは、これまで経験してきたこと（そしてまた、いつ失うかもしれないものをかかえて、どうにか切り抜けてきたこと）の当を得た象徴として、そしてまたいっぽうでは、よりよい未来を暗示する前兆として。そうでなくてどうして、これまで自分の身に起こってきたことが説明できるだろう？　というのも、いまだに彼は、ストーヴィントンでの不幸な体験のすべてを、受身の形でのジャック・トランスとの関連において、見なければならないと感じているからだ。彼がそれらのことをしたのではない。それらのことが彼の身に起こったのだ。ストーヴィントンでの同僚教師のなかにも、大酒飲みの部類にはいる男は大勢いた。おなじ英語科にさえ、ふたりもいたくらいだ。そのひとり、ザック・タニーは、きまって土曜の午後にビールを一樽買いこむ。そして、一晩それを裏庭の雪の吹溜りにいけておいて、日曜日に、テレビでフットボールや古い映画を見ながら、その大半をたいらげるのだ。それでいて、週のあいだは、裁判官そこのけの謹厳さを保っている――たまに昼食のときに弱いカクテルを一杯やるくらいで。

それにひきかえ、自分やアル・ショックリーは、アルコール依存症だった。自分たちは、溺れるなら単独でよりもふたりいっしょに、そう考えるだけの社会性をまだ持っている流罪人のように、たがいに相手をもとめた。ただ、その海が塩からい水ではなく、穀物からとれた液でできていただけだ。いま、巣を見おろして、のろのろと動きまわっているすずめばち――冬がきて、冬ごもりする女王以外、仲間がみんな死んでしまわないうちにと、その本能的な仕事にいそしんでいるすずめばち——を見おろしているうちに、ジャックの想念はさらに先へ進んだ。自分はいまだにアルコール依存症なのだ。これからもずっとそうだろうし、ことによると、高校二年のときの進級祝賀会で、はじめて酒を口にして以来、ずっとそうだったのかもしれない。それは、意志力とか、飲酒の非道徳性とか、彼の性格の弱さ、強さといったものとは、なんら関係がない。体のなかのどこかに、こわれたスイッチか、うまく働かない回路遮断器のようなものがあって、そのため、否応なしにシュートをすべりおちてきたのだ。はじめはゆっくり、そのうちストーヴィントンが圧力を加えだすと、しだいに速力をはやめて。大きな、油を塗ったすべり台——そしてその下で待っていたのは、こわれた、主のない自転車と、腕を骨折した息子。受身の形でのジャック・トランス。そして自分の癇癪も、それとおなじこと。一生を通じて、彼はそれをおさえようとして、成功せぬままに過ごしてきたのだ。いまでも覚えているが、七歳のとき、マッチをいたずらしているのを見とがめられて、隣家の主婦からお仕置きを食らったことがある。憤懣やるかたないままに外へとびだした彼は、通りすがりの車に石を投げつけて、腹いせをした。そこを彼の父が見つけて、怒号しながら小さなジャッキーにとびかかった。父はジャックの尻を赤くなるまでひっぱたき……それから、目に黒あざができるまで殴りつけた。ようやく父が、テレビでも見るかとつぶやきながら家にはいってしまうと、ジャックは鬱憤晴らしに一匹の野良犬をつかまえ、そいつを溝に蹴りこんだ。小学校でも、喧嘩をしたことは十ぺんや二十ぺんではきかないし、ハイスクールではさらにひどくなって、停学二回、学業成績は抜群であるにもかかわらず、居残りの罰を食うこと数知れず、といったありさまになった。ある程度までは、フットボールが安全弁になってくれたかもしれない。それでも、いま思いかえしてみると、すべての試合において、終始極度の興奮状態で、あらゆる敵のブロックやタックルを自分個人への攻撃と感じつつ、怒りにまかせてプレイをしていたようだ。たしかに優秀な選手ではあったし、高校三年と四年のときには、それを認められて、体育賞を授与された。だが自分でもよくわかっていたのだ、それが自分のひどい癇癪のおかげ――あるいは、そのせいというべきかもしれないが――だということは。彼はフットボールを楽しんではいなかった。試合という試合は、たんに不満を爆発させる場所にすぎなかったのだ。

だが、そういういろいろなことはあっても、ジャックは自分を下劣な男だとは思っていなかった。性根の腐ったやつだとは思っていなかった。つねに自分を、ジャック・トランスというたって気のいい男で、ただ、いつかそれが手に負えないものになる前に、癇癪をおさえることを学ばねばならないというだけだ、そう考えていた。ちょうど、飲酒癖をおさえることを学ばねばならないのとおなじに。けれども彼は、生理的にアルコール依存症であるのとまったく同様に、情緒的にもアルコールに依存していた。そのふたつは、内部のどこか奥深いところ――自分のあまり目を向けたくない心の深部で、確実に結びついている。とはいえ、たとえその根本原因が、社会学的、心理学的、あるいは生理学的にたがいに関連していようと、または独立していようと、それはたいして問題ではない。彼としては、ただその結果と折りあいをつけてゆけばよかったのだ。結果、すなわち、尻をたたかれること、父親からお仕置きを受けること、停学などであり、さらには、喧嘩で破いた服の言い訳に苦しむことであり、のちには、二日酔い、徐々に崩壊してゆく結婚生活、折れたスポークを空中につきだしていた自転車の車輪、ダニーの骨折などである。そしてむろん、ジョージ・ハットフィールドも。

おれは、はからずも人生という〝巨大なすずめばちの巣〟に手をつっこんでしまったのだ、そうジャックは思った。イメージとしては、それは不快きわまりない。いっぽう、現実の浮彫りとしては、けっこう使えそうな気もする。彼は夏の盛りに、どこかの腐った雨押えの穴に手をつっこんでしまい、その手、そしてその腕全体は、神聖な正義の炎――あらゆる意識的な想念をぶちこわし、文明人的な行動などという概念を、古くさいものにしてしまう炎によって、焼きつくされてしまったのだ。手が焼け火箸のようなかがり針によってずぶずぶ突き刺されているときに、人は考えるヒトとして行動することを期待できるだろうか？　真っ黒な、獰猛な雲が、事物の基本構造（あまりにも無邪気だという気のする構造）の破れ目から、わーんと飛びたって、まっしぐらに襲いかかってこようとしているときに、最愛のもの、もっとも身近なものへの愛に生きることを期待できるだろうか？　地上七十フィートの傾斜した屋根の上で、自分がなにをしようとしているかもわからず、やみくもに逃げまわっているとき――いつなんどきふるえる足が雨樋を踏みはずし、七十フィート下のコンクリートで待ち受ける死に自分を突き落とすかもしれない、そんなときに、人ははたしておのれの行動に責任を持てるだろうか？　それは不可能だとしか思えない。とはいえ、知らずしてすずめばちの巣に手をつっこんでしまったとき、人は、悪魔との契約に署名して、愛だの尊敬だの名誉だのといった飾りもろとも、文明人としての自己を放棄するわけではない。それはたまたまその人の身に起こったにすぎないのだ。受動的に、否も応もなく、彼は理性の動物たることをやめて、神経の末端だけの存在と化す。わずか五秒のうちに、大学教育を受けた人間から、泣きわめく猿に変身してしまう。

ジャックはジョージ・ハットフィールドのことを思った。

長身で、金髪――ほとんど小憎らしいほどの美少年だった。洗いざらしのぴったりしたジーンズをはき、ストーヴィントン校のジャージーの袖を無造作に肘までたくしあげ、日に焼けた腕をむきだしにしたジョージの姿は、若き日のロバート・レッドフォードを連想させ、この少年なら、スコアを稼ぐのにさして苦労はすまいと思わせた――十年前に、若きフットボールの鬼、ジャック・トランスがそうだったように。彼ははっきり言うことができたが、けっしてジョージに嫉妬を感じていたわけではないし、彼のルックスのよさをうらやんだわけでもない。事実、ほとんど潜在意識的に、ジョージを自分の戯曲の主人公、ゲイリー・ベンスンの肉体的化身とさえ見なすようになっていたのだ。ゲイリー・ベンスン――陰気な、スランプにおちいった、年をとりかけているデンカーとは、まったく対照的な存在。そのためデンカーは、深く彼を憎むようになっている。だが彼、ジャック・トランスは、けっしてジョージにそういう感情をいだいたことはなかった。もしいだいていたら、自分でそうと気づいたはずだ。それはぜったいにたしかなことである。

ジョージはストーヴィントン校ではずっと〝低空飛行〟で通していた。サッカーと野球の花形選手である彼には、学業面でさほど過大な要求はなされなかったし、彼自身、Cと、ときたま歴史か植物学でBをとるだけで満足していた。フィールドでは激しい闘志を燃やす彼も、教室では、ものうげな、いつもひとごとのような顔をした生徒だった。ジャックはこういうタイプをよく知っていた。自分自身の高校や大学時代の経験から知っていたのであって、教師としての間接的な体験からではない。ジョージ・ハットフィールドは、良くも悪くも運動選手なのだ。教室では、穏やかな、おとなしい生徒だが、いったん競争本能に然るべき刺激を与えると(ちょうどフランケンシュタインの怪物のこめかみに、電極をつけるようにだ、とジャックは皮肉に考えた)、たちまちおそろしい破壊力を発揮する。

一月に、ジョージは他の二十人ほどの生徒といっしょに弁論部に応募した。彼がジャックにきわめて率直に打ち明けたところによると、ある企業の顧問弁護士である父親が、息子にあとを継いでもらうことを希望しているという。ジョージ自身も、とくになにかをやりたいという強い方針はないので、それを望んでいる。たしかに成績はトップクラスではないが、とどのつまり、ここはプレップ・スクールでしかないし、大学受験までにはまだ間がある。もしどうしても必要となったら、父親が裏でちょっとした影響力を働かせる手もある。ジョージ自身のスター選手としての経歴が、またべつの扉をひらいてくれることも考えられよう。だがまずその前に、ブライアン・ハットフィールドは、息子が弁論部に所属することを希望している。それはよい練習になるし、法科大学の入試委員会が要求するのも、つねにそれなのだ。というわけでジョージは弁論部に応募し、三月下旬に、ジャックは彼をチームから除外したのである。

その冬の終わりの班対抗討論会は、ジョージの闘争心をあおりたてた。彼はおそろしく強硬な弁論家となった。あらかじめ用意してきた賛成、または反対の立場に、強く固執して、たとえ論題がマリファナ解禁であろうと、死刑制度復活であろうと、石油消費の割当て制であろうと、すこしも顧慮しない。とにかくいちおうの下準備をしてきたうえで、あとは強硬論一本槍で押しとおす――強硬であるかぎりは、自分がどちらの立場に立っているかはまったく考えない。高度の弁論家の場合にも、これはめったにない貴重な特質である。根っからの渡り政治屋の精神と、真の弁論家のそれとは、それほど遠くへだたっているわけではないのだ。どちらの場合も、熱烈な関心の的は、絶好の機会というやつなのである。ここまでは非常にけっこう。ただあいにく、ジョージ・ハットフィールドには、吃音癖《きつおんへき》があった。

この癖は、たとえ教室であらわれたとしても、ハンディキャップにはならない。教室では、ジョージはつねに冷静で、落ち着いているからだ（宿題をやってきていようといまいと、である）。また、運動場では、ハンディキャップになるもならないもない。そこでは、しゃべることはけっして美徳ではなく、ときには、理屈ばかり多すぎると言われて、試合からほうりだされることさえある。

討論の場で緊張したときにかぎって、ジョージの吃音癖はあらわれた。むきになればなるほど、その癖はひどくなった。どうやら、目の前に敵がいると感じると、ある種の知的な武者ぶるいが、彼の言語中枢と口とのあいだに起こるらしく、とたんに舌がこわばって、ただいたずらに時のみが過ぎてゆくということになる。これは、見ているだけでも、たいへんつらいものである。

「そ、そ、そこでぼ、ぼくはお、お、思うのですが、ド、ド、ドースキー君があ、あ、挙げられたけ、件におけるじ、じ、事実は、さ、さ、最近く、く、くだされたは、判断によってふ、ふ、古くなっているとい、言わねばな、な、ならないと……」

そこでブザーが鳴り、ジョージはきっとなって、タイマーのそばにすわっているジャックのほうを向くと、激しく彼を睨みつける。そういうとき、ジョージの顔は耳まで真っ赤になり、手は痙攣的にノートを握りしめて、それをくしゃくしゃにしてしまう。

ジャックは、ほかの、どう見ても見込みのないメンバーを大半除外したあとも、ずっとジョージをチームにとどめておいた。いつか進歩の跡を見せるのではないかと期待してのことだ。不本意ながら彼をチームから切らねばならなくなった、その一週間ほど前の、ある午後のことは、いまでも覚えている。他の生徒がどやどやと教室を出ていったあと、ジョージだけが残って、怒った猛牛のようにつっかかってきたのだ。

「あ、あんた、タイマーを進めたな」

ジャックはブリーフケースに入れようとしていた書類から目をあげた。

「ジョージ、いったいなんの話だ」

「ぼ、ぼくだけ規定のご、五分をもらえなかった。あんたがタイマーを進めたからだ。ぼくはちゃんと、と、時計を見ていたんだ」

「時計とタイマーとじゃ、そりゃいくらかは食いちがうかもしれんさ、ジョージ。しかしな、このダイヤルにはぜったいに手を触れていない。男として、名誉にかけて誓うよ」

「い、い、いや、たしかに進めた！」

その好戦的な、自分はぜったいに正しいといわんばかりの態度を見ているうちに、ジャック自身の癇癪に火がついた。これまでもう二カ月も、酒なしに過ごしてきている。二カ月はあまりに長く、神経がざらざらささくれだっている。最後にもう一度だけ、ジャックは自分をおさえる努力をした。「そんなことはしなかったと保証するよ。問題はきみのどもりなんだ。それがどうして起こるか、心あたりはないかい？　教室ではどもったりしないじゃないか」

「ぼ、ぼ、ぼくはど、ど、どもりなんかじゃない！」

「大きな声を出すな」

「あ、あ、あんたはぼくがき、き、嫌いなんだ！　あ、あんたのく、く、くそいまいましいチームに、ぼ、ぼくを入れたくないんだ！」

「大きな声を出すなと言ったら。冷静に話しあおうじゃないか」

「は、は、話しあうなんて、く、くそくらえだ！」

「ジョージ、きみがそのどもりをおさえることさえできたら、喜んでチームに迎えるんだがね。いつの練習でも、きみはよく下調べをしてくるし、問題の背景もしっかりつかんでいる。ということは、相手につっこまれても、めったにあわてないということだ。しかしそういったことも、そのどもりをおさえられないかぎり、あまり意味はな――」

「ぼくはど、ど、どもったことなんか一度もないぞ！」ジョージは叫んだ。「あ、あんたのせいだ！　も、も、もしだれかほかの教師がべ、べ、べ、弁論部のコ、コーチをしていたら、ぼ、ぼくは——」

ジャックの苛立ちが、さらにもう一目盛りはねあがった。

「ジョージ、企業の顧問にしてもなんにしても、その癖をなんとかしないかぎり、きみはたいした弁護士にはなれんぞ。法律はサッカーとはちがうんだからな。毎晩二時間ずつ練習しても、そればっかりはどうにもならん。いったいどうするつもりだね？——重役会のお歴々を前にして、『さ、さ、さて、み、みなさん、こ、こ、この不法行為につ、ついてですが……』なんて口しかきけないとしたら？」

ふいに顔がほてった。怒りからではない、自分の心ない行為への恥ずかしさからだ。いま目の前にいるのは、一人前の男ではない。たった十七にしかならない少年——生まれてはじめて大きな挫折に直面して、おそらくは自分にできる唯一の方法で、それをのりこえる道を教えてほしいと懇願している少年なのだ。

ジョージは彼に最後の狂暴な一瞥をくれた。くちびるがゆがみ、その奥にとじこめられた言葉が、なんとか出口を見つけようとして、口のはたをひくひくとひきつらせている。

「あ、あ、あんたはタイマーをす、す、進めた。ぼくをに、憎んでいるんだ！　な、なぜなら、し、し、し、知っているからだ……あ、あんたは……し、し、し——」

言葉にならない叫びとともに、ジョージは、ワイヤーで補強されたガラスが、びりびりふるえるほどの勢いでドアをしめると、教室から駆けだしていった。ジャックはその場に立ちつくし、ジョージのアディダスの足音ががらんとした廊下に響くのを、聞くというよりむしろ体で感じていた。いまだに怒りと、そしてジョージのどもりをあざけったことへの恥ずかしさにとらえられていながら、反面、まっさきに感じたのは、ある種のむかつくような勝利感——これであのジョージ・ハットフィールドも、生まれてはじめて、思いどおりにならないことがあるのを知らされたわけだ、という感情だった。生まれてはじめてジョージは、親父の金ではどうにもならないことにぶつかったのだ。まさか言語中枢を買収するわけにはいかないからな。まさか毎週五十ドルよけいに給料を払って、クリスマスにはボーナスをやって、それで、傷のついたレコードに針がひっかかるように、舌が何度もおなじことをくりかえすのをやめてもらう、というわけにはいかないからな。それから、その痛快さは恥ずかしさにのみこまれ、ジャックはダニーの腕を折ったあとのようなみじめさに襲われた。

えいくそ、おれはひとでなしじゃないぞ。いいかげんにしてくれ。

ジョージの退却にさいして感じた胸の悪くなるような高揚感、それは劇作家ジャック・トランスのものというよりも、むしろ作中人物のデンカーにこそふさわしい反応だ。

あんたはぼくを憎んでいる——なぜなら知っているからだ……

なぜなら、なにを知っているから？

いったい自分がジョージ・ハットフィールドについてなにを知っているだろう？——そのためにジョージを憎むようなどんなことを？　ジョージに洋々たる前途があるということか？　ちょっとロバート・レッドフォードに似ていて、プールの飛込み台から、みごとな後方二回宙返りえび型でとびこむと、女生徒がみんなおしゃべりをやめて見まもるということか？　サッカーや野球をらくらくと、生まれつきの優雅さでやってのけるということか？

ばかばかしい。まったくばかげている。自分にはジョージ・ハットフィールドをうらやむ理由などなにもない。それさえなければ、ジョージがどんなに優秀な弁論家になれるかを知っているのだ。それに、もし自分がタイマーを進めたとしても――むろんそんなことは断じてないが――それは、自分やチームの他のメンバーが、ジョージの苦闘ぶりにいたたまれぬ思いをしているからにほかならない。ちょうど卒業式の答辞の途中で、生徒総代が絶句してしまったように、聞いているほうがむしろ身のちぢまる思いをしているのだ。もしも自分がタイマーを進めたとしても、それはたんに……ジョージをその苦境から救いだしてやらんがためにほかならない。

しかし自分はタイマーを進めなどしなかった。それははっきり断言できる。

一週間後、ジャックはジョージをチームから切り、そしてこのときは、よくおのれをおさえた。わめいたり、脅迫的な言辞を並べたてたりしたのは、ぜんぶジョージだった。さらに一週間後、討論演習の途中で、ワーゲンのトランクに入れ忘れてきた資料の束をとりに、駐車場へ出ていってみると、ジョージが長い金髪を顔になびかせ、片手に狩猟ナイフを握って、そこに片膝をついていた。そのナイフで、ワーゲンの右前輪をごしごし切っているところだったのだ。後輪はすでにふたつとも切り裂かれ、かぶとむしはぺちゃんこになったタイヤの上に、疲れた、小さな犬のようにうずくまっていた。

ジャックの目の前が真っ赤になった。そしてそのあとのことはほとんど記憶にない。覚えているのはただ、どうやら自分の喉から出ているらしい、ごろごろという濁ったうなり声だけ。「ようし、ジョージ、それがきさまの望むことなら、おとなしくここへきて、罰を受けるがいい」

ジョージがぎくっとして、おびえた目を見はったのは覚えている。そして、「トランス先生――」と言いかけたが、それはまるで、これはなにかのまちがいだ、すべては誤解だと言い訳したがっているかのようだった。自分がここへ出てきたときには、タイヤはすでにこうなっていた。そして自分は、たまたま持っていたこのナイフの先で、前輪の泥を落としてみようとしたにすぎない。そして――

ジャックはこぶしをかためてとびこんだ。どうやらにたにた笑っていたような気もするが、あまり確信はない。

とにかく、記憶にある最後の場面は、ジョージが手にしていたナイフをかざして、言っているところだ――

「それ以上近づかないほうがぶじだぞ……」

そしてつぎに気がついたときには、フランス語の教師のミス・ストロングが、ジャックの腕にしがみついて叫んでいた――金切り声で。「やめて、ジャック！　やめて！　殺してしまうわ！」

ジャックは目をぱちぱちさせて、ぼんやり周囲を見まわした。狩猟ナイフが四ヤードほど離れた駐車場のアスファルトの上で、無害に光っている。彼のフォルクスワーゲンが、彼のかわいそうなおんぼろかぶとむしが、真夜中の無謀な酔っぱらい運転に何度となく堪えてきた老兵が、破れた三つのタイヤの上にへたりこんでいる。フェンダーの右前側に新しいくぼみ、そのくぼみのまんなかに付着した、赤い塗料とも血とも見えるもの。一瞬、思考が混乱して、想念があの夜

（おい、たいへんだぞ、アル、轢いちまったぜ）

に飛んだ。それから、視線がジョージに移った。アスファルトの上に昏倒して、うつろな目をしばたたいているジョージ。ジャックの指導している弁論チームが全員、校舎からとびだしてきて、戸口にかたまってジョージを見つめている。ジョージの顔には血がついていて、それは頭部の浅い裂傷から流れでたものだが、それぼかりでなく、片方の耳からも血が出ていて、それはことによると脳震盪を意味するものかもしれない。ジョージが起きあがろうとするのを見て、ジャックはミス・ストロングの手をふりきると、そばへ近づいた。ジョージは身をすくめた。

ジャックは両手をジョージの胸にあてると、静かに押しもどした。「じっと寝てなさい。動いちゃいけない」

それから彼は、おびえた目でふたりを見まもっているミス・ストロングをふりかえった。

「すみません、校医を呼んできてください、ストロング先生」

彼女は向きなおって、事務室のほうへ駆けだしていった。ジャックは戸口にかたまった弁論

チームのほうへ目をやり、ひるむことなく一同を見まわした。なぜなら、すでにおのれをとりもどして、完全に事態を掌握していたし、そうしているかぎり、ヴァーモント州随一の善良な男にほかならなかったから。もちろん生徒たちもそのことは知っているはずだ。

「きょうはもう帰っていい」と、ジャックは穏やかに一同に言いわたした。「あすまたつづきをやることにしよう」

だが、その週の終わりまでに、彼の弁論チームはひとり減り、ふたり減りして、ついに六人もやめてしまっていた。そのうちふたりは、事件のあったそのときのクラスだ。だがそのころには、ジャック自身辞めてほしいと申しわたされていたから、むろんそれはたいした問題ではなかった。

それでも、なおかつジャックは、どうにか禁酒を守りきり、そんな自分をあっぱれだと思った。

それに彼は、ジョージ・ハットフィールドを憎んでいるわけでもなかった。それはぜったいにたしかだ。彼の行動は能動的なものではなく、外的な力が彼を動かしたのだ。

あんたはぼくを憎んでいる――なぜなら知っているから《﹅﹅﹅﹅﹅﹅﹅﹅﹅﹅﹅》だ……

だが彼はなにも知ってはいない。なにひとつ。全能の神の御前で誓ったっていい――けっしてタイマーを一分以上は進めなかった、そのことを誓うのとおなじに。しかもそれは憎しみからではない。憐みからだったのだ。

二匹のすずめばちが、屋根の雨押えの穴のそばを、のろのろと這いまわっていた。

それらが空気力学的に不合理な、だが奇体に能率的な翅をひろげて、大儀そうに十月の日ざしのなかに飛びたつまで、ジャックはじっと見まもっていた。おそらく、まただれかを刺そうとしているのだろう。神がかれらに針を与えたもうたからには、どうでもそれをだれかにたいして用いなくてはならないのだろう。

　はっとしてジャックはわれにかえった。いったいどのくらいここにすわりこんで、不愉快な奇襲軍がその底にひそんでいる穴をながめながら、古傷をつつきまわしていたのだろう？　腕の時計を見た。ほぼ半時間近くにもなる。

　ジャックは屋根の端まで後退すると、片足をそのふちからおろして、庇のすぐ下にある梯子の最上段をさぐりあてた。これからすぐ下へ降りて、資材小屋へ行き、ダニーの手が届かないよう高い棚の上に置いてある、殺虫ボンベをとってこよう。それをとってきて、またここにのぼる。そのときには、奇襲を食らうのはやつらのほうなのだ。あるいはまた刺されるかもしれないが、こっちだって刺しかえすことができる。彼はそれを信じて疑わなかった。いまから二時間後には、巣はただのくちゃくちゃに噛んだ紙のかたまりとなり、ダニーが望めば、部屋に置いてやれるまでになるだろう。ジャックも子供のころ、それを自室に置いていた。それはいつまでもかすかな木の煙と、ガソリンのにおいがしていたものだ。たとえベッドの頭のすぐそばに置いても、けっして害はない。

「おれはだんだん立ちなおってきてるぞ」

　自分自身の声――午後のしじまのなかで、いかにも落ち着いた口調で言われたその声は、たとえ声に出してしゃべるつもりはなかったにせよ、自信を与えてくれた。自分はたしかに立ちなおってきている。受動を卒業し、能動へ進むこと――かつては自分を狂気にまで追いやろうとしたものを、ときおりの学問的関心の対象でしかない中立的な目標として見ること、それは可能である。そして、もしもそれを葬り去ることのできる場所があるとしたら、ここここそまさにその場所だ。

ジャックは梯子を降りて、殺虫ボンベをとりにいった。きっとやつらに代償を払わせてやるぞ。自分を刺したことの代償を、かれらは支払うことになるのだ。

15

前庭で

ジャックは二週間前に、資材小屋で白塗りの大きな柳細工の椅子を見つけ、じつにもって醜悪だ、こんな醜悪なしろものはまだ見たことがない、というウェンディの反対を押しきって、それをポーチにひきずってきていた。いま、それに腰かけて、E・L・ドクトロウの『困難な時代を歓迎する』を感興をもって読んでいるとき、妻と子の乗ったホテルのトラックが車道に走りこんできた。

ウェンディはトラックを車回しに止め、勢いよくエンジンをふかしてから、イグニッションを切った。トラックの片方だけのテールライトが消えた。エンジンはそのあともしばらくぐるぐるとうなっていてから、やっと静かになった。椅子から立ちあがったジャックは、ゆっくりとふたりを迎えに降りていった。

「パパ、ただいま!」ダニーが叫んで、坂を駆けあがってきた。片手に箱を持っている。「見て、ママに買ってもらったんだ!」

ジャックは息子を抱きあげると、二度ふりまわしてから、音をたててくちびるにキスした。

「ジャック・トランス、現代のユージン・オニール、アメリカのシェークスピア!」と、ウェンディが笑いながら言った。「こんな寂しい山の上でお目にかかれるとは、奇遇ですこと」

「いやいや、俗世間の有象無象どもにうんざりしましたのじゃ、奥さん」そう答えて、ジャックは彼女に腕をまわした。ふたりはキスした。「どうだったい、買物は?」

「すてきだったわ。ダニーはしょっちゅうわたしの運転に文句をつけてたけど、それでも一度だってエンコなんかさせなかったのよ。それに……あら、ジャック、とうとうやったのね!」

彼女は屋根を見あげていて、ダニーもその視線を追った。ホテルの西の翼の真新しいふきたての屋根、ほかの部分よりも多少明るい緑のこけら板が目にとまったとき、その面をかすかなかげりが走った。だが、目を伏せて、その目が手に持った箱にとまると、顔はまた明るくなった。トニーがいつか見せてくれたホテルの光景は、夜には最初のときそのままの鮮明さでよみがえってきては、彼を悩ませるが、さんさんたる昼の光のもとでは、それを無視することもさほどむずかしくはない。

「見て、パパ、ねえ見て！」

ジャックは息子のさしだす箱をとりあげた。それはモデルカーで、かねてからダニーの垂涎《すいぜん》の的だったビッグ・ダディ・ロスの製品だった。モデルカーといっても、カリカチュアライズされていて、ダニーのは《ヴァイオレント・ヴァイオレット・フォルクスワーゲン》といい、箱の上には、五九年型キャディラック・クーペ・ド・ヴィルの長いテールライトをつけた、巨大な、紫色のワーゲンが、ダート・トラックを驀進しているさまが描かれている。ワーゲンには、サンルーフがついていて、下の運転席からそれを突き破ってにゅっと顔を出しているのは、かぎづめの生えた手でハンドルをわしづかみにし、とびだした目を血走らせ、偏執狂じみたにやにや笑いを浮かべて、とてつもなく大きなイギリスふうの騎手帽を後ろ前にかぶった、巨大な、いぼいぼだらけの怪物である。

ウェンディがほほえみながらこちらを見ているのに気づいて、ジャックはウィンクを返した。

「いいぞ、ドック、パパはおまえのこういうところが好きなんだ」彼は箱を息子に返しながら言った。「おまえの趣味は、おとなしくて、まじめで、内省的なものに向かっている。まちがいなくパパの子だ」

「ママがね、『ディック・アンド・ジェーン』の第一巻をぜんぶ読めるようになったら、パパがこれを組みたてるのを手つだってくれるって」

「というこことは、今週の終わりごろということになるな」ジャックは言った。

「ところで奥さん、あのすてきなトラックには、ほかになにが積んでありますので？」

「あら、だめよ、のぞいちゃ」ウェンディは彼の腕をつかんで、ひきもどした。「あなたへの贈りものがまじってるの。ダニーとわたしとで運びこむわ。あなたはミルクを運んでちょうだい。運転台の床にあるから」

「やれやれ、どうせわたくしの役目はそんなところで」ジャックはぴしゃりと手のひらでひたいをたたきながら叫んだ。「ただの荷馬車うま、いやしい畑仕事に迫われるけもの。これを運べ、あれを運べ、あっちへ行け、こっちへ行け」

「無駄口はよして、さっさとミルクを台所に運んでちょうだい」

「いや、これはひどい！」彼は声をはりあげて言うと、ぱっと地面に這いつくばった。ダニーは父を見おろして、くすくす笑った。

「さあお立ち、この雄牛さん」ウェンディが言って、運動靴の爪先でジャックをこづいた。

「聞いたか？」彼はダニーに呼びかけた。「ママはとうさんを牛と呼んだ。おまえが証人だ」

「証人だ、証人だ！」ダニーはぴょんぴょんはねまわりながら言うと、四つん這いになった父親を、幅跳びの要領でとびこした。

ジャックは半身を起こした。「それで思いだしたぞ、ぼうず。こっちもおまえに見せるものがあるんだ。ポーチの上の灰皿のそばに置いてある」

「なんなの？」

「忘れた。行ってみてごらん」

ジャックは立ちあがり、夫婦はそこに並んで立って、ダニーがまっしぐらに芝生を走ってゆき、ポーチの階段を二段ずつ駆けあがるのを見まもった。ジャックはウェンディの体に腕をまわした。

「しあわせかい、ベーブ？」

彼女はきまじめなまなざしで夫を見あげた。「結婚してから最高にしあわせよ」

「ほんとうかい？」

「誓ってほんとうよ」

彼はかたく彼女を抱きしめた。「愛してるよ」

感動して、彼女も腕に力をこめた。いまの言葉は、ジャック・トランスの場合、けっしておいそれと口にされる安い言葉ではない。結婚前と後をいっしょにしても、彼がそれを口にした回数は、両手の指で数えられるほどもあったかどうか。

「愛してるわ、わたしも」

「ママ！　ママ！」ダニーがポーチから興奮した声で呼んだ。「きてごらんよ！　すごいよ！　かっこいいんだから！」

「なんなの？」ジャックと手をつないで駐車場から歩きだしながら、ウェンディはたずねた。

「忘れた」ジャックは答えた。

「まあひどい。いいわ、見てらっしゃい、あとでひどい目にあわせてあげるから」ウェンディは肘で彼をこづきながら言った。

「今夜あたり、そうしてもらえないかと思っていたところさ」ジャックは言い、彼女は笑った。

一瞬おいて、彼はたずねた。「ダニーはしあわせだろうか——どう思う？」

「あなたこそ知ってるはずよ。毎晩、あの子が寝つく前に、ベッドで長いことお話してる相手はあなたじゃない」

「あれはたいがい、大きくなったらなにになるかとか、サンタクロースはほんとにいるのかといった問題さ。サンタのことは、このところあの子には大問題になってるんだ。どうやら、かつての親友のスコットが、よけいな考えを吹きこんだらしい。とにかく、この《オーバールック》に関しては、ぼくにはほとんどなんにも言わないよ」

「わたしにもよ」ウェンディは言った。ふたりはポーチの階段をあがろうとしているところだった。「でもね、それ以外のときにも、なんだかとてもおとなしいの。それに、このごろすこし痩せたみたい。ほんとうよ、ジャック、たしかにそう思うわ」

「ただ背がのびただけだろ」

ダニーは背中をこっちに向けていた。ジャックの椅子のそばにあるなにかを調べているようだが、ウェンディにはそれがなにか見えなかった。

「それにね、食もあんまり進まないの。以前はそれこそパワーシャベル並みに詰めこんでたのに。去年の食べっぷり、覚えてる？」

「ときには食が細くなることもあるさ」ジャックは漠然と言った。「たしかスポックでそんなことを読んだのを覚えてるよ。また七つにでもなれば、フォークを両手に握って食べだすようになるさ」

階段の最上段で、ふたりは立ち止まった。

「そればかりじゃないわ、読本を覚えるのに一生けんめいになりすぎてるみたい」ウェンディは言った。「わたしにはね、なんだかわたしたちを喜ばすため……あなたを喜ばすために、字を覚えたがっている、そんな気がするの」彼女はためらいがちにつけくわえた。

「なによりもまず、自分自身を満足させるためさ」ジャックは答えた。「ぼくはぜんぜんあいつの尻をたたいたりはしていないぜ。じつのところ、こんなにはやく進むのは、行きすぎじゃないかと思ってるくらいだ」

「ねえ、あの子のために、お医者さんの予約をとってきたと言ったら、ばかなことをしたと思う？　サイドワインダーに全科診療のお医者さんがいるの。若いけど評判はいいらしいわ。スーパーのレジのひとから聞いたんだけど――」

「きみは雪が降りだすことについて、いささか神経質になっているようだね？」

ウェンディは肩をすくめた。「かもね。もしばかげているとあなたが思うんなら――」

「そうは思わんさ。じっさい、どうせ予約するなら、ぼくら三人の分にしてもよかったくらいだ。完全に健康だという証明をもらえば、夜だって安心して眠れるというものさ」

「じゃあきょうの午後、さっそく申しこむわ」ウェンディは言った。

「ママ！　ねえ見て、ママ！」

ダニーが両手でなにか大きな灰色のものを持って駆けてきた。一瞬、それが脳髄のように見えて、ウェンディはぞっとしたが、それが実際はなんであるかに気づくと、本能的に身をすくめた。

ジャックが腕を彼女にまわした。「だいじょうぶだよ。巣に残ったやつは、よくふるいおとしておいたから。例の殺虫ボンベを使ったんだ」

ウェンディは息子がさしだしている巨大なすずめばちの巣を見おろしたが、手を触れようとはしなかった。「ほんとにだいじょうぶなんでしょうね？」

「だいじょうぶだとも。ぼくなんか、子供のころに、部屋に置いてたくらいだぜ。親父がとってくれたんだ。おまえも部屋に置きたいかい、ダニー？」

「うん！　すぐにね！」

言うなりダニーは背を向けて、両開きのドアから奥に駆けこんだ。大階段に、くぐもった足音が響くのが聞こえた。

「じゃあやっぱり屋根にすずめばちがいたのね。刺されなかった？」ウェンディがたずねた。

「さてと、ぼくの名誉戦傷章はどこだっけな」そう言いながら、ジャックは指を見せた。腫れはすでにひきはじめていたが、ウェンディは大袈裟に身ぶるいしてみせ、軽く、ちょんとそれにキスした。

「針は抜きとったの？」

「すずめばちは針を残さないんだ。残すのは蜜蜂だよ。さかとげのある針を持っているからね。

すずめばちの針にはそれがない。だからこそ危険なのさ。何度もくりかえして刺すことができるからね」

「ジャック、ほんとうにあれをあの子に持たせてもだいじょうぶなの？」

「殺虫ボンベの説明書どおりにやったからね。それによると、どんな虫でも二時間以内に死ぬことが保証されている。そしてそのあとは、いかなる残留物も残さずに消散する」

「嫌いだわ、わたし」ウェンディはつぶやいた。

「なにが……すずめばちがかい？」

「なんでも、刺すものがよ」彼女は言い、腕を組んで、胸を抱きかかえた。

「ぼくだってさ」そう言って、ジャックは彼女を抱きしめた。

16

ダニー

廊下の先の寝室で、ジャックが階下から運びあげたタイプライターが、三十秒ほど、勢いよく鳴り響き、そのあと二、三分沈黙してから、また急霰のような音をたてるのをウェンディは聞いていた。それはさながら、ひとつだけ孤立したトーチカから撃ってくる、機関銃の音を聞いているようだった。彼女の耳には、それは妙なる楽の音だった。結婚二年目に、例の短編が《エスカイア》に売れたとき以来、ジャックのタイプライターがこんなに快調に鳴っていたことはない。ジャック自身も、よかれあしかれ、この戯曲は年末までには完成し、そのあとはまた新しい作品にとりかかれるだろうと言っている。かりにフィリスがその原稿を出版社に持ってまわったとき、ぜんぜん反響がなかったとしてもかまわない、たとえ『小さな学校』が、なんの痕跡も残さず、どこかに埋没してしまったとしてもかまわない、そうも言っていて、ウェンディはその言葉もまた信じている。彼が書いているという行為そのものが、かぎりない希望を与えてくれるのだ。その戯曲に多くを期待しているからではなく、それによって夫が、部屋いっぱいの怪物どもの目の前で、巨大な扉を徐々にたてきろうとしているように思えるからである。これまで長いあいだ彼は、その扉に肩をあてたままためらっていたが、いまようやく、それがしまりはじめたのだ。

タイプのキーのひとつひとつが、それをすこしずつとざそうとしている。

「ごらん、ディック、ごらん」

ダニーはすりきれた初等読本巻一の上にかがみこんでいた。読本は五冊あって、ジャックがボールダーの古本屋という古本屋を容赦なくひっかきまわして捜してきたものだが、これをぜんぶ終えれば、二年生程度の読み書きの能力がつくはずで、ウェンディに言わせると、これはちょっと野心的すぎるカリキュラムのように思われる。たしかに、彼女の息子は利口な子ではあるが、あまりに欲ばって、先へ進ませることばかり考えるのはまちがっている。これにはジャックも同意見だった。子供の尻をたたくような真似だけはぜったいにすまい。しかし、本人ののみこみがはやくて、どんどん先へ進みたがるようなら、こちらもそれだけの用意はしておかねばならない。そしていま彼女は、この点でもまたジャックが正しかったのではないかと思いはじめていた。

これまで四年間、『セサミ・ストリート』を見、三年間は『エレクトリック・カンパニー』も見て、基礎的な力を養ってきたダニーは、ほとんど空恐ろしいほどのはやさで読本を消化しているようだった。それが彼女には気になった。いまダニーは、鉱石ラジオとバルサ材のグライダーを、頭の上の棚にきちんと並べ、その下で、まるで字を覚えることに人生のすべてがかかっているように、その無味乾燥な薄い本の上にかがみこんでいる。両親が彼の部屋に入れてやった、首が自由に曲がる電気スタンドが、すぐ間近から照らしているその暖かそうな光のもとでながめると、彼の小さな顔はひどく緊張して、青ざめて見える。このことを、しごく真剣に受け取っているのだ――読むことと、毎日午後に父のつくってくれた練習帳で、字の練習をすることを。練習帳の一ページには、りんごと桃の絵が描かれている。その下に、ジャックの大きな、きちんとした書体で、〝りんご〟という単語。正しいほうの絵、単語と一致するほうの絵が丸でかこんである。そしてダニーは、一心不乱に単語と絵を見くらべながら、くちびるを動かし、それを発音し、文字どおりひたいに汗して、その単語を記憶する。こうしていまでは、ぽっちゃりした右手に太い赤い鉛筆を握って、ほぼ四十語近い単語をつづれるようになっていた。

いまその指が、読本の文字の下をゆっくりとなぞっていた。その上には、ウェンディもかすかに覚えている絵——十九年前の小学校時代の記憶に、おぼろげに残っている絵が描かれている。茶色の縮れ毛をした笑顔の少年。短いドレスを着て、金髪の巻き毛をたらし、片手に縄跳びの縄を持っている少女。赤い大きなゴムまりを追って、はねるように走ってゆく子犬。一年生のおなじみ三人組。ディック、ジェーン、そしてジップ。

「ジップの走るのをごらん」ダニーがゆっくりと読んだ。「走れ、ジップ、走れ。走れ、走れ、走れ」ここでためらって、とある一行の下に指を置いた。「……をごらん」姿勢がますます低くなり、鼻がページにくっつきそうになった。「……をごらん」

「そんなにかがみこんじゃだめよ、ドック」ウェンディはやさしくたしなめた。「目を悪くするわ。その単語はね——」

「言わないで！」はじかれたように身を起こして、ダニーは叫んだ。いっぱいに緊張感をはらんだ声。「言わないでよ、ママ。ぼく、読めるんだから！」

「いいわよ、ダニー」彼女は言った。「でも読めなくてもいいのよ。ほんとにたいしたことじゃないんだから」

聞き流して、ダニーはまたもかがみこんだ。その真剣な表情は、どこかの大学の卒業試験場でお目にかかるほうが、よりふさわしい。ウェンディはいよいよ気が重くなった。

「ブ……をごらん。ブ。アウ。エル。エル。ブアウ＝エル＝エルをごらん？　ブアウルをごらん。ボールだ！」だしぬけに、意気揚々と。激しく。その激しさは、ウェンディをぎくりとさせた。「ボールをごらんだ！」

「そうよ」ウェンディは言った。「さあ、今夜はそれくらいでいいでしょ」

「あと二ページくらい。だめ、ママ？　いいでしょ？」

「だめよ、ドック」彼女は断固としてその赤い表紙の本をとじた。「もう寝る時間よ」

「ねえ、いけない？」

「おねだりはだめよ、ダニー。ママは疲れたわ」

「はあい」それでもなお名残り惜しげに読本を見ている。

「さあ、おとうさんにキスして、トイレへ行ってらっしゃい。歯を磨くのも忘れずにね」

「うん」

　ダニーはのろくさした動作で出ていった。足まですっぽりくるまるパジャマのズボンと、胸にフットボールの絵が、背中に《ニュー・イングランド・ペイトリオッツ》の文字がある、だぶだぶのフランネルの上着を着た、まだ幼い男の子。

　ジャックのタイプライターの音が止まり、ダニーが音高くキスするのが聞こえた。

「おやすみ、パパ」

「おやすみ、ドック。どうした、つまらなそうな顔して」

「ううん、べつに。ママがもうやめなさいって」

「ママの言うとおりだ。もう八時半を過ぎてる。トイレに行くのか？」

「うん」

「よし。見ろ、おまえの耳の穴からじゃがいもが生えてるぞ。それに、玉ねぎやら、にんじんやら、えぞねぎやら——」

ダニーのうふふと笑う声が遠のき、浴室のドアがかちりとしまる音とともに、それがとぎれた。ジャックもウェンディも、その点ではあまりかまわないのにひきかえ、ダニーはいつも浴室のドアをきちんとしめて用を足す。ここにもまたひとつの徴候がある——そしてそれはだんだん増してゆくようだ——この家のなかに、まったくべつの人間がいる。夫婦のどちらかのカーボン・コピーでもなく、ふたりの組合せでもない人間が。それがすこしばかりウェンディには悲しかった。いつの日か、息子は彼女にとって見知らぬ人間になり、彼女は息子にとって見知らぬ人間になる……だが、母が彼女にとってそうだったほどには、遠い存在にはなるまい。おお神よ、どうかそんなふうにはなりませんように。成長してのちも、あの子が母を愛してくれますように。

ジャックのタイプライターがまた断続的に鳴りだした。

いまだにダニーの机のそばにすわったまま、ウェンディは目を室内にさまよわせた。グライダーの翼は、すでに手ぎわよく修理してある。机の上には、絵本や、塗り絵の本や、表紙の半分とれかけた、古いスパイダーマンのコミックブックや、クレヨンの箱や、リンカーン・ロッグの山などが、雑然と積んである。これらのがらくたとはべつに、例のフォルクスワーゲンのモデルカーは、いまだにプラスティック・フィルムで密封包装されたまま安置されている。もしダニーがいまのペースで進めば、あすの晩かそのつぎの晩には、父親とそれを組みたてることになり、週末などという見通しは吹っ飛んでしまうだろう。その向こうの壁には、ダニーの描いた熊のプーさんと、イーヨーと、クリストファー・ロビンの絵が、きちんと画鋲で留めてある。もうじきこれも、裸の女の子のピンナップや、マリファナを吸うロック歌手たちの写真にとってかわられてしまうことだろう。無知から経験へ。それが人間性というものだ。だが、そう思っても、それは悲しいことだった。来年にはダニーは学校へあがり、すくなくとも彼の半分は——ひょっとするとそれ以上もが——友達にとられてしまうことになる。ストーヴィントンで、しばらく事態が好転したかに見えたとき、彼女とジャックは、もうひとり子供を生むことにきめた。だが、いまはまたピルのお世話になっている。あまりにも状況が不安定だからだ。九カ月後に自分たちがどうなっているか、それすらわからない。

ウェンディの目はすずめばちの巣に落ちた。

それは、ダニーの部屋のなかでは最高の位置を占めていた。ベッドサイド・テーブルの上の、大きなプラスティックの皿に鎮座ましましている。虫がもういないことはわかっていても、やはり見て楽しいものではない。漠然と、黴菌がいはしまいかと考え、ジャックに訊いてみようかと思ったが、結局、笑いとばされるのがおちだと考えて、やめにした。とはいえ、あす医者に行って、医師がジャックを送りだしてくるところをつかまえられたら、訊いてみることにしよう。とにかく、見知らぬ生物の大群の、咀嚼と唾液とによってできたそのものが、眠っている息子の頭から、一フィートとないところに置いてあるというのが、どうにも気に食わないのだ。

浴室では、いまだに水の流れる音がしていた。立ちあがると、異常がないかどうかたしかめるために、ウェンディは大きなほうの寝室へはいっていった。ジャックは顔もあげなかった。創作の世界に没頭しているのだろう。フィルターつきの紙巻きをくわえたまま、タイプライターを睨んでいる。

彼女はとじた浴室のドアを軽くノックした。

「だいじょうぶ、ドック？　眠っちゃったんじゃない？」

返事なし。

「ダニー？」

やはり返事なし。ウェンディはドアの把手をためしてみた。錠がおりている。

「ダニー？」いまや不安にかられはじめていた。流れつづける水の音だけして、ほかにはなんの音もしないというのは、不安をかきたてるのにじゅうぶんだ。

「ダニー？　ドアをおあけなさい、ダニー」

返事なし。

「ダニー！」

「いいかげんにしろよ、ウェンディ。一晩じゅうドアをがんがんやってるつもりか？」

「ダニーがなかにとじこもったきり、呼んでも返事をしないのよ！」

ジャックはいらだった表情で席を立ってくると、一度だけ、強く浴室のドアをノックした。

「あけろ、ダニー。ふざけてるときじゃないぞ」

返事なし。

ジャックはさらに強くノックした。

「ふざけるのはやめろ、ドック。寝る時間はわかってるだろう。いますぐあけないとお仕置きだぞ」

癇癪を起こしかかっている、そう思って、ウェンディはいっそう不安になった。二年前のあの夜以来、癇癪を起こしてダニーに折檻を加えたことはないが、いまの口調からすると、それに近づきかけているようすだ。

「ダニー、ねえダニー――」ウェンディは呼びかけた。

依然として答えなし。ただ水の流れる音がするだけ。

「ダニー、もしこのドアを押し破ってはいるようなことにでもなったら、いいか、一晩じゅううつぶせに寝かせるぞ」ジャックが警告した。

反応なし。

「破ってちょうだい」ウェンディは言った。急に口をきくのが困難になっていた。「急いで」

ジャックは片足をあげると、ドアのノブの横を強く蹴りつけた。錠前はやわだった。ただの一蹴りでこわれて、ドアはがたんとひらき、内側のタイル張りの壁にぶつかって、半分ほどはねかえった。

「ダニー！」ウェンディは悲鳴をあげた。

水が激しく洗面台にほとばしっていた。そのそばに、キャップをとった歯磨きのチューブ。ダニーは、奥の浴槽のふちに腰かけていた。ぐんにゃりした左手に歯ブラシを握り、口のまわりにうっすら歯磨きの泡がついている。目は、忘我状態にあるように、洗面台の上の薬品戸棚に張られた鏡を見つめ、顔には、麻薬中毒そのままのひきつった表情。とっさにウェンディが考えたのは、なにか癲癇性の発作でも起こしたのではないか、ひょっとして舌をのみこんでしまったのではないかということだった。

「ダ、ダニー！」

答えはなかった。かわりに、ごろごろという音がダニーの喉からもれた。

つぎの瞬間、ウェンディは強く押しのけられて、タオル掛けにぶつかった。そしてジャックがダニーの前にひざまずいていた。

「ダニー」彼は呼んだ。「ダニー、ダニー！」そしてダニーのうつろな目の前で、ぱちんと指を鳴らした。

「あ、はあ」ダニーが言った。「トーナメント。ローク。ストローク。ヌルルルルル……」

「ダニー——」

「ローク！」ダニーの声がふいに低くなり、ほとんどおとなの声のようになった。「ローク。ストローク。ロークの槌には……ふたつの面がある。ガアァァァァ——」

「おおジャック、いっ、いっ、いったいどうしちゃったの？」

ジャックは息子の両肘をつかむと、強く揺さぶった。ダニーの頭が、棒の先の風船のように、ふらりと後ろにのけぞり、ついで前にたれた。

「ローク。ストローク。レドラム」

ジャックはまた揺さぶった。と、ふいに、ダニーの目がはっきりした。歯ブラシが手から落ち、軽いかちんという音とともにタイルの床にころがった。

「なに？」ダニーは周囲を見まわしながら言った。父が前にひざまずき、母が壁ぎわに立っている。「なんなの？」しだいに不安になりながら、ダニーは問いかけた。「ねえ、い、い、いったいど、ど、ど――」

「どもるな！」ふいにジャックが真正面から彼をどなりつけた。ダニーは驚きの声をあげると、体をこわばらせて父の手からのがれようとし、それからわっと泣きだした。ジャックは愕然として、急いで息子をひきよせた。「おおダニー、ごめんよ、ドック。悪かったな。泣くな。ごめんよ。だいじょうぶだ」

水は依然としてとめどなく洗面台に流れおち、一瞬ウェンディは、なにかぎりぎりと回転する悪夢に巻きこまれてしまったような気がした。そこでは時間が逆行していた。逆行して、いつしかあの瞬間――酔った夫が息子の腕を折り、そのあと、いまとほとんどおなじ言葉で、弱々しくあやまっていた瞬間にもどっていった。

（おおダニー。ごめんよ。ごめんよ、ドック。悪かった。すまなかったな）

ウェンディはふたりのところへ駆けよると、どうにかジャックの腕からダニーをひきはなした（その瞬間、ジャックの腹だたしげな非難の表情が目に焼きついたが、そのことはあとで考えることにして、あえて心からしめだした）。そして自分の腕にダニーを抱きあげると、両腕で首にしがみついてくるダニーを抱いたまま、ジャックをうしろにしたがえて、小さいほうの寝室にもどった。

ダニーのベッドに腰かけると、意味のない言葉でくりかえしくりかえし彼に話しかけながら、赤ん坊をあやすように揺すってやった。目をあげると、ジャックと視線が合ったが、いまはその目には懸念の色があるのみだった。彼は問いかけるように眉をあげてみせ、彼女はかすかに首を振った。

「ダニー。いいのよ、ダニー、さあさあ、落ち着いて。だいじょうぶよ、ドック。なんでもないんだから」

しばらくすると、ようやくダニーは落ち着いて、彼女の腕にかすかなふるえが伝わってくるだけになった。だがそれでいて、彼がまず話しかけたのはジャックだった。いまではふたりと並んでベッドに腰かけているジャックに、ダニーはまず話しかけ、ウェンディはおなじみの嫉妬

（ジャックが先、そう、いつだってジャックが先なのだ）

のうずきを感じた。ジャックはダニーをどなりつけた。自分は彼を慰めてやった。なのにやはり父親のほうが先なのだ、ダニーが声をかけるのは――

「ぼく、悪いことしたんだったら、ごめんなさい」

「なにもあやまることはないんだよ、ドック」ジャックは彼の髪をなでた。「いったいあそこ

でなにがあったんだい？」

ダニーはぼんやりした表情で、のろのろと首を振った。「ぼく……わかんない。どうしてパパ、ぼくにどもるなって言ったの？　どもりなんかしないのに」

「もちろんそうだとも」ジャックは大きくうなずきながら言ったが、ウェンディは冷たい指で心臓をさわられたような気がした。ジャックもまるで幽霊でも見たように、ふいにおびえた表情をした。

「なにかタイマーのことが……」ダニーがつぶやいた。

「なに？」ジャックが身をのりだし、ダニーは母の腕のなかですくみあがった。

「ジャック、この子、おびえてるわよ！」ウェンディの声は、しぜんにかんだかく、非難がましくなった。ふいに、自分たちはみんなおびえている、という考えが頭をかすめた。だが、なにに？

「わかんない。わかんないよ」ダニーが父親にむかって言っていた。「なんて……なんて言ったの、ぼく？」

「なにも言いやしないよ」ジャックはつぶやいた。そして腰のポケットからハンカチを出すと、それでくちびるを拭った。一瞬ウェンディは、またあの、時が逆もどりしてゆくという不快な感じを味わった。よく覚えているが、それはジャックの飲酒時代の癖だったのだ。

「ねえダニー、どうしてドアをロックしたの？　どうしてあんなことをしたの？」彼女はやさしくたずねた。

「トニーなんだ」ダニーは答えた。「トニーがそうしろって言ったんだよ」

ふたりは息子の頭ごしに目を見あわせた。

「なぜそうするのか、トニーは言ったかい？」ジャックが穏やかにたずねた。

「ぼく、歯を磨いてたんだ。そして読む練習のこと、考えてた」ダニーは言った。「うんと強く考えたんだ。そしたら……そしたら、トニーが鏡のなかにいるのが見えた。やっぱりぼくにもう一度見せてやらなくちゃ、そう言った」

「トニーがあんたの後ろにいたの？」ウェンディはたずねた。

「いいや、鏡のなかだよ」ダニーは強くその点を強調した。「鏡のずうっと奥にいたんだ。それからぼくも鏡を通り抜けた。つぎに気がついたら、パパがぼくを揺さぶってて、ぼく、また悪いことをしたんだなって気がついたんだ」

ジャックは頬を打たれでもしたようにたじろいだ。

「いや、ドック、悪いことなんかしてないさ」と、彼は静かに言った。

「トニーがあんたにドアをロックするように言ったのね？」ウェンディはダニーの髪をかきあげてやりながらたずねた。

「うん」

「で、彼が見せたがってたものって、なんだったの？」

ダニーは母の腕のなかで身をこわばらせた。まるで、全身の筋肉が、なにかピアノ線のようなものに変わってしまったようだった。「覚えてない」彼は混乱したようすで言った。「覚えてないんだ。訊かないで。なん……なんにも覚えていないんだから！」

「さあさあ」ウェンディはあわてて制すると、また揺さぶってやりはじめた。「いいのよ、覚えていないんなら。むりに思いださなくてもいいのよ」

ようやくまたダニーの緊張がほぐれてきた。

「しばらくママにいっしょにいてほしい？　ご本でも読んであげましょうか？」

「ううん。ただナイトランプだけつけといて」ダニーははにかんだように父親を見た。「パパ、いっしょにいてくれる？　ちょっとでいいからさ」

「ああいいとも、ドック」

ウェンディは溜息をついた。「じゃあわたしは居間に行ってますからね、ジャック」

「オーケイ」

彼女は立ちあがり、ダニーが毛布の下にもぐりこむのを見まもった。その姿はひどく小さく見えた。

「ほんとにだいじょうぶね、ダニー？」

「だいじょうぶだよ。スヌーピーのプラグだけさしてってくれる、ママ？」

「ええ」

彼女は常夜灯のプラグをさしこんだ。ランプには、犬小屋の屋根で眠りこけているスヌーピーが描かれている。この《オーバールック》に移ってくるまでは、ダニーは一度だって常夜灯がほしいなどと言ったことはなかった。そしてそれをほしがったとき、とくにそのスヌーピーのついたのをせがんだのだ。ウェンディはスタンドと天井灯を消すと、もう一度ふたりをふりかえった。ダニーの顔の小さな白い楕円と、それをのぞきこんでいるジャックの顔。一瞬ためらってから、彼女は
（それからぼくも鏡を通り抜けたんだ）

そっと部屋を出た。

「眠いかい？」ダニーのひたいから髪をかきあげてやりながら、ジャックはたずねた。

「うん」

「水、飲むかい？」

「ううん……」

沈黙が五分間ほどつづいた。ダニーはいまなおジャックの手の下でじっとしている。しばらくして、ようやくまどろみはじめたと見て、そっと立って出てゆこうとしたとき、ダニーがうわごとのように言った――

「ローク」

ふいに身内が空白になった思いで、ジャックはふりかえった。

「ダニー――？」

「ねえパパ、パパはママをいじめたりなんかしないよね？」

「もちろんさ」

「ぼくのことも？」

「ああ」

また沈黙――はてしなくつづいて。

「パパ？」

「なんだい？」

「トニーがね、きたんだ。そしてロークのこと、話してくれたの」

「ほう？　なんて言ったんだい？」

「よく覚えてない。ただ、イニングごとに攻守が替わるってことだけ。野球みたいにね。おかしいよね？」

「そうだな」心臓が鈍く胸のなかで鼓動していた。どうしてこの子がそんなことを知りえたのだろう？　たしかにロークはイニング制で戦われる――野球みたいに、ではなく、クリケットみたいに、だが。

「パパ……？」ダニーはほとんど眠りかけていた。

「なんだい？」

「レドラムって、なに？」

「赤い太鼓《レッド・ドラム》？　なんだかインディアンがいくさに行くときに持っていきそうだな」

沈黙。

「どうした、ドック？」

だがダニーはすでに寝いっていて、長い、ゆっくりした寝息が聞こえた。ジャックはすわってしばらくその寝顔をながめ、愛情が津波のように身内にあふれるのを感じた。なぜこんなかわいい子をどなりつけたりしたのだろう？　ああいう場合、子供が軽くどもるのは、いたって自然なことだ。ダニーは忘我状態、もしくはある種の奇怪な幻覚からさめようとしていた。そういうときにどもるのは、完全に自然なことではないか。完全に。それに、タイマーなども言いはしなかった。あれはなにかべつの言葉だ。意味のない、なんとなく口走っただけの言葉だ。

　どうしてダニーは、ロークがイニング制で戦われるということを知ったのだろう？　だれかが教えたのだろうか？　アルマン？　ハローラン？

　ジャックは自分の手を見おろした。それは緊張感からかたいこぶしに握りしめられていて

（えいくそ、こんなときに一杯やれたら）

　爪が小さな焼きごてのように、手のひらの肉に食いこんでいる。のろのろと、彼はむりにその手をひらいた。

「愛しているよ、ダニー。神様に誓ってそれはたしかだ」そっとささやいた。

　それから部屋を出た。おれはまた癇癪を起こした。わずかなあいだだが、それでも、胸をむかつかせ、不安をいだかせるにはじゅうぶんだ。こんなとき、酒はその不快感を鈍磨させてくれる。そうだとも。酒はそれを鈍磨させ

（なにかタイマーのこと）

他のすべてを鈍磨させる。その言葉には、ぜったいに聞きちがいはなかった。ぜったいに。

一語一語がまるで鐘の音のように明瞭に聞こえた。ジャックは廊下の途中で立ち止まり、ふりかえった。そして無意識にハンカチでくちびるを拭った。

ふたりの姿は、薄暗い常夜灯の光のもとで、黒いシルエットにしか見えなかった。パンティだけを身につけたウェンディがベッドに近づいて、ダニーのはねのけた毛布をかけなおしてやった。ジャックは部屋の入り口に立って、彼女が手首の内側でダニーのひたいに触れるのを見まもった。

「熱はあるかい？」

「いいえ」彼女は息子の頬にキスした。

「ちょうどよかったよ、医者の予約をとってきてくれて」戸口へひきかえしてくる妻に、ジャックは言った。「その医者、こういったことに詳しいんだね？」

「スーパーのレジのひとは、いいお医者さんだって言ってたわ。それだけよ、わたしの知ってるのは」

「もしも、どこかおかしいとわかったら、きみとダニーを、きみのおかあさんのところへ行かせようと思ってるんだ」

「いやよ」

「きみの気持ちはわかってるけどね」彼は片腕を彼女にまわした。

「わかるもんですか、わたしが母のことをどう思ってるか」

「ウェンディ、おかあさんのところ以外に、きみを行かせられるところはないんだ。わかってるだろう」

「あなたがいっしょにくるなら──」

「この仕事を失えば、ぼくたちは終わりだ。それも知ってるだろう」ジャックは簡潔に言った。

ウェンディのシルエットがのろのろとうなずいた。たしかにそれはわかっている。

「はじめにアルマンの面接を受けたとき、ぼくはあいつが嫌味を言ってるだけだと思った。だがいまは、その考えがぐらつきだした。やっぱりあいつの言うとおり、きみたちを連れてくるべきじゃなかったかもしれん。なにしろ、いちばん近い町まででも、四十マイルはあるんだからね」

「あなたを愛してるのよ」ウェンディは言った。「そしてダニーは、もしそういうことがありうるなら、わたしよりももっと愛してる。だからジャック、あなたによそへやられれば、あの子は悲しみで心が張り裂けるわ。ほんとうよ」

「そんなふうに言われると困るな」

「あす、どこか悪いという診断が出たら、わたし、サイドワインダーで仕事を捜すわ」彼女はつづけた。「もしサイドワインダーで見つからなければ、ダニーとふたりでボールダーへもどる。でもね、おかあさんのところへは行かないわよ。いまみたいな状態じゃ、行けないわ。理由は訊かないでちょうだい。とにかく……行けないんだから」

「わかるよ。元気をお出し。べつになんでもないかもしれないんだから」

「ええ」

「約束は二時だったっけ？」

「そうよ」

「寝室のドアはあけとくことにしようか」

「ええ。でも、たぶんこのまま朝まで眠ると思うわ」

だがそうではなかった。

どぉん……どぉん……どぉんどぉんどぉんどぉん——その重い、破壊的な、腹に響くような音をのがれて、彼は曲がりくねった、迷路のような廊下を逃げまわった。厚いパイルの青と黒のジャングルの上で、素足がひそやかな音をたてる。背後のどこかで、重いロークの槌がどすんと壁に打ちあてられるたびに、悲鳴をあげたくなる。だが、あげるわけにはいかない。ぜったいに声をたててはならない。声をたてれば、居場所が知れてしまい、そしてそのあとに待っているのは

（そのあとに待っているのは、**レドラム**）

（出てこい、出てこい、出てきてお仕置きを受けるんだ、この泣き虫のくそったれめ！）

ああ、聞こえる、声の主が近づいてくるのが。彼を捜して近づいてくる。どことも知れぬブルー・ブラックのジャングルをうろつく虎のように、廊下を近づいてくる。虎——人食い虎。

（出てこい、このちびのくたばりぞこないめ！）

なんとか下へ降りる階段にたどりつけさえしたら。この恐ろしい二階から抜けだせさえしたら。あのエレベーターでもかまわない。忘れているなにかを思いだすことさえできれば。あたりは暗く、そのうえ、恐怖のために方向感覚が失われている。やみくもに廊下を曲がり、また曲がった——ひとつ曲がるごとに、いつあの恐ろしい人間虎と、出あいがしらにぶつかるかもしれないとびくびくしながら、熱い氷のかたまりのような心臓が、口のなかにとびだしてきそうになるのを必死にこらえて。

どすんどすんという音は、いまやすぐ背後にまで迫っている。あのぞっとする、しわがれた叫び声も。

木槌の頭がひゅっと空を切り

（ローク……ストローク……ローク……ストローク……レドラム）

そして壁を打つ音。ジャングルの絨毯を踏むひそやかな足音。苦いジュースのように、口のなかにあふれてくるパニック。

（忘れていることを思いだすのだ……だが思いだせるだろうか？　なんだったろう、それは？）

またひとつ角を曲がったとたん、総毛だつようなおそろしい戦慄が襲ってきた。袋小路に迷いこんでしまったのだ。三方から、錠のおりたドアがしかめつらで見おろしてくる。西の翼だ。西の翼にきてしまったのだ。そして建物の外では、荒れ狂う吹雪——泣き叫び、うめき、雪で詰まった暗い喉をぜいぜいいわせて、いまにも窒息しそうにあえいでいる吹雪。

恐怖にすすり泣きながら、彼は壁ぎわまであとずさった。罠に落ちたうさぎのように、心臓が激しくおののいている。波線状の浮きだし模様のある、淡青の絹張りの壁に背中がくっついてしまうと、膝から力が抜けて、そのままずるずると絨毯の上にすわりこみ、蔓草や蔦のジャングルに両手をついて這いつくばった。呼吸がぜいぜいと音をたてて喉を上下した。大きくなる。だんだん音が大きくなる。

廊下には虎がいる。その虎はいままさに角を曲がろうとしている――いまなおあのかんだかい、怒りっぽい、狂気に似た咆哮を発しながら、ロークの槌をびゅんびゅんふりまわして。なぜならこの虎は、二本の脚で歩行する虎だから。そしてその正体は――

ふいに彼は目をさますと、はっと息をのみながらベッドにはねおきた――大きく見はった目で闇を凝視し、両手を顔の前で交差させて。

その手のいっぽうに、なにかが。うごめいている。

すずめばち。三匹いる。

そのときかれらが刺した。三匹がいっぺんに刺したらしい。そして刺された瞬間、あらゆるイメージがばらばらになり、暗い奔流となって降りそそいでき、彼は闇にむかって悲鳴をあげはじめた――左手にしがみついているすずめばちが、くりかえしくりかえし刺してくるのを追うすべもなく。

明りがぱっとともり、ショーツだけをはいたパパが目を怒らせて戸口に立った。その後ろに、眠そうな顔に驚きの色を浮かべたママ。

「これを追っぱらって！」ダニーは悲鳴をあげた。

「なんてこった」ジャックはつぶやいた。見たのだ。

「ジャック、どうしたの？　ねえ、どうしたのよ？」

ジャックは答えなかった。まっすぐベッドに走りよると、ダニーの枕をつかみあげ、ダニーがふりまわしている左手にそれをたたきつけた。二度。三度。なにかのろのろした虫のようなものが、ぶうんと音をたてて空中に舞いあがった。

「雑誌を持ってこい！　たたき殺すんだ！」肩ごしにジャックがどなった。

「すずめばち？」ウェンディは言い、そしてつかのま、自分自身の内部にいて、ほとんど第三者のような冷静さで認識していた。心が斜めにゆがんで、知識がじかに感情とつながっている。「やっぱりすずめばちなのね。だから言ったじゃないの、ジャック。なのにあなたったら――」

「うるさい、つべこべ言わずにそいつらを殺せ！」ジャックは怒号した。「さっさと言われたとおりにするんだ！」

すずめばちのうちの一匹は、ダニーの机の上にとまっていた。ウェンディはデスクから塗り絵の本をとると、それをすずめばちにたたきつけた。蜂は粘り気のある茶色のしみを残してつぶれた。

「もう一匹はカーテンにいる」そう言い捨てて、ジャックはダニーを抱いて彼女のそばを走りぬけた。

息子を夫婦の寝室に運びこむと、急造のダブルベッドの、ウェンディの側に寝かせた。

「ここでじっとしてなさい、ダニー。いいと言うまで、きちゃいけない。わかったな？」

腫れぼったい顔に涙の筋をつけて、ダニーはうなずいた。

「よし、おまえは強い子だ」

ジャックは階段にむかって廊下を駆けだした。背後で二度、塗り絵の本がたたきつけられる音がし、それから、妻の苦痛の悲鳴が聞こえた。それでも彼は足をゆるめず、階段を二段おきに暗いロビーへ駆けおりた。アルマンの部屋を通って調理場に行こうとしたとき、太腿をしたたか支配人のオーク材のデスクの角にぶつけたが、それすらほとんど意識しなかった。台所の天井灯をつけると、流しに走りよった。夕食に使って、ウェンディが水切り台にのせた皿が、まだそのままになっている。その山から、大きな耐熱ガラスのボウルをひっつかんだ。一枚の皿が床に落ち、砕け散った。ふりかえりもせず、ふたたび支配人室を駆けぬけて、階段を駆けあがった。

ウェンディはダニーの部屋の外に立って、肩で息をしていた。テーブルクロスの色そっくりの顔をしている。目はぎらぎらして、そのくせうつろだ。湿った髪がうなじにへばりついている。「三匹ともやっつけたわ」と、抑揚のない調子で言った。「でも、三匹目のに刺されちゃった。ジャック、あなた、ぜんぶ死んだと言ったはずよ」彼女はすすり泣きはじめた。

ジャックは答えずにかたわらをすりぬけると、パイレックスのボウルをかざして、ダニーのベッドに歩みよった。巣は静まりかえっている。なにも動くものはない。すくなくとも外側には。彼はガラスの鉢をしっかりとその巣にかぶせた。

「これでいい。おいで」彼は言った。

ふたりは寝室にもどった。

「刺されたのはどこだい？」ジャックは妻にたずねた。

「ここ……手首のところよ」

「見せてごらん」

ウェンディはその箇所を夫に見せた。手首と手のひらとの境目のすぐ上に、小さな丸い穴。その周囲の肉がぷっくりふくれあがっている。

「虫の毒にたいするアレルギーはないかい？」彼がたずねた。「よく考えるんだ！　もしあるなら、ダニーにもあるかもしれん。やつらは五回か六回はこの子を刺してるからな」

「ないわ」やや落ち着いて、ウェンディは答えた。「ただ……嫌いなだけよ。刺すものはなんでも嫌い」

ダニーは大きなベッドの裾のほうにすわって、左手をかかえ、両親を見ていた。ショックのために青白いくまのできた目で、うらめしそうにジャックを見た。

「パパ、あれ、ぜんぶ死んだって言ったのに。手……すごく痛いよ」

「どれ、見せてごらん、ドック……いや、さわりゃしない。さわればますます痛くなるからな。ただ見せればいいんだ」

ダニーは言われたとおりに手をさしだし、ウェンディはうめいた。「おおダニー……かわいそうに、こんなにひどく刺されて！」

のちに医師は十一カ所の刺し傷を発見することになる。だがこのときは、小さな穴がぽつぽつと散っているのが見えただけだ。手のひらから指にかけて、赤いけし粒でも散らしたように。そのうえ、腫れかたがまたひどい。まるで、漫画のなかの人物の手だ——バッグズ・バニーやダフィ・ダックが、とんまにも自分の手を金鎚でたたいてしまう、そのたたかれて腫れあがった手。

ジャックが言った。「ウェンディ、洗面所へ行って、スプレーを持ってきてくれないか」

彼女がそれをとりに出てゆくと、ジャックはダニーのそばにすわって、片腕をその肩にまわした。

「いまその手にスプレーをかけたら、ポラロイドで写真を撮るからな。それがすんだら、今晩はここでいっしょに寝なさい。いいな？」

「うん」ダニーは言った。「だけどなんで写真を撮るの？」

「それでだれかを訴えれば、がっぽりふんだくってやれるかもしれないからさ」

ウェンディが化学消火器のような形のスプレー罐を持ってもどってきた。

「これ、痛くはないわよ、ダニー」そう言いながら、キャップをとった。

ダニーが手をさしだすと、その手の裏表に、膚が濡れて光ってくるまで、丹念にスプレーを吹きつけた。ダニーはおののくような長い吐息をついた。

「しみる？」

「ううん。いい気持ちだよ」

「そう、じゃあこれをお飲みなさい。噛んでね」彼女はオレンジの味のついた小児用アスピリンを、五錠さしだした。ダニーは受け取って、一錠ずつ口にほうりこんだ。

「アスピリン、多すぎやしないか？」ジャックがたずねた。

「たくさん刺されてるんですからね」ウェンディは噛みつくように言いかえした。「そんなことよりあなた、はやくあの巣を始末してちょうだい。いますぐによ」

「ちょっと待ってくれ」

ジャックは化粧だんすのところへ行くと、最上段の引出しからポラロイド・カメラをとりだした。さらに奥をさぐって、フラッシュキューブも何個か捜しだした。

「ジャック、なにをしてるのよ？」多少ヒステリックな声でウェンディがたずねた。

「ぼくの手の写真を撮るんだってさ」ダニーがしかつめらしく言った。「それでだれかを訴えて、がっぽりふんだくってやるんだって。そうでしょ、パパ？」

「そうだ」ジャックはにこりともせずに答えると、フラッシュ撮影用の付属部品を捜しだして、それをカメラにとりつけた。「さあ、手をお出し。きっと刺し傷ひとつあたり五千ドルにはなるぞ」

「いったいなんの話なのよ！」ウェンディが悲鳴に近い声で叫びたてた。

「いいか、ぼくはすべて指示どおりにあの殺虫ボンベを使ったんだ」ジャックは言った。「だから、製造会社を訴えてやろうというのさ。あのしろものは効かなかった。どこかに欠陥があったにちがいない。それでなくてどうして、こんなことになるわけがある？」

「ああ、そうなの」彼女は小声で言った。

ジャックは写真を四枚撮り、そのつどウェンディに、首からさげた小さなロケット時計で時間をはからせて、できあがった印画紙を抜きとった。ダニーは、自分の腫れあがった手が何千、何万ドルもの価値を持っているかもしれないという考えに魅せられて、しだいに恐怖を忘れ、積極的にそれに協力した。いまでは左手は鈍くうずきはじめ、軽い頭痛もあった。

ジャックがカメラをしまって、乾かすために印画紙を化粧だんすの上に並べてしまうと、ウェンディは言った。

「今晩お医者に連れていかなくてもだいじょうぶかしら」

「だいじょうぶだろ、とくにひどく痛がらないかぎりは」ジャックは言った。「もしもすずめばちの毒にたいして強いアレルギーを持っていれば、三十秒以内にやられてしまうはずだ」

「やられて？　というと――」

「昏睡とかさ。でなくば痙攣とか」

「ああ、そう。こわいのね」ウェンディは手で肘をかかえると、青ざめた、やつれた表情で肩をすぼめた。

「気分はどうだい、ダニー？　眠れそうか？」

ダニーは両親を見て目をしばたたいた。さっきの悪夢は、すでに心のなかでおぼろげな灰色一色の背景になってしまっていたが、それでもまだ恐怖は消えなかった。

「ここでいっしょに寝てもいい？」

「もちろんよ」ウェンディが答えた。「おおダニー、ごめんなさいね」

「いいんだよ、ママ」

彼女はまたすすり泣きはじめた。ジャックがその肩に手をかけた。

「ウェンディ、神かけて誓うよ――説明書どおりにやったんだ」

「朝になったらすぐ始末してくれるわね？　いいこと？」

「言われるまでもないさ」

三人はいっしょにベッドにはいった。ジャックが枕もとの明りを消そうとして、ふとためらい、もう一度毛布をはねのけた。

「ついでにあの巣の写真も撮っておこう」

「すぐにもどってきてよ」

「ああ」

ジャックは化粧だんすに歩みより、カメラと、最後に残ったフラッシュキューブをとりだすと、ダニーをかえりみて、親指と人差し指で輪をつくってみせた。ダニーはほほえんで、無傷のほうの手でおなじしぐさを返した。

まだほんの子供だ、とジャックはダニーの部屋へ向かいながら思った。ほ、ん、の、子供であり、ま、た、そ、れ、以、上、で、も、あ、る。

天井灯はまだついたままだった。寝棚に歩みより、なにげなくそばのテーブルに目をやったとき、全身が鳥膚だつのを覚えた。首筋の毛がぞっとさかだった。

透明なパイレックスの鉢を通して、巣はほとんど見てとれなかった。ガラスの内側は、もぞもぞうごめいているすずめばちでいっぱいだ。どれくらいいるのか、見当もつかない。すくなく見ても五十匹。ことによると百匹にもなるかも。

胸の奥で心臓が鈍くうずくのを感じながら、ジャックは写真を撮り、カメラを置いて、現像ができあがるのを待った。無意識に、手のひらでくちびるを拭っていた。ひとつの想念が、ほとんど迷信的な恐怖を伴って

(おまえは癇癪を起こした。おまえは癇癪を起こした。おまえは癇癪を起こした)

くりかえしくりかえし頭のなかに鳴り響いた。すべてがもどってきた。殺したはずなのに、すずめばちどもはまたもどってきた。

心のなかに、おびえて泣いている息子にむかって、金切り声を浴びせかけている自分の声が聞こえた――どもるんじゃない！

ジャックはまたくちびるを拭った。

ダニーのデスクに歩みよると、引出しをかきまわして、ファイバーボードでできた大きなジグソーパズルの板をとりだした。そしてそれをベッドサイド・テーブルへ持ってゆき、慎重にガラスの鉢ごと巣をその上へすべらせた。怒ったすずめばちどもが、牢獄のなかでぶんぶんうなっている。鉢がすべらないようにしっかりとそれをおさえながら、ジャックは部屋を出て、階段へ向かった。

「もう終わったの、ジャック？」ウェンディが呼びかけてきた。

「もう終わったの、パパ？」

「いや、ちょっと下へ行ってこなくちゃならん」努めて軽い口調で、ジャックは答えた。

それにしても、どうしてこんなことが起こったのだ？　いったい全体どういうわけで？

あの殺虫ボンベは、けっして不発ではなかったはずだ。説明書どおり輪をひっぱって、濃い白煙がもくもくと噴きだすのをこの目でたしかめたのだから。それに、二時間たってまた屋根へあがったとき、てっぺんの穴から小さな死骸を山ほどふるいだし、払いおとしたこともまちがいない。

だったらどうして？　自然再発生？

ばかな。そんなのは十七世紀のたわごとだ。昆虫が再生するなんてことはありえない。それに、かりにすずめばちの卵がわずか十二時間で成虫になりうるとしても、いまは女王が産卵する時期ではない。産卵は四月か五月。秋はかれらが死んでゆく季節なのだ。

だが、その生きた反証が目の前にある。伏せた鉢の下で、腹だたしげにうなっているすずめばちの群れ。

それを持って階下に降りると、調理場を通り抜けた。その先にドアがあり、裏口のポーチにつづいている。冷たい夜の風が、ほとんど全裸に近い体に吹きつけてき、冷えきったコンクリートのポーチのために、足はたちまち感覚がなくなった。ホテルの開業期間ちゅうは、配達された牛乳壜その他がこのポーチには並べられる。そこに、パズルの盤ごとそっとガラス鉢をおろした。立ちあがると、ちょうど目の前に、ドアの外に打ちつけられた寒暖計。≪セブンアップでフレッシュ・アップ》と書かれていて、水銀柱はきっかり華氏二十五度をさしている。この寒さなら、きっと朝までには死んでしまうだろう。そう思いながらなかにはいると、しっかりとドアをとざした。一瞬考えてから、さらに錠もおろした。

ふたたび調理場を横切り、天井灯を消した。それから、ちょっとのあいだ闇のなかに立ち止まり、酒がほしいという衝動としきりに闘いながら、想念をめぐらした。いまとつぜん、ホテルのなかに、幾千ものひそやかな物音が満ちみちているような気がしてきた。きしみ、うめき、そして軒先を揺する陰険な風の鼻息。おそらくその軒下には、もっと多くのすずめばちの巣が、恐ろしい果実のようにぶらさがっていることだろう。

すべてがもどってきた。

そしてとつぜん彼は、もはや《オーバールック》があまり好きではなくなっていることに気づいた。あたかも、息子を刺したのがすずめばちではなく――奇跡的に殺虫ボンベを切り抜けて生きのびたすずめばちではなく――ホテルそのものであったかのように。

階上の妻と息子のもとへもどる前に、最後に考えたこと
(これからはぜったいに癇癪をおさえるのだ。なにがあろうとぜったいに)

は、強固で、峻厳で、不動だった。

妻子のもとへと廊下を歩いてゆきながら、ジャックはしきりに手の甲でくちびるを拭っていた。

17 診察室

下着のパンツだけを残して上半身裸になり、診察台に横たわっていると、ダニー・トランスはことのほか小さく見えた。ちょうど、ドクター・(「ただビルと呼んでくれればいいんだよ」)・エドマンズが、車輪のついた大きな黒い機械を、そばに押してこようとしているところだ。ダニーは目玉をきょろきょろさせて、それをよく見ようとした。

「こわがらなくてもいいんだよ」と、ビル・エドマンズが言った。「これは脳波記録装置《エレクトロエンセファログラフ》というってね、痛くはないんだ」

「エレクトロ――」

「つづめてEEGと言ってる。これから頭に針金をつけるけどね――いや、突き刺すんじゃないんだ、テープで留めるだけだよ――そうすると、機械のここのところにあるペンが、脳波を記録していくんだ」

「じゃあ、『六百万ドルの男』みたいに?」

「まあそんなものだ。大きくなったら、あのスティーヴ・オースティンみたいになりたいかい？」

「ううん、ぜんぜん」ダニーは答えた。そのあいだに、小さく頭髪を剃った頭の一部分に、手早く看護婦が針金を留めつけた。「パパがいつも言うんだ——いつかきっと回路がショートして、彼はくそ……彼はクリークにはまっちゃうだろうって」（「窮地におちいる」の意）

「そうか、先生もそのクリークならよく知ってるよ」エドマンズ医師は愛想よく言った。「自分でも何度かはまりこんだことがあるからね、櫂も持たずに。ところでダニー、このEEGって機械はね、いろんなことを教えてくれるんだ」

「たとえばどんなこと？」

「きみに癲癇があるかどうかっていうようなことさ。癲癇っていうのはね——」

「ああ知ってる。癲癇ならぼく、知ってるよ」

「ほんとうかい？」

「うん。ヴァーモントで幼稚園に行ってたとき——ぼく、ちっちゃいとき幼稚園に行ってたんだ——そのとき、友達に癲癇の子がいたの。その子、フラッシュボードを使っちゃいけないんだって」

「フラッシュボードって、なんだい？」医師は機械を作動させていた。細い線が何本かグラフ紙の上にあらわれはじめた。

「いっぱいランプがついててね、それがぜんぶちがう色なの。スイッチを入れると、色がぱっぱっとつくんだけど、ぜんぶつくわけじゃないの。それでね、その色を数えて、正しいボタンを押すと、それが消えるんだ。ブレントはそれを使えなかったんだよ」

「ということは、明るい光がぱっぱっとひらめくのを見ると、癲癇の発作が起きるからだろうな」

「つまり、フラッシュボードを使うと、ブレントが目をまわしてのびちゃうから？」

エドマンズと看護婦は、ちらりと笑みを含んだ目を見あわせた。「あまりエレガントじゃないが、ずばりそのとおりだよ」

「なんのこと？」

「きみの言うとおりだってことだよ。ただね、これからは〝発作〟と言いなさい。〝目をまわしてのびちゃう〟というのは、上品な言いかたじゃないからね……さあいいか、これからしばらくじっとしてるんだよ」

「オーケイ」

「ダニー、きみがその……なんというか、そのものを見るとき、その前に明るい光がひらめくのを見たことがあるかい？」

「ないよ」

「へんな音は？　鐘の鳴るような？　でなきゃドアのチャイムのような？」

「ううん」

「じゃあへんなにおいを嗅いだことはないかい？　たとえばオレンジのにおいとか、おがくずのにおいのような？　でなきゃ、なにかが腐ったような？」

「ないよ」

「気を失う前に泣きたくなることは？　悲しくもないのに？」

「いいや、ぜんぜん」

「そうか、ならいいんだ」

「ぼく、癲癇なの、ビル先生？」

「いや、そうではなさそうだ、ダニー。いいからじっと寝てなさい。もうすこしで終わる」

さらに五分間ほど、機械はうなりつつ記録をつづけ、それからエドマンズ医師はそれを止めた。

「さあ終わったぞ」エドマンズはきびきびと言った。「サリーにその電極をはずしてもらったら、向こうの部屋にきなさい。ちょっとお話があるからね。いいかい？」

「うん」

「サリー、それが終わったら、向こうへくる前に、ちょっとTTをしてやってくれ」

「承知しました」

エドマンズは機械から吐きだされた長い巻紙の渦を裂きとると、それを見ながら、隣の部屋にはいっていった。

「ちょっぴりちくっとするかもしれないわよ」ダニーがズボンをはきおわるのを待って、看護婦が言った。「これはね、結核にかかっていないかどうか調べるためのテストなの」

「それなら去年、幼稚園でやったばかりだよ」あまりあてにはせず、いちおうダニーはそう言ってみた。

「でもね、それはずうっと前でしょ？　そしてあなたはもう大きいんだから、ね？」

「まあね」ダニーは溜息をついて、しぶしぶ腕をさしだした。

シャツを着、靴をはいたあと、ダニーは引き戸を通って、エドマンズ医師のオフィスにはいっていった。エドマンズはデスクの端に腰かけて、思案げに脚をぶらぶらさせていた。

「やあ、すんだかい？」

「うん」

「手はどうだい？」医師は軽く包帯を巻いたダニーの左手をさした。

「だいぶよくなったみたい」

「そりゃよかった。いまきみのEEGを見てたんだが、どこも悪いところはなさそうだね。ただ、先生の友達で、こういうのを読むのが専門のお医者さんがデンヴァーにいるから、そこへ送ってみようと思うんだ。なに、ただ念のためだよ」

「はい、先生」

「トニーのことを話してくれないか」

「ただの目に見えない友達だよ」ダニーは足をもじもじさせて言った。「ぼくが想像でつくりあげただけなの。寂しさをまぎらすためにね」

エドマンズは笑って、ダニーの肩に手を置いた。「それはママやパパが言ってることだろ？

これはね、先生ときみだけのあいだの話なんだ。先生はきみのお医者さんだ。先生にはほんとのことを話してくれなきゃいけない。だけど、きみがいいと言わなきゃ、そのことはママにもパパにも言わないって約束するよ」

ダニーはちょっと思案して、エドマンズをながめた。そして、エドマンズの思念、でなくばせめてその気質の色合いでもとらえようと、わずかに精神を集中してみた。と、ふいに頭のなかに、奇妙に心の安まるイメージがとびこんできた。ファイル・キャビネットだ――その戸がひとつまたひとつとなめらかにしまり、かちりと音がして錠がかかる。それぞれの戸の中央には、小さな札が貼ってあって、それには、A—C（極秘）、D—G（極秘）、などと書かれている。これはいくぶん気分を楽にしてくれた。

用心ぶかく、ダニーは切りだした。「あのね、トニーがだれだか、ぼくは知らないの」

「きみぐらいの年ごろかい？」

「ううん。十一ぐらいかなあ。ひょっとしたら、もっと大きいかもしれない。近くで見たこと、一度もないんだ。もしかすると、ずっと大きくて、車の運転くらいできるかもしれない」

「じゃあ遠くでしか見たことがないんだね？」

「うん」

「で、いつも、あらわれるのは、きみが気を失うすぐ前なんだね？」

「べつに気を失うわけじゃないんだ。なんていうか、いっしょにどこかへ行くみたいなの。それで、彼からいろんなものを見せてもらうんだ」

「どんなものを？」

「あのね……」ちょっと逡巡してから、ダニーはパパの大事な原稿のはいっていたトランクのことを話した。それが運送屋の手違いで、ヴァーモントとコロラドのあいだでなくなったわけではなく、結局、はじめから階段の下にあったのだということを。

「で、パパは、トニーがあると言ったとおりの場所で、それを見つけたんだね？」

「うん、そうだよ。ただ、トニーがそう言ったわけじゃないんだ。彼が見せてくれたの」

「なるほど。それでダニー、ゆうべはなにを見せてくれたんだい？　きみが洗面所にとじこもったときだけど？」

「忘れちゃった」ダニーはすばやく答えた。

「ほんとうかい？」

「うん」

「いま先生は、きみが洗面所にとじこもったとき、と言ったね。だけどほんとうはそうじゃないんだ。トニーがドアに錠をおろしたんだろ？」

「ちがうよ、先生。トニーはほんとはいないんだから、ドアに錠をおろすことなんかできない。彼がそうしろって言ったんだ。だからぼくはそうした。ぼくが錠をおろしたんだ」

「トニーはいつもそうやって、なくなったもののありかを教えてくれるのかい？」

「いつもじゃないよ。ときには、これから起こることを見せてくれることもあるの」

「ほんとうかい？」

「うん。いつだったか、グレート・バリントンの野生動物公園と、遊園地を見せてくれた。誕生日のお祝いに、パパがそこへ連れてってくれるって言ったけど、ほんとにそうだったよ」

「ほかにどんなものを見せてくれる？」

ダニーは眉をひそめた。「看板とか、標識みたいなもの。いつだってばかげた標識なんか見せてくれるんだ。読めないのに、ほとんど」

「トニーはどうしてそんなことをするんだと思う？」

「わかんない」ダニーの顔が明るくなった。「でもね、いまパパとママから字を教わってるの。一生けんめい習ってるんだよ」

「トニーの見せてくれる標識が読めるようにね」

「ううん、ほんとうに字を覚えたいの。でも、それも理由かもね」

「きみ、トニーが好きかい、ダニー？」

ダニーは、タイル張りの床を見つめたまま答えなかった。

「どうなんだい？」

「うまく言えないなあ」ダニーは言った。「もとは好きだったよ。だから、毎日きてくれるといいなって思ってた。だって、いつもいいもの、見せてくれたから——とくに、ママとパパがもうリコンのこと、考えなくなってからは」エドマンズ医師の視線が鋭くなったが、ダニーは気がつかなかった。足もとを見つめて、自らを表現することに集中していた。「でも、いまはちがう。くるたびにへんなものばっかり見せるの。すごくいやなもの。ゆうべ洗面所で見せてくれたみたいに。トニーが見せてくれるものって――刺すんだ、すずめばちみたいにね。ただトニーのは、手じゃなくてここを刺すんだけど」彼は指を立てて重々しくこめかみをさしてみせたが、そのしぐさは、たくまずして、ピストル自殺の型になっていた。

「どんなものだい、それは？」

「覚えてないってば！」ダニーは悲痛な面持ちで叫んだ。「もし覚えてたら話すよ！　覚えてないのは、なんだかあんまりいやなものだから、思いだしたくないからみたい。目がさめてから思いだせるのは、**レドラム**って言葉だけなんだ」

「レッド・ドラム、それともレッド・ラム？」

「ラムだよ」

「それはなんだい？」

「わかんない」

「ダニー？」

「なに、先生？」

「いまここでトニーを呼びだせるかい？」

「どうかなあ。必ずくるわけじゃないから。それに、もうきてほしいかどうかもよくわからないんだ」

「やってみてくれないか、ダニー。先生がここで見ててあげるから」

ダニーは自信なげにエドマンズを見た。エドマンズは励ますようにうなずいてみせた。

ダニーは長い、吐息に似た息をもらすと、うなずいた。「でも、ほんとうにうまくいくかどうかわかんないよ。だれかが見てる前でやったこと、一度もないから。それにどっちみち、トニーは必ずくるってわけじゃないんだ」

「もしこなければ、こないでいいさ」エドマンズは言った。「ただやってみてほしいだけだよ」

「オーケイ」

ダニーはエドマンズのぶらぶら揺れているつっかけ靴に視線を落とし、想念を外へ、ママやパパのいるほうへさまよわせた。ふたりはこの診療所のどこかにいる……いや、じつのところ、あの絵のかかった壁のすぐ向こうに。さっきここへきたとき、案内された待合室だ。並んですわっているが、口はきかない。それぞれ雑誌をめくっている。心配している。ぼくのことを。

ダニーはひたいに皺を寄せて、さらに深く思念を集中し、ママの心にはいりこもうとしてみた。いつもそうだが、相手がおなじ部屋のなかにいないと、これはなかなかむずかしい。そのうちやっと、すこしずつつかめてきた。ママは妹のことを考えている。ママの妹だ。その妹は死んだ。ママは、そのことが大きな原因になって、ママのママがあんな
（鬼ばばあ？）

あんな意地悪ばあさんになってしまったと思っている。ママの妹が死んだためにだ。まだ小さな女の子のときに
（車に轢かれておおとてもじゃないがあんなことは二度と我慢できないかわいそうなエイリーンだけどもしほんとうにあの子が病気だったら癌だの脳脊髄膜炎だの白血病だの脳腫瘍だのと

いった病気だったらあのジョン・ガンサーの息子のようにでなければ筋ジストロフィとかおおたいへんあの子ぐらいの年ごろの子で白血病になった子はきまって放射線治療を受ける化学療法もわたしたちにはとてもそんなお金は払えないでもまさか治療代が払えないからって病人をほうりだして犬みたいに野たれ死にさせるなんてことはないはずだわまさかそれにどっちみちあの子はだいじょうぶだいじょうぶだいじょうぶだからもうほんとに）

（ダ、ダ、ニー――）

（エイリーンのことなんかあの子が轢かれて死んだことなんか）

（ダニィ、ィ、ィ――）

（考えるんじゃない縁起でもない）

（ダ、ニィ、ィ、ィ、ィ――）

だがトニーはそこにはいなかった。ただ声がしただけだ。そしてその声が消えるのと同時に、ダニーはそれを追って闇のなかにとびこみ、ビル先生のぶらぶら揺れているつっかけ靴のあいだの不思議な魔法の穴を、もんどり打ってどこまでも転落していった――大きなノックに似た音のなかを抜け、さらに深く、なにか恐ろしいものをごろんと横たえたまま、音もなく暗黒の海を漂流している浴槽のそばをかすめ、清らかな教会の鐘のような音が響きわたるなかを通り、ガラスのドームの下に置かれた時計のそばを過ぎて。

やがて、その闇を弱々しくつらぬいて、蜘蛛の巣だらけの裸電球が一個、ぽつんとともっているのが見えてきた。その弱い光に照らしだされた石畳の床は、じめじめして、見るからに不潔そうだ。どこかほど遠からぬところから、間断ない機械のうなりが聞こえているが、低くこもった音で、恐ろしくはない。催眠的な音だ。だからやがて忘れられてしまうことになるんだ――ダニーはそう思い、夢のような驚きを味わった。

ようやくその薄暗い光に目が慣れてくると、すぐ前方に、トニーの姿が影絵になって見えているのがわかった。トニーがなにかをながめているので、ダニーも目を凝らして、それがなにか見ようとした。

（きみのパパだ。見えるだろ、きみのパパが？）

もちろん見えた。この薄暗い地下室の光のもとでも、どうしてパパの姿を見まちがえることがあるだろう。パパは床に膝をついて、懐中電灯で古いボール紙の箱や、木箱を照らしている。ボール箱は古くて黴が生えていて、いくつかは湿気のために解体して、中身の書類が床にはみでている。新聞や本、請求書とおぼしい印刷物の束。パパは熱心にそれを調べている。やがて顔をあげると、べつの方向へ懐中電灯を向ける。その光がべつの本、金色の紐でとじた大きな白い本を照らしだす。表紙は白い革のようだ。スクラップブック。ダニーはとつぜん声をあげて、パパに警告したくなった――その本を見ちゃいけない。世のなかには、ひらいちゃいけない本もあるんだ。だがパパは、すでにそれをとろうとして、がらくたの山をよじのぼりかけている。

あのそうぞうしい機械的な音――いま気がついたがそれは、パパが毎日三度か四度ずつ点検する、《オーバールック》のボイラーの音だ――が急に高まって、不吉に、リズミカルに脈打ちはじめた。ちょうど……ちょうど、なにかを連打するような音だ。とともに、黴のにおいと、湿って腐った紙のにおいが、なにかほかのものに変わりはじめた——あの強い杜松《ねず》のにおい、〝いけないもの〟のにおい。それはパパの体に蒸気のようにまつわりつき、そのなかでパパは、手をのばして……問題の本を手にとった。

トニーがどこかその闇のなかで

（この非人間的な場所は、人間を怪物にする。この非人間的な場所は）

おなじ不可解な言葉を何度もくりかえしていた。

（人間を怪物にする）

ふたたび暗黒のなかを落ちてゆく——あの重い、どんどんという音とともに。もはやそれはボイラーのうなりではない。絹張りの壁を強打して、そのつど漆喰の粉を舞いあがらせる木槌の音だ。ブルー・ブラックに織りなされたジャングルの絨毯——その上になすすべもなく身をすくめて、その音に耳をすます。

（出てこい）

（この非人間的な場所は）

（出てきてお仕置きを受けるんだ！）

（人間を怪物にする）

はっとあえいで、そのあえぎが頭のなかで反響するのを聞きながら、ダニーは闇のなかから自分をひっぱりだした。だれかの手が体にかかっていて、とっさに、トニーの世界の≪オーバールック》にいたあの黒いものが、この現実世界まで自分を追ってきたのかと、しりごみして身をすくめた――それから、エドマンズ先生の言っているのが聞こえた。「だいじょうぶだよ、ダニー。だいじょうぶだ。なにもこわいことなんかない」

まず医師の顔がはっきりしてき、ついで、診察室のなかにいることがわかった。ダニーはとめどもなくふるえはじめた。エドマンズが彼を抱きとめた。

ようやくその反応がおさまってくると、エドマンズはたずねた。「なにか怪物のことを言ってたね、ダニー。なんて言ったんだい？」

「この非人間的な場所は」ダニーは喉にからんだ声で言った。「トニーが言ったんだ……この非人間的な場所は……人間を……人間を……」彼は首を振った。「覚えてないよ」

「思いだしてごらん！」

「だめだってば」

「トニーはきたかい？」

「うん」

「なにを見せてくれた？」

「暗いとこ。どんどんっていう音。覚えてない」

「どこにいたんだい？」

「もうほっといてよ！　覚えてないんだ！」むりに訊かないでよ！」恐怖と、やり場のない苛立ちとに、ダニーは弱々しくすすり泣きはじめた。すべては消えてしまっている。溶解して、濡れた紙の束のような、どろどろのものに変わってしまっている。読みとれない記憶。

エドマンズはウォーター・クーラーのところへ行き、紙コップに水をくんできた。ダニーがそれを飲みほすと、もう一杯くんできた。

「落ち着いたかい？」

「うん」

「ダニー、先生はきみを苦しめるつもりはないんだ……このことできみをいじめてるんじゃないんだ。だけどね、なんでもいい、なにかトニーのくる前のことで、覚えてることはないかい？」

「ママがいた」ダニーはのろのろと言った。「ぼくのことを心配してた」

「母親はいつだってそうだよ」

「そうじゃないんだ……ママには、ちいちゃなときに死んだ妹がいたんだ。エイリーンって名前の。ママはそのエイリーンが車に轢かれて死んだことを考えていて、それがもとになって、ぼくのことを心配しだしたんだ。ほかにはなんにも覚えていないよ」

エドマンズのダニーを見る目が鋭くなった。「いましがたママがそれを考えていたっていうのかい？　向こうの待合室で？」

「そうだよ」

「ダニー、どうしてそれがわかるんだ？」

「わかんない」ダニーは弱々しく言った。「たぶん〝かがやき〟のせいじゃないかな」

「なんのせいだって？」

ダニーはひどくのろのろと首を振った。「ぼく、もうくたびれちゃった。ママとパパのところへ行っちゃいけない？　これ以上質問されるのいや。くたびれちゃった。おなかも痛いし」

「吐きそうなのかい？」

「ううん。ただママとパパのところへ行きたいだけ」

「よしわかった」エドマンズは立ちあがった。「じゃあもう向こうに行きなさい。そして一分ぐらいしたら、ママたちにこっちへくるように言うんだ。先生からお話があるからって。わかったかい？」

「はい、先生」

「あっちの部屋にご本があるから、ごらん。ご本は好きだろう？」

「はい、先生」ダニーは行儀よく答えた。

「よし。お利口さんだな、ダニー」

ダニーはかすかな笑みを返した。

「どこにも故障はなさそうですな」と、エドマンズ医師はトランス夫妻に言った。「肉体的には、です。精神的には、利発で、多少想像力が強すぎる。これはよくあることです。大きすぎる靴でも、やがてぴったりになるように、子供というのは、自らの想像力に合わせて成長してゆかなくちゃならない。ダニーの場合は、まだそれがちと大きすぎるというだけです。いままでにIQテストを受けさせたことがありますか？」

「あまり信用していないんでね、ああいうものは。親と教師、双方の期待に拘束衣を着せるだけですよ」と、ジャックは言った。

エドマンズはうなずいた。「かもしれません。しかし、もしテストを受けさせてみれば、おそらく、あの年齢グループの標準を大きくはみだしているのがわかると思いますね。ダニーの言語能力は、まだ六歳にならない男児としては、驚くほど豊かです」

「うちでは、子供だから調子をさげて話す、ということをしていませんからね」ジャックはこころもち誇らしげに答えた。

「でしょうな。一度だって、調子をさげて話す必要はなかったでしょう」エドマンズはちょっと言葉を切って、ペンをもてあそんだ。それからつづけた。「ダニーはわたしの見ている前で催眠状態に陥りました。わたしがやってみてくれと頼んだのです。まさしくあなたがたの話してくださった、ゆうべ洗面所で起きたのとおなじ症状でしたよ。筋肉は弛緩し、全身から力が抜け、眼球は焦点を失って、外側へ寄りました。典型的な自己催眠です。驚きましたよ。いまでも驚きがさめません」

トランス夫妻は膝をのりだした。「で、なにかわかりまして？」と、ウェンディが緊張した面持ちでたずね、エドマンズはダニーの催眠状態を詳しく物語った。わずか二言三言、〝怪物〟とか、〝暗い〟とか、〝どんどんいう音〟とかいう断片的な言葉が聞きとれただけの、うわごとめいたつぶやき。そのあとの涙と、ヒステリーに近い興奮と、神経症的な腹痛。

「またトニーか」ジャックがひとりごちた。

「なにを意味するものでしょう。なにかお考えがおありですか？」ウェンディがたずねた。

「ないことはありませんが、あまりお気に召さないかもしれませんよ」

「とにかく話してみてください」ジャックがうながした。

「ダニーが話してくれたことから察するに、彼の〝目に見えない友達〟は、あなたがたご一家がニュー・イングランドから移ってこられるまでは、ほんとうに友達だったようです。トニーが脅威的な存在になったのは、それ以後のことなのですよ。楽しかった間奏曲は悪夢に変わった。ダニーにとっては、それがどういう悪夢だったか、はっきり思いだせないために、いっそう恐ろしいものになってしまった。これはざらにあることです。人間はだれしも、こわい夢よりも楽しい夢のほうをよく覚えているものですからね。いってみれば、意識と潜在意識のあいだに緩衝器があって、そこにうるさい検閲官ががんばっているようなものです。この検閲官は、ごくわずかなものしか通さない。どうにかそこを通り抜けてきたものも、しばしば、まったく象徴的なものでしかない場合が多い。まあこれはフロイト説をごく簡略化したものですがね。それでも、精神の相互作用として知られるものを、けっこううまく説明してくれています」

「引っ越しがそれほどダニーにとっては痛手だった、そうおっしゃいますの？」ウェンディがたずねた。

「かもしれません——それが精神的な外傷をもたらす状況のもとで行なわれたことであれば」エドマンズは答えた。「そうでしたか？」

ウェンディとジャックは目を見あわせた。

それからジャックがのろのろと言った。「ぼくはあるプレップ・スクールで教えていました。そしてくびになりました」

「なるほど」エドマンズは言った。それから思いきったように、もてあそんでいたペンをペン立てにもどした。「あるいはそこに問題があるかもしれませんな。おふたりにとってはつらい話題かもしれませんが、ダニーは、ご両親が真剣に離婚を考慮していたと思っているようです。それをごく無造作に口にしたのですが、それはつまり、もうその考えが放棄されたと思っているからにほかなりません」

ジャックはあっと口をあけ、ウェンディは頰を打たれでもしたように身をすくめた。みるみる顔から血の気がひいた。

「そんなこと、一度も口に出したことはないのに！　あの子の前ではおろか、おたがい同士のあいだでも！　わたしたち――」

「先生にはすべてをお話ししたほうがよさそうですね」と、ジャックが言った。「ダニーが生まれてまもなくのことですが、ぼくはアルコール依存症になりました。深酒する癖は大学時代からあったんですが、それがウェンディと知りあったあと、いくらかおさまり、やがてダニーが生まれてから、生涯の仕事だと思っている著作がうまくいかなくなると、また一段とひどくなったわけです。ダニーが三歳半のとき、あの子がビールをひっくりかえして、ぼくの書いていた……というか、ひねりまわしていた原稿をめちゃめちゃにしたことがありまして……それで……その……くそ……」声が割れたが、目は乾いていたし、医師を見る視線も揺るがなかった。「口に出して言うと、まるで鬼畜のしわざのように聞こえますよ。つまり、あの子の腕を折ったんです——尻をたたこうとして、後ろを向かせたはずみにね。三カ月後、いっさい酒は断ちました。それ以来、手を触れたこともありません」

「なるほど」エドマンズはどっちつかずに言った。「むろん、骨折の跡には気づいていましたよ。うまく接合してありましたな」ほんのわずか椅子を後ろに押しやると、彼は脚を組んだ。「無遠慮な言いかたを許していただくと、それ以来、ダニーがどんな虐待も受けたことがないのは明らかです。あのすずめばちの傷を除けば、普通あの年ごろの子供にありがちな打ち身やかさぶた以外に、全身のどこにも、いかなる傷もありませんでした」

「あたりまえですわ」ウェンディが熱くなって言った。「ジャックはなにも、わざと——」

「いや、ウェンディ」ジャックが彼女を制した。「ぼくはそのつもりでやったんだ。いま考えてみると、あのとき、心のどこかには、本気でそうしてやろうという意識があったような気がする。あるいはもっと悪いことをね」ふたたび彼はエドマンズに向きなおった。「ねえ先生、わかりますか？　これがはじめてなんですよ——ぼくたちのあいだで離婚という言葉が出るのは。あるいはアルコール依存症のことも。子供を殴ることも。五分間のあいだに、〝はじめて〟が三つも出てきたんです」

「あるいはそれが問題の根本かもしれませんな」と、エドマンズは言った。「わたしは精神科の医者じゃありません。もしもダニーを児童精神医学の専門家に診せるつもりなら、ボールダーのミッション・リッジ・メディカル・センターにとてもいい医者がいますから、ご紹介しましょう。ですが、わたしの診断には、かなり自信がありますね。ダニーは聡明で、想像力に富み、理解力のすぐれた子供です。あなたがたご夫婦のあいだの問題について、おふたりが考えられるほど、強いショックを受けただろうとは思いません。幼児というのは、受容力に富んだものでしてね。世間体が悪いとか、なにかを隠す必要とかいったものは、彼らには理解できないのです」

ジャックは手を見つめていた。ウェンディはその手をとって、かたく握りしめた。

「とはいえ、なにかよくないことがあるということは、ダニーも感じとっていました。彼の観点からして、そのなかの最悪のものは、折れた腕のことではなく、折れた——もしくは折れつつある——あなたがたご夫婦のきずなです。ダニーはわたしに離婚のことは話しましたが、腕の骨折のことは口に出しませんでした。看護婦がその跡のことを話題にしたときも、ただ肩をすくめたきりです。それは心の重荷になることではなかったのです。『もうずっと前のことだよ』というのが、彼の言ったことのすべてです」

「あの子が……」ジャックはつぶやいた。あごがかたく嚙みしめられ、頰の筋肉がぴくぴくした。「ぼくらは親たるの資格もない……」

「とはいうものの、あなたがた以外に親はない」エドマンズはつきはなすように言った。「ともあれ、ダニーはときどき幻想の世界に逃避します。これはなにも異常なことじゃない。多くの子供がすることです。わたしだって覚えていますが、ダニーの年ごろだったころ、やはり目に見えない友達がいましてね。チャグチャグという、人語をしゃべる雄鶏です。むろんチャグチャグはわたしに見えるだけで、ほかのものには見えない。わたしには兄がふたりいまして、ちびのわたしは、いつものけものにされたものでした。そんなとき、チャグチャグはすこぶる重宝な友達でしたよ。そしてむろんあなたがたおふたりには、ダニーの目に見えない友達が、マイクでもハルでもダッチでもなく、トニーという名である理由がおわかりのはずです」

「ええ」ウェンディが答えた。

「それを指摘してやったことがおありですか？」

「いや」ジャックが言った。「してやるべきでしょうか？」

「心配ご無用。彼が彼なりの時期に、彼なりの論理によって気づくのを待てばよろしい。おわかりでしょうが、ダニーのトニーにたいする幻想は、通常の〝見えない友達〟症候群にくらべれば、かなり重いものです。ですが、それだけトニーを必要としていた、とも一面では言えるわけでね。トニーはたびたびあらわれては、楽しいものを見せてくれる。ときにはびっくりするようなものも。いつもすてきなものです。あるときは、パパの紛失したトランクのありかを……それが階段の下にあるところを見せてくれた。あるときは、誕生日のお祝いに、ママとパパが遊園地に連れていってくれるはずだということを見せてくれた――」

「ああ、グレート・バリントンのね！」ウェンディが叫んだ。「でも不思議ですわ、どうしてそういうことがあの子にわかるのか、気味が悪いくらい。あの子が言いだすことって、ときどき、まるで――」

「まるで千里眼みたい？」エドマンズがほほえみながらあとをひきとった。

「あの子、大網膜をかぶって生まれたんですのよ」ウェンディは消えいりそうな声で言った。

エドマンズの微笑がくずれて、いかにも愉快そうな、心からの笑いになった。ジャックとウェンディは目を見あわせ、それからつられてほほえんだが、ふたりとも心のなかでは、それを口にすることがこんなにも容易だったことに驚き、かつほっとしてもいた。ダニーのときおり見せる〝第六感の冴え〟は、これまたふたりがなるべく触れまいとしてきた話題だったのだ。

「このつぎにはきっと、ダニーには空中浮揚ができる、なんて言いだされるんでしょうな」なおもほほえみながらエドマンズは言った。「いや、いや、そうはいきますまいよ、残念ながら。これは超能力なんてものじゃなく、むかしながらのおなじみの直覚力――ただダニーの場合は、それが異常に鋭敏なだけでね。トランスさん、あなたのトランクが階段の下にあることを彼が知ったのは、ほかの場所はぜんぶ捜したあとだったからです。つまり消去法ってわけですよ。あまり簡単で、エラリー・クイーンだったら笑いとばしたでしょう。早晩あなたは、ご自身でそこを捜すことを思いつかれたはずだ。

それから、グレート・バリントンの遊園地について言うと、そもそもそこへ行きたいというのは、だれの考えでした？　あなたがたの？　それともダニーの？」

「もちろんあの子の、ですわ」ウェンディが答えた。「朝の子供番組で、きまって宣伝してましたもの。それは行きたがりましてね。でも、あいにくわたしたちには、連れていってやるだけの余裕がありませんでした。それで、そのことをよく言い聞かせましたの」

「ところがそのあと、一九七一年に短編小説をひとつ買ってくれた男性雑誌から、五十ドルの小切手を送ってきましてね」と、ジャックがあとをひきとった。「なんでもそれが年間傑作集に載るとかで。それで、その金をダニーのために使うことにしたんです」

エドマンズは肩をすくめた。「願望充足、プラス幸運な偶然というわけですな」

「いやまったく、そのとおりですよ」ジャックは言った。

エドマンズはかすかにほほえんだ。「それに、ダニー自身も言ってましたよ――トニーはちょくちょく実際には起こらないことも見せてくれるって。誤った知覚作用にもとづく幻想、それだけのことです。要するにダニーは、いわゆる霊媒だの読心術師がきわめて意識的に、シニカルに行なっていることを、まったく無意識のうちにやっているわけで、わたしとしては、その点、感心しています。もしもこれからの成長の過程で、そのアンテナをひっこめることがなければ、きっとひとかどの人物になれるでしょう」

ウェンディはうなずいた。もとより、ダニーがひとかどの人物になれることは信じて疑わないが、それでも、医師の口からそう言われると、なんとなく安っぽく聞こえる。いってみれば、バターの味ではなく、マーガリンの味。なんといってもエドマンズは、これまでダニーといっしょに暮らしてきたわけじゃない。ダニーがなくなったボタンを見つけたり、《TVガイド》ならベッドの下にあるかもしれないよと言ったときに、その場にいあわせたわけじゃない。あるいはまた、日が照っているのに、きょうは幼稚園へ長靴をはいてゆくと言いだしたとき……

そしてその日の午後、母と子は土砂降りの雨のなかを、一本の傘の下に身を寄せあって帰ってきたのだ。エドマンズはそういったことをなにも知らない。ダニーがそのたぐいのことをずばりと言いあてる不思議さを知らない。たとえば、急にお茶が飲みたくなって、台所に行ってみると、カップが出してあって、ティーバッグまで入れてある。図書館の貸出し期限がきょうまでだということを思いだすと、その本がきちんとホールのテーブルに積み重ねてあって、上に貸出し票がのせてある。あるいはジャックがフォルクスワーゲンにワックスをかけようと思いたつと、ちゃんとダニーが先まわりして歩道のふちにすわり、かぼそい音をたてる鉱石ラジオで音楽を聞きながら、それを見物しようとして待っている。

口に出しては、ウェンディはこう言った。「じゃあ、あの悪夢はどういうわけなんですの？　なぜトニーは、浴室のドアに鍵をかけろ、なんて言ったんですの？」

「それはたぶん、トニーにもうそれだけの有用性がなくなったということでしょうな」エドマンズは言った。「彼が生まれたのは――トニーがです、ダニーじゃない――あなたとご主人とが、結婚生活を維持してゆくのに困難を感じておられたころだった。ご主人の飲酒は度を越している。腕の骨折の一件もあった。無気味な静けさがおふたりのあいだにはあったはずです」

無気味な静けさ――そうだ、すくなくともこの表現は正確だ。あのころの緊張した、かたくるしい食卓――会話といったら、すまないけどバターをまわしてくれない？　とか、ダニー、そのにんじんをぜんぶお食べなさい、とか、ごちそうさま、もう遊びにいってもいい？　とか、その程度。そしてまた、ジャックが出かけたあと、テレビを見ているダニーのそばで、涙もかれはてた思いでソファに横になったあの夜々。さらには、ジャックとふたり、さながらおびえてふるえている小ねずみを狙う猫のように、隙をうかがいながら、たがいにそろそろと相手のまわりを歩きまわっていた毎朝。そうだ、まさしくエドマンズの言ったことは真実だった——（おお神よ、古傷はけっしていやされることがないのでしょうか？）

おぞましい、おぞましい真実。

エドマンズが言葉をつづけた。「しかし、その後、事情は変わりました。ご存じでしょうが、分裂症的行動というのは、子供においてはかなりありふれたものなのです。それはありふれたものとして受けいれられている。なぜなら、おとなはみんな、一致した見解を持っていて、口には出さぬものの、子供というのは、頭がへんなものだときめこんでいるからです。子供は見えない友達を持ちたがる。子供は悲しいことがあると押入れなどにとじこもって、現実世界から逃避した気になる。特定の毛布とか、縫いぐるみの熊や虎などに、呪術的な重要性を付与したがる。親指をしゃぶる。おとながちょっと常人とちがうことをしでかせば、すぐにも精神病院へほうりこもうとするくせに、子供が自分の寝室で伝説の巨人を見たと言っても、窓の外に吸血鬼を見たと言っても、われわれは寛大にほほえんでみせるきりです。子供におけるこう現象すべてを説明する、きわめて重宝な語句がありましてね——」

「いずれ成長すれば忘れてしまうさ、ですか」ジャックが言った。

エドマンズは目をぱちぱちさせた。「まさにわたしの言おうとしたとおりですよ。そうです。そこでダニーですが、彼の場合は、そこからさらに完全な精神障害に発展する危険性がかなりあったと思います。不幸な家庭生活、誇大な想像力、見えない友達。その友達は、非常にリアルだったので、あやうくご両親までが実在のもののように思いこむところだった。要するにダニーの場合は、成長して幼児性精神分裂症から〝脱皮する〟かわりに、逆にそれを身につけるおそれがあったわけですよ」

「そして自分の世界に閉じこもる？」ウェンディは言った。そういう症状のことは本で読んでいた。その言葉そのものが、恐ろしかった。それはなにか、ぞっとする空白、真っ白な沈黙を意味するように聞こえた。

「あるいは。しかし必ずしもそうとはかぎりません。ある日そのままトニーの世界にはいっていって、彼が〝本物〟と呼ぶ世界にはもどってこないだけかもしれない」

「なんてこった」ジャックがつぶやいた。

「しかしいまも言ったように、その後、事情は激変しました。トランスさんはもはや酒を飲まれない。おふたりはいまや新しい生活を始められた。四囲の状況からして、あなたがた三人は、かつてなかったほど緊密な家族たらざるを得ない。じっさい、このわたしの家庭生活なんかよりも、はるかに緊密な――なにしろわが家じゃ、女房も子供たちも、日に二、三時間しかわたしの顔を見ないのですからね。とにかくわたしとしては、ダニーが立ちなおるのには理想的な状況だと思います。それに、彼が〝本物〟とトニーの世界とを、きわめて明確に区別しうるという事実、その事実そのものが、彼の基本的に健全な精神状態を示していると言いたい。彼は、ご両親がもう離婚を考えてはおられないと言っています。それは正しいと思いますが、そうですか？」

「そうですわ」ウェンディが言い、ジャックは無言で彼女の手を痛いくらいに強く握りしめた。彼女も握りかえした。

エドマンズはうなずいた。「ダニーはもうほんとうにトニーを必要とはしていない。トニーを自分のなかからきれいさっぱり洗い流してしまおうとしている。トニーはもはや楽しい幻覚を見せてはくれず、敵意に満ちた悪夢ばかりを見せつける。あまりに恐ろしくて、ほんの断片的にしか思いだせない悪夢を。ただ、トニーを内面的に実在化したのが、困難な——絶望的な——生活状態に置かれているときだったので、いまさらそうたやすくは離れていってくれないですが、離れてゆこうとしている、、、、ことはたしかです。いわばダニーは、麻薬常用癖を断ち切ろうとしている中毒患者のようなものですよ」

エドマンズは立ちあがり、トランス夫妻も立ちあがった。

「さっきも言ったとおり、わたしは精神科の専門家じゃありません。もしも来年の春、あなたの《オーバールック》でのお仕事が終わるころ、まだ悪夢がつづいているようなら、トランスさん、先ほど申したボールダーの医者にお連れになるよう、強くおすすめしますね」

「わかりました。そうしましょう」

「さてと、ではあちらへ行って、もう帰ってもいいと言ってやるとしますかな」エドマンズは言った。

「ほんとうにありがとうございました」ジャックは絞りだすように言った。「こういった問題で、これほど気が楽になったことは、長いあいだなかったような気がします」

「わたしもですわ」ウェンディがそばから言った。

出口のところで、エドマンズは立ち止まり、ウェンディに目を向けた。「つかぬことをうかがいますが、奥さん、あなたには妹さんがいらっしゃいましたか――あるいはいらっしゃいますか？　エイリーンという名の？」

ウェンディは驚いて彼を見つめた。「ええ、いましたわ。事故で亡くなりましたの――ニュー・ハンプシャーのサマーズワースにいたころ、家のすぐ前で。彼女が六つ、わたしが十《とお》のときでした。ボールを追って道路へ駆けだしたところへ、配達のトラックが通りかかり、はねられたのです」

「ダニーはそのことを知っていますか？」

「さあどうでしょうか。知らないと思いますけど」

「さいぜん待合室で、あなたがその妹さんのことを考えておられた、そう言ってましたよ」

「そのとおりですわ」ウェンディはのろのろと言った。「久しぶりに思いだしたんです……もう長いこと忘れていましたのに」

「おふたりのどちらか、〝レドラム〟という言葉にお心あたりはありませんか？」

ウェンディはかぶりを振り、ジャックは言った。「たしかゆうべもそんなことを言ってましたね――眠りこむ直前でしたが。レッド・ドラムと」

「いえ、ラムです」エドマンズは訂正した。「その点ではきわめてはっきりしていましたよ。ラ<ruby>ラム</ruby>ムだと強調しました。飲みものの――アルコール飲料のラムとおなじです」

「なるほど、ぴったり符合するってわけですね」ジャックは言うと、腰のポケットからハンカチを出し、ごしごし口を拭った。

「もうひとつ、〝かがやき〟という言葉になにかお心あたりは？」

今度はふたりとも首を横に振った。

「まあたいしたことじゃないでしょう」エドマンズは言って、待合室のドアをあけた。「だれかここに、ダニー・トランスって名前で、おうちに帰りたがってる子、いるかあ？」

「わあい、パパ！　ママ！」ダニーは小さなテーブルから立ちあがった。いままでそこで、『野生動物の住みか』という本をゆっくりとめくりながら、読める単語を声に出してつぶやいていたのだ。

ダニーがジャックに駆けよると、ジャックは彼を抱きあげ、ウェンディは彼の髪をなでた。エドマンズはダニーをのぞきこんだ。「もしもママやパパといっしょに帰りたくなかったら、このビル先生のところに残ったっていいんだぞ」

「ううん、ぼく、帰る！」ダニーはきっぱりと言った。片手をジャックの頭にかけ、もういっぽうの手をウェンディの肩にまわして、幸福に光り輝いているように見えた。

「そうか、じゃあしかたがないな」エドマンズはにこにこしながら言うと、ウェンディを見た。「もしまたなにか問題があったら、電話をください」

「ええ」

「その必要はないと思いますがね」エドマンズはなおもほほえみながら言いきった。

18

スクラップブック

ジャックがそのスクラップブックを見つけたのは、十一月一日、妻と子がロークのコートの裏から出ている古いわだちの跡をたどって、二マイルほど先の、いまは使われていない製材所へハイキングに出かけた留守だった。好天はいまだにつづいていて、三人とも、時節はずれの日焼けですっかり黒くなっていた。

ジャックはボイラーの圧力を落とすために地下室へ行ったのだが、そのあと、ふとした衝動から、配管図ののっている棚にあった懐中電灯をとると、二、三の古い書類を調べてみる気になった。のみならず、ねずみとりを仕掛けるのに適した場所を捜す、という口実もあった。もっとも、まだ一カ月かそこらは、罠を仕掛けるつもりはなかったが。やつらがみんなバケーションから帰ってくるのを待つのさ、そうウェンディにも言ったものだ。

懐中電灯を前へむけて振りながら、エレベーター・シャフトを過ぎ（ウェンディの主張で、ここにきてから、一度もエレベーターを使ったことはなかった）、その向こうの小さな石のアーチをくぐった。腐った紙のにおいが鼻をつき、思わず鼻に皺が寄った。背後でボイラーがひっかかって、ぷしゅーっとすさまじい音をたて、彼をぎょっとさせた。

歯のあいだで音にならない口笛を吹きながら、ジャックは周囲に懐中電灯を向けてみた。その光に照らしだされたのは、アンデス山脈の縮尺模型とでもいったものだった。紙を詰めこんだ箱や木箱が延々と連なり、その大半は歳月と湿気のために白茶けて、形がくずれている。なかには、継ぎ目がはがれてぱっくり口をあけ、なかの黄ばんだ書類の束が、石の床にこぼれでているのもある。細引で縛った古新聞の山もある。箱のいくつかは、帳簿とおぼしきものが詰めこんであるし、べつの箱には、輪ゴムで束ねた送り状が入れてある。そのひとつをひっぱりだすと、懐中電灯で照らしてみた。

　　ロッキー山脈急行便会社

荷受人　オーバールック・ホテル
荷送人　サイディーズ倉庫会社、コロラド州デンヴァー市十六番街一二一〇番地
経由　カナディアン・パシフィック鉄道
内容物　デルシー・トイレット・ペーパー四百ケース（一ケース／一グロス）

署名　ＤＥＦ

日付　一九五四年八月二十四日

ほほえみながら、ジャックはその書類を箱にもどした。

つぎに懐中電灯をその上に向けてみたとき、その光が天井からさがっている裸電球を照らしだした。ほとんど蜘蛛の巣に隠れていて、ひっぱるための鎖は見あたらない。

背のびをして、ゆるめてあった電球をねじこんだ。弱い光がともった。もう一度さっきのトイレット・ペーパーの送り状をとりあげて、それで蜘蛛の巣を拭ってみたが、たいして明るくはならなかった。

やはり懐中電灯を使うことにきめると、ねずみの痕跡に目をくばりながら、箱や古新聞の束のあいだを歩いていった。たしかにその痕跡はあったが、それもずいぶん古く、おそらく何年も前のものだろう。見つかったのは、年月を経て粉のようになった糞と、きれいに嚙みくだいた紙でつくった巣が数カ所だけ、その巣も古びて、長年使われた形跡がない。

ジャックは古新聞の束のひとつから一枚を抜きとると、見出しに目を通してみた。

ジョンソン新大統領、秩序ある政策転換を約す

ケネディの始めた事業は来年度より軌道に乗ろうと語る

その新聞は《ロッキー・マウンテン・ニューズ》、日付は一九六三年十二月十九日。ジャックはそれをもとの束の上にもどした。

おそらくこの感慨は、十年か二十年前の最新ニュースを見るときに、だれもが感じるあのありふれた歴史感覚でもあろうか。それらの古新聞や書類の束には、いま見ると、いくつかの欠落があった。一九三七年から四五年までの分は、空白になっているし、五七年から六〇年、六二年から六三年にかけても同様だ。ホテルが閉鎖されていた期間がそれにあたるのだろう。言いかえれば、ボロい儲けをたくらむカモたちのいなかった時代。

ホテルの波瀾に富んだ生涯について、あのアルマンの語ったことは、いまだにどこかうなずけないところがあった。《オーバールック》のすばらしい立地条件だけとってみても、継続的な成功は保証されていたはずだ。ジェット族というやつは、ジェット機が発明される以前からつねに存在していたし、《オーバールック》こそ、そういう渡り鳥たちが移動の中継基地にするのに、うってつけの場所ではないか。だいいち、聞こえもいい。五月には《ウォルドーフ》、六月、七月には《バー・ハーバー・ハウス》、八月と九月はじめには《オーバールック》、そしてそこからバーミューダへ、ハバナへ、リオへ、どこへなりと移動してゆく。ジャックは古い宿帳を見つけたが、それはこの考えを裏づけていた。一九五〇年にはネルソン・ロックフェラー、一九二七年にはヘンリー・フォードとその一家。一九三〇年にはジーン・ハーロウ、クラーク・ゲーブルとキャロル・ロンバード夫妻。一九五六年には、最上階ぜんぶが、一週間にわたって、〝ダリル・F・ザナック御一行様〟に貸し切られている。これではまるで、前世紀に栄えたカムストック銀鉱さながら、金《かね》がいたるところから湧きだして、階下の金銭登録器に流れこんだことだろう。経営陣がよっぽど無能だったとしか考えられない。

ここにはたしかに歴史がある。それも、古新聞の見出しにだけではない。よそからはのぞくことのできないこれらの帳簿や、会計簿や、ルーム・サービスの伝票などのなかに埋もれているのだ。たとえば一九二二年に、時の大統領ウォーレン・G・ハーディングは、鮭を一匹まるごとと、クアーズ・ビール一ケースを、夜の十時に注文している。いったいだれとこれだけのものを飲み食いしたのだろう？　ポーカーでもやっていたのか。でなくば戦略会議か。なんだろう？

ジャックはちらりと腕の時計を見て、さっきここへきてから、いつのまにか四十五分もたっているのに気づいた。手や腕は真っ黒によごれているし、おそらくいやなにおいが体じゅうにしみついているだろう。ウェンディとダニーが帰ってこないうちに、上へ行ってシャワーを浴びたほうがよさそうだ。

ゆっくりと歩いて、紙の山のあいだをひきかえしはじめたが、心は活発に動いて、さまざまな可能性を機敏に検討していた。これは心の躍ることだ。こんなふうに感じることは、ここ何年となかった。いつぞや冗談半分に自らに約束した例の本が、いま急に実現の可能性を帯びてきたように思われる。それはまさしくここにころがっているかもしれない。この雑然とした紙の山のなかに埋もれて。書くとしたら、小説仕立てでも、歴史仕立てでも、その両方でもいい――中心であるここから、百もの方向に爆発してゆく大冊の本。

蜘蛛の巣だらけの電灯の下に立ち止まると、無意識に腰のポケットからハンカチを出して、くちびるを拭った。そのときその目が問題のスクラップブックにとまった。

左側に、いまにもくずれそうなピサの斜塔よろしく、五つの箱が積み重ねてある。いちばん上の箱には、これまた送り状や帳簿のたぐいがぎっしり詰めこまれているが、その上に、どのくらいの年月、そのままになってきたのか、一冊の厚いスクラップブックが、無造作な角度で置かれている。白い革表紙がついていて、仰々しい花結びにした二本の金色の組み紐で、その革表紙ごととじてある。

好奇心にかられて、ジャックは歩みより、それをとりおろした。上になったほうの表紙には、埃が厚く積もっている。それを顔の前にあげると、ぷっと吹いて埃を吹き飛ばし、表紙をひらいた。とたんに、一枚のカードがひらひらと落ちかかり、彼はそれが床に落ちる前に、空中で受けとめた。厚いクリーム色のカードで、まんなかをれいれいしく飾っているのは、窓という窓に煌々と明りをともした、《オーバールック》の浮出し銅版画だ。前庭の芝生や児童遊園は、灯のともった日本提灯で飾られていて、なんとなく、ふっとそのなかへ踏みこんでゆけそうな気がする。三十年前に存在した《オーバールック》ホテルの英姿。

ホレス・M・ダーウェントは

今般

オーバールック・ホテル

を開業するにあたり

謹んで貴殿を披露仮面舞踏会に
　ご招待申しあげます
ディナーは午後八時より
正十二時を期して仮面をとり
　ダンスに移ります
一九四五年八月二十九日　（御返答乞う）

ディナーは八時から！　正十二時を期して仮面をとる！

まざまざとその光景がまぶたに描ける心地がした。大食堂につどうアメリカ有数の金持ちたちと、連れの女たち。タキシードと、光って見えるほど糊のきいた礼装用のシャツ。イヴニング・ガウン。バンド演奏。光ったハイヒールのパンプス。グラスの触れあう音、シャンパンの栓を抜く陽気な音。戦争は終わった——もうほとんど終わった。前途には、曇りのない、輝かしい未来が待っている。アメリカは世界の柱石であり、いまやっと、国家としてそれを認識し、受けいれたところだ。

そして当日、真夜中の十二時に、ダーウェントそのひとが呼びかける——「仮面をおとりください！　仮面を！」つぎつぎに仮面がとられ、そして……

（そして《赤死病》がすべてのもののうえに、ほしいままなる勢威をふるうばかりであった！）

ジャックは眉をひそめた。いったい全体どこから、こんな見当ちがいの文句がとびだしてきたのだろう? これはポーの一節だ——わが〝偉大なるアメリカの三文文士〟ポーの。そしてこの《オーバールック》ほど——いま手にしている招待状に描かれた、輝くばかりに華麗な《オーバールック》ほど、およそ考えられるかぎりにおいて、ポーの世界とかけはなれているものはあるまい。

招待状をもとのページにはさむと、つぎのページをめくった。そこには、デンヴァーのある新聞の切抜きが貼ってあり、その下に、一九四七年五月十五日と走り書きがしてある。

綺羅星のごとき賓客を擁して
豪華リゾート・ホテル再開さる
オーバールックを〝世界の名所〟に
富豪ダーウェント語る

特集記事担当記者
デイヴィッド・フェルトン

《オーバールック》ホテルは、過去三十八年間の歴史において、たびたび開業と休業をくりかえしてきたが、現在の持ち主であるカリフォルニアの謎の百万長者、ホレス・ダーウェントの約束しているほど、華麗に、かつ風格をもって運営されたことはめったにあるまい。

ダーウェントは、この最新の事業にすでに百万ドルを越える資本を投下してきたことを隠さないが――一部のうわさによると、その金額は三百万ドルに近いともいう――これについて、「新しい《オーバールック》を世界の名所のひとつにしてみせる――三十年後にも、そこでの一晩の滞在をなつかしく思いだせるようなホテルに」と語っている。

またダーウェントは、ラス・ヴェガスにかなりの株を持っていると言われるが、《オーバールック》を買いとり、改装したことに関し、これはコロラドにおいて、カジノ・スタイルの賭博場を合法化させるための闘いの第一弾かと問われると、この航空機産業、映画産業、軍需産業、そして海運業界の大立者は、ほほえみつつそれを否定して、こう語った。「賭博場などつくったら、《オーバールック》が安っぽくなるよ。いやいや、ヴェガスを批判していると思われちゃ困る！　批判するには、あまりに利害関係がありすぎるからね！　ただ、コロラドで賭博を合法化させるための院外活動には、関心がないというだけだ。それは天に唾するようなものだよ」

《オーバールック》が正式に開業したあかつきには（しばらく前、事実上の改装作業が終わったさいに、ホテルでは大規模な披露パーティが行なわれ、空前の成功をおさめている）、ここの新たに塗りなおされ、壁紙を貼られ、模様変えをされた客室には、綺羅星のごとき賓客がつどうであろう。各方面にわたるそれらの賓客のなかには、《シック》のデザイナー、コーバット・スターニから……

ぼんやりとほほえみながら、ジャックはページをくった。つぎのページに貼ってあったのは、

《ニューヨーク・サンデー・タイムズ》旅行欄に載った、一ページ大の広告だった。さらにつぎのページには、ダーウェントそのひとに関する記事。やや頭の薄くなりかけたダーウェントが、古い新聞写真のなかから、刺すような目でこちらを見つめている。ふちなし眼鏡をかけ、四〇年代に流行した細い口髭をたくわえているが、その髭だけでは、どう見てもエロール・フリンのように見せかけるのはむりだ。顔から受ける印象は、平凡な会計係といったところ。じつはそれとはちがう人種だ、ひとかどの人物だということを印象づけているのは、その目なのだ。

ジャックはその記事をとばし読みした。内容はほとんど、去年《ニューズウィーク》で読んで知っていたのとおなじだった。セントポールの貧困家庭に生まれ、高校さえ出ずに、すぐ海軍を志願した。めきめき頭角をあらわし、とんとん拍子に出世したが、やがて、自身の設計にかかる新型推進器の特許をめぐって、当局と激しく争い、退職した。合衆国海軍と、ホレス・ダーウェントという無名の青年の争いとなれば、勝つのは国家であることは知れている。だが合衆国政府は、それ以後、二度と彼の特許を横取りすることはできなかったし、またそれはたくさんあったのだ。

二〇年代終わりから三〇年代はじめにかけて、ダーウェントは航空産業に目を向けた。農薬の空中散布を請け負う会社が倒産しかかっていたのを買いとって、それを航空便サービス会社に仕立てあげ、おおいに儲けた。さらにいくつかの特許がそのあとにつづいた。新式の単葉機の翼の設計。《空の要塞》に採用された爆弾格納装置――これはのちにハンブルクやドレスデンやベルリンに爆弾の雨を降らせることになる。あるいはまた、アルコールによる冷却方式を用いた機関銃。後年、合衆国空軍のジェット戦闘機に用いられた射出座席の原型。

いっぽうこのかんに、発明家とおなじ人間のなかに同居している会計係のほうは、どんどん投資の対象をひろげていった。ニューヨークとニュー・ジャージー州にある一連のけちな軍需工場。ニュー・イングランドの五つの織物工場。あいつぐ倒産にあえぐ南部の化学工場。かくして《大恐慌》が終わってみると、ダーウェントの財産と名のつくものは、ほんの一握りの企業にたいする権益だけになってしまっていた――どん底の底値で買いとったものの、売ろうとすれば、それよりもっと安くしか売れないボロ会社の支配権。これについて、ダーウェントはあるときこううそぶいたことがある――すべてを清算したうえで、三年前の年式のシボレーを一台買うぐらいの金はひねりだせた、と。

この時点で、ダーウェントがどうにか生きのびるためにとった手段のいくつかは、あまり感心したものではなかったという評判がある。酒密売業者とのかかわりあい。中西部における管理売春の元締。彼の肥料工場のあった南部沿岸地方での密貿易。そして最後に、発生期にあった西部の賭博業者との提携。

おそらく、ダーウェントの投資先でもっとも有名だったのは、経営不振に陥っていたトップ・マーク撮影所だったろう。この撮影所は、一九三四年に、かかえていた少女スターのリトル・マージェリー・モリスが、ヘロインの過量摂取で死んで以来、たえてヒットを出していなかった。リトル・マージェリーは十四歳だった。得意とする役柄は、その気転で両親の結婚生活の危機を救ったり、鶏殺しの不当な汚名を着せられた、犬の命を救ったりする愛らしい七歳児。そして死んだときには、トップ・マーク撮影所の手で、ハリウッド史上、もっとも盛大な葬儀がいとなまれた——公式発表によれば、リトル・マージェリーは、ニューヨークのある孤児院を慰問公演ちゅうに、〝消耗性疾患〟で死んだとされていた——そして一部の皮肉屋たちは、撮影所が葬儀のためにそれほどの大金をばらまいたのは、この少女スターとともに、撮影所自体も葬り去られようとしているのに気づいたためだ、とほのめかした。

トップ・マークを買いとったダーウェントが、まず手をつけたのは、抜け目のない企業家であり、猛烈なセックス・マニアでもあるヘンリー・フィンケルという男を雇って、撮影所の経営をまかせることだった。それから真珠湾までの二年間に、撮影所は六十本の映画を製作したが、そのうち五十五本までは、まともにヘイズ委員会とぶつかりあって、そのおかたい道徳家面に唾をひっかけるようなしろものだった。残る五本は、政府の教育映画だった。五十五本の特作映画は、途方もない成功をおさめた。そのうちの一本では、ある無名の衣裳デザイナーが、大舞踏会のシーンに登場するヒロインのために、ストラップレスのブラを発明し、これをつけて舞踏会へ出かけたヒロインが、そこですべてを——おそらくは尻の母斑を除くすべてを——さらけだしてしまうという場面が用意された。この発明もダーウェントの手柄ということになり、彼の名声は——もしくは悪名は——しだいに高まった。

戦争はダーウェントを金持ちにしたが、戦後もその財産はどんどんふくらんだ。シカゴに住み、ダーウェント企業連合の重役会（それは彼の鉄の支配下に置かれていた）に出席する以外、めったに外に出ることもない彼については、ユナイテッド航空を所有しているといううわさをはじめ、ラス・ヴェガスを（ここでは、四つのホテル兼カジノにたいして支配権を持ち、他のすくなくとも六つにたいして、多少の権益を持っていることが知られていた）、さらにロサンゼルスを、いや、アメリカ合衆国そのものを所有している、などといううわさが流れていた。各国王族や、大統領や、暗黒街の親玉たちと親交があるというダーウェントを、多くの人が世界一の富豪と思いこんでいるのもむりはなかった。

だが、そのダーウェントも、《オーバールック》ではついに成功しなかったわけだ。ジャックはそう思いながら、いったんスクラップブックを置くと、胸のポケットから、いつも持ちあるいている小さな手帳とシャープペンシルをとりだした。そして、「ダーウェントについて調べること。サイドワインダー図書館で？」と走り書きし、手帳をしまって、またスクラップブックをとりあげた。その顔には放心したような表情が浮かび、目は遠くを見るようだった。ページをくるたびに、たえず手の甲で口を拭った。

そのあとの切抜きにざっと目を通しながら、ジャックはあとで詳しく読みなおそうと思うものを、記憶にとどめていった。多くのページには、新聞発表の切抜きが貼ってあった。なんのだれそれが、来週、《オーバールック》に滞在の予定。なんのなにがしがラウンジに出演の予定（ダーウェントの時代には、ラウンジは《レッド＝アイ・ラウンジ》と呼ばれていた）。芸人の大半はヴェガスの連中であり、客のほとんどは、トップ・マークの重役連や、スターたちだった。

それから、一九五二年二月一日付の切抜きに、つぎのような記事が見つかった——

富豪経営者、コロラドより撤退
加州の投資家とオーバールックおよび
他の投資対象につき売買交渉まとまる

経済部記者
ロドニー・コンクリン

昨日、巨大企業王国ダーウェント・グループのシカゴ本社より出された簡潔なコミュニケによって、百万長者（ないしは億万長者ともいわれる）ホレス・ダーウェントが、一九五四年十月一日付をもって、コロラド州における全権益を売りはらい、この州より撤退することが明らかになった。ダーウェントの投資先には、天然ガス、石炭、水力発電などのほか、五〇万エーカーを越すコロラドの土地にたいして、所有権または優先選択権を持つ土地開発会社、コロラド・サンシャインIncが含まれている。
ダーウェントのコロラドにおけるもっとも著名な所有財産、《オーバールック》ホテルは、すでに売却されており、このことは、昨日、珍しく記者会見に応じたダーウェントの口から、明らかにされた。買い手は、カリフォルニア土地開発会社の前社長、チャールズ・グロンダンを筆頭とするカリフォルニアの投資家グループであるとされ、ダーウェントは売り値を明らかにすることを拒んだが、消息通によると……

　では、すべてを売りはらったのか――いっさいがっさいひっくるめて。《オーバールック》だけではなかったのだ。だがなぜか……どういうわけか……

　ジャックは手でくちびるをこすり、一杯飲めたらいいなと思った。こんなときこそ一杯やれば、ますますこれがおもしろくなるのに。さらに彼はその先のページをくった。

　そのカリフォルニアの投資家グループは、わずか二シーズン、ホテルを経営しただけで、すぐに、マウンテンビュー・リゾートというコロラドのグループにそれを売却していた。マウンテンビューは、一九五七年、役員が地位を利用して私腹を肥やし、株主に損害を与えていたのが発覚して倒産、社長は大陪審から召喚された二日後に、ピストル自殺を遂げた。

　五〇年代の終わりまで、ホテルはずっと閉鎖されていて、この期間には、これに関する記事はひとつしかなかった。《かつての豪華ホテル、老朽化はなはだし》という見出しのついた日曜版の読みもの記事で、それに添えられた写真の悲惨さは、ジャックの胸を刺しつらぬいた。正面ポーチのペンキははげ、芝生は醜いあばたをさらし、窓は風と石のため、めちゃめちゃにこわれている。このことも忘れずに本に入れなければ――もしもほんとうにそれを書くとすれば。再生する前に、いったん塵にかえろうとしている不死鳥の姿。これからは、このホテルをせいぜい大事にしてやることにしよう。できるだけたいせつに扱ってやることにしよう。どうもいままでは、われながら、《オーバールック》にたいする責任の重さ、大きさを、あまりよく自覚していなかったような気がする。考えてみれば、この仕事は、ほとんど歴史にたいして責任を負っているようなものなのだ。

一九六一年に、ピューリッツァー賞受賞作家ふたりを含む四人の作家が、《オーバールック》を借りきって、創作スクールをひらいた。それは一年間つづいた。そのかんに、受講者のひとりが酒に酔って、三階の自室の窓を突き破って転落し、コンクリートのテラスに落ちて死亡している。新聞は、自殺の疑いがあるとほのめかしている。

どんなホテルにもスキャンダルはつきものさ、とワトスンは言っていたっけ。大きなホテルなら、どこにでも幽霊は出る。なぜかって？　だって、人の出入りが激しいし……

とつぜん、《オーバールック》全体の重みが、上からひしひしとのしかかってくるような気がした。百十の客室、物置き部屋、調理場、食料室、冷凍室、ラウンジ、舞踏室、食堂……

（この部屋に女たちはつどい、去り……）

（……そして《赤死病》がすべてのもののうえに、ほしいままなる勢威をふるうばかりであった）

ジャックはごしごしと口を拭うと、スクラップブックのつぎのページをひらいた。いまや残るページは全体の三分の一足らず、ここではじめて彼の意識には、これはいったいだれの本なのだろう、だれが地下室のいちばん高い記録書類の山の上に、これを置き忘れていったのだろうという疑念がきざした。

新たな見出し——日付は一九六三年四月十日になっている。

ラス・ヴェガスのグループ、
コロラドの有名ホテルを買収
風光明媚なオーバールックをクラブに

ハイ・カントリー投資会社の名のもとに活動している投資家グループのスポークスマン、ロバート・T・レフィングが、本日ラス・ヴェガスで発表したところによると、同社はこのほど、ロッキー山脈の景勝の地に建つ有名なリゾート・ホテル、《オーバールック》の買収交渉をまとめたという。具体的にどんな顔触れが同グループに加わっているか、レフィングは明らかにすることを拒んだが、ホテルについては、会員制の〝キー・クラブ〟に転換されることになろうと語った。彼の代表するグループとしては、クラブの会員権を、国内、国外のよりぬきの企業人を対象に、広く売りさばきたい意向である。

ハイ・カントリー社はこのほかに、モンタナ、ワイオミング、ユタの各州にもホテルを所有している。

《オーバールック》が世界的に有名になったのは、一九四六年から五二年にかけて、かの謎の億万長者、ホレス・ダーウェントの所有となったときからである。ダーウェントは……

つぎのページの記事は、ほんの埋め草といったところで、日付は四カ月後だった。《オーバールック》は、新たな経営陣のもとに再開されていた。明らかに新聞社では、だれがクラブの会員となっているかをさぐりだすことができなかったか、あるいは、さぐりだすことに興味を持たなかったのだろう。というのは、ハイ・カントリー投資会社の名のほか、いかなる個人名も法人名もそこにはしるされていなかったからだ。そしてハイ・カントリー投資会社という名は、いたって漠然としていて、名などないも同然。これほど漠然とした社名は、ひとつの例外を除いて、ジャックもまだ聞いたためしがない。その例外というのは、ニュー・イングランドの西部地方一円で、自転車と付属品のチェーン店を経営している会社だが、その名はなんとビジネスＩｎｃというのである。

つぎのページをくったとき、そこに貼ってあった切抜きを見て、ジャックは思わず目をまたたいた。

富豪ダーウェントは裏口から
コロラドにもどってきたのか？
ハイ・カントリー社の社長は
チャールズ・グロンダンと判明

経済部記者
ロドニー・コンクリン

《オーバールック》ホテルは、風光明媚なコロラドの高地にある歓楽の殿堂で、かつては大富豪ホレス・ダーウェントの個人的な愛玩物だったところだが、いまや、ある複雑な金融界のからくりの中心として、新たな脚光を浴びようとしている。

昨年四月十日、ホテルは、ラス・ヴェガスに本拠を置くハイ・カントリー投資会社に買収され、内外の富裕な実業家を対象とするキー・クラブになった。ところが、このほど消息筋より得た情報によると、ハイ・カントリー社の社長はチャールズ・グロンダン（五三）であり、一九五九年、シカゴのダーウェント企業連合本社の副社長となるために辞任するまで、カリフォルニア土地開発株式会社の社長をつとめていた人物と判明した。

このことから、当然のように疑問が起こってくる。すなわち、ハイ・カントリー投資会社はダーウェントの支配下にあるのではないか、そしてダーウェントが二度目に、それもきわめて奇異な状況下に、《オーバールック》を取得したのではないか、ということである。

一九六〇年に脱税容疑で起訴され、無罪になったグロンダンは、現在、居所を明らかにしておらず、コメントは得られなかったし、ホレス・ダーウェントは、日ごろから厳重にプライバシーの垣を張りめぐらしており、今回、記者からの問合せの電話にたいしても、いっさい答えようとしなかった。カリフォルニア州のディック・バウズ州議会議員は、この件につき徹底的な調査を要求しており……

この切抜きの日付は、一九六四年七月二十七日になっていて、つぎの切抜きは、その年九月の、ある日曜新聞のコラムからとったものだった。筆者名はジョッシュ・ブラニガー、暴露ものを得意とするジャック・アンダーソン・タイプのルポ・ライターで、たしか一九六八年か六九年に死亡したはずだ。

コロラドにマフィアの自由地帯？

ジョッシュ・ブラニガー

現在、わが国でもっとも新しい、組織の最高君主のための保養施設は、人里離れたロッキー山脈の中心にある、閑雅なホテルに置かれているようである。白い巨象を思わせるこの《オーバールック》ホテルは、一九一〇年の初開業以来、ほとんど半ダースものグループや個人によって不運な運営をされてきたが、現在は、くつろぎをもとめる企業家たちのためというふれこみで、秘密につつまれた〝キー・クラブ〟として経営されている。問題は、その《オーバールック》の会員である企業家たちが、実際にはどんな事業にたずさわっているかということなのだ。

一例として、八月十六日から二十三日までの一週間に滞在した会員を列記すれば、多少の感触がつかめるだろう。以下のリストは、ハイ・カントリー投資会社の元従業員から入手したものである。この会社ははじめ、ダーウェント企業連合の傘下にあるダミー会社と見られていたが、現在までに判明したところでは、ダーウェントのこの会社にたいする権益（もしもあるとすれば）よりも、ラス・ヴェガスの賭博業界の大立者数名のそれのはうが、むしろ大きいのではないかと見なされるにいたった。そしてこのおなじ賭博業界の顔役たちが、過去において、犯罪の容疑者であり、有罪判決を受けたこともある、暗黒街の親玉連とつながっているのである。

この八月の陽光燦然たる一週間に、《オーバールック》に滞在した顔触れは、つぎのとおり――

チャールズ・グロンダン、ハイ・カントリー投資会社社長。この七月にグロンダンがハイ・カントリーの経営者であることが明らかになったとき、彼が数年前にダーウェント企業連合における地位を辞していることが――かなり遅まきながら――発表された。銀髪のグロンダンは、このコラムのために記者と会見することを拒んだが、かつて（一九六〇年）脱税容疑で起訴され、無罪になった前歴がある。

チャールズ・〝ベビー・チャーリー〟・バターリア、六十歳のヴェガスの興行主（ストリップ街の《グリーンバック》および《ラッキー・ボーンズ》の支配権を持つ）。バターリアはグロンダンと個人的な親交があるが、その逮捕歴は古く、一九三二年にまでさかのぼる。この年、ジャック・〝ダッチー〟・モーガンが、暗黒街ふうの手口で殺害されたが、その容疑者として裁判にかけられ、無罪になったのがバターリアなのだ。連邦当局は彼が、麻薬取引、売春管理、殺人請負などにも関係していたと睨んでいるが、にもかかわらず、彼を投獄できたのは、一九五五年から五六年にかけての所得税の脱税によるもの、一回きりである。

リチャード・スカルネ、ファン・タイム娯楽機械会社の筆頭株主。ファン・タイム社は、ネヴァダ州民のためにスロットマシーンを、他の州のためには、ピンボール・マシーンとジュークボックス（メロディ＝コイン）を製造している。スカルネは前科三犯、罪名はそれぞれ、凶器による暴行（一九四〇年）、凶器携行罪（一九四八年）、および脱税謀議加担（一九六一年）である。

ピーター・ツァイス、マイアミを本拠地とする輸入業者。そろそろ七十歳に手の届く年齢ながら、過去五年間、好ましからざる人物として国外追放になろうとするのを、あの手この手でのがれてきたしたたかもの。過去二回、盗品受領および隠匿（一九五八年）、脱税謀議加担（一九五四年）の嫌疑で有罪判決を受けている。人あたりがよく、上品で、礼儀正しいツァイスは、親しい友人からは〝パパ〟と呼ばれて敬愛されているが、そのじつ、殺人および殺人幇助の疑いで裁判にかけられた前歴の持ち主でもある。スカルネのファン・タイム社の大株主であると同時に、ラス・ヴェガスのカジノ四カ所に権益を持つことでも知られている。

ヴィットリオ・ジェネリ、別名〝ヴィトー・ザ・チョッパー〟。暗黒街スタイルの殺人で、これまでに二度、裁判にかけられており、そのうち一度は、ボストンの悪の帝王と言われたフランク・スコフィを、斧で惨殺した容疑。ジェネリはこのほかに二十三度起訴され、十四回裁判にかけられたが、有罪判決を受けたのはただ一度、一九四〇年の万引罪によるもののみである。伝えられるところによれば、ジェネリは近年とみに勢力を増し、ラス・ヴェガスを中心とする、組織の西部地区の縄張りをまかされているとのこと。

カール・〝ジミー＝リックス〟・プラシュキン、サン・フランシスコの投資家。現在ジェネリの握っている縄張りの推定相続人と目される。ダーウェント企業連合の大株主であり、さらに、ハイ・カントリー投資会社、ファン・タイム娯楽機械会社、ヴェガスのカジノ三カ所などにも株を持っている。プラシュキンはアメリカ国内ではクリーンだが、メキシコで詐欺罪に問われたことがある。ただし、告訴されてから三週間後には、訴えはあわただしくとりさげられた。観測によれば、プラシュキンは、ヴェガスのカジノのあがりをきれいな金に〝洗い〟なおし、ふたたびそれを、組織の西部における合法的な事業につぎこむ役目を担っているものと見られている。そしてそれらの事業のなかに、いまやコロラドの《オーバールック》ホテルも含まれているかもしれないというわけだ。

最近のシーズンにおけるこのホテルの他の滞在客を洗ってみると……

記事はまだまだつづいていたが、ジャックはしきりに手でくちびるを拭いながら、ざっととばし読みするにとどめた。ラス・ヴェガス・コネクションとつながりのある銀行家。ニューヨークのガーメント・センターを本拠としながら、衣類をつくることよりも、他の活動に精を出しているらしい男たち。麻薬、非行、強盗、殺人等とかかわりのある男たち。

じっさいまあ、なんと多彩な！　しかもこれらの男たちがみな、ここに、現在自分のいるこの地下室の上の、あれらのがらんとした客室に寝泊まりしていたのだ。おそらくは、三階の部屋で高級娼婦を抱きながら。シャンパンの大壜をたてつづけにあけながら。百万ドルを越す取引に明け暮れながら。たぶん、かつては大統領たちが滞在しただろうその部屋で。たしかにここには歴史がある。小説よりも奇なる実話が。多少あわただしいしぐさで、ジャックはまた手帳を出すと、ここでの仕事が終わったら、デンヴァーの図書館で、これらの人物について詳しく調べること、というメモを書き足した。どんなホテルにも幽霊はいる、だって？　《オーバールック》は幽霊だらけだ。最初は自殺、つぎはマフィア、おあとはいったいなんだろう？

つぎの切抜きは、ブラニガーの告発にたいするチャールズ・グロンダンの腹だたしげな否定だった。ジャックは鼻で笑ってそれを読みとばした。

そのあとのページの切抜きは、大きすぎて、たたんであった。それをひろげたとたんに、ジャックはひゅっと息をのんだ。大きな写真が目にとびこんできた。一九六六年の六月以降、壁紙は貼りかえたようだが、窓と、窓からのながめは見まちがえようがない。《プレジデンシャル・スイート》の西側の窓。そう、おあとにきたのは殺人だった。寝室につづくドアのそばの居間の壁、そこに、一面の血しぶきと、どう見ても脳髄のかけらとしか思えない、白い小片が飛び散っている。無表情な顔をした警官が、毛布をかぶせられた死体のそばに立っている。ジャックは魅入られたように写真を凝視し、それから、上のほうの見出しに目をやった。

コロラドのホテルでギャングの撃ちあい
暗黒街の大立者、キー・クラブで射殺さる
他に二名死亡

コロラド州サイドワインダー発（UPI）――この平穏なコロラド州の町から四十マイル離れたロッキー山脈の山あいで、ギャングによる血なまぐさい処刑が行なわれた。現場は、三年前にラス・ヴェガスのある会社により、会員制のキー・クラブとして買収された《オーバールック》ホテルで、散弾銃の撃ちあいにより三人が死亡した。ひとりはヴィットリオ・ジェネリという暗黒街の顔役で、二十年前にボストンで起こったある惨殺事件にかかわっていたとの評判から、〝ザ・チョッパー〟の異名を持つ男、残る二名は、ジェネリの仲間か、ボディガードと見られている。

警察に通報したのは、《オーバールック》の支配人ロバート・ノーマンだが、ノーマンは銃声を聞いており、また、客の数名が犯人らしき二人組を見かけたと述べた。その客の言うところによれば、ストッキングで覆面をし、銃を持ったふたりの男が、非常階段から逃げだして、待たせてあった新型の薄茶色のコンバーティブルで逃走したとのことである。

州警察のベンジャミン・ムアラー警部補は、かつて三人の合衆国大統領が滞在した《プレジデンシャル・スイート》の前で、ふたりの男が死んでいるのを発見した。のちにこのふたりは、いずれもラス・ヴェガス在住のヴィクター・T・ブアマン、およびロジャー・マカージと判明した。《プレジデンシャル・スイート》のなかで、ムアラーはうつぶせに床に倒れたジェネリの死体を発見したが、周囲の状況から見て、ジェネリは襲撃者からのがれようとしたときに射殺されたものと見られる。ジェネリは至近距離から、大口径の散弾銃で撃たれたとムアラーは

ろ所在がつかめず……

《オーバールック》を現在所有している会社の代表、チャールズ・グロンダンは、目下のところ所在がつかめず……

述べている。

切抜きの下に、肉太のボールペンの文字で、だれが書いたのか、「やつらは彼のきんたまを切りとっていった」という走り書きが躍っていた。身内が冷たくなるのを覚えながら、ジャックはその文字を凝視した。いったい全体、この本はだれのものなのだ？

喉をごくりと鳴らして唾をのみこむと、思いきってつぎのページをめくった。またひとつジョッシュ・ブラニガーによるコラム――今度の日付は一九六七年はじめだ。ジャックは見出しだけに目を通した――《暗黒街の顔役殺害事件がたたり、ついに悪名高いホテル、売却さる》。

その切抜きからあとのページは、空白のままだった。

（やつらは彼のきんたまを切りとっていった）

ジャックはもう一度はじめまでページをめくりなおし、名前か住所がないかどうか捜してみた。でなければせめてルーム・ナンバーでも。なぜなら、だれにせよこのちょっとした記念アルバムをつくっていたのは、このホテルに滞在していた人物にちがいないからだ。だが、その身許を示すような記入はなにもなかった。

あらためて腰をすえて、もっと詳細にそれらの切抜きを読みなおしにかかったとき、階段の上から声が聞こえてきた。

「ジャック？　いるの？」

ウェンディだ。

ジャックはぎくりとするのと同時に、ほとんどやましさをも覚えた。ちょうど隠れて酒を飲んでいたところを見つかり、ウェンディに息のにおいを嗅がれるのを恐れているように。ばかばかしい。手のひらでごしごしとくちびるをこすると、彼は叫びかえした。

「ああ、ここだよ。ねずみがいないかと思ってね」

ウェンディは降りてこようとしていた。足音が階段に響き、ついでボイラー室を横切ってくるのが聞こえる。なぜそうするのかとくに意識もせずに、急いでスクラップブックを請求書や送り状の山の下に押しこむと、立ちあがって、アーチをくぐってくる彼女のほうをふりむいた。

「いったい全体、いままでここでなにをしてたの？　もう三時に近いわよ！」

彼はにやりとした。「そんなに遅いのかい？　じつはずっと、ここのがらくたの山をあさってたのさ。どこに死体が埋まってるのか、見つけてやろうと思ってね」

冗談めかしたその言葉が、自分の耳にもひどく毒々しく聞こえた。

ウェンディはじっとこちらを見ながら近よってき、ジャックは無意識に一歩後退した。彼女がなにをしようとしているのかぴんときた。息が酒くさくないかどうか嗅ごうとしているのだ。たぶん、自分でもそれを意識してはいないだろう。が、彼にははっきりわかった。そしてそれは、うしろめたいのと腹だたしいのと、あいなかばする気持ちに彼をおとしいれた。

「口から血が出てるわ」と、ウェンディが奇妙に抑揚のない口調で言った。

「え?」くちびるに手をやったとたんに、刺すような痛みを感じて思わずたじろいだ。人差し指に血がついている。うしろめたさがいや増した。

「またくちびるをこすってたのね」ウェンディが言った。

ジャックは目を伏せ、肩をすくめた。「ああ、そうかもしらんな」

「きっとそれ、ずいぶんつらいことなんでしょうね」

「いや、それほどでもないよ」

「このごろすこしは楽になった？」

ジャックは目をあげてウェンディを正視すると、どうにか足を動かして歩きだした。いったん動きだしてしまうと、それはかなり楽になった。彼は妻に歩みより、その腰に手をまわした。そして、うなじにたれた金髪をかきわけ、そこにキスすると、「ああ」と答え、それから、「ダニーはどこだい？」とつけたした。

「あら、どこかそこらへんでしょ。外は曇ってきちゃったのよ。おなか、すいた？」

彼は好色亭主をよそおって、彼女のジーンズにつつまれた、締まった腰に手をのばした。

「がつがつしてるよ、熊みたいにね、マダム」

「よしてよ、強打者さん。どうせ中途半端になることなら、やめたほうがいいわ」

「いっぱつ、やるかね、マダム？」ジャックはなおも手を動かしながら言った。「エロ写真はどうだい？　すげえ体位のは？」アーチを出しなに、彼はちらりとうしろをふりかえり、スクラップブックが

　隠してある箱のほうへ目を投げた。明りを消したので、そのあたりは影になっている。ウェンディをうまくここから連れだして、彼はほっとしていた。と同時に、よそおった欲情が演技でなくなり、階段に近づくにつれて、しだいに自然なものになってきた。

「いいわね――サンドイッチでもおなかに入れたあとでなら」ウェンディは答え、それから、くすくす笑いながら身をよじって、彼の手を避けた。「ひーっ！　くすぐったいじゃないの！」

「ジョォック・トランスがくすぐってやろうって気になると、こぉんなくすぐったいことはねえんでさ、マダム」

「やめてったら、ジョォック。まずハムとチーズはいかが……最初のコースとしてね」

　ふたりはもつれあうように階段をのぼった。ジャックはそれきりふりかえらなかったが、頭のなかでは、ワトスンの言葉を考えていた――

（だれの？）

　どんなホテルにも幽霊は出る。なぜかって？　だって、人の出入りが激しいし……

　それから、ウェンディが背後で地下室のドアをたてきり、部屋は暗闇のなかにとりのこされた。

19

二一七号室の前で

ダニーは、ある人物の言葉を思いだしていた。夏のシーズンちゅうに、この《オーバールック》で働いていた人物――

客室のひとつで、あるものを見た、と彼女は言うんだ。そこは……前にいやなことのあった部屋なのさ。二一七号室だ。だからな、ダニー、その部屋へははいらないと約束してほしいんだよ……とにかくぜったいにそこへは近づくな……

それはどう見てもまったくありふれたドアだった。ここまでくる途中のほかの部屋のドアと、ぜんぜん変わらない。色は濃い灰色、二階の中心を走る大廊下から、直角に折れた通路のなかほどにある。ドアの上の番号札だって、ボールダーで住んでいたアパートのそれとすこしも変わらない。二と、一と、七。たいしたことない。そのすぐ下に、小さなガラスの目――のぞき穴がある。これまでに、これをいくつかのぞいてみた。室内から見ると、外の廊下が魚眼レンズ式に幅広く見わたせる。ところが外側からだと、いくら目をやぶにらみにしてみても、なにひとつ見えない。なんともいまいましい仕掛けだ。

（なんでおまえはこんなところにいるんだ？）

　ホテルの裏山への散歩のあと、ママはダニーの大好きな昼食をつくってくれた。チーズとボローニャのサンドイッチに、キャンベルのビーン・スープ。ふたりはディックの調理場でそれを食べ、食べながら話をした。そばではラジオが、エスティズ・パークの放送局から流れてくる音楽を、かぼそい金属的な音でかなでている。調理場はこのホテルのうちでも、ダニーのお気に入りの場所だった。それに、見たところ、ママやパパもおなじ気持ちらしい。というのも、最初の三日ばかり、食堂で食事をとろうとしたものの、それ以後は、三人とも暗黙の諒解のうちに、台所の肉切り台のまわりに椅子を並べて、そこで食事をするようになっているからだ。どっちみち、そのディック・ハローラン愛用の肉切り台ときたら、ストーヴィントンの家の食堂のテーブルくらい大きい。なにしろここの大食堂は、明りを煌々とつけ、事務所にあるカセット・プレイヤーでたえず音楽を流していても、どうにも陰気くさいのだ。いくらにぎやかにしても、その広い食堂にたった三人きり、まわりには、透明なビニールの埃よけのかかった無人のテーブルが、どこまでもどこまでも並んでいる、といった風景には変わりはない。ママは、ここで食事をするのは、ホレス・ウォルポールの小説のなかで食事をするのに似ていると言い、パパも笑って、まったくそのとおりだと相槌を打った。ホレス・ウォルポールがなにものか、ダニーには見当もつかなかったが、それでも、台所で食事をするようになってから、ママの料理がおいしくなったことに気がついていたし、それに、ここでは随所にディック・ハローランの個性がひらめくのが感じとれ、それに触れると、温かい手に触れたように、ほっとするのだった。

ママはサンドイッチを半個だけ食べ、スープは飲まなかった。それからダニーに、ワーゲンもホテルのトラックも両方とも駐車場にあるから、きっとパパもべつに散歩に出かけたのだろうと言い、ちょっと疲れたので、一時間ばかり横になろうと思うが、ひとりでおとなしく遊んでいられるかとたずねた。ダニーはチーズとボローニャを口いっぱいにほおばったまま、だいじょうぶ、ひとりで遊んでいられるよと答えた。

「だったら、児童遊園へ行ってみたら？」ママは重ねて言った。「あそこは好きでしょう？――お砂場があって、あんたのトラックやなにかも置いてあるし」

にわかに食物がかさかさのかたいかたまりと化し、ダニーはむりにそれをのみこんだ。そして、「うん、たぶんね」と言うと、横を向いて、ラジオをいじりはじめた。

「それにきれいな動物の生け垣もあるし」ママはからになった彼の皿をとりあげながら言った。「もっとも、そろそろおとうさんは、あれを刈らなきゃならない時期にきてるようだけど」

「そうだね」ダニーは言った。

（とにかくいやなことさ……一度はあの、動物の形に刈りこんだ生け垣に関係したことだった……）

「もしも先におとうさんを見つけたら、おかあさんは横になると言ってた、そう言ってちょうだい」

「うん、ママ」

ママは汚れた皿を流しに運ぶと、またそばへもどってきた。「ねえダニー、あんた、ここが楽しい？」

ダニーは上唇にミルクの口髭を生やして、無邪気な表情で彼女を見あげた。「う、うん」

「もう悪い夢は見ない？」

「うん」その後一度、夜、床にはいってから、トニーが訪れてき、遠くから、かすかに名を呼んだ。ダニーはトニーの姿が見えなくなるまで、かたく目をとじて、じっとしていた。

「ほんとう？」

「ほんとだよ、ママ」

ママは満足したようだった。「手はどう？」

ダニーは母の目の前で手を曲げてみせた。「すっかりよくなったよ」

ウェンディはうなずいた。ジャックはあの翌朝、凍死したすずめばちでいっぱいの巣を、パイレックスの鉢の下からとりだし、資材小屋の裏の焼却炉へ持っていって、焼き捨ててきた。それ以来、すずめばちは一匹も見かけていない。いっぽうジャックは、ダニーの手の写真を同封して、ボールダーの弁護士に手紙を出したが、一昨日、その弁護士から電話があって、ジャックはそれで半日ばかり不機嫌だった。弁護士が言うには、ジャックが殺虫ボンベを包みに印刷された使用法どおりに使ったかどうか、それについては、本人であるジャックの証言があるのみなので、かりに製造元を訴えても、勝ち味は薄いというのだ。それなら、そちらで同種の殺虫ボンベをいくつか買って、おなじ欠陥がないかどうか、実験してみるわけにはいかないか、そうジャックは言ってやった。それはできないではない、と弁護士は言う。しかし、かりに実験に使った品がぜんぶおなじ欠陥を示したとしても、訴訟の結果はすこぶる疑わしい。以前にも、繰出し梯子から落ちて背骨を折った男が、梯子の製造元を訴えた事件があったが、やはり敗訴している。ウェンディはジャックの気持ちには同感だったが、内心では、ダニーの手が思いのほか安あがりに治ってくれて、ほっとしてもいた。訴訟なんてことは、そういうことに詳しい人にまかせておけばいい。そしてトランス一家は、そういう人種ではないのだ。それにあれ以来、すずめばちを見かけていないことでもあるし。

「行って、遊んでくるといいわ、ドック。楽しんでらっしゃい」

だがダニーは楽しんではいなかった。さいぜんからあてもなくホテルのなかをうろつき、メイドたちがリンネル類をしまう部屋や、掃除夫たちの詰所をのぞいて歩いているだけだ。なにかおもしろいものはないかと捜しまわりながら、なにも見つけられないままに、濃紺の、黒くよじれた線を織りこんだ絨毯の上を、とぼとぼ歩いてゆく幼い少年。ときおり立ち止まって、いくつかの部屋のドアをためしてみるが、むろんみな錠がおりている。合鍵は事務室にある。それがどこにかかっているかも知っている。が、パパは、ぜったいにそれに手を触れてはいけないと言っているし、ダニーもそうしたいとは思わない。そうだろう？

（なんでおまえはここにいるんだ？）

結局のところこれは、あてのない行動などではなかった。ダニーはある種の病的な好奇心にひかれて、この二一七号室までひきよせられてきたのだ。いつだったか、パパが酔っぱらって、読んで聞かせてくれた物語のように。それはずっとむかしのことだったが、物語の内容は、いまでもきのうのことのようにはっきり覚えている。パパがそれを読んでくれたとき、ママは苦い顔をして、たった三つの子にそんな恐ろしい話を聞かせるなんて、とたしなめたものだ。そのお話の題は、『青ひげ《ブルーベアド》』といった。そのこともよく覚えている。なぜならはじめは、『青い鳥《ブルーバード》』かと思ったからだ。だがそのお話には青い鳥は出てこなかったし、そのかぎりでは、どんな鳥も出てこなかった。それは、〝青ひげ〟の奥方になった美しい娘、ママのようなとうもろこし色の髪をした、ある娘のお話だった。〝青ひげ〟と結婚したあと、その娘は大きくて無気味な、どこか《オーバールック》に似ていないでもないお城に住むようになる。毎日〝青ひげ〟は仕事に出かけてゆくが、そのつどかわいい新妻にむかい、ある部屋をのぞいてはいけないと言いおいてゆく。その部屋の鍵は、このホテルの合鍵が階下の事務室の壁にかかっているのとおなじように、いつでもとれる鉤にかかっているのだが、それでもその部屋をのぞくことは許されない。そこで〝青ひげ〟の妻は、だんだんその鍵のかかった部屋について、好奇心をつのらせてゆく。ちょうどダニーが二一七号室のドアスコープからなかをのぞこうとしたように、彼女も鍵穴からその部屋をのぞこうとするが、やはり不満足な結果しか得られない。その本には、彼女が廊下に膝をついて、ドアの下の隙間からなかをのぞこうとしている挿絵さえ出ていた。だが、隙間が狭くてうまくいかない。と、とつぜんドアがぱっとひらいて……

そこに彼女が見いだした恐ろしい光景を、その古いおとぎ話の本は、まがまがしくもまた魅惑的な描写で描きだしていた。そのイメージは、ダニーの心に焼きついた。部屋のなかには、〝青ひげ〟の七人の前妻たちの生首が、白目をむき、声なき悲鳴に口をくわっとあけて、形相もすさまじく、それぞれ台にのせられて並んでいたのだ。広刃の剣で断ち切られたそれらの首は、ぎざぎざの切り口を下にして、どうにかバランスをとって並べられ、台座の脚を伝わって、血がしたたりおちている。

ぞっとして、彼女は部屋から、そしてお城から逃げだそうとするが、ふりむいたとたんに目にはいったのは、戸口に立ちはだかって、目をらんらんと輝かせ、こちらを睨みつけている〝青ひげ〟の姿だ。「この部屋にはいってはならんと言っておいたはずだ」と、〝青ひげ〟は剣を抜きはなちながら言う。「哀れやおまえも、他の女どもとおなじように、好奇心が身を滅ぼすことになったな。あいにくわしは、おまえをいちばん愛しておったのだが、そのおまえまで、前の七人とおなじ死にかたをさせることになろうとは。だがいたしかたない。命はもらった。覚悟しろ！」

たしかその物語のおしまいは、ハッピーエンドだったと記憶しているが、そんなものは、ふたつの圧倒的なイメージの前では、まったく光彩を失ってしまっている。そのふたつとは、なにか大きな秘密を隠した、あざけるような、いらいらさせられるようなドアの存在であり、これまでに七回もくりかえされた、その恐ろしい秘密そのものである。鍵のかかったドアと、その奥に隠された生首――切断された女の生首。

ダニーの手がそろそろとのびて、なにかやましいことでもしているように、ドアの把手に触れた。いままでどのくらいのあいだここに立って、この灰色の、誘惑的なドアを、魅入られたように見つめていたのか、見当もつかなかった。

（そう、たぶん三回ぐらいあったかな、なにかを見たような気がしたことが……なにかいやなものを……）

だが同時にミスター・ハローラン――ディック――は、こうも言った。そういうものがおまえさんに害を加えるとは思わない、と。それらは本のなかのこわい挿絵のようなもので、それ以上のなにものでもないのだ、と。それに、ひょっとしたら、結局、なんにもないかもしれない。とはいえ……

ダニーは左手をポケットに入れた。出てきたとき、その手は合鍵を握っていた。そう、むしろ最初からそこにはいっていたのだ。

ダニーは鍵についた四角い金属の札をつまんで、それをぶらさげた。札には、〝事務室〟という文字が、マジック・マーカーでしるしてある。ダニーは鎖にさがった鍵を円を描くようにふりまわし、それがぐるぐるまわるのを見つめた。数分間そうしていてから、ふりまわすのをやめて、鍵穴にあてがった。それは最初からそうなることを期待していたように、するりと、なんのひっかかりもなくそこにおさまった。

（なにかを見たような気がした……いやなものを……だから約束してほしいんだ、あそこにははいらないって）

（約束するよ）

そして約束というものは、どんな約束でも、きわめてたいせつなものだ。にもかかわらず、ダニーの好奇心は、さながら手の届かない場所に触れたつたうるしの毒のように、気も狂うほどのむずがゆさで彼を刺激している。たちの悪い好奇心だ。こわい映画の、とくべつこわい場面を見るときに、手で顔をおおいながら、指のあいだから画面を見たくなるような、そういうたぐいの好奇心。ただ、このドアの向こうにあるものは、映画の一場面ではない。

(そういうものがおまえさんに害を加えるとは思わない……本のなかのこわい挿絵のようなものだ……)

ふいにダニーは左手をのばすと、その手でなにをしようとしているのか自分でも意識せぬままに、鍵を抜きとり、ポケットにもどした。そのあと、なおしばらくそのブルー・グレイの目を大きく見はって、ドアを見つめていてから、くるりと踵を返し、現在いる通路と直角に走っている大廊下にむかって、足早に歩きはじめた。

しばらく行ったところで、なにかが足を止めさせ、一瞬、それがなんなのかつかめぬままに、去就に迷って立ちつくした。それから、はっと思いだした——この角を曲がったすぐのところ、階段へもどる途中の廊下に、あの旧式な消火器のひとつが、壁を背にしてとぐろを巻いているのだ。まるでうたた寝をしている蛇のように。

それは普通の化学消火器とはぜんぜんタイプのちがうものだ、そうパパは言っていた。化学消火器も調理場にはいくつかあるが、こちらのは、最近のスプリンクラー方式の先祖みたいなものだそうな。その長いカンバス製のホースは、ホテルの給水管にじかにつながっているから、バルブをまわせば、それだけでワンマン消防隊ができあがる。消火器としては、泡や二酸化炭素を噴きだす化学式のほうが、はるかに性能がいいとパパは言っている。化学式のは、燃焼に必要な酸素の供給を絶つことによって、火を窒息させてしまうのにたいし、水圧の高い水をそそぎかける方式は、その勢いでかえって火をひろがらせるおそれがある。パパに言わせると、ミスター・アルマンはあの旧式な肉焼き器ともども、この時代遅れのホースをとりかえてしまうべきなのだが、あいにくミスター・アルマンはけちなゲスヤローだから、そのどちらもしないだろうという。このゲスヤローというのは、父の考えつくかぎりの、最低の罵り言葉である。それは、一部の医者や歯医者や、機械の修理工や、ときにはストーヴィントン校の英語科の主任にたいして用いられる。その主任は、パパが購入を申請した図書の一部を、予算超過だとして却下したのだ。「予算超過だとさ、くそったれめが」そうパパはママにむかってあたりちらした——ダニーは、とうに眠っているはずのベッドのなかで、いっさいを聞いていたのだ。「あいつめ、きっと最後の五百ドルを自分のためにとっておこうとしてるんだ、あのゲスヤローめが」

ダニーはそっと廊下の角からのぞいてみた。

問題の消火器は、まちがいなくそこにがんばっている——平たくひしゃげたホースをぐるぐると十ぺん以上も巻いて、赤く塗った枠でうしろの壁に固定されて。その上に、博物館の展示物のようなガラスケース入りの斧がさがっていて、赤い地に白い文字で、《緊急ノ場合ハ、ガラスヲ破ッテクダサイ》と書かれている。ほかの語については自信はないが、〝緊急〟という語だけはダニーにも読むことができる。彼のお気に入りのテレビ番組の題名だからだが、それにしても、その言葉が、この長い、ひしゃげたホースと関連して使われているのは、どうも気に食わない。〝緊急〟とは、火事や、爆発や、自動車事故や、病院のことであり、ときには死を意味することもあるのだ。それに、このホースが、なんとなくしらーっとした顔で壁にかかっているのも気に食わない。だから、ひとりのときはいつも、これらの消火器の前はできるだけ足早に通り抜けることにしている。とくに理由はない。ただ、そうしたほうがいいような気がするのだ。安全なような気がするのだ。

いま、胸のなかで心臓をはじけそうなほどに高鳴らせながら、ダニーは角を曲がると、消火器を越えて、廊下の先の階段のほうを見わたした。ママがあの階段の下の部屋で横になっている。そしてパパは、もし散歩から帰ってきていれば、いまごろは台所にすわって、本を読みながらサンドイッチを食べているだろう。ただあの古ぼけた消火器の前をまっすぐ通り抜けて、階段を降りさえすればいいのだ。

できるだけ反対側の壁に寄って、右肘がその高価な絹張りの壁に触れるくらいにしながら、ダニーは用心ぶかくそのほうへ歩きだした。あと二十歩。十五歩。十二歩。

あと十歩というところまできたとき、ふいに消火器の真鍮のノズルが、それまでのっていた（眠っていた？）

太いとぐろの上からすべりおちて、鈍い音とともに、廊下の絨毯の上に落ちた。ダニーは背中をどやされでもしたように、両肩をひくっと痙攣させると、その場に棒立ちになった。頭にかっと血がのぼって、耳とこめかみががんがんする。口がからからになって、いやな味が口中にひろがり、両手がしぜんに握りこぶしになる。とはいえ、そのノズルは、ただそこに横たわっているきりだ。真鍮の口金がやわらかな金色に光り、ひしゃげたカンバスのホースが、そこから後ろの壁に固定してある、赤いペンキ塗りの枠までのびている。

なるほど、ではあれは落ちたというわけか。だったらどうした？　あれはただの消火器で、それ以外のなにものでもない。あれが『野生動物の世界』から抜けでてきた毒蛇かなにかで、それがぼくの足音を聞きつけて、目をさましたなどと考えるのはばかげている。たとえあの縫い目のあるカンバスが、多少うろこに似て見えるにしても。あんなものはひょいとまたぎ越えて、そのまま階段まで歩いてゆけばいい。なんならいくらか足をはやめてもいいだろう――あいつがあとを追ってきて、足首に巻きついたりしないように……

左手でくちびるを拭うと――その動作は、無意識のうちに父の模倣になっていた――ダニーは思いきって一歩踏みだした。ホースはぴくりとも動かない。また一歩。依然として反応なし。それ見ろ、どんなにばかげているかよくわかったろう？　なにもかもおまえの想像なんだ。あのばかげた部屋のことや、ばかげた〝青ひげ〟の物語のことばかり考えているうちに、そんな気がしてきただけなんだ。それにあのホースだって、もう五年もはずれかかっていたのかもしれない。それだけのことだ。

ダニーは床の上のホースを見つめ、そしてすずめばちのことを思った。

八歩離れて、ノズルはいとも穏やかに彼にむかってまたたきかけていた。それはこう語っているようだった——心配するな。わたしはただのホースで、べつにこわいものじゃない。それに、かりにそうだったとしても、このわたしに、蜂が刺す以上のどんな害をきみに与えることができる？　あるいは、すずめばちが刺す以上の？　いったいわたしが、きみのようなかわいい少年に、なにをしたがるというんだね……ただ嚙みついて……嚙みついて……嚙みつく以外に？

ダニーはまたそろそろと一歩踏みだし、さらにもう一歩踏みだした。喉がからからで、呼吸がぜいぜい鳴っている。パニックがひしひしと迫ってくる。いつしか彼は、そのホースが動いてくれればいいと思いはじめていた。そうすれば、すべてがはっきりする。自分の気のせいじゃないということが確信できる。また一歩踏みだすと、もうそれが襲ってこられる距離だ。だけどそれが襲ってくるはずなんかない——ダニーはヒステリックに自分に言い聞かせた。ただのホースでしかないものが、どうして襲ってなんかこられる？　嚙みついてくるはずがある？

ひょっとすると、あのなかにはすずめばちが巣食っているかもしれないぞ。

ふいに体内温度が零下十度までさがった。ノズルの中心にあいた黒い穴を、ダニーはほとんど魅入られたように見つめた。もしかするとあのなかには、ほんとうにすずめばちが巣食っているかもしれない。姿を見せないすずめばちの大軍。毒液でその褐色の体をふくれあがらせたすずめばちの群れ。秋の毒液でぱんぱんにふくれあがって、そのため、針の先から透明なしずくがしたたりおちるのが見えるくらいの。

とつぜんダニーは、体が恐怖のために凍りつきかかっているのをさとった。いますぐ足を動かさないと、それは絨毯に根を生やしてしまい、永久にここから動けなくなるだろう。真鍮のノズルの中心の穴を、蛇に魅入られた小鳥のように見つめながら、パパが捜しにきてくれるまで、ここに棒立ちになっている。そしたらいったいどうなるだろう？

悲鳴ともうめきともつかぬ声をもらして、ダニーは死にもの狂いで走りだした。ホースのすぐそばまできたとき、なにかの光のいたずらで、ふいにノズルが動いたような、いまにも襲いかかろうとして身がまえたような気がして、とっさに高々と空中にとびあがった。恐怖のなせるわざか、脚はほとんど天井に届きそうなところまで彼を押しあげ、ひたいの上の立ち毛が、天井の漆喰をこするのが感じられた。むろんあとになって、そんなことはありえないとわかったが。

ともあれ、ホースの向こう側にとびおりると、そのままあとも見ずに駆けだした。そのとき、ふいにうしろから音が聞こえてきたのだ。追いかけてきたのだ――乾いた、かすかな、さらさらという音。あの真鍮の蛇の頭が、枯草の原を流れるようにすべってくるがらがら蛇のように、あとを追って絨毯の上を滑走してくる。それはすぐ背後に迫ってきた。そしていま急にダニーの目には、階段がひどく遠くにあるように思われだした。それはあたかも、一歩そのほうへ走りよるごとに、おなじはやさで階段が遠のいてゆくかのようだった。

パパ！　ダニーは悲鳴をあげようとした。が、喉が詰まって、言葉はひとつも出てこない。彼はひとりぼっちだ。背後の音はだんだん大きくなってくる。絨毯の乾いた繊維の上を、電光のごときはやさで迫ってくる乾いたさらさらという音。ああ、もうすぐ後ろにいる。ひょっとしたら、透明な毒液をその真鍮の口からしたたらせて、鎌首をもたげようとしているかもしれない。

ダニーは階段にたどりつき、思わず前にのめりかけて、腕をぐるぐるまわしてバランスをとった。ちょっとのあいだ、そのままもんどり打って階段をころがりおち、まっさかさまに下の踊り場に転落するのは必至かと思われた。

彼は肩ごしにちらりと背後に目を投げた。

ホースは動いてはいなかった。とぐろのうち一巻きが枠からはずれただけで、さいぜん落ちたその場所にそのまま横たわり、床の上の真鍮のノズルは、無関心そうにそっぽを向いている。わかったろ、このばか、とダニーは自分を叱りつけた。ぜんぶ気のせいだったんだ、この臆病猫め。なにもかもおまえの想像だったんだ、弱虫め、臆病猫め。

張りつめた気がゆるむと同時に、反動で膝頭ががくがくふるえだし、ダニーは階段の手すりにしがみついた。

（あれはおまえを追っかけてなんかきやしなかった）

心がそう彼に言い聞かせ、そしてそれに固執して、何度もそれをくりかえした。

（追っかけてなんかきやしなかった、きやしなかった、しなかった、しなかった……）

なにもこわがることなんかありはしなかったのだ。そうだとも、なんならもう一度あそこへひきかえして、はずれたホースを枠のなかにおさめることだってできるぞ。その気になれば。

だが、そうしようとは思わなかった。なぜなら、もしあれがほんとうにあとを追ってきて、どうしても……どうしても……追いつけないのを見てとり、しぶしぶもどっていったのだったら？

ホースは依然として床に横たわっていた。そのようすはさながら、どうだね、ひきかえしてきて、ためしてみるかね？　と問いかけているかのようだった。

あえぎながら、ダニーは階段を駆けおりた。

20

アルマンとの会話

サイドワインダー町立図書館は、町の繁華街から一ブロック離れた、小さな、めだたない建物のなかにあった。蔦のからんだ、見るからに地味な建物で、入り口までつづく幅の広いコンクリートの歩道は、夏の草花の残骸にふちどられている。前庭の芝生に、南北戦争の将軍の大きな銅像。ジャックも聞いたことのない将軍だ——十代のころには、ちょっとした南北戦争通《つう》だったのに。

新聞のとじこみは階下にあった。一九六三年に廃刊された《サイドワインダー・ギャゼット》と、《エスティズ・パーク・デイリー》、それに《ボールダー・キャメラ》。デンヴァーの新聞は置いてない。

失望の吐息をつきながら、ジャックはまず《キャメラ》にとりかかった。

一九六五年度の分までくると、新聞のとじこみがマイクロフィルムに変わった(「連邦政府からの交付金のおかげですわ」と、司書は快活に言った。「今度小切手がきたら、一九五八年から六四年までの分をフィルムにする予定です。ですけど、ほら、ご存じのとおり、お役所仕事ってのは遅くって。気をつけて扱ってくださいね。むろん念には及ばないと思いますけど。ご用がございましたら、いつでもお呼びになってください」)。備えつけのたったひとつのマイクロフィルム・リーダーは、レンズにゆがみでもあるのか、とじこみからフィルムに切り換えて四十五分ほどたって、ウェンディが肩に手を置いたころには、ひどい頭痛がしはじめていた。

「ダニーは公園に行ったわ」と、ウェンディは言った。「でも、あまり長く外にいさせたくないの。こっちはあとどのくらいかかる?」

「十分だ」ジャックは答えた。じつをいうと、調べはやっと、興味尽きない《オーバールック》の歴史の最後のくだり——例のギャングの撃ちあいがあってから、スチュアート・アルマン一党が経営をひきうけるまでの期間——にさしかかったばかりだったが、なぜかウェンディにはそう言いたくはなかった。

「とにかく、なにを調べてるの?」彼女はたずねた。そう言いながら、彼の髪をいたずら半分にもてあそんだが、その声はいたずら半分ではなかった。

「古い《オーバールック》の歴史を調べてるんだよ」ジャックは言った。

「なにか特別な理由でもあるの？」

「いや、

（だけどいったいなんだっておまえは、そう根ほり葉ほり訊きたがるんだ？）

ただの好奇心さ」

「なにか収穫はあった？」

「たいしてないな」いまでは、なんとか平静な声音を保とうと努めねばならなかった。ウェンディは、また詮索癖を発揮しようとしている。むかしストーヴィントンで、ダニーがまだ赤ん坊だったころに、たえず夫の問題に鼻をつっこみたがり、詮索したがったのとおなじに。どこへ行くの、ジャック？　いつ帰るの？　お金、どのくらい持ってる？　車を使う？　またアルといっしょなの？　どっちかひとりは、しらふでいられる？　はてしがない。もしこういう表現が許されるなら、彼女こそおれを、飲まずにはいられないようにしむけていた張本人なのだ。それが唯一の理由ではなかったかもしれないが、ざっくばらんに言えば、それがひとつの理由であったことは否めない。詮索、詮索、詮索——ついにはその口に一発食らわして、そのはてしない

（どこへ？　いつ？　どうやって？　だれが？　だれと？）

質問の流れをストップさせたくなるくらいに。じっさい、いらいらして

（頭痛？　二日酔い？）

頭痛がしてくる。このリーダーがだ。このいまいましい、レンズのゆがんだ読取り器がだ。そのせいで、こんなひどい頭痛がするのだ。

「ジャック、だいじょうぶ？　顔が青いみたい――」

ジャックはぐいと頭を振って、ウェンディの手を払いのけた。「だいじょうぶだったら！」

彼のけわしい目を避けて、ウェンディははっと身をすくめ、弱々しい笑みを浮かべようとした。「そう……それならいいけど……じゃあ、公園でダニーといっしょに待ってるから……」

彼女は背を向けて立ち去りかけた。笑みが消えて、傷つけられたような当惑の表情がそれにかわっている。

ジャックは呼びかけた。「ウェンディ？」

彼女は階段の下でふりかえった。「なあに？」

ジャックは立ちあがって、そこへ歩みよった。「ごめんよ。じつをいうと、あんまり気分がよくないんだ。あの機械のせいさ……レンズがゆがんでるんだ。それでひどい頭痛がする。アスピリンを持ってないか？」

「あるわよ」バッグをさぐったウェンディは、平たい罐入りのアナシンをとりだした。

彼はそれを受け取った。「エキセドリンはない？」たずねたが、すぐに彼女の面をかすかな嫌悪の色がよぎるのを見てとり、そのわけを理解した。それは結婚当初、彼の飲酒癖がとうてい冗談ではかたづかなくなる前の、ふたりだけの苦い冗談の一種だったのだ。エキセドリンは、処方箋なしで買える薬のうちではただひとつ、二日酔いをぴたりと止められる薬だ、そう彼は主張していた。まさしく唯一無二の薬。彼は深酒をした翌朝の重い頭痛を、ひそかに、〝エキセドリン頭痛ナンバー《Ｖａｔ69》〟と名づけていさえした。

「エキセドリンはないわ。ごめんなさい」ウェンディが言った。

「いや、いいんだ、なければ。これでもじゅうぶん効くから」だがもちろんこれでは効かなかったし、彼女もそれは知っているはずだ。ときどきこの女は、こういうふうに、救いがたいまぬけになる……

「お水を持ってきましょうか？」彼女がとってつけたように快活な口調で言った。

（いらん。おまえに望むのは、**さっさとここから消えてなくなることだけだ！**）

「いや、上へ行ってから、水飲み場で飲むからいい。ありがとう」

「じゃあね。公園にいるから」ウェンディは階段をあがりはじめた。すんなりしたきれいな脚が、短い淡褐色のウールのスカートの下で優美に動いた。

「よしわかった」ジャックはうわのそらでアナシンの罐をポケットにすべりこませると、リーダーのところへもどり、スイッチを切った。しばらく待って、ウェンディが出ていったころを見はからってから、自分も階段をあがっていった。それにしても、くそ、なんてひどい頭痛だろう。こんな万力で締めつけられるような頭痛に悩まされるのであれば、せめても、それとバランスをとるために、一、二杯ひっかけるという楽しみを許されてもしかるべきじゃないか。

いっそう不機嫌になって、ジャックはその考えを心からしめだそうとした。そして、ひとつの電話番号を書きとめたブックマッチのカバーをもてあそびながら、中央のデスクへ歩いていった。

「すみません、公衆電話はありますか？」

「いえ、あいにくですけど。でも、市内でしたらここのをお使いください」

「いや、長距離なんです」

「そうですか。じゃあドラッグストアならあるんじゃないかしら。ボックスがありますから」

「どうもお世話さま」

外に出ると、あの無名の南北戦争の将軍の像を通り過ぎて、歩道を歩いていった。両手をポケットに深くつっこみ、繁華街へ向かう通りを歩きだしたころには、頭は鉛の鐘でもたたくようにがんがんしはじめていた。空もまた鉛のようだった。きょうは十一月七日、月が変わるとともに、天候はきびしさの度を加えている。すでに何度か雪もちらついている。十月にも雪は降ったが、すぐに解けてしまった。今月にはいって降った雪は、そのまま、あらゆるものの上にうっすらと砂糖をまぶしたように残り、日が照ると、微細な水晶の粉のようにきらめいて見える。だがきょうは、太陽は一度も顔を出さず、ドラッグストアにむかって歩いてゆくあいだにも、またぞろ粉雪がちらつきはじめた。

公衆電話のボックスは、建物の奥にあった。売薬のケースのあいだを、ポケットの小銭をちゃらちゃらさせながらそのほうへ歩いていったとき、ふと、見覚えのある白い地に、グリーンの文字の箱が目にとまった。ジャックはそのひとつをキャッシャーのところへ持ってゆき、勘定を払うと、電話ボックスにひきかえした。ドアをしめ、小銭とマッチのカバーを台の上に置いてから、おもむろに0をまわした。

「どちらへおかけですか？」

「フロリダ州フォート・ローダーデールをお願いします」それから、先方の番号と、このボックスの番号とを告げた。最初の三分間の通話料が一ドル九十セントだと交換手に言われて、八枚の二十五セント貨を、ひとつ落とすごとにベルがびんびん耳に響くのに顔をしかめながら、スロットに落としこんだ。

それから、長距離がつながるまでのあの遠いがりがり、ぴちぴちという音とともに、空白のなかにとりのこされたところで、買ったばかりのエキセドリンの箱から緑色の壜をとりだし、白い蓋をはずして、詰めものの綿のかたまりをボックスの床に捨てた。左の耳と肩とで受話器をささえながら、白い錠剤を三錠、壜からふりだすと、残った小銭と並べて台の上に置き、壜の蓋をしめて、ポケットにもどした。

先方で、ベルが一回鳴ると同時に、受話器がとられるのが聞こえた。

「《サーフ＝サンド・リゾート》でございます。ご用件は？」

気どった女の声が言った。

「支配人にお話ししたいんだが」

「とおっしゃいますと、トレントのほうでございますか、それとも――」

「アルマン氏のほうだ」

「アルマンはただいま多忙かと存じますが、少々お待ちいただけるなら――」

「お願いします。コロラドのジャック・トランスからだと伝えてください」

「かしこまりました。しばらくお待ちください」

待っているうちに、あのけちで尊大な気どり屋のアルマンにたいする嫌悪が、にわかに胸によみがえってくるのが感じられた。ジャックは台の上に並べたエキセドリンのひとつをとると、一瞬それを見つめてから、口に入れて、ゆっくりと賞味するように嚙みはじめた。なつかしい味が口中にひろがり、満足感とみじめさとのまじった唾液を湧きださせた。乾いた、苦い味だが、なぜかあとをひく味でもある。ジャックは顔をしかめてそれをのみこんだ。アスピリンを嚙むというのは、アルコール依存症だったころの癖だ。それ以来いままで、ふっつりとその習慣は忘れていたが、あまりに頭痛がひどいときは——二日酔いの頭痛であれ、現在のような頭痛であれ——嚙んでからのみこんだほうが、はやく効くような気がする。たしかどこかで読んだことがあるが、アスピリンを嚙むというのは、習慣になるおそれがあるとか。いったいどこで読んだのだったろう？　眉間に皺を寄せて、思いだそうとしてみた。そのとき、アルマンが電話に出た。

「トランスだって？　なにがあったんだ？」

「なにもありゃしませんよ」ジャックは言った。「ボイラーはちゃんと働いてますし、ぼくはまだ女房を殺すことにはとりかかっちゃいません。それはクリスマスのあとまでとっとくつもりなんです——退屈になってきたときのお楽しみとしてね」

「おもしろいね、非常に。なんで電話なんかよこしたのかね？　忙しいんだ、わたしは——」

「たしかにあなたは忙しいひとだ。わかりますよ、それは。きょう電話したのはね、ほかでもないあなたが、《オーバールック》の偉大にして名誉ある過去を語ってくれたときに、忙しがって省略しちまった事柄についてなんです。たとえば、ホレス・ダーウェントがあれを売った相手ってのが、国税庁ですら実体をよくつかめないほど、多数のダミー会社を使って取引しているラス・ヴェガスの顔役連だったってこと。あるいはまた、彼らが適当な時機を待って、あそこをマフィアの大物連の遊び場に仕立てなおしたってことや、一九六六年にそこが閉鎖されたのは、その大物のひとりが、ちょっとした派手な死にかたをしたからだってこと。それもあの《プレジデンシャル・スイート》で、廊下を警備してたふたりのボディガードもろともにね。いや、たいした場所ですよ、《オーバールック》の《プレジデンシャル・スイート》ってのは。ウィルスン、ハーディング、ローズヴェルト、ニクソン、そしてヴィトー・ザ・チョッパー、ね？」

電話線の向こうでは、一瞬、驚愕の沈黙があって、それから、アルマンがおさえた声音で言った。「それがきみの仕事とどういう関係があるのかね、トランス君。それは――」

「しかしね、いちばんおもしろい部分ってのは、ジェネリの射殺事件以後に起こってるんです。そう思いませんか？　二度ばかり手早くカードを切る。ちらちらと手のうちが見えたり見えなかったり――そしてとつぜん《オーバールック》は、ある個人の所有になってる。シルヴィア・ハンターなる女性……たまたま一九四二年から四八年まで、シルヴィア・ハンター・ダーウェントと名乗っていた女性です」

「通話時間が切れます」と、交換手が言った。「お話が終わりましたらご合図ください」

「いいかねトランス君、そういったことはみんな、世間周知の事実だよ……そしてまた古い話でもある」

「あいにくぼくは知りませんでしたね」ジャックは言った。「それに、世間だってはたして知ってるかどうか。そのぜんぶはね。そりゃたしかに、ジェネリが射殺されたことは覚えてるかもしれない。しかし、はたしていったいだれが、《オーバールック》が一九四五年以来受けてきた、奇妙な、かつ巧妙きわまる〝洗いあげ〟作業について知っているか、その全体を総合して見ているか、すこぶる疑問です。しかもいつだって宝の山を掘りあてるのは、ダーウェントか、ダーウェント・グループにきまってる。ねえアルマンさん、シルヴィア・ハンターは六七年から六八年にかけて、あそこでいったいなにをやってたんです？　ずばり、淫売屋でしょう？　ちがいますか？」

「なにを言うんだ、トランス！」アルマンの受けたらしいショックが、二千マイルの電話線を越えて、すこしも減衰されることなく伝わってきた。

にやりと笑いながら、ジャックは二錠目のエキセドリンを口にほうりこみ、噛みくだいた。

「シルヴィアが《オーバールック》を手ばなしたのは、あそこでちょっと名の売れた上院議員が、心臓麻痺で頓死した直後のことです。その議員の死については、いろんなうわさがあった。発見されたとき、せんせいは、黒いナイロン・ストッキングにガーター・ベルト、それにハイヒールのパンプス以外、なにも身につけていなかった。ついでに言えば、エナメルのパンプスです」

「嘘だ。そんなことはみんな悪質な、根も葉もない嘘だ！」アルマンはどなった。

「ほう、そうですかね？」そう言いながらジャックは、急に気分が晴ればれしてくるのを感じた。頭痛は急速におさまりかけている。最後のエキセドリンをとりあげると、それが歯のあいだで砕けてゆくときの苦い、粉っぽい味わいを賞味しながら、ゆっくりとそれを嚙みくだいた。

「あれはたんなる不幸な出来事だったというだけだ」と、アルマンは言った。「それはともかく、きみはいったいなにを言いたいのかね、トランス？　もしそれをネタにして、なにか益体《やくたい》もない中傷記事でも書こうというつもりなら……もしこの電話が、なんらかのたちの悪い、ばかげた脅迫のつもりなら……」

「とんでもない、ぜんぜんそんなつもりじゃありませんよ」ジャックは言った。「ぼくが電話したのは、あなたから公平に扱われなかったと感じたからです。それにまた――」

「公平に扱わなかった？」アルマンは叫んだ。「するときみは、わたしがホテルの管理人ふぜいにまで、隠しておくべきぼろを、洗いざらいぶちまけてみせると思っていたのかね？　いったい自分を何様だと思っているんだ。それにだ、そもそもそういった古い話が、きみの仕事にどんなかかわりがある？　それともなにか？――きみは、ホテルの西の翼の廊下を、シーツをかぶった幽霊が右往左往して、『うらめしや！』と叫んでいるとでも言いたいのかね？」

「いや、幽霊なんかいるとは思っちゃいませんよ。問題はそんなことじゃない。あんたはぼくに仕事をくれる前に、ぼくの個人的な過去を洗いざらいひっぱりだした。いってみれば、ぼくを呼びつけて、あんたのホテルを管理させる能力があるかどうか、さんざっぱら尋問したわけだ。クロークルームで小便をもらした子供を、デスクに呼びつけて、叱りつける教師みたいにね。あんなにいやな思いをしたことはない」

「きみのそういう生意気なところ、身のほど知らずであつかましいところが、わたしは気に食わんのだ」アルマンは言った。いまにも窒息しそうに喉をひゅうひゅう鳴らしている。「そんなにいやならやめてもらってもいいんだぞ。いや、こちらでその手続きをとるかもしれん」

「アル・ショックリーが反対すると思うがね。強力に」

「そいつはきみの過大評価かもしれんぞ、トランス君。ショックリー氏のきみにたいする好意を、あてにしすぎちゃいかん」

ちょっとのあいだ、忘れていた頭痛が、以前にもまさる強さでぶりかえし、ジャックは目をとじてその苦痛に堪えた。まるでどこか遠いところから聞こえてくるように、自分の声が言っていた。「いま《オーバールック》を持っているのはだれなんだ？　まだダーウェント企業連合のものなのか？　それともあんたは雑魚だから知らないかな？」

「雑魚とはきみのことじゃないのかね、トランス君。きみはホテルの一使用人にすぎん。給仕の下働きや、調理場の鍋磨きとすこしも変わらんのだよ。そういうきみに、そんなことを教える義理は、これっぽっちも――」

「よしわかった、じゃあアルに手紙を書こう。彼なら知ってるはずだ。なんといっても、重役のひとりなんだから。そしてそのついでに、ちょっとした追伸として――」

「ダーウェントは持っておらん」

「なんだって？　よく聞こえなかったよ」

「ダーウェントはホテルを持ってはおらんと言ったのだ。株主はみんな東部の実業家だ。きみの友人のショックリー氏も、かなりの株を持っている。三十五パーセントをうわまわる額だ。もしもショックリー氏がダーウェントとなんらかのつながりがあれば、わたしなんかより、きみのほうがよく知っているはずじゃないのかね？」

「ほかにはだれだ？」

「他の株主の名をきみにもらす気はないよ、トランス君。そんなひまがあったら、きみの電話の内容も含めて、この件を――」

「あとひとつだけ訊かせてくれ」

「答える義務はないがね」

「さっき話した《オーバールック》の歴史は、好ましいのもそうじゃないのも含めて、あらかた地下室にあったスクラップブックで見つけたものなんだ。大きな白い革表紙のやつで、金色の紐でとじてある。それがだれのスクラップブックだったか、心あたりはないかな？」

「ないね、ぜんぜん」

「グレイディのものだったという可能性はあるだろうか。ほら、あの、自殺した元管理人の？」

「いいかね、トランス君」アルマンは触れれば凍りつきそうな声音で言った。「あのグレイディにはたして字が読めたかどうか、それすら怪しいものだとわたしは思っている。ましてやそんな腐ったりんご——きみがそれでわたしの時間を無駄にしている腐ったりんごを、ほじくりかえすことができたかどうか」

「つまりぼくは、《オーバールック》ホテルに関する本を書こうと思ってるんだ。そしてもしそれが実現すれば、そのスクラップブックの持ち主には、巻頭で感謝の言葉をささげるべきじゃないかと思ってね」

「《オーバールック》に関する本を書くというのは、あまり賢明な考えとは言えんな。とりわけそれが……その、きみの観点から書かれるとあっては」

「あんたがそう言うのは意外じゃないさ」

いまや頭痛は完全に消えていた。さっきのあの突き刺すような痛み、あれだけだ。そして、頭痛が去るのにつれて、心が鋭敏にとぎすまされ、最後のミリメーターの位まで、的確に見通せるようになっている。それはいつも、著述がおもしろいようにはかどっているときとか、三杯ほど酒をひっかけて、ほろ酔い気分でいるときにだけ感じる感覚である。これもまた、忘れていたエキセドリンの効用のひとつだ。一般にもそれが通用するかどうかは知らないが、すくなくともジャックにとっては、三錠を嚙みくだいて服用することは、インスタントにハイになれるてっとりばやい道ではある。

いまジャックは言った。「要するにあんたが喜ぶ本ってのは、客がチェックインしたときに無料で配付できるように、専門家に委託製作したガイドブックのたぐいだろう？　体裁のいい光沢紙に、日の出と日没に写した山の写真をたっぷり使って、レモン・メレンゲ然としたテキストを添えたやつ。もちろん、かつてあのホテルに滞在した、多彩な有名人を紹介するページもある。ただしそのページから、ほんとうに多彩なジェネリのような人物が、除外されているのはいうまでもないがね」

「もしもわたしにきみを解雇する権限があり、かつまた、自分の仕事に九十五パーセントではない、百パーセントの自信があったら、いまこの場で、電話を通じてきみに解雇を申しわたすところだ」アルマンが喉の詰まったような、奇妙にぽきぽきした口調で言った。「しかし、あいにくその残りの五パーセントについての自信がないから、きみがこの電話を切りしだい、即座にショックリー氏に電話しようと思う……むろんこの電話は、もうじき切ってもらえると衷心から望むがね」

ジャックは言った。「ぼくの書く本には、事実でないことはこれっぽっちもとりあげられないはずだ。粉飾する必要なんかどこにもないんだからな」

（なぜわざわざあいつをけしかけるような真似をするんだ？　くびになりたいのか？）

「たとえその第五章に、ローマ法王が聖母マリアの亡霊とやってる、なんてことが書いてあったとしてもかまわん」アルマンはしだいに声を高めながら言った。「わたしの望むのは、きみにわたしのホテルから出ていってもらうことだけだ！」

「あんたのホテルなんかじゃない！」ジャックは金切り声で叫ぶと、たたきつけるように受話器をフックにもどした。

荒い息をつきながらスツールにすわりこむと、いまや多少のおびえ

(多少の？　とんでもない、山ほどのだ)

を感じながら、そもそもなぜアルマンに電話なんかかける気になったのだろう、そう考えた。

(おまえはまた癇癪を起こしたな、ジャック)

ああ、ああ、そうだとも。それを否定したって意味はない。ただ、問題なのは、あの気どり屋のちびめが、アル・ショックリーにたいしてどのくらいの影響力を持っているのか、ぜんぜんわかっていないということだ。もっともそれを言うなら、アルが〝むかしながらの友情《オールド・ラング・ザイン》〟の名において、どれだけこちらの及ぼす迷惑を我慢してくれるか、それもわかってはいないが。もしもアルマンが、自らそう主張しているとおりの腕のいい支配人だとして、そのアルマンがアルにたいし、〝あいつをとるかわたしをとるか〟式の最後通牒をつきつけたとしたら、アルはそれを受けいれざるを得なくなるのではあるまいか？　ジャックは目をとじて、ウェンディに話すところを想像してみようとした。まあ聞いてくれよ、きみ。ぼくはまた失業しちまったよ。今度は、殴りつける相手を捜すのに、ベル電話会社のケーブルを二千マイルもたどってゆかなきゃならなかったけど、それでもやってのけたのさ。

目をあけると、ハンカチでくちびるを拭った。むしょうに酒が飲みたかった。いや、飲みたいなんてもんじゃない、飲まなきゃいられそうもない。この通りのすぐ先に、一軒のカフェがある。公園へ行く途中でちょっと立ち寄って、埃静めにビールを一杯やるくらいの時間は、もちろん……

自分で自分をおさえかねて、ジャックはかたく両手を握りあわせた。

またあの疑問がもどってきた。――そもそもなぜアルマンに電話なんかしたのだろう？　ローダーデールの《サーフ＝サンド・リゾート》の電話番号は、事務室の電話のそばにある小さなメモ帳に書かれていた――水道屋や、大工や、ガラス屋や、電気屋や、その他のこまごました番号といっしょに。けさ、起きるとすぐに、その番号をブックマッチのカバーに写しとったのだ。そのときは、アルマンに電話するという考えに胸をふくらませ、いまにも口笛を吹きだしたいほどの気持ちだった。だがいったいなんのために？　いつだったか、まだ酒びたりだったころ、ウェンディが彼を責めて言ったことがある――あなたは自殺を望んでいるくせに、完全な死の願望をささえるだけの、精神的な強靭さを持ちあわせていない。そのため、他人がそれを自分にかわってやってくれるような状況をつくりだし、一度に一片ずつ、自分や家族の一部を刈りこませているのだ。この非難が正しいということがありうるだろうか？　ひょっとして自分は、心の底のどこかで、《オーバールック》がまさに自分の必要としているものかもしれない――戯曲を完成させ、さらに、自分をとりもどして、いくらかなりと立ちなおるのに、《オーバールック》こそまさに必要なものかもしれない、そう考えて、恐れているのではないだろうか。故意に自分の立ちなおりにストップをかけようとしているのではないだろうか。お神よ、どうかそうではありませんように。お願いです。

目をとじると、たちまち、まぶたの裏の暗くなったスクリーンに、あるイメージが浮かびあがってきた。腐った雨押えをとりのぞこうとして、屋根板の穴に手をつっこんでいる自分。突然の刺すような痛み。なにも知らぬげに、しんと静まりかえった空気をふるわせる、自分自身の驚愕と苦痛の叫び——えいくそ、このいまいましいちびの虫けらどもめ……

ふいにそれが、二年前のある場面に切りかわる。明けがたの三時に、千鳥足で家へはいってゆく酔いどれ。テーブルにつまずいて、悪態をつきながらぶざまに這いつくばり、ソファに寝ているウェンディを起こしてしまう自分。明りをつけ、夫の服があちこちほころびて、泥だらけになっているのを見るウェンディ。しかとは覚えていないが、何時間か前、ニュー・ハンプシャー州境を出たすぐ向こうにある安酒場の駐車場で、ちょっとした立ちまわりをくりひろげた名残りらしく、鼻の下には、乾いた鼻血すらこびりついている。そのみじめな顔をあげて、日光のもとに這いだしたもぐらよろしく、愚かしげに目をぱちぱちさせながら妻を見あげる自分。そしてものうげに言うウェンディ——このひとでなし、ダニーを起こしちゃったじゃないの。自分の身をかまわないのはけっこうだけど、ちょっとはわたしたちのことも考えてくれたらどうなのよ。じっさい、まともに口をきくのもばからしいわ。

ふいに電話が鳴り、ジャックはとびあがった。理屈に合わないことながら、アルマンか、アル・ショックリーからの電話にちがいない、そう確信して、受話器をひっつかむなり、「なんだ？」とどなった。

「超過料金をいただきます。三ドル五十セントになります」

「小銭をくずしてこなきゃならない。ちょっと待っててください」

受話器を棚に置くと、残った六枚の二十五セント貨をスロットに入れ、さらに小銭をつくってくるためにボックスを出た。この動作を、彼は無意識にやっていた。心は、からからと車をまわす檻のなかのりすのように、ひとつのとじた円環のなかをぐるぐるまわっている——

なぜアルマンに電話をかけたのだろう？

なぜならアルマンに恥をかかされたから？　恥をかかされたことなんか、これまでにだって何度もある。それも〝大先生〟から——〝大先生〟、つまり自分自身からだ。それならば、たんにあの男に嘲笑を浴びせかけ、あの男の偽善の皮をひんむいてやるため？　いかになんでも、自分がそれほどけちな男だとは思わない。妥当な理由として望ましいのは、あのスクラップブックだが、それもやはり、よく考えてみると辻褄が合わない。アルマンがそれの持ち主を知っているという公算は、千にふたつもなかったろう。最初に面接を受けたとき、地下室を別世界のように扱ったあのアルマンのことだ。それも、唾棄すべき野蛮国のように。もしほんとうに知りたかったのなら、ワトスンにこそ電話すべきだったのだ。冬のあいだのワトスンの電話番号は、おなじオフィスのメモ帳にしるしてある。ワトスンも詳しいことは知らないかもしれないが、それでもアルマンよりはましだろう。

そのうえ、アルマンに本を書く計画について話すとは、これまた愚劣きわまりない。考えられないほどの愚劣さ。職を失う危険があるだけでなく、アルマンが知合いのだれかれに電話をかけて、これこれこういうニュー・イングランド人が、《オーバールック》ホテルのことを嗅ぎまわっているから、注意しろと言ってやれば、こちらは広範な情報源からしめだされることになる。そんなことをせず、ひそかに調査を進めようと思えば、いくらでも手段はあったのに。

あちこちに丁重な手紙を書き送るとか、場合によっては、春になって会見の段取りをつけるとか……そうしていざ本が出たときには、自分自身は安全なところにいて、怒り狂うアルマンをこっそり腹のなかで笑ってやればいい――よくある〝覆面作家衝撃のリポート〟というやつだ。あんなばかな、愚劣きわまる電話をかけ、かけた当人が癇癪を起こし、アルマンを怒らせ、そのうえ、あの支配人の小暴君的傾向を洗いざらいひっぱりだす、そんな騒ぎをひきおこさずともすんだはずなのに。ならば、なぜ？　なんのためにだ？――もしそれが、アルが苦心して押しこんでくれたけっこうな職場から、わざわざほっぽりだされようとする行為でなかったのなら？

ジャックは料金の残額をスロットに入れ、受話器をかけた。もしも酔っていたのなら、酔っぱらいのやりかねないばかげた行為、とでも言うことができたかもしれない。しかし、しらふだったのだ。骨の髄から、完全にしらふそのものだったのだ。

ドラッグストアを出ながら、ジャックはもう一錠エキセドリンを口にほうりこんだ。そしてその苦さに顔をしかめながら、なおそれを賞味しつつ、ゆっくりと嚙みくだいた。

店を出たところの歩道で、ウェンディとダニーに出くわした。

「あら、ちょうど捜してたところ」と、ウェンディが言った。「ほら、また雪よ」

「らしいな」ジャックは目を細めて空を見た。雪はしだいに激しくなっている。サイドワインダーの中心街は、すでに白い粉雪におおわれ、道路のセンターラインは消えかけている。ダニーは白い空にむかって頭をのけぞらせると、口をあけ、舌をつきだして、舞いおちる雪片をその舌の先に受けた。

「これが根雪になると思う？」ウェンディがたずねた。

ジャックは肩をすくめた。「さあな。まだ一週間かそこらは、猶予があってほしいと思ってたが。やっぱりそうなるかもしれん」

猶予、それだ。

（すまない、アル。お慈悲だ、猶予をくれ。後生だから。あと一回だけチャンスをくれ。ほんとうに、心から後悔してるんだ——）

いったいいままでに何度、どれくらいの年月にわたって、おれは——一人前の男であるこのジャック・トランスは——あと一回だけチャンスをくれ、と手を合わせてきたことだろう。ふいに、ほとほと自分がいやになってきた。あまりに強い自己嫌悪に、思わず声に出してうめきたくなったほどだ。

「どう、頭痛は？」ウェンディがじっと観察しながら言った。

ジャックはやにわに彼女に腕をまわすと、かたく抱きしめた。「もう治ったよ。さあ行こう、ふたりとも。帰れるうちにわが家に帰るんだ」

そうして三人は、左腕をウェンディの肩にかけ、右手でダニーの手をひいたジャックをなかに、歩道ぎわに斜めに駐車してある、ホテルのトラックにむかって歩きだした。いまはじめて彼は、よかれあしかれ、ホテルを〝わが家〟と呼んだのだった。

トラックの運転席に乗りこんだとき、ふと頭をよぎったのは、自分は《オーバールック》に魅了されていこそすれ、けっして好いてはいないという考えだった。それが妻や子にとって、あるいは自分自身にとっていいことなのかどうかは、判然としない。ことによるとそれこそが、アルマンに電話した最大の理由かもしれない。

手遅れにならないうちに、まだ時間が残されているうちに、解雇されることを願って。

ジャックは駐車用スペースからバックでトラックを出すと、町を出て、山に向かう道をたどった。

21　それぞれの断想

夜十時。管理人室のなかは、見せかけの眠りで満たされていた。

ジャックは壁にむかって横臥し、目を大きくあけて、ウェンディのゆっくりした、規則的な寝息に耳をすましていた。溶けたアスピリンの味が、まだ舌の上に残っていて、ぴりぴりした、多少しびれるような感触を与えている。アル・ショックリーからの電話は、六時十五分前、東部時間で八時十五分前にかかってきた。ウェンディはダニーといっしょに階下にいて、ロビーの暖炉の前にすわり、本を読んでいた。

「ジャック・トランスさんに指名電話です」と、交換手が言った。

「トランスはぼくです」ジャックは受話器を右手に持ちかえると、左手で腰のポケットからハンカチをとりだし、ひりひりするくちびるを拭った。それから煙草に火をつけた。

やがてアルの声が強く耳に響いてきた。「ジャッキー＝ボーイ、今度はまたいったいなにをやらかしてくれたんだ？」

「やあ、アル」ジャックは煙草をもみ消すと、エキセドリンの壜をさぐった。

「いったいなにがあったんだ。きょうの午後、スチュアート・アルマンから奇怪な電話があったぞ。そしてやっこさんが自腹を切って長距離をかけてくるときは、なにかどでかいことが持ちあがったときと相場がきまってる」

「アルマンはなにも心配することなんかないさ。あんたもな」

「なにも心配することがないとはなにを心配することがないんだ！　スチューの口ぶりじゃ、なにか《オーバールック》に関して、恐喝と、《ナショナル・インクワイアラー》の暴露記事との、あいのこみたいなものがありそうだったぞ。話してみろ、詳しく」

「なに、ちょっとやっこさんをつついてやろうと思っただけさ」ジャックは言った。「はじめここに面接を受けにきたとき、やっこさん、おれの隠しときたいぼろを残らずひっぱりだしやがった。アル中だったこととか、学生をぶんなぐってくびになったこととか、おれがこの仕事に適当な人間だかどうかわからんとかなんとか、その他もろもろさ。なにより頭にきたのは、やつがそういったもろもろのことをひっぱりだしたのは、それほどこのくそいまいましいホテルを愛しているからだってことだった。この美しい《オーバールック》をだ。この由緒ある《オーバールック》をだ。この神聖にして侵すべからざる《オーバールック》をだ。まあそれはともかく、おれはここの地下室でスクラップブックを見つけた。だれかがこのアルマンの神聖な殿堂の、あまり好ましからざる側面ってやつを、ずっと記録していたらしい。そしてそれに目を通してみると、なんだかここでは営業時間外に、ちょっとした黒ミサがとりおこなわれてたような気がしてきたわけだ」

「それは比喩的な表現なんだろうな、ジャック」アルの声音はぞっとするほど冷ややかだった。

「そうだ。しかしおれが発見したことのなかには――」

「ホテルの歴史なら先刻承知だよ」

ジャックは左手を頭髪に走らせた。「というわけで、おれはやっこさんを呼びだして、ちょっとつついてやったのさ。たしかにあんまり利口なやりかたじゃなかったし、もう二度とする気もない。これで話は終わりだ」

「スチューは言ってたぞ――あんたは自分の手で、ちょっとしたきたないぼろの虫干しをやろうとしてるって」

「ばか野郎だよ、あいつは！」ジャックは電話にむかってどなった。「おれはこう言ったんだ――《オーバールック》について、本を書く計画を持ってるって。ああそうだとも、たしかにそう言ったさ。ここには、第二次大戦後のアメリカ人ってものを示す、あらゆる指標がそろっていると思うんだ。こう言うと、ごたいそうな言いぐさに聞こえるかもしれん。偉そうな言いぐさに聞こえるかもしれん……それはわかってる……しかし、そいつがここにあることはたしかなんだ、アル！　そうだとも、これは偉大な本になりうるんだ。とはいえ、それを書くのはまだずっと先の話さ。それだけは約束できる。いま現在は、やるべき仕事が多すぎて、とてもそこまでは――」

「ジャック、それだけじゃじゅうぶんじゃないんだ」

一瞬、自分の耳ではっきり聞いたことが信じられず、ジャックはあんぐり口をあけて黒い受話器を見つめた。「なんだって？　アル、じゅうぶんじゃないって――？」

「そうさ、そう言ったんだ。ずっと先とはどのくらい先だ、え、ジャック？　あんたにとっては、それは二年先かもしれん、五年先かもしれん。だがおれにとっては、三十年先、四十年先なんだ。これから先も、長く《オーバールック》とつきあっていくつもりでいるんだからな。そのおれのホテルについて、あんたがなにやらどぶさらいのようなことをやって、それをさもアメリカ文学の傑作でございってなつらで見せびらかしてまわるかと思うと、むかむかするぜ」

ジャックは絶句した。

「いいか、ジャッキー＝ボーイ、おれはあんたを助けてやろうとしてきた。あんたとは、いっしょにある戦いを戦った戦友だったから、助けてやるくらいの義理はあるんじゃないかと思ったからさ。その戦いを覚えてるだろう？」

「覚えてるさ」ジャックはつぶやいた。だが心臓のまわりでは、憤怒の石炭が赤く燃えあがりはじめていた。最初はアルマン、つぎはウェンディ、そしていまはアルだ。いったいなんだってんだ、これは？〝全国ジャック・トランスをいびりましょう週間〟か？　いっそうかたくくちびるを嚙みしめると、煙草に手をのばしたが、そこでふいにむらむらとして、それを床にたたきつけた。思えば、いままで一度だって、この電話線の向こうにいる男に、好意を持ったことがあるだろうか？　このヴァーモントの結構ずくめのマホガニー張りの書斎から、偉そうなご託宣を並べたてているふやけた野郎に？　はたして一度でも心からの好意をいだいたことが？

その男、アルは言っていた。「あんたが、ハットフィールドのがきをぶんなぐる前に、おれはどうにか理事会を説いて、あんたの解雇を断念させ、逆に終身在職権を考慮するところまで持っていきかけてたんだ。あんたは自分でその機会をわやにしちまった。つぎにおれは、そのホテルの仕事を見つけてやった。静かなところで自分をとりもどし、戯曲も書きあげて、そのうえで、ハリー・エフィンガーとおれとが残りの理事たちを説いて、あんたをくびにしたのは大まちがいだったってことを納得させるまで、時を稼ぐのも悪くはなかろうと思ったからだ。ところがどうだ。いまやあんたは、血のにおいをもとめて大がかりな殺戮に出かける途中、しかも行きがけの駄賃に、おれの腕を食いちぎっていこうとしている。なにか、ジャック？——それがあんた流の友達に感謝するやりかたなのか？」

「いや」ジャックは聞きとれないほどの声でつぶやいた。

それ以上口をきく勇気はなかった。頭はがんがんして、そのなかで、熱い、酸に腐食された言葉が、出口をもとめてひしめいている。彼は懸命にダニーとウェンディのことを考えようと努めた。自分に依存しているダニーとウェンディ、いまなにも知らずに階下の暖炉の前にすわり、二年生の読本の第一巻目にとりかかりながら、なにもかもA、オーケイだと思いこんでいるだろうふたり。もしここで職を失ったら、自分たち一家はいったいどうなるだろう？　あの燃料ポンプのこわれかかった、がたがたの老いぼれワーゲンに乗りこんで、一九三〇年代の黄塵地帯を行く出稼ぎ農場労働者よろしく、カリフォルニアへでも流れてゆくか？　そんなことにならないうちに、早くひざまずくなりなんなりして、アルの慈悲を乞え。彼の心はしきりにそう忠告していたが、そうは思っても、言葉はなかなか出てこなかったし、憤怒という熱い電線を握った手のひらは、脂汗でぬるぬるしていた。

「さあ、どうなんだ？」アルがけわしく言った。

「いや、たしかにそれは友人を遇するやりかたじゃなかった」ジャックは言った。「あんたにもそれはわかってるだろう」

「わかってる？　どうしてわかる、そんなことが？　悪くとれば、あんたのやってることは、とうのむかしに埋葬された死体をほじくりだすことで、おれのホテルの名に泥を塗ることなんだぞ。せいぜい善意に解釈しても、あんたはおれの気むずかしいが、ホテルのマネージャーとしてはすこぶる有能な男を電話に呼びだして、さんざん挑発し、やっこさんを半狂乱におとしいれた——なんらかの……なんらかのばかげた、子供っぽいゲームのつもりでな」

「ただのゲームというだけじゃなかったんだ、アル。あんたにはわかるまいがな。あんたは金持ちの友人のおなさけをあてにする必要なんかない。有力な友人にひきたててもらう必要もない。なぜならあんたが有力者そのものだからだ。かつてあんたが、アル中一歩手前の飲んだくれだった、なんていう事実は、まったくと言っていいほど口にされることがないんだ。そうだろう？」

「かもしれんな」アルは言った。その声の調子は一段さがり、この問題すべてにうんざりしたという感じがただよっていた。「しかしなあジャック、ジャック……おれはそれをどうすることもできんのだ。その状態を変えることはできんのだよ」

「それはわかる」ジャックはぼんやり言った。「で、おれはくびなのか？　もしそうなら、はっきり言ってくれ」

「そうじゃない――あんたがふたつのことをおれに約束してくれるなら」

「よし、約束しよう」

「いいのかね――承知する前に、その条件というやつを聞かなくとも？」

「いいんだ。言ってくれれば、それをのむさ。ウェンディとダニーのことを考えなきゃならんからな。おれのきんたまがほしいというんなら、すぐに航空便で送るよ」

「自己憐愍なんて贅沢が自分に許されると思うのか、ジャック？」

目をつむると、ジャックは乾いたくちびるのあいだにエキセドリンを一錠押しこんだ。「いま現在は、それがおれに許される唯一の贅沢だと思うね。さあ、ばっさりやってくれ……べつに地口のつもりじゃないがね」

アルはしばらく無言だったが、ややあって、言った。「その一。もう二度とアルマンに電話なんかしてもらっちゃ困る。たとえそのホテルが丸焼けになってもだ。そういうことがあったら、営繕係の男に電話してくれ。ほら、なんとかいったな、えらく口の悪い……知ってるだろう……」

「ワトスンか?」

「そう、それだ」

「よしわかった。承知したよ」

「その二。おれに約束してほしいんだ、ジャック。男と男の約束として。本は書かないこと――波瀾に富んだ有名なコロラドの山岳ホテルの歴史については、いっさい書かないでもらいたい」

ちょっとのあいだ、怒りがあまりに大きくなって、文字どおり口もきけなかった。耳のなかで、血管がずきずきと脈打っていた。これではまるで、この二十世紀の世のなかで、メディチ家の大公かなにかから、命令されてでもいるようではないか……余の家族の欠点を、ありのままに描いた肖像画は許さぬ。さもないと、そちをもとの貧民窟に追いかえすぞ。美しい絵でなければ、余は金銭的援助を与えぬ。余の親しい友人や、事業上の協力者の娘の肖像を描くときは、あざやいぼなどは省くのじゃ。さもないと、またもとの下層社会にお帰り願うことになるぞ。もとよりわれらは友人だ……そちも余も教養人なのだからな。これまでわれらは寝食を、酒をともにしてきた。われらはつねに友人である。余がそちの首につけた首輪は、相互の暗黙の諒解によって無視されようし、余はそちにたいして、寛大かつねんごろなる保護を与える所存でおる。そのかわりに余が望むのは、そちの魂だけだ。ささやかな代償じゃよ。そちがそれを余にひきわたしたという事実すら、われらは無視することができる。首輪を無視したようにな。よいか、忘れるなよ、わが才能ある友人よ。ローマの市中に一歩出れば、いたるところに物乞いをして暮らしておる、多くのミケランジェロどものいることを……

「ジャック？　聞いてるのか？」

ジャックはかろうじて〝イエス〟と聞こえる音声を、喉から絞りだした。

アルの声音はきびきびしていて、ひどく自信たっぷりだった。「これがそれほど過大な要求だとは思わんよ。書くことならほかにいくらでもある。ただしだ、おれから金銭的援助を受けながら……」

「わかった。承知したよ」

「べつにあんたの芸術生活にまで干渉しようってつもりはないんだ。そんなばかなことはしないってことは、あんただってよくわかってるだろう。ただ――」

「アル？」

「なんだ？」

「ダーウェントはいまでもホテルとかかわりがあるのか？　なんらかの点で？」

「それはあんたの心配することじゃないと思うがね、ジャック」

「そう、そうだろうな」ジャックはそっけなく言った。「なあアル、ウェンディが呼んでるようなんだ。また電話するよ」

「いいとも、そうしてくれ。ゆっくり話をしよう。その後どうだ？　しらふか？」

（きさまは望みどおり肉一ポンドを、血もなにもひっくるめて手に入れたはずだ。だったらもうほっといてくれ）

「骨の髄までね」

「こっちもご同様だ。じっさいいまじゃ、禁酒を楽しみはじめてるよ。もし――」

「またかけなおすよ、アル。ウェンディが――」

「いいとも。じゃあな」

だが、そうして電話を切ったそのとたんに、激しいさしこみが襲ってきたのだ。電撃のごとく襲ってき、彼を締めつけて、彼は悔いあらためた罪人のように、腹をおさえて、電話の前で身もだえた。頭がさながら巨大な膿疱と化したようにずきずきした。

いい、いい、いい、生きているすずめばち、刺したあと、なおもそろそろと動いて……

ウェンディがあがってきて、電話はだれからだったのかと訊いたときには、さしこみは多少おさまっていた。

「アルだ」ジャックは答えた。「その後どんなぐあいかと問いあわせてきたのさ。うまくいってると答えておいたよ」

「ジャック、あなた、ひどい顔色よ。気分でも悪いの？」

「頭痛がぶりかえしたのさ。今夜は早く寝よう。こういうときに書こうとしたって、どうせだめだからね」

「温かいミルクでも持ってきましょうか？」

彼は弱々しくほほえんだ。「うん、そいつはいいな」

そしていま、ジャックはウェンディのそばに横たわり、眠っている彼女の温かい腿を、わが腿に感じているのだった。アルとの会話や、あのとき自分がどんなに卑屈にふるまったかを思いだすと、いまだに胸のなかには、熱いものと冷たいものとが交互につきあげてきた。見てろよ、いつかきっとこの返礼はしてやるからな。いつかきっと本を出してやる。それもはじめ考えていたような、穏やかな、思慮ぶかいやつではなく、徹底した調査に即した硬派のルポルタージュにして、写真やなにかもたっぷり使ってやる。そして、《オーバールック》の全歴史を、そのいかがわしい、近親相姦的な所有権売買も含めて、あますところなく分析してやるのだ。それを読者の前に、解剖されたざりがにのごとく、さらけだしてみせるのだ。そしてもしそのときに、アル・ショックリーがダーウェント帝国と関係を持っていたら――そう、神よ彼を助けたまえだ。

ピアノ線のように体をこわばらせたまま、この調子ではまだ当分眠れそうもないなと思いながら、ジャックは目の前の闇を見つめていた。

ウェンディ・トランスは、仰臥して、目をつぶり、夫の寝息に耳をすましていた。長い吸気、短い休止、それからかすかに喉にかかった呼気。ジャックは眠りのなかでどんな国に遊んでいるのだろう。どこかの遊園地かもしれない。夢の国のグレート・バリントン――そこでは、あらゆる乗りものに無料で乗れ、おまけにうるさい妻／母親につきまとわれて、これ以上ホットドッグを食べたら、食べすぎますよ、とか、暗くならないうちに帰宅するつもりなら、そろそろひきあげたほうがいいんじゃない？　などと言われることもない。でなければ、どこかの深海の底のようなバー？　そこではけっして酒が切れることはないし、小さな観音びらきの自在戸は、たえずあいたりしまったりし、顔なじみ同士の常連客は、グラスを手に、テレビゲームのホッケーに興じている。そしてそのなかでひときわめだつのは、ネクタイをゆるめ、シャツのいちばん上のボタンをはずしたアル・ショックリー。そこは、彼女やダニーのはいってゆける世界ではなく、男たちだけの浮かれ騒ぎが、はてしなくつづくのだ。

ウェンディは、ジャックのことで胸を痛めていた。かつてとおなじ、あの絶望的な懸念が彼女をとらえている。そういうものは州境を越えられないとでもいうように、懸念は永久にヴァーモントに置去りにしてきたつもりでいたのに。いま、《オーバールック》がジャックやダニーに与えているらしい影響、それがなんとしても気に入らない。

なにより恐ろしいのは、漠然として、はっきり口には出されないものの――あるいは口に出してはならないのかもしれないが――ジャックの飲酒の徴候が、ひとつまたひとつともどってきていることだ……実際に酒を飲むこと自体を除いて、すべてが。たえず手かハンカチで、余分の水分を拭い去ろうとするように、くちびるをごしごしこする癖。タイプライターの音の中断が長びき、くずかごのなかの反古《ほご》がふえていること。アルの電話のあと、電話のそばのテーブルに、エキセドリンの壜が残っていたが、水のグラスはなかった。してみると、またそれを嚙んでいるのだ。さらに、些細なことでいらいらするようになったこと。あたりが静かすぎると、神経質に指をぱちぱち鳴らしだすこと。罰当たりな言葉をたびたび口にすること。彼の癇癪についても、懸念は高まっている。いっそ癇癪を爆発させてくれたほうが、ほっとするような気さえする。ちょうど、朝一番と夜の最後とに地下室へ行き、ボイラーの圧力をさげてやるように、たまりたまったものを吐きだしてしまえば、気分がすっきりするだろう。もしそれで気が晴れるなら、いくら悪態をつこうが、椅子を部屋の向こう端まで蹴とばそうが、ドアを力まかせにしめようがかまわない。ところが、彼の癇癪には欠かせぬ要素であるこれらの行為も、なぜかほとんど鳴りをひそめてしまっている。それでいて、ジャックがしばしば妻や息子に腹を立てながら、それを表面には出すまいとしていることが感じとれるのだ。ボイラーには圧力計がついている。古くて、ひびがはいっていて、機械油がこびりついているしろものだが、しかし役には立つ。ジャックにはそれがない。いままで一度として彼女には、ジャックの内面を的確に読みとれたためしがない。ダニーにはそれができるが、しかしダニーは話そうとしない。

それにまた、アルの電話のこともある。ちょうどそれがかかってきたころ、ダニーは急に落ち着きを失い、それまで読んでいた本に興味を示さなくなった。そして暖炉の前を離れて、ロビーの中央の、以前ジャックが彼のミニカーやトラックのために組みたててやった、玩具の道路のところへ行った。そこにはあの《ヴァイオレント・ヴァイオレット・フォルクスワーゲン》もあって、ダニーはせかせかとそれを押してまわりはじめた。本を読んでいるようによそおいながら、その上からそっと観察していたウェンディは、ダニーの動作のなかに、自分とジャックが不安をあらわすときの癖が、奇妙にまじりあってあらわれているのを認めた。あのくちびるをこする癖。両手で神経質に髪をかきあげる癖――これは、ジャックがバーのはしごから帰ってくるのを待っているあいだに、よく彼女がやっていた動作だ。アルが今夜、たんに〝その後どんなぐあいかを問いあわせ〟るために電話してきたとは、どうしても信じられない。こちらがアルに電話をするときは、無駄話をしたくなったとき。逆にアルがかけてくるときは、ビジネスと相場がきまっているのだ。

そのあと、もう一度階下にもどってみると、ダニーはまた暖炉の前に丸くなり、二年生の読本で、ジョーとレイチェルが父親に連れられてサーカスに行く物語を、わきめもふらず読みふけっていた。さいぜんのそわそわした落ち着きのなさは、拭ったように消えている。そのようすをながめているうちに、ウェンディはまたしてもあの薄気味悪い確信にとらえられていた――ダニーは、ドクター・(「ただビルと呼んでくればいいよ」)・エドマンズの理論によって許容しうる範囲よりも、はるかに多くのことを知り、理解しているという確信に。

「ねえドック、もう寝る時間よ」ウェンディは声をかけた。

「うん、わかった」ダニーは読んでいたページにしるしをつけて、立ちあがった。

「トイレへ行って、歯を磨いてね」

「うん」

「フロスを使うのも忘れずにね」

「うん」

ふたりはちょっとのあいだそこに並んで立ち、明るくなったり暗くなったりする石炭の火を見つめていた。ロビーの大半は寒く、隙間風が吹き抜けたが、不思議にこの暖炉のまわりだけは暖かく、離れがたかった。

「さっきの電話、アルおじさんだったわ」さりげなくウェンディは言った。

「あ、そう」ぜんぜん意外そうなようすもなく。

「なんだかアルおじさん、パパのことを怒ってたみたい」依然としてさりげなく彼女は言った。

「うん、そうだよ」ダニーは火を見つめたまま言った。「パパが本を書くのが気に入らなかったんだ」

「本？　なんの本？」

「このホテルのことを書いた本だよ」

ウェンディのくちびるにのぼってきた質問は、これまで何百回となく、両親がダニーにしてきたものだった——どうしてあんたにそれがわかるの？　だが結局、それを口には出さなかった。寝る前にダニーの気分をかきみだしたくはないし、いま自分たちがごくさりげなく話題にしていることが、普通なら彼の知るべくもない問題であるという事実を、ことさら意識させたくないという配慮もある。そして彼が知っていることはたしかなのだ。エドマンズ医師のきまり文句、帰納的推理だの意識下の論理だのというきまり文句は、まさにそれだけのものでしかない――つまり、きまり文句。妹のエイリーン……あの日、待合室でエイリーンのことを考えていたということが、どうしてダニーにわかったのだろう？　それに（夢を見たんだ、パパが事故にあった夢を）なにかを払いのけようとするように、ウェンディは首を振った。「さあ、歯を磨いてらっしゃい、ドック」

「オーケイ」ダニーは階段を駆けあがっていった。かすかに眉をひそめながら、ウェンディはジャックのミルクを温めるために台所へ向かった。

そしていま、寝つかれぬままにベッドに横たわり、かたわらの夫の寝息と、窓の外の風（奇跡的にも、その午後の雪はほんのわずかちらついただけでやみ、今度もまた本格的な雪にはならなかった）に耳をすましながら、あらためてウェンディは息子のうえに思いを馳せてみた。彼女の愛する息子、なにごとか、ひそかにその小さな胸を痛めているらしいダニー。彼は大網膜をかぶって生まれた――およそ七百人にひとりの割合で、産科医が出くわすという薄い一枚の膜。迷信によれば、予知能力を持つしるしだという薄い組織の膜。

やはりダニーと《オーバールック》について話しあうべきときがきたようだ……そしてまた、ダニーを説いて、心の底を打ち明けさせるのにも、ちょうどよい潮時。あす。そう、あすこそはきっと。あす、ふたりはサイドワインダー町立図書館へ行って、春までの長期貸出しという条件で、二年生程度の児童図書を借りられないかどうか、交渉してみることになっている。その道すがら話をしてみよう。腹蔵なく。そう心がきまると、ウェンディはやや気が軽くなって、ようやく眠りにひきこまれていった。

ダニーは自分の寝室で目をぱっちりあけて横たわり、左腕に古びた、いささかくたびれたプーさん（丸いボタンの片目がとれ、あちこちの縫い目がはじけて、詰めものがはみだしているプーさん）をかかえて、向こうの寝室の両親の寝息に耳をすましていた。こうしていると、両親を護るために、不本意ながら自分が寝ずの番についているような気がする。ダニーにとって、夜ほどいやなものはない。夜と、そして、ホテルの西側でたえずうなりつづける風、そのふたつを彼はなによりも嫌悪している。

頭上には、グライダーが糸でつってあった。たんすの上では、階下に組みたてられた道路から持ってきたワーゲンのモデルカーが、鈍い玉虫色に光っている。本は書棚に、塗り絵の本はデスクの上に。ものにはすべてきまった場所があり、すべてはその場所に置かれるべきなのよ。そうすれば、必要なときにすぐに見つかるでしょ、そうママは言った。だがいまは、いろんなものがまちがった場所に置かれている。ものがつぎつぎになくなってゆく。なにより悪いのは、あるはずのないもの、目に見えないものがふえていることだ——ちょうどあの、「この絵のなかにインディアンが何人見えますか？」というクイズのように。たしかに、目を凝らしたり、角度を変えてみたりすると、いないはずのインディアンが見えてくる。はじめはサボテンだと思っていたものが、じつは口にナイフをくわえた戦士だったり、岩のなかにさらに何人もが隠れていたり、場合によっては、幌馬車の車輪のスポークのあいだから、残忍そうな、敵意のこもった顔がのぞいていたりする。けれども、けっして彼らをぜんぶ見つけだすことはできず、それが見るものを不安にする。なぜなら、こちらの目には見えないもの、それこそが、戦斧《トマホーク》を片手に、頭の皮をはぐナイフをもういっぽうの手に握って、こっそり後ろに忍びよってくるのだから……

ダニーは落ち着かなげにベッドのなかで寝返りを打ち、常夜灯の心強い光の外へ、そっと目を走らせてみた。すべてはここへきてからいっそう悪くなっている。そのことだけはぜったいたしかだ。はじめはそれほどでもなかったが、その後すこしずつ悪くなって……まずパパが、お酒を飲むことを前よりも頻繁に考えるようになった。ときどきママに腹を立てることもあるが、自分でもなぜだかわからずにいる。しきりにハンカチでくちびるをふくし、目はぼんやりと、どこか遠くを見ている。ママはそんなパパのようすを気づかい、ダニーのことも気づかっている。それを知るには、〝かがやき〟なんか必要ない。あの、消火器のホースが蛇になったように見えた日、あれこれ問いただしたママのようすには、それがあらわれていた。母親というものは、たいがいちょっとした〝かがやき〟を持っている、そうミスター・ハローランは言っていたが、たしかにママは、あの日、なにかがあったことを直感していたのだ。が、なにがあったかまでは知らない。

もうすこしでダニーはそれを打ち明けるところだったが、いくつかの懸念がそれを思いとどまらせた。彼は、サイドワインダーのあの医者が、トニーを、そしてトニーの見せてくれることを、完全に

（というか、ほとんど）

正常だとしてかたづけてしまったことを知っていた。だから、ホースのことを話しても、ママは信じてくれないかもしれない。いや、信じないのならまだしも、悪くすると、ちがうふうに信じてしまうかもしれない──ダニーが〝ハッキョウ〟しかかっていると。ハッキョウスルとはどういうことか、多少はわかっているが、アカンボガデキルということほど、よくはわかっていない。アカンボについては、去年ママがちょっと説明してくれただけだが、それでじゅうぶんのみこめたのに。

以前、幼稚園に行っているころ、友達のスコットが、ブランコのまわりをふさぎこんだ顔でうろうろしているロビン・ステグナーという子をさして、陰口をたたいたことがある。ロビンのおとうさんは、パパとおなじ学校で数学を教え、スコットのパパは歴史を教えていた。幼稚園の園児の大半は、ストーヴィントン校か、町のすぐ外にある小さなＩＢＭの工場か、どちらかに関係のある家庭の子供だった。学校関係者の子供はひとつのグループをつくり、ＩＢＭの子供はべつのグループをつくっている。むろん、相互の交流はあるが、それでも、父親同士が知合いである子供のほうが、より親しくなるのは当然の成行きだった。どちらかのグループで、おとなのスキャンダルがささやかれると、それはグループの子供たちのあいだに、いちじるしくゆがめられた形で浸透してゆくのがつねだったが、うわさがほかのグループにまで飛び火することはめったにない。

その日、ダニーがスコットといっしょに遊具のロケット船に乗っていると、スコットが親指でロビンをさして、言ったのだった——

「あの子、知ってるかい？」

「知ってるよ」ダニーは答えた。

スコットはぐっと身をのりだした。「あいつのパパな、ゆうべハッキョウシタ《ロスト・ヒズ・マーブルズ》んだぞ。それで連れてかれちまったんだ」

「えっ？　ただビー玉をなくした《ロスト・ヒズ・マーブルズ》だけでかい？」

スコットはやれやれといった顔をした。「気がふれちまったんだよ。知ってるだろ？」そう言って、目を寄り目にし、舌をつきだしてへらへらさせながら、人差し指で耳の横に大きな長楕円形を描いてみせた。「それでもって、キチガイビョウインに連れてかれちゃったのさ」

「へーえ」ダニーは言った。「それで、いつ帰してもらえるの？」

「けっしてけっしてけっして」スコッティは陰気に節をつけて言った。

その日から翌日にかけて、ダニーはさまざまなうわさを聞かされた。それは——
（a）ミスター・ステグナーは、第二次大戦の記念に持ち帰ったピストルで、ロビンを含む家族全員を殺そうとした。
（b）ミスター・ステグナーは、デイスイして、家をめちゃくちゃにたたきこわした。
（c）ミスター・ステグナーは、死んだ虫と草の葉っぱをボウルに入れ、泣きわめきながら、ミルクをかけたオートミールのように、それを食べているところを発見された。
（d）ミスター・ステグナーは、レッドソックスが大事な試合に負けるのを見て、ストッキングで奥さんを絞め殺そうとした。

――というものだった。思いあまったダニーは、とうとうパパに、ミスター・ステグナーのことを訊いてみることにした。パパはダニーを膝にのせ、ていねいに説明してくれた。ミスター・ステグナーは、家族のことや仕事のこと、その他、お医者にしかわからないさまざまな問題で、たいへん悩んでいた。ミスター・ステグナーは、そのせいで、ときどき泣きだすことがあったが、三日前の晩、また泣きだしたきり止まらなくなり、家のなかのものをたくさんこわしてしまった。しかしそれはハッキョウシタなんてものじゃない。シンケイスイジャクニオチイッタと言うべきだし、ミスター・ステグナーのはいったのは、キチガイビョウインじゃなく、〝サニイ＝タリウム〟なんだ。けれども、こうしたパパの懇切丁寧な説明にもかかわらず、やはりダニーの不安は晴れなかった。〝ハッキョウスル〟のと〝シンケイスイジャクニオチイル〟のとでは、ぜんぜんちがいがあるようには思えなかったし、たとえそれを〝キチガイビョウイン〟と呼ぼうと、〝サニイ＝タリウム〟と呼ぼうと、窓に鉄格子がはまっていて、出たくとも出られない、という事実は変わらないのだ。それに、パパがなんの気なしにもらした一言は、これまたスコッティの表現が誤っていなかったということを裏づけ、そのことがダニーをある漠然とした、形をなさない恐怖におとしいれた。ミスター・ステグナーがいま暮らしているところには、シロイフクヲキタオトコタチがいるということだ。シロイフクヲキタオトコタチは、窓のない、墓石のような灰色のトラックで乗りつけてくる。そのトラックを家の前の歩道のふちに止め、むりやりその人を家族からひきはなし、やわらかい壁にかこまれた部屋に押しこめてしまう。そして家族に手紙を書きたいときは、その人はクレヨンで書かなくてはならないのだ。

「ミスター・ステグナーはいつおうちに帰れるの？」と、ダニーは父にたずねた。

「そう、よくなったらすぐにだよ、ドック」

「でも、それはいつ？」ダニーはしつこく訊いた。

「それはな、ダン、だれにもわからないことさ」

これだ、まさにこれがいちばん恐ろしいことだ。これは、〝けっしてけっして〟をべつの言いかたで言ったにすぎない。そして一カ月後、ロビンのおかあさんはロビンに幼稚園をやめさせ、ふたりはミスター・ステグナーを残して、ストーヴィントンから引っ越していった。

これは一年以上も前のことだった。パパが〝いけないもの〟を飲まなくなったあと、だがまだ失業はしていなかった時分だ。それでもいまだに、たびたびそのことを思いだすことがある。ときどき、ころんだり、頭をぶっつけたり、おなかが痛かったりすると、ダニーはつい泣いてしまう。だが泣きだすとすぐ、その事件の記憶が、このまま泣きやめられなくなるんじゃないかという恐れといっしょになって、脳裏にひらめく、このままいつまでも泣き叫び、泣きじゃくり、どうしてもやめられなくなって、とうとうパパが電話のところへ行って、ダイヤルをまわす。「もしもし、こちらはメイプルライン通り一四九番地のジャック・トランスですが、息子がさっきから泣いていて、泣きやまないんです。お手数ですが、シロイフクヲキタオトコタチをよこして、サニイ＝タリウムに連れていってください。そうです、ハッキョウシタのです。ではよろしく」そしてまもなく、窓のない灰色のトラックが家の前に止まり、男たちがいまだにヒステリックに泣きじゃくっているダニーをそれに押しこんで、連れてゆく。そうなったら、いつまたママやパパに会えるだろう？　だれにもわからない。

ダニーがママにたいして沈黙を守ったのは、この恐れからだった。あれから一年たって、いまの彼は、自分がホースを蛇だと思いこんだからといって、それだけでパパやママが、自分をどこかへやってしまうことはないと知っている。そう、彼の理性はそれを確信している。とはいえ、それを両親に話すことを考えると、とたんにその古い記憶がよみがえって、口のなかが石でふさがれたように、言葉が詰まってしまうのだ。トニーの場合はこれとはちがう。トニーはいつも完全に自然なものに思えたし（といってもむろん、いつかの悪夢のときまではだ）、両親もトニーを、多少とも自然な現象として受け取っているようだ。両親はダニーをリハツな子だと考えている（自分たちをソウメイだと考えているのとおなじにだ）。そしてリハツであればこそ、トニーのようなものを見ることもありうるのだ。しかし、消火器のホースが蛇に見えたり、ほかのひとにはなにひとつ見えないのに、《プレジデンシャル・スイート》の壁に血や脳味噌が見えたりするというのは、とうてい自然とは言えない。すでに両親は、ダニーを普通の医者へ連れていった。とすれば、このつぎは、シロイフクヲキタオトコタチがやってくると考えても、まんざら見当ちがいとは言えないだろう。

それでも、あるいは両親に打ち明けていたかもしれない——それを聞いたら、早晩、両親が自分をよそへ連れてゆくと確信していなければ。もとより、《オーバールック》を離れられるのなら、こんなにうれしいことはない。だが同時に、これがパパの最後のチャンスだということ、パパはこの《オーバールック》へ、たんに管理人の仕事だけをやりにきたんじゃないということもわかっている。パパがここへきたのは、著作を完成させるためだ。失業の痛手をのりこえるためだ。ママをらくにさせてやるためだ。そしてつい先ごろまでは、事態はパパの願ったとおりになろうとしていた。それがうまくいかなくなったのは、ごく最近からなのだ。パパがあの書類を見つけてからだ。

（この非人間的な場所は、人間を怪物にする）

どういう意味だろう？　ダニーは神に祈ったが、神は答えてはくれなかった。それに、もしここの仕事をやめたら、パパはどうするつもりだろう？　パパの心からそれをさぐりだそうとしてみたが、だんだんはっきりしてきたのは、パパにもその見通しはついていないということだ。なによりの証拠に、今晩、アルおじさんがパパに電話をかけてきて、ひどいことを言ったとき、パパはなにひとつ言いかえそうとしなかった。パパがなにも言わなかったのは、アルおじさんが、パパからこの仕事をとりあげる力を持っているからだ。ちょうど、ストーヴィントン校の校長のミスター・クロマートや、理事会のお偉方が、教師の仕事をパパからとりあげることができたのとおなじに。そしてパパは、そうなることを死ぬほど恐れている——パパ自身のためだけでなく、ダニーやママのためにも。

だからダニーは、なにひとつ告げられずにいるのだった。なにも言わずに、ただはらはらしながら成行きを見まもり、どこにもインディアンなどいませんように、たとえいたとしても、もっと大きな獲物を狙って、ぼくらのようなちっぽけな、たった三台だけの幌馬車隊など、見のがしてくれますように、と祈っているのだった。

けれども、それを信じるのはむりだった——どんなに信じようと努力しても。

事態はいまや悪化するいっぽうだった。

もうじき雪が降りはじめる。そして降りはじめたらさいご、ダニーの持っているわずかばかりの選択権は、すべて取り消されてしまうのだ。そしてそのあとは、なにが？　なにが起こるだろう？——一家が雪に降りこめられ、運命のなすがままになるしかなくなったら？　これまでだって、彼らをなぶるだけだった運命のなすがままに？

（出てこい、出てこい、い、い、い、い、い、い、出てきてお仕置きを受けるんだ！）

そうなったらどうなるだろう？　**レドラム**。

ダニーはベッドのなかでおののき、また寝返りを打った。いまでは、前よりもたくさん字が読める。あしたこそは、トニーを呼びだして、**レドラム**がなにを意味するのか、またそれを阻止する方法はあるのかどうか、それを訊きだしてやろう。そのためには、悪夢にうなされる危険も冒してみせる。ぜひとも知らねばならないのだ。

両親の偽りの寝息が本物に変わったあとも、ダニーは長く目をさましたままでいた。ベッドのなかで輾転反側し、彼の年齢にはあまりにも大きすぎる問題と取り組み、ただひとり見張りについている哨兵のように、闇のなかでまんじりともせずにいた。そして、真夜中をだいぶ過ぎて、ついに彼も眠りに落ちたあとは、ひとり風のみが目をさまして、鋭く輝く星の視線のもと、ホテルの周囲を嗅ぎまわったり、破風のなかでふくろうのような声をたてたりしていた。

22

トラックで

いやな月がのぼるよ。
よくないことがありそうだ。
地震やかみなり。
きょうはいやなことばかり。
今夜は出かけちゃいけない、
命にかかわるよ、
ほら、いやな月がのぼるから。

だれかがホテルのトラックのダッシュボードの下に、古ぼけたビュイックのカーラジオをとりつけていた。いま、そのスピーカーから流れてくるのは、かぼそく、雑音まじりではあるが、ジョン・フォーガティのクリーデンス・クリアウォーター・リバイバル、そのサウンドにまぎれもない。ウェンディとダニーは、サイドワインダーへ行く途中だった。晴れて、日ざしの明るい日だ。ダニーは、オレンジ色のジャックの図書貸出し証を、しきりに手のなかでひねくりまわしていて、一見快活そうにふるまっているが、それでもウェンディには、その顔がげっそりと疲れたように見え、ゆうべよく眠っていないのに、ただがむしゃらに行動しているように思えてならなかった。

歌が終わり、ディスク・ジョッキーがしゃべりだした。「そう、クリーデンスです。ところで、いやな月といえば、KMTXをお聞きのみなさんのうえにも、まもなくのぼることになりそうです。ここ二、三日、春のようなすばらしいお天気を楽しんだあとですから、ちょっと信じられないかもしれませんがね。KMTXの《恐れを知らないお天気おじさん》が言うには、この高気圧は、午後の一時ごろまでに、広範な低気圧帯にとってかわられ、その後はその低気圧が、わがKMTX地域のうえに、厚く停滞するだろうとのことです。気温は急激に低下し、日暮れごろには雪が降りだしましょう。州都デンヴァーを含む高度七千フィート以下の地域では、みぞれまたは雪が予想され、道路が凍結する箇所が出るでしょう。これよりも高い地点では、むろん雪ばかりです。七千フィート以下の地域での積雪は、一ないし三インチと見込まれ、コロラド中央部および山岳地帯では、六ないし十インチと予想されます。道路情報部の通達によれば、午後から夜にかけて、車で山岳地帯へお出かけになるご予定のかたは、ぜひチェーンをつけていただきたいとのことです。また、やむを得ない用事がないかぎり、外出はなるべくお控えください」そのあとアナウンサーはおどけた調子でつけくわえた。「どうかお忘れなく。ドナー隊はそれで遭難したのですからね。彼らは最寄りのセブン・イレブンに、思ったほど近くはなかったというわけです」

そのあとクレイロールのコマーシャルがはいり、ウェンディは手をのばして、ラジオを切った。

「かまわない？」

「うん、いいよ」ダニーは外へ目をやり、真っ青に晴れあがった空をながめた。「パパはちょうどいい日に動物の生け垣を刈ることにきめたね」

「そうね」ウェンディは相槌を打った。

「でも、雪が降るなんて、とても信じられないみたい」ダニーは期待をこめてつけくわえた。

「こわくなったの？」ウェンディは言った。いまのアナウンサーが言ったドナー隊についての冗談が、いまだに頭にひっかかっていた。

「ううん、そうじゃないけど」

よし、いまがチャンスだ、ウェンディは心をきめた。もしあの問題を持ちだすなら、いま持ちだすか、でなくば永遠に沈黙を守るかだ。

「ねえダニー」できるだけさりげない声音をつくろって言った。「あんた、もし《オーバールック》を出るとしたら、うれしい？　どこかよそへ行って、そこで冬を過ごすとしたら？」

ダニーは目を伏せて、手を見つめた。「たぶんね。うん。だけど、パパのお仕事があるだろ？」

「ときどきママは思うんだけど」と、ウェンディは慎重に言った。「ひょっとするとパパも、《オーバールック》から出られるのを、喜ぶんじゃないかって気がするのよ」車は《さいどわいんだーマデ十八まいる》という標識の前を通過し、彼女は注意深くヘアピン・カーブを曲がると、ギアをセカンドにあげた。ここの下り坂では、けっして冒険はしないことにしている。本能的にこの坂が恐ろしくてたまらないのだ。

「ほんとにそう思う？」ダニーが訊いた。ちょっとのあいだ、真剣な目で母を見つめていたが、ややあって、首を横に振った。「そうかな、ぼくはそうは思わないけど」

「どうしてそう思わないの？」

「だってパパは、ぼくたちのことを気にかけてるもん」ダニーは慎重に言葉を選びながら言った。これは彼自身にもよく理解できないことだったから、説明するのはとてもむずかしい。ふと気がつくと、いつぞやミスター・ハローランに話して聞かせた、あの出来事を思いだしていた。大きな男の子が、デパートでラジオをながめながら、これを盗んでやろうと考えているのに気づいたとき。そのときダニーは心を痛めたけれども、すくなくとも、ほうっておいたらどうなるかということは、いまよりはるかに幼かった彼にも、はっきり予測できた。それにひきかえ、おとなの頭のなかは、いつも混沌としていて、なにをやるにしても、結果にたいする懸念だの、自己疑問だの、〝自我像〟だの、あるいは愛だの責任感だのといった感情が先に立つ。

どんな道を選んでも、そこには必ず障害があるようであり、ときどき、なぜその障害が障害になるのか、わからなくなることさえある。とにかくひどくむずかしいことだ。

「パパは……」

言いさして、ダニーはすばやく母を見やった。母は道路を注視していて、こちらを見てはいなかったから、これなら先をつづけられそうだという気がした。

「パパは、ぼくたちが寂しがるだろうと思ってる。かと思うと、ここは気に入ったし、ぼくたちにとってもいい場所だ、そう考えることもある。パパはぼくたちを愛していて、寂しがらせたくない……悲しませたくないと思ってるけど……でも、たとえぼくたちが寂しがっても、ナガイメで見れば、そのほうがいいとも思ってる。ナガイメって、なんのことかわかる？」

ウェンディはうなずいた。「ええ。わかるわ。つづけてちょうだい」

「パパは心配してるんだ――ホテルをやめたら、ほかの仕事にはつけないんじゃないかって。乞食かなにかしなくちゃならないんじゃないかって」

「それだけ？」

「ううん、でもあとは、ごちゃごちゃしててわかんないの。だってパパ、このごろ変わっちゃったもん」

「そうね」ほとんど溜息まじりにウェンディは言った。坂の傾斜がややゆるやかになったので、彼女は用心ぶかくギアをサードにもどした。

「ぼく、でたらめを言ってるんじゃないよ、ママ。誓ってほんとうなんだ」

「わかってるわよ」彼女は言って、ほほえんだ。「トニーがそれを教えてくれたの？」

「ううん、ただわかっちゃうんだ。いつかのお医者さん、トニーのことを信じてくれなかったね？」

「あの先生のことは気にしなくていいのよ」彼女は言った。「ママはトニーを信じてるわ。彼がなんなのか、あるいはだれなのか、あんたの特別な一部分なのか、それとも……どこかよそからきたのか、そういったことはなんにも知らないけれど、それでも彼を信じてるの。だからもしあんたが……彼が……ここを出たほうがいいと思えば、そうするわ。あんたとママと、ふたりだけでよそへ行って、パパとは春になってから、またいっしょに住むのよ」

ダニーは鋭い期待の目で彼女を見た。「どこへ行くの？　モーテル？」

「残念だけど、モーテルに泊まるだけの余裕はないわ。やっぱりおばあちゃんのところへ行くしかないわね」

ダニーの面にあった期待の色が消え失せた。「ぼく、知ってるんだ――」言いさして、そのまま口をつぐんだ。

「なんなの？」

「なんでもないよ」彼はつぶやいた。

ふたたび傾斜が急になったので、ウェンディはギアをセカンドにもどした。「いいえ、ドック、なんでもなくはないわ。この話は、ほんとうはもう何週間も前にしとくべきだったの。だから話してちょうだい。なにを知ってるの？　怒りゃしないわ。大事なことですもの、怒るはずがない。さあ、隠さずに話してちょうだい」

「ママがおばあちゃんのこと、どう思ってるか知ってるんだよ」ダニーは言って、溜息をついた。

「どう思ってるの？」

「いやだって」ダニーは言い、それからふいに節をつけ、韻を踏んでくりかえして、彼女をぎょっとさせた。「いやだ。ばかだ。しゃくだ。まるでおばあちゃんが、ママのおかあさんなんかじゃないみたい。まるでおばあちゃんが、ママを食べちゃおうとしたことがあるみたい」言ってから、自分の言葉におびえたように母をうかがった。「それにぼくだって、おばあちゃんのこと、好きじゃないよ。いつだっておばあちゃんは、自分のほうがママよりよっぽどよくぼくをかわいがってやれるのに、そう思ってるもの。だから、どうすればぼくをママからひきはなせるかって、そればかり考えてる。ママ、ぼく、あそこへは行きたくない。それくらいなら、《オーバールック》のほうがまだましだよ」

ウェンディは衝撃を受けた。それほどまでに、自分と母との仲はこじれているのだろうか？もしほんとうにそうなら、そしてこの子がほんとうに母娘のおたがいへの感情を読みとれるものなら、それはこの子にとってどんなにおぞましいことだろう。ふいに、自分が裸よりももっと裸になったように感じた——さながら淫らな行為のさいちゅうを見つかったように。

「いいわ。よくわかったわ、ダニー」彼女は言った。

「やっぱりママ、ぼくのこと怒ってるんだ」ダニーは小さな、いまにも泣きだしそうな声で言った。

「いいえ、怒ってなんかいないわ。ほんとうよ。ただちょっとショックを受けただけ」

車は《さいどわいんだーマデ十五まいる》の標識を通過し、ウェンディはいくらか気分が楽になった。ここからは、道路はかなりよくなる。

「あとひとつだけ訊かせてちょうだい」彼女は言った。「この質問には、できるだけ正直に答えてほしいの。いいこと？」

「いいよ」ほとんど消えいりそうな声。

「おとうさんはまたお酒を飲んでる？」

「ううん」ダニーは言い、その簡潔な否定につづいてくちびるにのぼってきた、ふたつの言葉をのみこんだ――まだね、いまは。

ウェンディは、さらにすこし気分が楽になった。手をのばして、ダニーのジーンズにつつまれた膝に置くと、力をこめてそこをつかみ、それから静かに言った。「おとうさんは、せいいっぱい努力してるのよ。なぜならわたしたちを愛しているから。そしてわたしたちもおとうさんを愛している。そうでしょ？」

ダニーは重々しくうなずいた。

ほとんど自分自身に言い聞かせるように、ウェンディは言葉をつづけた。「おとうさんは、だめなところもあるひと。でもね、努力はしてるわ……ダニー、せいいっぱい努力してきたのよ！　あれを……やめたとき……おとうさんは地獄のような苦しみをした。いまでもその苦しみをのりこえようとしてるわ。もしわたしたちがいなかったら、とっくにその闘いをあきらめてたでしょうね。ママはね、みんなにとっていちばんいいようにしたいの。でもそれがわからない。わたしたちは立ち去るべきかしら？　ここにとどまるべきかしら？　どっちにしてもつらい選択にはなると思うけど」

「わかるよ」

「ねえドック、お願いがあるんだけど聞いてくれる？」

「なに？」

「トニーを呼びだしてみてほしいの。いまここで。彼に訊くのよ――《オーバールック》にとどまってもだいじょうぶかどうかって」

「もうやってみたよ」ダニーはのろのろと言った。「けさやってみたんだ」

「で、どうだった？　トニーはなんと言ったの？」

「こなかった。トニーはこなかったんだよ」

そしてダニーはだしぬけにわっと泣きだした。

「ダニー」ウェンディはおろおろして言った。「泣かないで、ダニー。お願いだから――」トラックが二重のイエロウ・ラインを越えてとびだし、彼女はあわててハンドルを切った。

「ぼくをおばあちゃんのところへ連れていかないで」ダニーは泣きじゃくりながら言った。

「お願いだよ、ママ、あそこには行きたくないんだ。パパのそばにいたいんだ――」

「わかったわ、ダニー」ウェンディはやさしく言った。「わかったわ、じゃあやめましょう」

そして、ウェスタン・スタイルのシャツのポケットから、クリネックスを出して、ダニーに渡した。「じゃあね、ずっとここにいましょう。だいじょうぶ、きっとうまくいくわよ。なにもかも、きっと」

23

児童遊園で

ジャックはあごの下でジッパーのタブをひきあげながらポーチに姿をあらわすと、明るい日ざしに思わず目をしばたたいた。左手には、バッテリー式の刈込み鋏が握られている。右手で腰のポケットから新しいハンカチを抜きとると、それでぐるりと口のまわりを拭い、またポケットにもどした。雪になる、そうラジオでは言っていた。遠くの地平線に雲がひろがりつつあるが、それを見ても、容易には予報が信じられなかった。

鋏を右手に持ちかえながら、ジャックは装飾庭園につづく小道を見わたした。たいして時間はかからないだろう。ほんのちょっと手を入れればすむことだから。夜間の寒気で、植込みの生長は止まっている。うさぎの耳がわずかにけばだった感じがするのと、犬の脚のうち二本に、むくむくした緑色のけづめが生えているだけで、ライオンやバッファローには、ほとんど変化がない。ほんのわずか毛足を刈りこんでやれば、それでお化粧なおしはすみ、いつ雪がきても心配はなくなる。

プールの飛込み台のように、そのコンクリートの小道は唐突にとぎれていた。道からそれて、いまは水のないプールを迂回すると、生け垣彫刻のあいだを縫って、児童遊園に通じる砂利道に向かった。道づたいにうさぎのそばへ行き、鋏の柄についたボタンを押すと、モーターが低くうなりだした。

「ようよう、うさぎどん」ジャックは言った。「こんち、ご機嫌はいかがですかな？　ちょっぴり頭を刈って、耳も余分な毛を刈りこむことにしちゃいかがで？　けっこう。ところであんた、旅のセールスマンと、ペットのプードルを飼ってた老婦人の話、聞いたことがありますかね？」

自分の声がひどく不自然に、ばかげて聞こえるのに気がついて、それきり口をつぐんだ。ふと、この動物の生け垣は、どうも気に食わないという考えが頭をよぎった。はじめから、ただのありふれた生け垣を、本来の形とは異なる形に刈りこんで、木に無理をさせるというのは、邪道のような気がしていたのだ。以前、ヴァーモントにいたときにも、ある街道ぞいの高い斜面の上に、生け垣でできた掲示板が立っていて、アイスクリームの広告に使われているのを見たことがある。《自然》をアイスクリームの売り子に使う――なんとも気に入らない。じっさい、グロテスクでさえある。

（おまえは哲学的思索にふけるために雇われたんじゃないんだぞ、トランス）

ああ、ああ、ごもっとも。まさしくそのとおり。ジャックはうさぎの耳にそって鋏を動かしはじめ、刈りとった小枝や葉は、芝生の上に払いおとしていった。動力鋏はあの、あらゆるバッテリー式の機械に特有のものらしい、低いが、なんとなく気にさわる金属音をたてて動いている。日ざしはあいかわらず明るいが、それには暖気が感じられない。いまでは、雪になるという予報も、さほど信じがたいものではなくなりかけていた。

こういう仕事の途中で手を休め、考えこむことは、えてしてしくじりのもとになると知っていたから、手早く作業を進めて、うさぎの〝顔〟を刈りこみ（この近さで見ると、ぜんぜん顔には見えないが、二十歩かそこら離れると、光と影の加減や、さらには見るものの想像力によって、顔らしく見えてくるのだ）、つづいて、その下腹にそって鋏を動かした。

それが終わると、鋏のスイッチを切り、児童遊園のほうへ何歩か歩いていってから、くるっと向きなおって、うさぎの全身をながめた。よろしい、上々の仕上がりだ。では、つぎは犬にとりかかるとしようか。

「しかしこれがおれのホテルだったら、おまえたちなんか、みんな切り倒してしまうところだぞ」彼は声に出して言った。ほんとにそのつもりだった。こんなものはみんな切り倒して、そのあとに芝生を植えなおす。そしてはでなパラソルのついた小さな金属製のテーブルを、一ダースばかり配置する。客は夏の日ざしを浴びながら、《オーバールック》の芝生でカクテルを楽しむことができる。スロージンのフィズ、マルガリータ、ピンク・レディその他、観光客好みの甘い飲みものたち。ラム・トニックもいいな。ジャックは腰のポケットからハンカチを出すと、ゆっくりとそれでくちびるを拭った。

「さあさあ、いいかげんにしろよ」そっとつぶやいた。いまはそんな夢想にふけっている場合ではないのだ。

砂利道をもどりかけたとき、ふいになにかの衝動が心を変えさせ、逆に児童遊園のほうへ歩きださせた。じっさい子供なんてのはわからんものだ。彼もウェンディも、さぞかしダニーがこの児童遊園を喜ぶだろうと思っていたのに。子供のほしがりそうなものはなんでもそろっているのだ。それが、ジャックの見たところ、ダニーはほんの五、六回もここに遊びにきただろうか。ひょっとしてほかに遊び仲間でもいれば、またちがってくるのかもしれないが。

木戸を通り抜けるとき、それがかすかにきしみ、足の下で砂利がざくざく鳴った。まず足が向いたのは、玩具の家、《オーバールック》の完全な縮尺模型だった。それは彼の腿の高さ——ちょうどダニーの背丈くらいの高さがある。ジャックは中腰になって、三階の窓からなかをのぞきこんだ。

「巨人がやってきて、寝ているおまえさんたちをぜんぶ食っちまうぞ。いまのうちにキスをして、三A級のさよならを言っときな」うつろに響く声で、そう言ってみた。だがそれも、ぜんぜんおもしろくなかった。その家の屋根をひらくには、ただひっぱればよかった——蝶番でひらくようになっている。だが内部は期待はずれだった。壁こそ塗ってあるが、ほとんどがらんどうなのだ。考えてみれば当然ではないか。それでなくてどうして、子供がなかにはいって遊べるだろう？　夏のあいだは、ままごとの家具が置いてあったにしても、それもいまは資材小屋にでもしまわれているにちがいない。屋根をもとにもどすと、小さな掛け金がかちりとかかるのが聞こえた。

つぎにすべり台へ行くと、鋏を足もとに置き、ウェンディやダニーが帰ってはしまいかと、ちらりと車回しに目を走らせてから、段をのぼって、てっぺんにすわった。それは年長の子供用のすべり台だが、それでも、おとなにとっては、腿から腰にかけてがひどく窮屈だ。いったい、最後にすべり台で遊んでから、何年になるだろう？　二十年？　とてもそんなにたったとは思えない。とてもそんなに長い年月がたったとは感じられない。が、事実はそうなのだ。あるいはもっと長いかも。彼がダニーくらいの年齢だったころ、よくおやじがバーリンの遊園地へ連れていってくれ、そこでひとわたり遊具に乗せてくれたものだ――すべり台、ブランコ、シーソー、ひとつ残らず。昼飯には、いつもホットドッグを食べ、おやつには、手押し車の売り子から、ピーナッツを買ってもらった。ふたりでベンチに並んでそれを食べていると、それこそあたり一面がうずまるほど、鳩が足もとに集まってきた。

「ちくしょう、うるさい鳥どもだ。いいか、ジャッキー、餌はやるなよ」パパはいつもそう言った。だが結局は、親子そろって餌をやりはじめ、鳩が豆を追いかけたり、たがいに豆を奪いあったりするさまがおかしいと言っては、くすくす笑いあった。いま考えてみると、おやじが一度でも兄たちを遊園地に連れていったという記憶はない。ジャックだけが父のお気に入りだったのだ。しかも、それでいて、酔ったときにげんこを食らわされるのはいつもジャックであり、それもしょっちゅうのこと。それでもジャックは、愛せるかぎり長く父を愛しつづけた――ほかの家族たちが、ひたすら父を憎み、恐れるだけになってからも、ずっと。

ジャックは手をはなして、すべり台をすべりおりた。が、快適というにはほど遠かった。長く使われていないために、台の表面がざらざらになり、快適なスピードが出ないのだ。それに、こちらの腰が太すぎるという問題もある。これまでに、何千という子供の足が、すべり台の下にこしらえた小さなくぼみ、そこに彼のおとなの足が、どすんとめりこんだ。立ちあがったジャックは、ズボンの尻を払って、動力鋏のほうをふりかえった。だが、それをとりにもどるかわりに、足はブランコのほうに向いた。それもまた期待を裏切った。シーズンが終わってからいままでのあいだに、チェーンに錆が浮きでていて、まるで苦しみにあえいでいるように、きいきい鳴る。春になったら、きっと油をさしてやることにしよう。

さあ、そろそろやめたほうがいいぞ、そう彼は自分に言い聞かせた。おまえはもう子供じゃないんだからな。それを証明するのに、なにもこんなところにいる必要はない。

だが、そう思いながらも、足はコンクリート管のトンネルのほうへ向かい――それらはどう見ても小さすぎたから、横目で見ただけで通り過ぎた――そこからさらに、この遊園地の境界になっている防護柵へ向かった。金網に指をからめて外をのぞくと、太陽が網目模様の影を顔面に描き、鉄格子のなかの男のような効果を生みだした。ジャック自身もその類似に気づき、網を揺すって、弱々しい表情を浮かべると、かすれ声で、「出してくれえ！　後生だ、出してくれえ！」と言ってみた。だが、三度目のこれも、やはりすこしもおもしろくなかった。もういいかげんに仕事にもどらなくちゃ。

このときだった、背後で音がしたのは。

ジャックは眉をひそめてくるっとふりむいた。いままでこんな子供の遊び場で、ばかな〝ごっこ遊び〟をしていたところを、だれかが見でもしていたかと思うと、当惑せざるを得ない。

彼の目は順ぐりに遊具をたしかめていった――すべり台、それとは反対の角度に傾いたシーソー、いまはただ風が乗っているだけのブランコ。それらの向こうには、低い垣根と木戸があって、こちらの児童遊園と、向こう側の芝生や装飾庭園とをへだてている。そして装飾庭園には、小道を護るように集まったライオンたち、草をはんでいるように頭をさげているうさぎ、突進する身構えをしたバッファロー、うずくまった犬。その向こうにつづくのは、パッティング・グリーンと、ホテルの建物。その西側にひろがるロークのコートすら、ここからその盛りあがったふちが見てとれる。

すべてはさいぜんとまったくおなじ情景だった。だったら、なぜ顔や手の皮膚がむずむずし、うなじの肉が急に収縮したかのように、襟足の毛がさかだつ感じがするのだろう？　なぜ？

目を細めて、もう一度ホテルを見やったが、そこには答えは見いだせなかった。ただいつものように、暗い窓を並べ、ロビーの暖炉から立ちのぼる煙を、細い糸のように煙突からたなびかせて、こちらを見おろしているきりだ。

（おい、早く仕事にとりかかったほうがいいぞ。さもないとふたりがもどってきて、いままでなにをのらくらしていたのかと思うからな）

そう、仕事にとりかからなきゃ。なにしろ雪がくる前に、あのいまいましい生け垣を刈ってしまわなけりゃならないのだ。それは契約の一部だし、それに、彼らだってまさか――

（彼らとはだれだ？　なにを言おうとしたのだ？　まさか、なんだというのだ？）

ジャックはすべり台の下に置いてきた動力鋏のほうへひきかえしはじめた。なぜか急に、砕石を踏む自分の足音が、異様に高く聞こえだした。いまや、睾丸までがちぢみあがりはじめている。そして、尻は石のようにかたく、重く感じられる。

（えいくそ、いったいなんだっていうんだ？）

動力鋏のそばで立ち止まったものの、手はそれを拾いあげようとはしなかった。そうだ、たしかになにかがちがっている。装飾庭園のなかのなにかが。そしてそれがあまりに単純だから、あまりに歴然としているから、かえって気がつかないのだ。おい、ばかを言うな――彼は自分を叱りつけた。おまえはついさっき、あのうさぎめを刈ったばかりじゃないか。だったら、なにが

（それだ）

呼吸が喉で止まってしまった。

うさぎは四つん這いになって、草をはんでいた。下腹は地についている。だがつい十分ほど前には、後脚で立ちあがっていたのだ。断じてまちがいない。まず耳を刈り……それから下腹を刈ったのだから。

ジャックの目は犬に移った。さいぜんこの道をやってきたときには、菓子をねだってでもい

るように、前脚をあげ、腰を落としてすわっていたはずだ。それがいまは、頭を低くしてうずくまり、くさび型に口をあけて、無音のうなりを発している。そしてライオンたちは——

（ばかな、よしてくれ、いや、いや、とんでもない）

ライオンたちは小道に接近していた。右側の二頭は、微妙に位置を変え、たがいに近づいたようだ。左側の一頭は、いまや尻尾を小道につきだしている。さっきこの道を歩いてきて、木戸を通ったときには、そのライオンは右側にいて、尻尾をくるりと巻いていたはずだ。

彼らは道を護っているのではなかった。それをふさいでいるのだ。

ジャックはふいに手を目の前に持ってきて、それからぱっとはなした。情景は変わっていなかった。低い吐息、あまりにかすかで、うめきにまではならない吐息が喉をもれた。むかし酒びたりだった時分には、いつもこういうことが起こりはしないかと恐れていたものだ。しかし、酔いどれのそれは、DTつまりアルコール譫妄症《せんもうしょう》と呼ばれる——なつかしい映画、『失われた週末』のレイ・ミランドよ。かわいそうに、壁から虫が湧きでてくる幻覚に襲われたりして。

では、まったくしらふのときのそれは、なんと呼ぶ？

ほんのレトリックのつもりでしてみた質問だったが、にもかかわらず心はそれに答えた。

（それは狂気と呼ぶのさ）

生け垣動物を見つめているうちに、いましがた自分が目をおおっていたあいだに、やはりなにかが変わっていたことがわかった。犬はさいぜんより近づいている。もはやうずくまってはいず、腰をしなやかに立て、いまにも走りだそうとするように、片方の前脚を前へ、もう片方をやや後ろへのばしている。口はさらに大きくひらき、切りとられた小枝の先が、鋭く、とげとげしくのぞいている。そのうえいまや、緑の葉におおわれた顔面に、かすかな目のくぼみさえあらわれているではないか。その目がこちらを見ている。

いったい、なんでこいつらを刈らなきゃならないんだ？　そんなヒステリックな考えが彼をとらえた。いまのままで完全じゃないか。

またしてもかすかな音。視線をライオンに向けたとたんに、無意識に足が一歩さがった。右側の二頭のうち一頭が、ほかのよりほんのわずか前へ出ている。その頭は低くさがっている。片方の前脚は、いつのまにか、低い垣根のすぐきわまで踏みだされている。なんてこった、つぎにはいったいなにが起こるんだ？

（つぎにはあいつがおまえにとびかかって、気味の悪いおとぎ話によくあるように、頭からむしゃむしゃ食っちまうのさ）

それは、むかし子供のころによくやったゲーム——《赤信号》に似ていた。ひとりが鬼になって、みんなに背を向け、十かぞえているあいだに、ほかのものは忍び足で前進する。十かぞえおわって、鬼がふりむいたときに、だれか動いているものがあれば、その子供はゲームから除外される。残りのものは、また鬼が向こうを向いて、十かぞえだすまで、停止したときの姿勢のままじっとしている。そうしてすこしずつ鬼の目を盗んで前進し、そしてついに、五から十までのあいだあたりで、鬼の背に手が……

小道で砂利がざくっと鳴った。

はっとして犬のほうをふりむくと、それはいつのまにか道のなかばあたりまで移動し、ほとんどライオンのすぐ後ろにいて、耳まで裂けた口をくわっとひらいている。いままでは、おおざっぱに犬の形に刈りこまれた生け垣というにすぎず、近くへ寄ると、犬らしい特徴はすべて消えてしまったのに、いまは、明らかにドイツ・シェパードに似せて刈られていて、そしてシェパードは猛犬なのである。訓練しだいでは、人を殺すことさえできるのだ。

低いかさこそという音。

左側のライオンが、いまや垣根のそばにまで忍びよっていた。その鼻面が、垣根に触れている。にやにや笑って、こちらを見ているようだ。またしてもジャックは二歩後退した。頭が狂おしくがんがん鳴り、からからの喉に呼吸がきしむ。いまではバッファローもまた動いていて、右のほうを迂回し、うさぎの後方へまわっていた。頭は地面すれすれまでさげられ、緑の生け垣でできた角が、こちらを向いている。問題は、動物たちぜんぶを見張ることができないということだ。一時にぜんぶは。

頭のしんがしびれて、自分でもそれを意識せぬままに、ジャックは弱々しく鼻を鳴らし、すすり泣きに似た声をもらしはじめていた。目は、動物たちが動くところを見つけてやろうとして、その一頭から一頭へ、落ち着きなく動きまわった。にわかに風が吹きおこり、稠密《ちゅうみつ》にからみあった枝を揺すって、ざわざわと飢えたような音をたてた。やつらがおれをつかまえたときには、どんな音が起こるだろう？　考えるまでもない。嚙み裂き、引き裂き、嚙み砕く音。

それは――

（いや　いや　いや　いや　信じるものか

こんなことは　ぜったいに　あるはずがない！）

両手を目に押しあてると、髪をつかみ、ひたいと、ずきずきするこめかみをおさえて、体を揺すりつつうめいた。どのくらいそうやっていたろうか、しだいに恐怖がふくれあがって、それ以上堪えられなくなると、ついに絞りだすような叫びをもらして、思いきって手をはなした。

パッティング・グリーンのそばで、犬は食べものをねだるように、前脚をあげてすわっていた。バッファローは、さいぜん鋏をさげてやってきたときとまったくおなじに、無関心そうな背をロークのコートに向けている。うさぎは後脚で立ちあがり、刈られたばかりの下腹を見せて、どんなかすかな音でも聞きのがすまいとするように、耳を立てている。ライオンたちは、本来の場所である小道のそばに根をおろし、微動だにせず立っている。

長いあいだ、ジャックはその場に立ちつくして、ぜいぜい鳴る呼吸がしだいにおさまってゆくのを聞いていた。それから煙草の箱をとりだし、一本をふりだそうとして、手もとがふるえ、四本を足もとにばらまいてしまった。かがみこみ、手さぐりでそれを拾い集めるあいだも、また動物たちが動きだすのを恐れて、一度も装飾庭園から目をはなさなかった。煙草を拾い集めると、三本を注意ぶかく箱にもどし、残る一本に火をつけたが、二服ほど深く吸っただけで、それを投げ捨て、踏みにじった。それから動力鋏のところへ行き、それを拾いあげた。

「おそろしく疲れた」と、彼は言った。いまでは、声を出してひとりごとを言っても、すこしもおかしく聞こえなかった。「このところずっと緊張つづきだったからな。すずめばち……戯曲……アルがあんな電話をかけてきたこと。だけどすべてはもうすんだことだ」

ジャックはのろのろとホテルへむかってひきかえしはじめた。心の一部がしきりに彼をせっついて、生け垣動物を迂回させようとしていたが、彼はあえてそのあいだを縫って、まっすぐ砂利道をたどっていった。微風がかすかに動物たちを揺すりながら吹き過ぎたが、ただそれだけで、なにごともなかった。すべては気のせいだったのだ。気のせいであれほどおびえたのは笑止だが、それもいまは終わったことだ。

調理場で、立ち止まってエキセドリンを二錠口に入れると、地下室に降りて、書類に目を通した。まもなく、ホテルのトラックが車道にはいってくるかすかな音を聞くと、ジャックは妻子を迎えるためにポーチへ出ていった。気分は平静だった。幻覚を見たことなど、べつに話す必要はないのだ。あのときはおびえてとりみだしたが、それもいまは終わったことだった。

24　雪

薄暮だった。

三人は、薄れてゆく光のなかで、ポーチに立っていた。ジャックがまんなかに、左腕をダニーの肩にかけ、右手をウェンディの腰にまわして。その姿勢で彼らは、自分たちの手から決定権が奪われてゆくのを見ていた。

二時半には、空は完全に雲におおわれ、その一時間後には、雪が降りはじめていた。そして今度ばかりは、天気予報を聞くまでもなく、これが本格的な雪であって、いままでのようにすぐ解けてしまう、あるいは夜の風が吹きだせば、たちまち吹き飛ばされてしまう軽い雪ではないことが感じとれた。はじめのうち、雪は完全に垂直な線を描いて降っていて、あらゆるものを平均におおう雪の層をつくっていったが、降りはじめてから一時間たったいまでは、北西の風が起こって、雪はポーチや車道のふちに吹き寄せられはじめていた。ホテルの敷地から一歩出た外では、平らな白い毛布の下に、道路が消えてしまっていた。生け垣動物も同様だったが、先刻ダニーといっしょに帰ってきたとき、ウェンディはジャックに、その仕事ぶりをほめた。そう思うかい？　とジャックは問いかえし、それきりなにも言わなかった。いま、その動物たちも、一面の白いマントの下に埋もれようとしていた。

奇妙なことに、三人はみんなちがうことを考えていたが、しかし、感じていることはおなじだった――安堵である。よかれあしかれ、橋はとじられてしまったのだ。

「いつか春がくるのかしら」ウェンディがつぶやいた。

ジャックは彼女を抱いた腕に力をこめた。「あっというまにやってくるさ。ところでそろそろなかにはいって、夕飯にしないか？　外は寒くてかなわん」

彼女はほほえんだ。午後じゅうずっと、ジャックはどこかうわのそらで、そして……そう、そぶりがおかしかった。けれどもいまは、ほとんどふだんの調子にもどっている。

「けっこうよ、わたしは。あんたはどう、ダニー？」

「いいよ」

というわけで、三人は連れだってなかにはいり、しだいに低い悲鳴に変わりつつある風の音だけが、外にとりのこされた。それは一晩じゅうつづくはずの音だった――耳にたこができるほど、聞かされることになるはずの音だった。ポーチの上を、雪片が舞い、うずまいた。《オーバールック》は、過去ほぼ四分の三世紀にわたってそうしてきたように、雪に直面して立っていた。その暗い窓々に白いあごひげを生やし、いまや世界から孤立してしまったという事実など、まったく意に介さぬように。それともことによると、それを喜んでいるのかもしれない。そしてそのホテルの壁のなかで、三人の家族は、いつものきまった夕方の日課にいそしんでいた。さながら怪物の腸内にとじこめられた微生物のように。

25

二一七号室のなかで

一週間半のちには、深さ二フィートの雪が、白く、かたく、平らに《オーバールック》ホテルの敷地をおおっていた。生け垣動物たちは、腰まで雪に埋まっていた。後脚で立ちあがったまま凍りついたうさぎは、白いプールから水をかきわけてあがってこようとしているようだった。いくつかの箇所では、吹溜りは五フィートの深さを越えた。風がたえずその形を変え、砂丘に似た波形の風紋をその表面に描いた。二度、ジャックは雪靴で無器用に資材小屋とのあいだを往復して、シャベルでポーチの雪をかいたが、三度目にはただ肩をすくめて、ドアの外に山のように盛りあがった吹溜りのなかに、細い道をつけるだけですませた。その道から、ダニーは橇で右に左にすべりおりて遊んだ。だがなんといっても、いちばんみごとな吹溜りは、ホテルの西側にできたもので、そのいくつかは高さ二十フィートにも達するいっぽう、その前の庭は、たえざる風のために、ほとんど芝生が露出するくらいに雪が薄くなっていた。一階の窓は完全に雪に埋まり、ジャックが日没にあんなにも楽しんだ食堂からのながめは、いまや、空白の映画スクリーンを見るように、索莫たる光景に変わっていた。ここ八日間、電話は不通のままで、アルマンのオフィスにあるCBラジオが、外界とをつなぐ唯一の通信手段だった。

いまでは連日、雪が降っていた。あるときはほんの一時的な粉雪で、かたく光った根雪の表面にうっすら粉をはいただけで終わることもあったし、あるときは本格的な吹雪となって、低い風のうなりが女の悲鳴のような音にまで高まり、この深い雪のゆりかごにいだかれていてさえ、古いホテルの建物を危険なほどに揺すり、うめかせることもあった。夜間の気温は華氏十度以上にはあがらず、調理場への入り口の横の寒暖計は、ときどき午後早くに、二十五度前後まであがることがあったものの、風はつねにナイフの刃のように鋭く、スキーマスクなしでは、とうてい戸外に長くいることはできなかった。それでも三人は、日が照っているかぎり、たいがい二組の衣類を重ね着し、手袋の上にさらにミトンもはめて、外に出ることにしていた。外に出ることは、ほとんど強迫観念のようにすらなっていた。ホテルの周囲の雪には、いたるところ、ダニーの《フレクシブル・フライヤー》の跡がついていた。その順列組合せは、ほとんど無限といってよかった。ダニーが乗って、両親がひっぱる。パパが乗って、ウェンディとダニーがひっぱろうとするのを、笑いながら励ます（雪がしまってかたくなっているところでは、かろうじてひっぱることができるが、新雪がそれをおおっているときには、どう苦心してもむりだった）。あるいはダニーとママが乗る。ウェンディがひとりで乗って、男たちが荷馬車うまのように白い息を吐きながら、彼女が実際よりも重いようなふりをしてひっぱる。この橇遊びのときには、三人ともしきりに笑い声をあげたが、それでも、たえまのない非個性的な風の音は、あまりに大きく、しかも執拗だったから、彼らの笑いはそれにねじ伏せられ、かぼそく消えてしまうのだった。

　三人は雪のなかにカリブーの足跡を見つけ、一度はトナカイそのものも見た。五頭が群れをなして、防護柵の下に微動だにせず立っている。ジャックのツァイス＝イコン双眼鏡で、三人はかわりばんこにその群れをながめたが、そんなに近くでカリブーを見ることは、なにか奇妙な、非現実的な感じをウェンディにいだかせた。かれらは道路をおおった雪のなかに、腿まで埋まって立っていて、それを見ているうちにふと、いまから春の雪解けまでは、道路は自分たち人間よりも、かれらカリブーのものとなるのだ、という感慨が襲ってきたのだ。いまや人間がここでつくりあげたものは、ことごとく無力なものと化している。カリブーたちはそれを見抜いているのにちがいない。双眼鏡をおろした彼女は、昼食の支度にかこつけて台所へ行くと、そこでちょっと泣いた。泣くことによって、積もりつもった鬱屈した感情――ときどき大きな、重い手のように、心臓をおさえつけてくる感情を払いのけようとして。彼女はカリブーのことを思った。彼女はすずめばちのことを思った――ジャックがパイレックスの鉢の下に伏せたまま、調理場の外のテラスに出し、凍死させたすずめばち。

　資材小屋の壁には、たくさんの雪靴がかかっていて、ジャックはそのうちから、三人に合うのを――といっても、ダニーのはそれでもちょっと大きすぎたが――捜しだしていた。ジャックは巧みにそれをあやつった。ニュー・ハンプシャー州バーリンで育った少年時代以来、雪靴などぜんぜんはいたことはなかったにもかかわらず、はいてみると、急速に勘がもどってきた。

ウェンディはあまりそれをはきたがらなかった。わずか十五分でも、その大きくひろがった輪かんじきをはいて歩きまわると、脚とくるぶしが猛烈に痛みだす。けれどもダニーは興味を持ち、こつを覚えようと熱心に練習した。いまでもしばしばころぶことはあったが、ジャックは彼の進歩に満足していた。二月にもなれば、ダニーはそれをはいて両親のまわりをとびまわれるくらいになるだろう、そう彼は言った。

その日は曇天で、正午ごろにははやくも雪が降りだしていた。ラジオはまたしても八インチないし十二インチの積雪を予報し、コロラドのスキーヤーの偉大なる神である《降雪》にたいして、賛辞をささげつづけていた。ウェンディは寝室でマフラーを編みながら、それだけの雪をスキーヤーたちがどう始末したらいいか、自分ならよく知っているのにと思った。それをどこにかたづければいいか、自分ほどよく知っているものはいないだろう。

ジャックは地下室にいた。いつものように暖房炉とボイラーをチェックしにゆき――それらのチェックは、雪に降りこめられるようになって以来、彼にとってひとつの儀式と化していた――すべてが支障なく働いていることを確認して満足してしまうと、例のアーチをくぐってぶらぶらと奥へはいってゆき、電球をねじって明りをつけ、前に見つけた古い蜘蛛の巣だらけの折畳み椅子に腰をおろした。たえずハンカチで口を拭いながら、彼は古びた書類や記録にざっと目を通していった。このところ外に出ることがすくないので、せっかく日に焼けた膚は、水でさらしたように白っぽくなり、そのうえ、それらの黄ばんだ、ごわごわした書類の上に背を丸めてかがみこんでいると、赤みがかった金髪がばさりとひたいにたれかかって、わずかに狂人めいて見えた。これまでに、それらの送り状や、船荷証券や、領収書の山のなかから、奇妙なものがいくつか見つかっていた。気味の悪い品々。細く裂けた血まみれのシーツの切れ端。刃物でめった切りにされたらしい、手足のもげた縫いぐるみの熊。くしゃくしゃになった一枚のすみれ色の女性用便箋――歳月のもたらす麝香に似たにおいの下に、いまなおかすかな香りがしみついている。色褪せたブルーのインクで、手紙の書きだしの部分だけがしるされている――「最愛のトミー、ここでは思ったほどうまく考えがまとまりません。もちろん、わたしたちのことについて、です。ほかにはだれもいないでしょ？　は、は。とにかくしょっちゅう邪魔がはいるんです。夜には、いっさいがご破算になる夢ばかり見るし。信じられますか、そんなこと？　それに」――これきりだ。あとはなにもない。手紙の日付は一九三四年六月二十七日。そのほかに、指人形も見つかった。魔女か魔法使いらしい……どっちにせよ、長い歯をむきだし、とがった帽子をかぶったしろもの。それがなんと――とてもほんとうとは思えないのだが――天然ガスの領収書の束と、ヴィシー水の領収書の束のあいだにはさまっていたのだ。さらには、メニューの裏に濃い鉛筆で書きなぐった、詩とおぼしいもの――「メドック／いるのか？／わたしはまた夢中遊行している／植物が絨毯の下を動いてゆく」そのメニューには日付はなく、詩には作者の名もない。かりにそれが詩だとすれば。難解だが、しかしおもしろい。ジャックには、これらのものが、みなひとつのジグソーパズルのこまのように思えた。正しいつながりを見つけさえすれば、最後にはすべてが、あるべきところにぴたりとおさまるはずのもの。というわけで、彼は書類の山をあさりつづけた。背後でボイラーがごおーっと音をたてるつど、びくっとして、くちびるをこすりながら。

ダニーはまた二一七号室の前に立っていた。合鍵はポケットのなかにある。扉を見つめる目つきには、ある種の麻薬にとりつかれたような貪欲さがあり、上半身はフランネルのシャツの下で、ぴくぴく動いているようだ。口のなかで、低く、調子っぱずれな鼻歌を歌っている。

あの消火器のホースの一件があって以来、二度とここへはきたくなかった。ここへくることを恐れていた。またしても父の言いつけにそむいて、合鍵を持ちだしてくるのを恐れていた。

それでいて、やはりここへきたかった。好奇心は

（猫をも殺した。満足はかれをよみがえらせた）

頭のなかにたえずひっかかっている釣針のようなものであり、休むことなく彼を刺激する、サイレンの歌声の一種だった。それに、ミスター・ハローランは言いはしなかったか――「なににせよ、ここにあるものが、おまえさんに害を加えるとは思わない」と？

（おまえは約束した）

（約束は破られるためにあるのだよ）

ダニーはその言葉にとびついた。さながら、その考えが、どこか外から、昆虫のように、ぶんぶんうなりつつ、そっと甘言でささやきかけてきたかのようだった。

（約束は破られるためになされたのだ、わが親愛なるレドラムよ。破られるために。ぶちこわ

されるために。粉砕されるために。たたきつぶされるために。**それ行け！）**

神経質な鼻歌がくずれて、低い、節のない歌になった――「ルー、スキップしといで、ルー、ぼくのところへ、ルー、マイ・ダァァァリン……」

やはりミスター・ハローランの言ったとおりではなかったろうか？　結局それが、いままで沈黙を守り、雪に降りこめられるがままになってきた理由ではなかろうか？

ただ目をつぶりゃいい、そしたらそれは消えてなくなる。

以前《プレジデンシャル・スイート》で見たものは、たしかに消えてなくなった。蛇だって、絨毯の上に落ちた消火器のホースにすぎなかった。そうだ、《プレジデンシャル・スイート》で見た血でさえ、なんの害もない古いものだった。彼が生まれるずっと前に、あるいは考えたこともない遠いむかしに起きたこと、とっくにかたづいた古いことだった。いわば、彼だけに見える映画のようなものだ。なにもない。このホテルには、彼に害を加えるようなものはほんとうになにもない。そして、もしもこの部屋にはいることで、それを自分自身に証明してみせねばならないのなら、そうすべきではないだろうか？

「ルー、ルー、スキップしといで、ルー……」

（好奇心は猫をも殺した、わが親愛なるレドラム、レドラム、わが愛するもの、満足はかれをよみがえらせた、爪先から頭のてっぺんまで、そっくりそのまま。頭から足の先まで、かれはぶじだった。かれは知っていたのだ、それらのものは）

（こわい絵のようなものだ、それらはおまえに害を加えることはできない、しかし、まあ、驚

いた）

（なんて大きな歯をあなたはしているんでしょうおばあちゃんそしてあれは青ひげの服を着たおおかみかしらおおかみの服を着た青ひげかしらそしてわたしはとても）

（うれしいおまえがそれをたずねてくれたことがなぜなら好奇心は猫をも殺し満足の望みがかいれを）

廊下を先へと進ませた――青い、もつれあったジャングルの絨毯を音もなく踏んで。その途中、いったん消火器のそばに立ち止まり、真鍮のノズルを枠のなかにもどし、それから、胸をどきどきさせながら、指先でくりかえしそれをつついて、ささやきかけた――「きてみろ、きて、ぼくに害を加えてみろ、このけちな気どり屋め。やれるか？　やれまい、ええ？　おまえはただのけちな消火器のホースだ。ここにごろんところがってる以外、なんにもできないごくつぶしだ。きてみろ、きてみろ！」ダニーは虚勢のために正気を失っていた。だが、それでもなにも起こらなかった。それはとどのつまりただのホースでしかない。ただのカンバスと真鍮のホースで、斧をふるってずたずたにしても、文句も言えないし、青い絨毯の上に、一面に緑色の粘液をたれながして、のたうちまわったり、逃げまわったりもしない。なぜならそれはただのホースだからだ。鼻《ノーズ》でもなければばら《ローズ》でもない、ガラスのボタンでもなければサテンのリボンでもない、とぐろを巻いてまどろんでいる蛇でもない……そうして彼は先を急いだ。先を急いだのは、彼が

（「やれやれ、すっかり遅くなっちまったぞ」と、白うさぎは言いました）

白うさぎだったからだ。そうだ。いまでは児童遊園のそばに白うさぎがいた。かつては緑色だったが、いまは白くなったうさぎ——あたかも、雪が舞い、風が吹き荒れる夜々に、なにかがくりかえしショックを与えて、その全身の毛を白髪にしてしまったように……

　ダニーはポケットから合鍵をとりだし、鍵穴にさしこんだ。

（白うさぎは《赤の女王》のクローケー試合に行くところでしたそこでは木槌のかわりにこうのとりがボールのかわりにはりねずみが）

「ルー、ルー……」

　彼はそっと鍵に触れ、その上で指を遊ばせた。頭のなかが乾ききって、ふらふらするような気がした。鍵をまわすと、タンブラーがなめらかにかちりともどった。

（このものの首を斬れ！　首を斬れ！　首を斬れ！）

（だがこのゲームはクローケーとはちがうんだもっと槌が短いんだこのゲームは）

（どすん！　がーん！　まっすぐウィケットを通過しました）

（このものの首を斬れぇぇぇぇぇ——）

　ダニーはドアを押しあけた。それはきしみもせずになめらかにひらいた。彼のいるところは、ひろびろとした寝室兼居間のすぐ外だった。そして、雪はさすがにこの高さまでは達していなかったけれども——もっとも高い吹溜りでも、まだ一フィートくらいは二階の窓よりも低かった——パパが二週間前に、この西側の窓の鎧戸をぜんぶしめていたので、部屋のうちは暗かった。

入り口に立ったまま、ダニーは右側の壁をさぐって、スイッチを見つけた。天井のカットグラスの笠にはいった、ふたつの電球がともった。ダニーは一歩なかにはいって、周囲を見まわした。絨毯はふかふかしてやわらかく、落ち着いたばら色だった。見るからに心が慰められる色。白いカバーのかかったダブルベッド。大きな鎧戸のおりた窓のそばに

（答えてごらん――からすが机に似ているのはなぜ？）

机。シーズンちゅうはこの机から

（すばらしい時を過ごしています。あなたもこわがればいいのに《ウイッシュ・ユー・ワー・フィア》）

故郷の家族に書き送る、すばらしい山の景色がながめられるだろう。

ダニーはさらに踏みこんだ。ここにはなにもない。まったくなにひとつ。あるのはただ、からっぽの、冷えびえした部屋――というのは、パパはきょう、東の翼を暖めているからだ。そしてたんす。戸棚――扉があいていて、なかのホテル・タイプのハンガー、盗まれないように、パイプに固定されているハンガーの列が見える。エンドテーブルの上に、ギデオンの聖書一冊。左手に浴室のドア――扉にはめこまれた全身大の姿見には、青ざめた自分の像。その扉はわずかにひらいていて――

もうひとりの自分が、ゆっくりうなずくのが見えた。

そう、ここにあるのだ、なんだか知らないがそのものが。このなかに。浴室のなかに。もうひとりの彼が、鏡を避けようとするように進みでた。手をのばして、彼の手に触れた。が、やがて浴室のドアがひらくのにつれて、ある角度までくると、ふっと消えた。彼はなかをのぞき

こんだ。

長い部屋だ——旧式な、プルマンカー然とした部屋。床には、小さな白い六角形のタイル。奥には、蓋をあげたままの便器。右手には洗面台、そしてその上に、薬品戸棚の扉を兼ねているらしい、一枚の鏡。左手に、猫脚つきの白い大きな浴槽、シャワー・カーテンはひいてある。ダニーは浴室にはいると、夢見心地でその浴槽のほうへ歩いていった——なにか外部のものに追いたてられるように、さながらこの場景すべてが、トニーのもたらした夢の一場面であって、そのシャワー・カーテンをあければ、なにかいいものが見られるかもしれないと期待するように。なにかパパの置き忘れたものか、ママのなくしたもの、なにかふたりを喜ばせてあげられるもの——

そこで彼はシャワー・カーテンをひらいた。

浴槽のなかにいた女は、死んでからだいぶたっていた。全身がふくれあがって、紫色に変わり、ガスのたまった腹が、冷たい、ふちに氷の張った水のなかから、肉の島のように隆起している。ダニーを凝視している目は、どんよりして、大きく、ビー玉を思わせる。顔には無気味なにやにや笑いが浮かび、紫色のくちびるがめくれあがって、歯がのぞいている。乳房はだらりとたれ、恥毛が水面でゆらゆらしている。すべりどめのいぼがある浴槽のふちに、両手をかけているが、その手は凍りついて、かにのはさみ然としている。

ダニーは悲鳴をあげた。だが声は、ついに口からは出てこなかった。逆に内へ、内へと向かい、井戸に投げこまれた石のように、彼の内部の暗黒のなかに落ちこんだ。よろめくように一歩後退すると、踵が白い六角タイルの上で、かちりと音をたてるのが聞こえた。と同時に、小便がもれて、そのまま一気にほとばしりでた。

女が起きあがろうとしていた。

なおもにやにや笑いながら、巨大なおはじきのような目で、じっとダニーを見すえて、上半身を起こした。死んだ手のひらが浴槽の磁器の上をすべり、きいっと音をたてた。乳房が古びてひび割れたパンチング・バッグのようにゆらゆらした。薄い氷が割れるかすかな音がした。女は呼吸していなかった。死体なのだ。とうのむかしに死んだ死体なのだ。

ダニーは背を向けて逃げだした。弾丸のように浴室のドアから駆けだすとき、両眼はとびだしそうに見ひらかれ、髪は、生贄のボール

（クローケーの？　ロークの？）

にされかかっているはりねずみのようにさかだち、口はひらいて、声なき悲鳴をあげていた。彼はまっしぐらに二一七号室の外側のドアに向かった。扉はいつのまにかしまっていた。それには鍵がかかっていず、ノブをまわしさえすれば、外へ出られるということに気づくゆとりもなく、ダニーは気が狂ったようにそれをたたきはじめた。ほとんど人間の可聴範囲を越えた野獣めいた絶叫が、つんざくように口からほとばしった。ただ力まかせにドアをたたく以外に、なすすべを知らなかった。死んだ女が近づいてくるのが聞こえても、どうすることもできなかった。ふくれあがった腹、そそけた髪、さしのべた手——ひょっとすると何年ものあいだ、殺されてあの浴槽に横たわっていたかもしれないもの。魔術によって防腐保存されて、そこに置

かれていたかもしれないもの。

ドアはどうしてもひらこうとしなかった。どうしても、どうしても、どうしても。そしてそのとき、ディック・ハローランの声が聞こえてきた――だしぬけに、思いがけなく、穏やかに。その声を聞いたとたん、締めつけられていた声帯がゆるみ、ダニーは弱々しく泣きだした――恐怖からではなく、至福の安堵感から。

（そういうものがおまえさんに害を加えるとは思わん……それは本のなかの絵のようなものなんだ……目をつぶれば、すぐに消えてなくなる）

まぶたがとじた。手がこぶしに握られた。精神を集中する努力のために、肩が丸く盛りあがった――

（なにもない　なにもない　あそこにはなにもない　**なにもあるはずがない　なにひとつありゃしない！**）

時が過ぎた。そしてようやく緊張をゆるめはじめたとき、ようやくその扉には鍵がかかっていず、いつでも出てゆけるはずだということに気づきはじめたとき――その歳月のために湿った、ふくれあがった、魚のにおいのする手が、そっと喉に巻きついてき、ダニーはいやおうなしにふりむかされて、その死んだ、紫色の顔をのぞきこむことになったのだった。

（上巻　了）

単行本　一九七八年三月　パシフィカ刊
文庫版　一九八六年十一月　文藝春秋刊

本書は、右文庫のカバーを一新し、新たに下巻に解説を付した新装版です。

＊本作には差別的表現ととられかねない箇所があります。これは、作者が描いた人間の心に巣くう悪意や憎悪を、原文のニュアンスに忠実に映し出した訳出の結果であり、もとより差別を助長する意図はありません。読者諸賢が本作を注意深い態度でお読みくださるよう、お願いいたします。
文春文庫編集部

文春文庫

シャイニング 上

定価はカバーに
表示してあります

2008年 8 月10日　新装版第 1 刷
著 者　スティーヴン・キング
訳 者　深町《ふかまち》眞《ま》理《り》子《こ》
発行者　村上和宏
発行所　株式会社 文藝春秋
東京都千代田区紀尾井町 3-23　〒102-8008
TEL 03・3265・1211
文藝春秋ホームページ　http://www.bunshun.co.jp
文春ウェブ文庫　http://www.bunshunplaza.com
落丁、乱丁本は、お手数ですが小社製作部宛お送り下さい。送料小社負担でお取替致します。

印刷製本・凸版印刷

Printed in Japan
ISBN978-4-16-770563-3

文春文庫

海外ミステリ＆サスペンス・セレクション

（　）内は解説者。品切の節はご容赦下さい。

闇に問いかける男
トマス・H・クック（村松潔訳）
幼女殺害の容疑者、取調べる刑事たち、捜査過程で浮かんできた怪しい人物……すべてが心に闇を抱えこみ、罪と贖いがさらなる悲劇を呼ぶ。クック会心のタイムリミット型サスペンス！
ク-6-13

蜘蛛の巣のなかへ
トマス・H・クック（村松潔訳）
重病の父を看取るため、二十数年ぶりに帰郷した男。かつて弟が自殺した事件の真相を探るうち、父の青春の秘密を知り、復讐の銃をとる。地縁のしがらみに立ち向かう乾いた叙情が胸を打つ。
ク-6-14

緋色の迷宮
トマス・H・クック（村松潔訳）
近所に住む八歳の少女が失踪し、自分の息子に誘拐殺人の嫌疑がかかり不安になる父親。巧緻なプロットと切々たる哀愁の人間ドラマで読者を圧倒する、エドガー賞作家の傑作ミステリ。
ク-6-15

石のささやき
トマス・H・クック（村松潔訳）
あの事故が姉の心を蝕んでいった……取調室で「わたし」が回想する破滅への道すじ。息子を亡くした姉の心に何が？　衝撃の真実を通じ、名手が魂の悲劇を巧みに描き出す。（池上冬樹）
ク-6-16

ロックンロール・ウイドー
カール・ハイアセン（田村義進訳）
有名ロック歌手が変死した。死亡記事担当に左遷された元敏腕記者ジャックは名誉挽回を期して事件の謎に突撃する。全米で50万部を売り切る巨匠ハイアセンの最新傑作。（推薦　石田衣良）
ハ-24-1

復讐はお好き？
カール・ハイアセン（田村義進訳）
あの男、許せない！——クルーズ中に突如、夫に海中へ突き落とされた女ジョーイは、超意地悪な復讐作戦を開始！　とにかく面白い小説が読みたい人に絶対オススメ。愉快痛快な傑作。
ハ-24-2

文春文庫

海外ミステリ＆サスペンス・セレクション

（　）内は解説者。品切の節はご容赦下さい。

いかしたバンドのいる街で
スティーヴン・キング（白石朗他訳）
道に迷った男女が迷いこんだ田舎町。そこは非業の死を遂げたロックスターが集う〝地獄〟だった……。傑作として名高い表題作ほか、奇妙な味の怪談から勇気を謳う感動作まで全六篇収録。
キ-2-28

メイプル・ストリートの家
スティーヴン・キング（永井淳他訳）
死が間近の祖父が孫息子に語る人生訓（「かわいい子馬」）、意地悪な継父を亡き者にしようとするきょうだいたちがとった奇策（表題作）他、子供を描かせても天下一品の著者の短篇全五篇。
キ-2-29

ブルックリンの八月
スティーヴン・キング（吉野美恵子他訳）
ワトスン博士が名推理をみせるホームズ譚、息子オーエンの所属する少年野球チームの活躍を描くエッセイなど、〝ホラーの帝王〟だけではないキングの多彩な側面を堪能できる全六篇。
キ-2-30

虜囚の都 巴里一九四二
J・ロバート・ジェインズ（石田善彦訳）
ナチ占領下のパリで発生した殺人。生粋のフランス人警部とゲシュタポの鬼刑事のコンビがナチやレジスタンスの妨害の末に見出した真実とは……NYタイムズ絶賛の新シリーズ開幕。
シ-13-1

磔刑《たっけい》の木馬
J・ロバート・ジェインズ（石田善彦訳）
占領下パリでの連続殺人はドイツ軍によるパリ市民二十七名への処刑宣告という結果を招いた。ゲシュタポとコンビを組んで、無実の市民を救うべく真犯人を追う刑事の苦闘。（関口苑生）
シ-13-2

万華鏡の迷宮
J・ロバート・ジェインズ（石田善彦訳）
ドイツ占領下のプロヴァンスで発生した殺人。一見ありふれた殺しの背後には闇に葬られた疑獄事件の影が……生粋のフランス人警部はゲシュタポの相棒とともに、かつての雪辱に挑む。
シ-13-3

文春文庫

海外ミステリ＆サスペンス・セレクション

（　）内は解説者。品切の節はご容赦下さい。

キース・アブロウ（高橋恭美子訳）
抑えがたい欲望
大富豪の生後五カ月の娘が殺された。容疑者は十六歳のその兄だが両親ほか一家全員にも犯行の動機はある。法精神科医の主人公が彼らの心の傷に対峙する心理サスペンス。（池上冬樹）
ア-8-1

リア・ウェイト（木村博江訳）
死体あります
アンティーク・フェア殺人事件
優雅な骨董市で古物商が次々血腥い殺人事件にまきこまれる。容疑をかけられた友人の無実を証明しようと図版専門の美術商マギーが立ちあがる。アンティークの蘊蓄が横溢する異色推理。
ウ-16-1

モリー・カッツ（高山祥子訳）
あなたの素顔は見たくない
国民的大スター、俳優のハリー・クラヴィッツは、妻と我が子に暴力をふるう恐しい二重人格者だった！　キャロンは夫の真の姿を知らしめるべく、一人敢然とマスメディアに立ち向う。
カ-4-2

ジャック・カーリイ（三角和代訳）
百番目の男
連続斬首殺人鬼は、なぜ死体に謎の文章を書きつけるのか？若き刑事カーソンは重い過去の秘密を抱えつつ、犯人を追う。スピーディな物語の末の驚愕の真相とは。映画化決定の話題作。
カ-10-1

ジャック・カーリイ（三角和代訳）
デス・コレクターズ
30年前に連続殺人鬼が遺した絵画が連続殺人を引き起こす！異常犯罪専門の捜査員カーソンが複雑怪奇な事件を追うが……驚愕の動機と意外な犯人。衝撃のシリーズ第二弾。（福井健太）
カ-10-2

ジャンリーコ・カロフィーリオ
（石橋典子訳）
無意識の証人
南イタリアの海辺の町で九歳の男の子が殺され、出稼ぎのアフリカ人が逮捕された。妻に逃げられ、うらぶれた三十八歳の弁護士が不利を承知で弁護を引き受ける。圧巻の法廷ミステリー。
カ-12-1

文春文庫

海外ミステリ＆サスペンス・セレクション

（　）内は解説者。品切の節はご容赦下さい。

七番目のユニコーン
ケリー・ジョーンズ（松井みどり訳）

実在の六枚のタペストリー《一角獣と貴婦人》に七枚目が存在した!? その謎を解明しようとパリの美術館員が奔走する。秘められた中世の悲恋を巡るミステリ・ロマンス。

シ-21-1

髑髏《どくろ》島の惨劇
マイケル・スレイド（夏来健次訳）

狂気の殺人鬼が仕掛けた死の罠——閉ざされた孤島で生き残る者は？ 密室殺人、嵐の孤島、無数の機械トリック。本格ミステリの意匠と残虐ホラーを融合させた驚愕の大作。（千街晶之）

ス-8-1

暗黒大陸の悪霊
マイケル・スレイド（夏来健次訳）

クレイヴン巡査長の母が惨殺された。物証が示す犯人は巡査長自身。警官を次々殺害し、クレイヴンを陥れた《邪眼鬼《イーヴル・アイ》》の正体——それは最後の一行で明らかになる！（法月綸太郎）

ス-8-2

斬首人の復讐
マイケル・スレイド（夏来健次訳）

カナダに跳梁する二人の殺人鬼。カナダ警察特捜部は熾烈な捜査を開始する。波乱万丈の展開とドンデン返しの連続で読者を放さない〝カナダのディーヴァー〟の最新傑作。（川出正樹）

ス-8-3

メフィストの牢獄
マイケル・スレイド（夏来健次訳）

巨石遺跡を崇める殺人狂メフィスト。捜査官を拉致し、騎馬警察を脅迫する謎の男の邪悪な計画の全容とは？ シリーズ最大の敵が登場するノンストップ・サスペンス。（古山裕樹）

ス-8-4

ブラックウォーター・トランジット
カーステン・ストラウド（布施由紀子訳）

大手運輸会社社長ジャックはある日、武器コレクションの輸送を引き受けたが、何者かの陰謀により人生が一変する——友情と裏切りに翻弄される男たちの息詰まるノンストップ・スリラー。

ス-9-1

文春文庫

海外ミステリ＆サスペンス・セレクション

（　）内は解説者。品切の節はご容赦下さい。

カーステン・ストラウド（布施由紀子訳）
キューバ海峡
フロリダ沖で遭難した水上飛行機から救出した男は何者か？　消えた男が送ってきた謎のバーコードは何を意味するか？　国際謀略に巻きこまれた主人公が巨大な敵に敢然と挑む冒険小説。
ス-9-2

カーステン・ストラウド（布施由紀子訳）
コブラヴィル（上下）
父は上院議員、息子はＣＩＡ工作員。フィリピンでのテロをめぐって奇怪な情報に翻弄され、激烈な戦闘のすえ判明した陰謀の正体は？　パワフルなノン・ストップ・スリラーが全開です。
ス-9-3

ジェイムズ・スウェイン（三川基好訳）
カジノを罠にかけろ
手口も正体も不明のイカサマ師の尻尾をつかめ！　百戦錬磨のイカサマ・ハンター、トニーは勇躍ベガスに乗りこむ。カジノの内幕をつぶさに描き、楽しい脇役も多数の痛快シリーズ開幕。
ス-11-1

ジェイムズ・スウェイン（三川基好訳）
ファニーマネー
数百万ドルの金を巻き上げたイカサマ師を調査中の旧友が爆殺された。イカサマ暴きの名人トニーは復讐の思いを胸に問題のカジノへ！　老ヒーローの活躍を描く痛快シリーズ第二作。
ス-11-2

オレン・スタインハウアー（村上博基訳）
嘆きの橋
作曲家殺しの捜査は共産党上層部に妨害された。解決に己の誇りをかける若き東欧の刑事が暴いたのは国家を揺るがす巨大な秘密……。大型新人が放つＭＷＡ新人賞候補作。（関口苑生）
ス-12-1

リンカーン・チャイルド（白石朗訳）
ユートピア
アメリカ一の話題を集める巨大テーマパーク〈ユートピア〉。そこにテロリストが侵入し、完全コンピュータ制御のアトラクションを次々に狂わせる。遊園地版〝ダイ・ハード〟!!（瀬名秀明）
チ-10-1